Angelika Süss wurde 1987 in Wien geboren und blieb zusammen mit ihrem Freund dem östlichen Donauraum treu. Seit der Schulzeit schrieb sie, inspiriert durch ihre Lesesucht, an verträumten Fantasygeschichten. Motiviert von unnachgiebigen Freunden, entdeckte sie erst 2015 ihre Leidenschaft zur humoristischen Paarfindung. Auf der Suche nach Herausforderungen verfasste sie diverse Texte in der digitalen Welt. So entstand letzten Endes der Drang, „der bunten Knete“ in ihrem Kopf nachzugeben und diese zu schrägen Charakteren und Situationen zu modellieren.

ANGELIKA
SÜSS

EINE NEW ADULT
ROCKSTAR ROMANCE

Überarbeitete Neuausgabe Februar 2025

Copyright © 2025 dp Verlag, ein Imprint der
dp DIGITAL PUBLISHERS GmbH
Made in Stuttgart with ♥
Alle Rechte vorbehalten

Oops! I am in love with a Rockstar

ISBN 978-3-98998-922-1
E-Book-ISBN 978-3-98998-844-6

Copyright © 2022, dp Verlag, ein Imprint der
dp DIGITAL PUBLISHERS GmbH
Dies ist eine überarbeitete Neuausgabe des bereits 2022 bei dp Verlag, ein Imprint der dp DIGITAL PUBLISHERS GmbH erschienenen Titels Ein bisschen Rockstar schadet nie (ISBN: 978-3-96817-884-4).

Covergestaltung: Jasmin Kreilmann
Umschlaggestaltung: ARTC.ore Design
Unter Verwendung von Abbildungen von
depositphotos.com: © doozie, © anelina, © fxquadro, © Voyagerix,
© AntonMatyukha
Lektorat: Marie Weißdorn
Satz: dp DIGITAL PUBLISHERS GmbH
Druck und Bindung: Books on Demand GmbH, Norderstedt

Für die geliebten Irren, deren verrückte Leben stets
eine Inspiration sind

Liebe Lesende, Rockstarfans und alle anderen gelangweilten Menschen, die Zeitvertreib bei einem neuen Buch suchen,

entweder ihr habt Weihnachten mit dem Zimtschneckenrockstar aus *Oops! I married a rockstar* schon gefeiert und seid bereit für eine weitere Portion Finnland, oder ihr seid ganz neu im schrägen Finnen-Business und wagt euch hier in den Tourbus! Hiermit also herzlich willkommen bei der Neuauflage von *Ein bisschen Rockstar schadet nie.* Kurz nochmal explizit: Es ist keine neue Geschichte, sondern eine überarbeitete Version der vorherig genannten!

Ansonsten kann ich euch versprechen, es wird sommerlich, rockig mit viel Lakritze und Backstage-Leben. Es ist mir eine Ehre, euch im Tourbus willkommen zu heißen, nehmt euch Snacks für die Getränkehalter. Solltet ihr Jari und seine Truppe aus Band 1 noch nicht kennen: Ihr könnt dennoch sitzen bleiben und müsst nicht gleich aussteigen. Jedes Buch ist in sich abgeschlossen, man erfährt bloß ein bisschen über den Verbleib der vorherigen Protagonisten.

Danke, dass ihr euch mit mir auf diese Reise begebt. Ich wünsche euch viel Spaß auf den finnischen Straßen sowie Bühnen und hoffe, der Lakritzgitarrist mit seiner

Band kann euch gut unterhalten. Bei Fragen, Wünschen und Beschwerden, stehe ich in den sozialen Netzwerken gerne zur Verfügung. Man darf mich auch nach Tipps für Finnland fragen, obwohl sich die Geister scheiden, wo es die besten Zimtschnecken gibt.
Viel Vergnügen und schnallt euch an!

Prolog: Die besten Ideen hat man im Wald

An diesem stinknormalen Samstag im Mai mutierte meine gesamte Einzimmerwohnung zu einer 30 Quadratmeter großen Zettelablage. Wann immer ich aufstand, flatterten von sämtlichen Oberflächen knisternde Notizen zu Boden. Zweimal wäre ich darauf fast ausgerutscht. Es herrschte quasi Lebensgefahr in meinen eigenen vier Wänden – Todesfalle Post-its. In den Ecken kullerten zerknüllte Entwürfe und mindestens einen Kugelschreiber hatte ich zwischen meinen nervösen Fingern ruiniert.

Seit dem verregneten Morgen saß ich an der Bewerbung für meinen Traumjob. Vermutlich wollte ihn kein anderer, aber bei mir kribbelte vor Aufregung der Bauch. Das war die Chance, auf die ich nach dem Studium gewartet hatte. Jetzt könnte ich beweisen, dass ich nicht nur Hirngespinsten hinterherjagte. Endlich war ich mit dem unbezahlten Praktikum und der Universität fertig und suchte nun verzweifelt nach einem Weg, um nicht unter einem Auto zu enden. Ich wollte mich nicht umbringen, sondern bloß vermeiden, in der Werkstatt meiner Familie zu arbeiten. Das war nicht meine Zukunft! Allerdings hatte man als Anfänger in der Eventbranche kaum Chancen. Alles hing von Kontakten und Berufserfahrung ab. Beides hatte ich nicht.

Doch dann kam mein Hoffnungsschimmer: die Newcomerband *The Anew*. Ihr erstes Studioalbum klang mit seinem Classic-Rock-Style fantastisch, und dass ein betrunkener finnischer Rockstar tatsächlich mein Sprungbrett sein könnte, machte die Sache noch attraktiver.

Als ich die Kaffeetasse auf dem Esstisch platzierte, hinterließ sie einen braunen Rand auf dem Lebenslauf. Seufzend blies ich mir den zu lang gewordenen blonden Pony aus dem Gesicht und tupfte die Flüssigkeit mit einem Taschentuch weg. Mein Name »Laura Elola« verschmierte gruselig.

Als ich aufsah und mein Blick über den Tisch und das Sofa schweifte, seufzte ich noch mal, nur frustrierter. Zu viele Absagen hatte ich bereits bekommen, weil kaum jemand einen Neuling einstellte. Als Assistentin in der Hochzeits- oder Geburtstagsplanung hätte ich etwas gefunden, doch das entsprach nicht ansatzweise meinen Vorstellungen. Genauso wenig wie langweilige Events mit Anzugträgern und Cocktailkleidern, für die mich die Ausbildung als Eventmanagerin qualifizierte. Ich brauchte Musik, Reisen und Abenteuer, ich sehnte mich nach dem wahren Backstageleben, und mit dieser Bewerbung könnte mein Traum wahr werden. Vorher musste ich allerdings die richtigen Leute von mir überzeugen. Finnland, besonders Helsinki, war ein Dorf und kannte niemand deinen Namen, wollte dich auch niemand buchen.

Nervös griff ich mir die Tasse und marschierte im Wohn-Essbereich im Kreis. Mittlerweile fühlte ich mich wie ein geisteskranker Stalker. Vor mir lagen Steckbriefe, Magazinausschnitte, Fotos und anderes Material über *The Anew*. Vier junge Kerle, die letztes Jahr einen nationalen Bandwettbewerb gewonnen hatten und mit ihrem ersten Album komplett durch die Decke gegangen waren. Klassischer Rock auf Finnisch mit ansehnlichen Gesichtern und Mädchen-Schwarm-Potenzial.

Nach einem Schluck Kaffee hob ich ein Poster auf, durch das sich ein tiefer Riss zog, weil ich vorhin draufgetreten und weggerutscht war. Die Band hatte einen Plattenvertrag gewonnen, war relativ erfolgreich durch Finnland getourt und in vielen Medien zu sehen gewesen. Niemals hätte ich eine Chance gehabt, an sie ranzukommen. Doch nun suchte das Label händeringend nach einer verzweifelten Seele, die sich ihrer annahm. Ich war sehr verzweifelt und motiviert. Die Tatsache, dass man sich dafür öffentlich bewerben konnte, verdeutlichte ihre missliche Lage. Die junge Band war katapultartig oben angekommen, um dann innerhalb weniger Augenblicke abzustürzen – und das im wörtlichen Sinne, denn es war ihr Sänger Yanis gewesen, der sturzbetrunken in seine eigenen hochgewürgten Hinterlassenschaften von der Bühne gefallen war. Nach einem Purzelbaum war er im Graben gelandet, womit die Misere begonnen hatte. Es folgten skandalträchtige Auftritte mit weiteren Alkoholeskapaden, mies gelaunte Interviews und vernichtende Presse. Dieser Mann wusste, wie man seine Karriere gegen die Wand fuhr.

Das alles war mir bewusst und dennoch kribbelte sogar mein kleiner Zeh in voller Ekstase, wenn ich an diese Chance dachte. Der Zeh irrte sich nie, daher wusste ich, dass das eine große Sache werden konnte. Allerdings schwirrte mir der Kopf vor lauter Informationen. Ich musste dringend runterkommen, um nicht als Nervenwrack dazustehen.

Also kippte ich den letzten Rest Kaffee weg und schlüpfte in Sportklamotten. Es war später Nachmittag geworden und der bisher anhaltende Regen schien zu pausieren. Ich steckte mir die EarPods in die Ohren, startete die Lauf-Playlist und verließ die Wohnung.

Obwohl ich in einer gut besiedelten Wohngegend mit vielen Apartments und belebten Einkaufsstraßen wohnte, waren sie bei diesem Wetter leer. Tiefe Pfützen säumten den Weg, während ich schnell die asphaltierten Wege hinter mir ließ und in den weitläufigen Wald joggte. Ich lebte in Espoo, einem Vorort von Helsinki, und auf keiner Seite waren grüne Wälder oder das Meer weit entfernt.

Im Schatten der Bäume veränderten sich die Gerüche. Ein Lächeln legte sich auf meine Lippen. Der nasse Erdboden duftete und von den frühlingsfrischen Blüten und Knospen fielen dicke Wassertropfen auf mich. Ich fand einen angenehmen Rhythmus und genoss, wie die Anspannung von mir abfiel. Ich beschleunigte, bis mein Herz in der Brust kräftig pumpte. Die frische Luft tat unheimlich gut, schaffte es aber nicht, das Gedankenkarussell zum Stehen zu bringen.

Selbst wenn das Label genauso verzweifelt war wie ich, gab es immer noch deutlich erfahrenere Menschen als mich. Ich brauchte ein Ass im Ärmel, um zu überzeugen.

Irgendwann machte ich keuchend bei einer morschen Holzbank Halt, die bereits in dunklen Schatten lag. Die Tage in Südfinnland wurden allmählich länger, waren aber immer noch kühl und rasch vorbei. Schnaufend dehnte ich die Muskeln und schüttelte den Kopf. Es half alles nichts. Von allein und ohne Kontakte würde ich eine in Verruf geratene Band kaum in angesagte Locations kriegen. Hatte man mehrmals das Mobiliar zerstört oder war anders negativ aufgefallen, war man unten durch in der Branche.

Nachdenklich zog ich mein Handy aus der Tasche und scrollte durch meine Kontakte, als der Gedankenblitz kam. Ein kleiner Vorteil aus meiner Vergangenheit, der mir nicht sofort bewusst gewesen war, weil es schon lange zurücklag. Mit etwas Glück und Überzeugungskraft würde mir das den Job zwar nicht garantieren, aber mit seiner Hilfe, vor allem mit der seines berühmten Bruders, könnte ich eine Chance haben, in der Szene zumindest angehört zu werden.

Noch immer leicht außer Atem tippte ich den Namen an, den ich schon lange nicht mehr gewählt hatte. Nicht, weil wir uns nicht mochten, sondern weil wir beide nach der Schule unterschiedliche Wege eingeschlagen hatten. Es klingelte und bereits beim zweiten Mal hob er ab.

»Woher weißt du, dass ich gerade aus China zurück bin?«, begrüßte mich Pekka gut gelaunt, aber auch skeptisch. Irritiert runzelte ich die Stirn, gerade als er hinterherwarf: »Wieso keuchst du so? Ist das so ein perverser Anruf, vor denen mich meine Mutter immer gewarnt hat?«

Ich lachte auf. Das war mein Exfreund Pekka, komplett ungefiltert.

»Nein, du Idiot, ich war nur überrascht«, antwortete ich und setzte mich auf die Bank, woraufhin sich mein Hintern sofort kalt und nass anfühlte.

»Du hast mich aus heiterem Himmel angerufen. Ich bin überrascht«, konterte er zu Recht.

Kurz haderte ich mit mir, ob ich nach der langen Funkstille tatsächlich einfach mit der Tür ins Haus fallen sollte. Da die Zeit aber drängte und Pekka nie um den heißen Brei herumgeredet hatte, kam ich gleich zum Punkt. »Ich brauche deine Hilfe. Besser gesagt, die deines Nachnamens und deines VIP-Bruders! Du musst mir einen riesigen Gefallen tun.«

Kennenlernen mit rosa Fingernägeln

Wenn einem der Arsch auf Grundeis ging, sollte man wenigstens Kleidung wählen, die einen nicht wie einen Vollidioten aussehen ließ. Die elegante schwarze Jeans, die weiße Bluse und der passende Blazer erfüllten diesen Zweck hervorragend. Das Problem waren die hohen Schuhe, oder eher nicht die Pumps an sich, sondern meine Knie, die aus Gelee bestanden und darin schlackerten, als hätte ich eine ganze Flasche Rum intus. Nicht dass ich sonst etwas gegen Rum hatte, aber jetzt war es immerhin erst zehn Uhr vormittags. Das Business-Outfit hatte mir zu Hause vorm Spiegel starkes Selbstvertrauen verliehen, doch jetzt makste ich wie ein betrunkener Storch hinter meinem neuen Boss her. Sein Name war Kalle Hasko und er war der Inhaber und Gründer des Plattenlabels *Star Records*, bei dem ich vor drei Wochen einen befristeten Vertrag unterschrieben hatte.

Das Büro befand sich in der belebten Innenstadt von Helsinki, im Dachgeschoss eines mehrstöckigen Einkaufszentrums. Gemeinsam gingen wir einen langen Flur entlang, dessen grauer Filzteppich das Hallen unserer Schritte verschluckte. An den weißen Wänden hingen unzählige eingerahmte Preise, goldene Platten und Fotos von in Finnland sehr bekannten Musikern. Das schüchterte einerseits enorm ein, ließ mich aber auch davon träumen, eines Tages selbst erfolgreich Künstler nach oben zu bringen.

Die wenigen Büros, an deren offenstehenden Türen wir vorbeigingen, waren mit Menschen besetzt, die lachten, tippten oder laut telefonierten. Ich mochte die Atmosphäre sofort und fantasierte augenblicklich von meinem eigenen kleinen Label. Irgendwann würde das vielleicht die Realität werden, doch heute musste ich mich erst einmal beweisen und fleißig Kontakte knüpfen. Vor allem durfte ich nicht hinfallen und mir etwas brechen. Dass mich die renommierte Agentur angenommen hatte, grenzte an ein Wunder und ich war mir sicher, dass Pekkas Hilfe dabei eine große Rolle gespielt hatte.

»Ich habe dich ja bereits gewarnt, aber ich möchte noch einmal positiv hervorheben, dass du dich davon nicht hast abschrecken lassen. *The Anew* ist eine großartige Band mit mega Star-Potenzial, aber die letzten Wochen haben ihren bisherigen Erfolg beinahe komplett zunichtegemacht. Ich hoffe sehr, dass du weißt, worauf du dich einlässt, und dass du am Ende nicht uns als Management die Schuld an dem Desaster gibst«, sagte Kalle, ohne sich zu mir umzudrehen.

Ich starrte seinen breiten Rücken und das graumelierte kurze Haar blinzelnd an. Motivieren konnte er schon mal nicht. Seine harten Worte verhinderten trotzdem nicht, dass sich ein aufgeregtes Kribbeln in meinem Bauch breitmachte. Und im kleinen Zeh. Vielleicht sollte ich das doch einmal untersuchen lassen. Ich freute mich auf die Aufgaben, weil ich endlich in dem Bereich arbeiten konnte, den ich mir seit Jahren erträumt hatte. Deswegen antwortete ich nicht, sondern grinste in mich hinein.

Als wir das Ende des Ganges erreicht hatten, blieb Kalle stehen, warf mir einen letzten Blick über die Schulter zu und öffnete die Tür. Wir traten in einen Besprechungsraum, in dem es nur einen riesigen, ovalen, weißen Konferenztisch gab, einen Flachbildschirm an der Wand und jede Menge Fenster, durch die die Frühlingssonne hereinschien. Es roch nach neuen Möbeln und einem intensiven männlichen Parfum. Und nach Banane, obwohl ich keine sah. Das musste zu einem der vier jungen Musiker gehören, die bereits an dem Tisch saßen und uns stumm musterten. Die komplette Besetzung von *The Anew* starrte mich an.

»So, Leute. Wie versprochen darf ich euch eure neue Tourmanagerin vorstellen. Das ist Laura Elola und sie ist mutig oder dumm genug, für euch eine kleine Clubtour zu planen«, stellte mich Kalle seufzend vor.

Auch dieser Seitenhieb schüchterte mich immer noch nicht ein, weil mein Herz wild in der Brust hämmerte. Ich hob die Hand und winkte zaghaft. »Freut mich, Jungs.«

Die vier betrachteten mich sehr unterschiedlich. Ich erkannte sie nach der intensiven Recherche sofort, auch wenn sie in natura und zivil etwas anders aussahen als auf den Fotos in der Presse oder in den Videos ihrer Auftritte.

Ganz rechts saß Flinn, ihr Drummer. Mit seinen marokkanischen Wurzeln und den schwarzen Locken, die er zu einem kleinen Dutt auf dem Scheitel zusammengebunden hatte, erfüllte er das Südländer-Klischee. Es sah aus, als wüchse ihm ein kleines Horn aus dem Kopf,

doch ich war klug genug, diesen Kommentar zu unterdrücken. *Flinn, das Einhorn* speicherte sich trotzdem
ab. Er grinste mich schief an, was mit dem dunklen
Kinnbart ziemlich charmant wirkte. Auch er hob die
Hand und winkte mir. Dadurch fiel mein Blick auf die
vielen Ringe, die er an fast jedem Finger trug. Flinn
mochte ich sofort.

Daneben nickte mir das Band-Küken Eddi zu. Der typische finnische Junge von nebenan, der gerade mal 21
und der Bassist war. Talentiert, doch seine hellblauen
Augen und das aalglatte Gesicht erweckten sofort Mut-
tergefühle in mir, obwohl er nur drei Jahre jünger war
als ich.

Zu meiner Linken saßen die Brüder Yanis und Aki. Sie
sahen überhaupt nicht zufrieden aus. Yanis blickte
drein, als hätte er in eine vergammelte Zitrone gebis-
sen, und der zwei Jahre jüngere Aki wirkte unbeteiligt.

»So sieht's aus. Ihr steckt in der Scheiße und wir alle
wissen, wer schuld ist«, begann Kalle bestimmt und fixierte Yanis, der den stechenden Blick des Agenturin-
habers aus graugrünen Augen erwiderte. Grimmig hob
er das unrasierte Kinn. Aber auch Kalle streckte die
Brust in seinem weißen Hemd noch ein Stückchen weiter empor, bis die Knöpfe spannten, und fuhr fort.
»Euer erstes Album hat alle Erwartungen übertroffen,
doch nach Yanis' kürzlichem Fehlverhalten«, diesmal
verdrehte der angesprochene 26-jährige Sänger unübersehbar genervt die Augen, »ist euer Ruf geschädigt.
Kein Produzent will freiwillig mit euch zusammenar-
beiten. Die Clubs erteilen euch Absagen und kein
Schwein interessiert sich für etwas anderes als eure

Skandale. Sauftouren, Bettgeschichten, zwei versäumte Auftritte und ein paar beleidigte Redakteurinnen sind das Ergebnis. Wir können froh sein, noch keine Schadenersatzklage am Hals zu haben. Niemand in meiner Agentur hat sich bereiterklärt, für euch weiterzuarbeiten. Deswegen steht diese hübsche junge Dame neben mir, die euch eine weitere Chance geben will. Lasst mich noch mal hervorheben, es ist eure letzte! Schafft ihr es in den nächsten Wochen nicht, euren Mist auf die Reihe zu kriegen, fliegt ihr aus der Agentur. Das bedeutet keine Auftritte und kein Budget für ein zweites Album.«

Flinn und Eddi erblassten angemessen, doch Yanis fuhr sich seufzend mit der Hand über die raspelkurzen dunklen Haare und zuckte mit den Schultern. Er warf seinem Bruder einen für mich undeutbaren Blick zu, der daraufhin zaghaft mahnend den Kopf schüttelte.

»Vielleicht darf ich mich hier einschalten und erläutern, was wir die nächsten Wochen so vorhaben?«, warf ich ein, da die Stimmung offensichtlich zu kippen drohte. »Ich bin davon überzeugt, dass eure grandiose Musik uns helfen wird, euch wieder an die Spitze zu bringen. Ich habe viel vor und gemeinsam können wir die Presse auf positivere Ereignisse lenken.«

Yanis verengte die Augen und beugte sich nach vorne, um sich mit den Ellenbogen auf dem blank polierten Tisch abzustützen. Er hatte ein markantes, attraktives Gesicht, doch die Kälte darin passte nicht dazu. Dass er Probleme hatte, war offensichtlich. Tiefe Schatten und eingefallene Wangen zeugten von Erschöpfung, deren Grund ich noch nicht kannte. Sein Bruder brummte, griff in seine Hosentasche und holte ein verpacktes

Bonbon heraus. In aller Ruhe drehte er es knisternd auf und steckte es sich in den Mund.

»Wie willst du das schaffen?«, fragte Aki seelenruhig schmatzend. »Bist du überhaupt schon volljährig? Du siehst außerdem nicht so aus, als würdest du dich mit Rockmusik auskennen. Wir haben ernste Probleme und eine Amateurin wird uns nicht helfen können.«

Von den Vorurteilen abgesehen, hörte ich einfach nur Zweifel heraus und die konnte ich ihm kaum übelnehmen. Ich war jung, aber nicht ahnungslos. Ich war blond, aber nicht blöd. Sie würden schon merken, dass ich durchaus in der Lage war, ihrer Karriere einen *Boost* zu verschaffen. Vielleicht nicht mit langjähriger Erfahrung, aber mit Kreativität und Durchsetzungsvermögen.

»Ich bin allerdings alles, was ihr kriegt!«, erwiderte ich, ohne mich provozieren zu lassen. »Euer Problem ist das Image und das kann repariert werden. Wir fangen mit positivem Marketing an, um euch den Fans wieder näherzubringen. Ein Meet and Greet, vielleicht Verlosungen. Danach habe ich fünf Clubkonzerte in Südfinnland geplant, plus zwei Festivals. Die Zusagen dafür sind unterschrieben, der Rest wird selbst mit eurem mickrigen Budget zu arrangieren sein. Ihr dürft spontan im Juli auf einer Nebenbühne beim *Ruisrock* auftreten! Ich denke, diese Aussichten sollten euch optimistisch stimmen, bevor ihr mich als Tussi vom Dienst abstempelt.«

Erleichtert atmete ich aus. Ich war stolz, weil es absolut selbstbewusst geklungen hatte. Dass ich vergessen hatte, zwischen den Sätzen Luft zu holen, rächte sich aber, weil ich nun wie ein Fisch auf dem Trockenen aufächzte und zweimal hickste. Zum Glück kommentierte das keiner. Vor allem Yanis war damit beschäftigt, weiter grimmig dreinzusehen und mich von den Schuhspitzen bis zu meinem Pony zu mustern, während er die hellen Augenbrauen hob. Ich machte einen Schritt nach vorne, beugte mich ebenfalls über den Tisch und stützte die Hände auf, sodass wir auf Augenhöhe waren. Nun roch ich seine Alkoholfahne und verzog angewidert das Gesicht.

»Ja, ich trage hohe Schuhe und ja, meine Fingernägel sind pink lackiert. Das bedeutet aber nicht, dass ich nicht fähig bin, meinen Job zu erledigen«, stellte ich klar.

Yanis starrte mich abschätzend an. Genaugenommen meine Brüste, doch er sagte weiterhin nichts.

Aki grinste hingegen breit und zerzauste seine brünetten, halblangen Haare, die ihm wild ins Gesicht hingen. »Ich mag sie!«, stellte er fest und streckte mir eine Hand entgegen. Auf den langen Fingern prangten etliche, winzige Tattoos und er roch nach Lakritz. Zusammen mit seinem Bruder war er das perfekte Rockstaraushängeschild. Im Gegensatz zu Yanis strahlte Aki allerdings nicht das klassische Badboy-Image aus, sondern wirkte sympathisch. Mit einem verschmitzten Grinsen, das mich auf seine Lippen starren ließ, und einem verträumten Blick aus braunen Augen, unter dem meine Wangen warm kribbelten.

»Ich bin Aki, der Gitarrist, und ich freue mich auf eine gute Zusammenarbeit.«

Überrumpelt nahm ich die Begrüßung entgegen. Sein Händedruck war fest, während er den Blickkontakt nicht unterbrach. Schließlich richtete ich mich auf und trat zurück. Kalle nickte mir zu und es war das erste Mal, dass ich kein Mitleid in seinen Zügen erkannte, sondern Anerkennung.

»Euer Team vom letzten Mal verweigert ebenfalls die Zusammenarbeit. Einzig und allein Jussi war bereit, mit euch auf Tour zu gehen. Ihr kriegt einen kleinen Bus mit Fahrer und ein Rahmenbudget für ein paar Übernachtungen. Übertreibt es nicht! Laura wird euch die nächsten Tage den Plan zukommen lassen«, erläuterte er. »Ihr könnt gehen.«

Als die Stühle quietschend zurückrückten und sich die Band erhob, blieb ich unsicher bei der Tür stehen. Mein Herz klopfte immer noch wild und meine Wangen glühten heiß. Jetzt stand mir der Sinn erst recht nach einem guten Rum.

Flinn schulterte einen riesigen Rucksack und marschierte fröhlich summend an mir vorbei. Dahinter schloss Eddi hektisch zu ihm auf und stolperte über seine eigenen Füße, nur um Haaresbreite verfehlte er mich und konnte sich an der Wand abfangen. Der Kleine lächelte peinlich berührt.

»Entschuldigung. Aber ich habe keinen Führerschein und Flinn wollte mich nach Hause bringen«, murmelte er, ehe er dem südländischen Bassisten wieder nachlief.

Aki klopfte Kalle zweimal kurz auf die Schulter, sah dabei aber mich an. »Du hast keine Ahnung, worauf du dich einlässt, aber ich freue mich, dabei zu sein, wenn du es herausfindest.«

Schon wieder empfand ich das Gesagte als wenig freundlich, aber sein Gesichtsausdruck blieb offen. Ich konnte ihn extrem schlecht einschätzen.

Anders als beim missgelaunten Yanis, der sich ausgiebig gähnend streckte. Sein schwarzes Shirt, das auf der Brust einen riesigen Fettfleck aufwies, rutschte nach oben und entblößte seinen flachen Bauch inklusive des Bunds seiner Boxershorts. Die Jeans saß so tief, dass ich Angst hatte, er würde sie gleich verlieren. Als er an mir vorbeiging, schob er die Hände in die Hosentaschen, was die Entblößungsgefahr steigerte. »Dir ist klar, dass du den Job nur hast, weil ihn sonst keiner machen wollte?«, fragte er mich im Vorbeigehen.

Ich schluckte jede Antwort hinunter. Yanis war eine harte Nuss, aber ich würde mich von einem griesgrämigen Sänger nicht abhalten lassen, eine fantastische Tour zu planen. Immerhin war es seine Band und ich war mir sicher, dass ihm viel am Erfolg lag.

Aki folgte seinem Bruder, drehte sich aber noch einmal zu mir um. »Übrigens: Das *Ruisrock*? Wie zum Teufel hast du das hinbekommen?«, fragte er mich sichtlich interessiert. »Wir sind nicht mal mehr auf den lokalen Stadtfesten erwünscht!«

Das Grinsen stand ihm gut. Ich erwiderte es und verschränkte die Arme. »Das bleibt vorerst mein Geheimnis, aber ich verspreche, davon gibt's noch mehr.«

Nach einem frechen Zwinkern hob er die Mundwinkel noch ein bisschen mehr. »Ich bin gespannt darauf, all deine Geheimnisse zu ergründen!« Er lachte und folgte Yanis, der mit hängenden Schultern voranschlurfte. Konzentriert unterdrückte ich den Drang, zu ihm zu laufen, um ihm diese verdammte Jeans hochzuziehen.

Erst als alle Bandmitglieder das Stockwerk verlassen hatten, atmete ich erleichtert aus. Kalle schmunzelte und schüttelte gleichzeitig den Kopf.

»Das lief besser als gedacht. Ich hoffe, du hast Durchhaltevermögen! Große Hilfe oder mehr Geld kannst du von mir nicht erwarten. Ich bin so gut wie fertig mit diesem Trinker! Er ruiniert die Karriere seiner Freunde und niemand hält ihn auf.«

Er sprach erneut von Yanis, der offensichtlich der Ursprung allen Übels war.

»Aber eines muss ich korrigieren: Du warst nicht die Einzige, die sich beworben hat. Wie du das *Ruisrock* klargemacht hast, würde ich auch gerne erfahren. Das ist ein großer Deal«, fügte er interessiert hinzu.

Ich schwieg. Es musste keiner wissen, dass ich das Pekka, beziehungsweise seinem Bruder Jari Mäkinen zu verdanken hatte. Seine Band *The wicked elephant* spielte auf der Hauptbühne und hatte ein gutes Wort für mich eingelegt. Ein Gefallen, den ich eines Tages hoffentlich erwidern konnte. Ab jetzt kamen ein paar harte Wochen auf mich zu, doch es fühlte sich an wie der beste Rausch meines Lebens. Ich war voller Tatendrang und bereit, alles zu geben, um diese Tour ganz nach vorne zu bringen.

Ein Moomin, Schulkinder und sechs Pizzen

Die nächsten zwei Wochen war ich für andere lebende Menschen nicht ansprechbar und in einer Planungs-Blase versunken. Das Telefon nahm ich nur für geschäftliche Anrufe zur Hand und meine Körperhygiene ließ ebenso deutlich zu wünschen übrig. Ich erstellte Tabellen für die Finanzen, teilte das Budget für die Bereiche auf und holte mir viele Absagen ein. Es war eiskalt gelogen gewesen, dass ich bereits alle Gigs gebucht hatte. Zwar war das *Ruisrock* dank Pekka in der Tasche, aber alle anderen musste ich überreden und garantieren, dass es zu keinen *Zwischenfällen* kommen würde. Zumindest bezeichneten sie so Yanis' Aussetzer, die die Runde in der Branche gemacht hatten.

Am Ende schaffte ich es trotzdem, fünf coole Locations zu fixieren und einen Zeitplan zu erstellen. Ich stellte die Tourdaten sofort online, aktualisierte die Homepage der Band und beauftragte Druckereien damit, Werbematerial für uns zu produzieren. Das Label gönnte uns immerhin ein bisschen Radiowerbung und die Vorankündigungen bei den Ticketverkäufern liefen ebenfalls nach Plan.

Es kostete mich schlaflose Nächte, dennoch meisterte ich einen Schritt nach dem anderen. Das überraschte mich mehr, als es hätte dürfen. Jetzt, da es ernst wurde, erhöhte sich auch mein Druck. Abgesehen davon, dass der Tourbus, den uns die Agentur zur Verfügung stellte, eine kleine Katastrophe war. Es gab nur zwei Schlafkojen, also mussten wir für fast jede Nacht und Fahrt eine Unterkunft einkalkulieren. Dazwischen gab es zwei Tage Pause zu Hause in Helsinki, weil Benzin billiger war als ein Schlafplatz. In Sachen Interviews und Interesse der Medien hielten sich die Erfolge jedoch in Grenzen. Das lag vermutlich daran, dass Yanis bereits mehrmals Reporter, Blogger und Moderatoren auf kreativste und obszönste Art und Weise beleidigt hatte, wenn sie ihm Fragen gestellt hatten, die er für dämlich hielt.

Nichtsdestotrotz begannen die Proben für die Tour pünktlich. Zur Verfügung stand uns dafür der *Drinks and Music Club*, der dem Label selbst gehörte und fast täglich ausgebucht war. Eine sehr angesagte Location mitten in der Stadt, deren Bühne sich im Keller befand. Tagsüber durften wir hier alles aufbauen und die letzten Züge für die Tour besprechen.

Wirklich Kontakt zur Band hatte ich kaum gehabt. Ich bombardierte sie mit Infos, doch meistens wurden diese kommentarlos hingenommen. Umso mehr freute ich mich auf die Zeit bei den Proben, weil ich endlich Einblicke in die Band bekommen und mich mit den Jungs anfreunden konnte. Vertrauen war wichtig und musste erarbeitet werden.

Ich war die Erste, die um elf Uhr vormittags das leere Lokal betrat. Oben gab es eine stylische Bar, die mit dunklen Holzmöbeln Gemütlichkeit ausstrahlte. Ich ging am schwarzen Tresen vorbei und steuerte die

Treppe nach unten an. Normalerweise stand hier ein breiter Kerl, der dafür sorgte, dass nur Gäste mit gültigen Tickets runter kamen. Es war unheimlich, den sonst so belebten Ort menschenleer vorzufinden.

Als ich unten ankam, hörte ich ein Poltern. Neugierig blickte ich mich auf der freien Fläche um, wo abends das Publikum die Musiker ankreischte, hinten gab es Stehtische und eine zweite, kleinere Bar. Es rumpelte noch mal, gefolgt von einem Fluch, und ich entdeckte jemanden im abgehangenen Bereich hinter der Bühne. Einen wahrhaftigen *Moomin*, der fleißig Transportboxen umherräumte. Der Kerl war zwei Meter groß und fast so breit. Er wandte mir den Rücken zu und hievte gerade eine riesige schwarze Kiste hoch.

»Moi!«, sagte ich und schrie sogleich schrill auf. Der Moomin-Mann hatte die Kiste genauso überrascht fallen gelassen und griff sich nun empört ans Herz.

»Zum Teufel, willst du mich umbringen? So jung bin ich auch nicht mehr«, rief er mit schreckgeweiteten Augen. Seine Glatze schimmerte feucht vor Schweiß, als er sich zu mir drehte und mich musterte. Seine Nase war deutlich kleiner als die der Zeichentricknilpferd-Trolle aus der Kinderserie. Trotzdem passte der Vergleich, vor allem da er ein schneeweißes Shirt trug.

»Entschuldigung, ich hatte nicht damit gerechnet, dass jemand vor mir hier ist. Ich bin Laura, die Managerin.« Dieser Satz schmolz wie Honig auf meiner Zunge, weshalb ich direkt dümmlich grinste. So hatte ich mich immer vorstellen wollen. Beim Gynäkologen würde das vielleicht seltsam ankommen, doch das war mir egal. Ich liebte es.

»Ach, das naive Vögelchen, das sich für ein lächerliches Gehalt in die Scheiße hat mit reinziehen lassen«, antwortete der Riese und stemmte die Hände in die Hüfte. Sein Shirt spannte sich gefährlich um seinen breiten Oberkörper.

Ich seufzte, grinste aber immer noch. »Ganz genau, die bin ich!«

»Klasse. Ich bin Jussi und für all das technische Zeug hier verantwortlich. Bin wohl der einzige Trottel, der sich hat überreden lassen. Das haben wir schon mal gemeinsam. Ich sag's gleich, ich habe nichts gegen Anpacken, aber wenn die Faulpelze ihren Kram nicht selbst wegräumen, bin ich auch weg.«

Ich nickte erleichtert. Jemanden wie Jussi konnten wir mehr als gut gebrauchen und er schien die Band ja bereits zu kennen. Allerdings überlegte ich fieberhaft, ob dieser Hüne überhaupt in den Tourbus passte. Wenn man ein Loch ins Dach sägte, vielleicht ... oder ich müsste ihn bitten, den Kopf aus dem Fenster zu halten. »Schön, dass du dennoch dabei bist. Ich kann jede Hilfe gebrauchen.«

Jussi nickte und widmete sich wieder seiner Arbeit. Er erklärte mir, dass er auch das Mischpult bedienen konnte, aber keineswegs professionell darin geschult war. Es musste reichen.

Während er die Kabel auf der Bühne für den Soundcheck verteilte, gönnte ich mir einen Kaffee aus der großen Maschine bei der Bar. Er ließ sich von mir nicht beirren und schien genau zu wissen, wo was hingehörte. Als Flinn sich wenig später zu uns gesellte, trank auch Jussi bereits eine Tasse mit mir. Er war ein wirklich sympathischer Mensch, der mir sofort das Gefühl von Sicherheit und Schutz vermittelte.

»Guten Morgen«, begrüßte uns der südländische Drummer gut gelaunt und stellte seinen riesigen Rucksack vor uns ab. Seine schwarzen Locken waren erneut zu dem kleinen Dutt auf dem Scheitel gebunden, diesmal standen einzelne Büschel davon ab. Das Einhorn war heute struppig.

»Morgen? Junge, es ist fast zwölf Uhr mittags und ihr seid wie immer zu spät. Man lässt eine so hübsche Frau nicht warten, und mich schon gar nicht«, fuhr Jussi ihn an. Dass er dabei versuchte, seine Espresso-Tasse mit den dicken Fingern filigran zu halten und der kleine Finger elegant wegstand, nahm ihm den Ernst. Auch Flinn schien wenig eingeschüchtert zu sein, denn er zuckte mit den Schultern.

»Mach mich nicht blöd an. Ich bin der Erste, nicht wahr? Warten wir ab, ob Yanis überhaupt auftaucht, und dann reden wir weiter.«

Alarmiert blickte ich ihn an, sagte aber nichts. Ich ging fest davon aus, dass der Sänger erschien. Allerdings wusste ich zu wenig über ihn, um nicht doch ein kleines bisschen besorgt zu sein.

Flinn bediente sich an der Kaffeemaschine und sah sich dann auf der Bühne um. Jussi hatte ihm die Drums bereits aufgebaut, doch er setzte sich dahinter und justierte konzentriert eine nach der anderen.

Kurz nach ihm hüpfte Eddi wie ein Flummi von den Stufen und fast wäre ihm dabei sein Bass vom Rücken gerutscht. Mit angestrengter Miene versuchte er das Gleichgewicht zu halten und den Instrumentenkoffer, der drohte, über seinen Kopf zu fallen, wieder zurückzuschieben. Jussi fuhr sich mit einer Hand über das Gesicht und seufzte. Er beugte sich zu mir und verengte warnend die hellgrünen Augen.

»Eddi ist ein feiner Junge, aber du solltest einen extra Verbandskasten mitnehmen. Er hat ein bisschen zu viel Energie, ständig muss man ihn vom Boden aufkratzen.«

Ich konnte nicht anders, als laut zu lachen, weil er den jungen Mann danach mit einem sehr väterlichen Blick bedachte. Statt zu trödeln, machte sich aber auch Eddi sofort daran, sein Instrument auszupacken und sich vorzubereiten.

Eine Viertelstunde später tauchten die Letzten in der Band auf. Aki kam mit den Händen in den Hosentaschen und sorgenvoller Miene die Treppe herunter. Sein Blick galt erst mir und ging dann die Stufen hoch. Skeptisch lehnte ich mich vor – und schlug die Hand vor den Mund, als Yanis folgte. Er angelte sich an der Wand entlang und taumelte herab.

»Na großartig. Die Schnapsdrossel ist eingetroffen«, murrte Jussi.

Ich stand sofort auf und visierte den schwankenden Sänger an. »Bist du geisteskrank? Wie kann man zu Mittag bereits betrunken sein?«, fuhr ich ihn direkt an.

Aki blieb stumm stehen, wobei ich ihm das schlechte Gewissen ansah. Sein Bruder seufzte, nahm die Sonnenbrille ab und rieb sich die blutunterlaufenen Augen. Natürlich stank er nach Alkohol, sein Gesicht sah aschfahl aus und er kratzte sich verschlafen am unrasierten Kinn. »Ich bin nicht schon betrunken, sondern nur noch nicht nüchtern genug. In ein paar Minuten und nach einem Kaffee bin ich startklar.«

Fassungslos sah ich zu, wie er zur Bühne schlurfte und sich schwerfällig auf die Kante setzte.

»Was stimmt denn nicht mit ihm?«, fragte ich Aki, der immer noch die Hände in den Hosentaschen vergraben hatte. Seine Haare hingen ihm über die Augen, weshalb er mich nur zaghaft anblinzelte.

»Er wird wirklich schnell fit. Gib ihm ein paar Minuten und wir können loslegen.«

Das beantwortete meine Frage keineswegs. Ich starrte Aki so lange an, bis er seufzte. Lässig strich er sich die Haare nach hinten und zog einen Mundwinkel hoch.

»Ich weiß es nicht genau. Seit ein paar Wochen ist er total neben der Spur, aber das kommt wieder in Ordnung. Gib ihm Zeit.«

Zumindest schien es, als stünde die gesamte Band weiter hinter ihrem fragwürdigen Sänger. Sie zogen ihn gemeinsam auf die Bühne und klopften ihn lachend ab. Dass er verantwortlich für ihre Misere war, schien ihm noch keiner übel zu nehmen.

Optimistisch betrachtete ich die Szene. Ein guter Zusammenhalt war ein Anfang. Ich war fest entschlossen, herauszufinden, was hier schieflief.

Wenigstens hielt Yanis sein Wort und nachdem Aki gemeinsam mit Jussi zwei Gitarren und ein Keyboard aus ihrem Auto geholt hatte, schienen sie alle in ihrem Element. Ich ließ sie erst mal machen, weil ich sie in ihrer natürlichen Umgebung beobachten wollte. Was mich positiv stimmte, war ihr Umgang miteinander. Jeder kümmerte sich um seinen Bereich, doch sie warfen sich immer wieder freundliche Blicke zu und gingen sich gegenseitig zur Hand. Flinn saß bereit hinter seinen Drums, Aki hatte sowohl das Keyboard aufgebaut als auch die Gitarre um den Hals gehängt und Yanis half Eddi, die Kabel um ihn herum so zu platzieren, dass er nicht drüber fiel. Nach wenigen Minuten standen sie aufgereiht vor mir auf der Bühne und starrten mich erwartungsvoll an.

Ich verschränkte die Arme und nickte zufrieden. Schließlich holte ich vier dünne Schnellhefter aus der Tasche und hielt sie gefächert hoch. »Okay, also die Tourdaten habt ihr bereits erhalten. Wir starten am 20. Juni hier im *Drinks and Music* in *Helsinki*. Zwei Tage später steigen wir in den Bus und fahren nach *Lahti* rauf. Danach geht es nach *Kuopio* und weiter nach *Oulu*. Dazwischen gibt es ab und zu einen Tag *off*, an dem ihr euch erholen könnt! Soundchecks sind immer vormittags in den Clubs, An- und Abbau obliegen unserer Verantwortung. Wir werden eine umfangreiche Plakataktion in den Städten haben und euer offizieller Social Media-Account wird ebenfalls reaktiviert! Wir sollten aktiv auf die Fans zugehen, damit ihr mehr positive Präsenz bekommt. Nach einer zweitägigen Pause zurück in *Helsinki* geht es wieder hoch nach *Seinäjoki*, wo ihr auf einem kleinen lokalen Sommerfestival spielen dürft. Danach folgt *Tampere* und das Finale werden wir auf dem *Ruisrock* in *Turku* feiern! Ich denke, das ist eine tolle Rundreise durch Südfinnland und wir können euren Bekanntheitsgrad erweitern. Woran ich noch arbeite, sind kleine Interviews. Ich habe da den einen oder anderen Radiosender und lokale Aktionen auf den Festivals im Auge, aber noch keine erfolgreichen Rückmeldungen. Für große Werbeschaltungen fehlt uns das Geld. Habt ihr Fragen dazu?«

Stolz schaute ich in die Runde. Das, was ich die letzten Tage auf die Beine gestellt hatte, war kein Kinderspiel gewesen. Die Musiker auf der Bühne sahen mich jedoch an, als hätte ich ihnen die Relativitätstheorie auf Chinesisch erklärt. Schließlich hob Yanis die Hand und wartete.

Ich stutzte, bis ich begriff und seufzte. »Ihr müsst euch nicht wie in der Schule melden. Gebt einfach euren Senf dazu!«

»Darf ich auf die Toilette gehen?«

Wow.

Ohne das einer Antwort zu würdigen, drehte ich mich um, ging zu Jussi und ließ mich auf den Stuhl neben ihn fallen.

»Du behandelst sie genau richtig«, sagte er und klopfte mir auf die Schulter. »Lass dich nicht provozieren. Ich weiß, Yanis kann ein Arschloch sein, aber die Band ist sein Leben. Auf der letzten Tour habe ich erlebt, dass sie einen wirklich guten Zusammenhalt haben, deswegen bin ich auch noch hier. Ich glaube an sie.«

Seine Worte bauten mich auf, auch wenn ich mich über Yanis' kindisches Verhalten ärgerte.

Immerhin schaffte er es, die nächsten zwei Stunden auf der Bühne aufrecht zu bleiben. Der Kater verlieh seiner sowieso schon tiefen Stimme einen kratzigen Unterton, der perfekt zu ihren Songs passte. Sie lieferten großartigen finnischen Rock ab und es machte

Spaß, ihnen dabei zuzusehen. Vor allem war ich überrascht, dass sie sich tatsächlich ein Konzept überlegt hatten. Sie präsentierten uns neue Akustik-Versionen ihrer Lieder und ganz besonders berührte mich die melancholische Variante ihrer ersten Single, die eigentlich eine Hard Rock-Nummer war.

Yanis war ein begnadeter Sänger und er sah verdammt sexy dabei aus. Selbst unrasiert und mit dunklen Ringen unter den Augen lieferte er eine gute Show. Besonders das Zusammenspiel mit seinem Bruder faszinierte mich. Aki war ein musikalisches Allroundtalent. Er spielte die Gitarre mit einer Leidenschaft, die mir eine Gänsehaut bescherte, und konnte fließend zum Keyboard wechseln. Sie warfen sich vielsagende Blicke zu und Yanis bezog alle Bandmitglieder mit ein. Einmal trommelte Flinn ein ohrenbetäubendes Solo, das bis in den Magen wanderte, während Yanis sich zurückzog und begeistert mitwippte. Eddi hüpfte beim Bassspielen auf und ab und lieferte sich mit Aki mitreißende Momente.

Ich liebte ihren Sound und das gab mir Hoffnung. Gemeinsam feilten wir an den Details der Setlist und einigten uns auf potenzielle Zugaben. Sie mussten mindestens neunzig Minuten Bühnenzeit füllen und das möglichst kreativ und neu, da die letzte Tour noch nicht so lange her war. Ob sie neue Lieder miteinbauen konnten, ließen wir offen, doch ich befürwortete es. Man musste dem Publikum Lust auf mehr machen.

Am späten Nachmittag bestellten wir uns Pizza, die ich bezahlte, um die Band zu belohnen. Ich holte die sechs Kartons oben beim Eingang ab und konzentrierte mich auf die Stufen nach unten, als ich gegen ein Hindernis stieß. Warme Finger schlossen sich um meine und ich sah verdutzt auf. Es war Aki, der mir im Weg stand und nach den Kartons griff. Dank der Treppe waren wir auf Augenhöhe und ich blinzelte ihn überrascht an.

»Darf ich dir helfen?«, fragte er höflich und nahm mir die Pizzen schon ab.

Überrumpelt blieb ich mit leeren Händen stehen und sah zu, wie er sich umdrehte und nach unten ging.

»Ich mag den roten Nagellack heute. Bin gespannt, wie viele Farben du besitzt«, rief er mir zu.

Wenn die Herren jetzt auch noch witzig und charmant wurden, würde die Tour eventuell doch kein Horrortrip werden.

Ich folgte Aki, doch bevor ich zur Bühne gehen konnte, stellte sich mir erneut jemand in den Weg. Erschrocken wich ich zurück, woraufhin mich Yanis am Unterarm packte, damit ich nicht stolperte. Die Sonnenbrille hatte er auf dem Kopf und ich kam nicht umhin, seine dichten Wimpern zu bewundern. Nüchtern wirkte er weit weniger asozial.

Er drehte den Kopf und sah zu seinem Bruder, der gerade die Pizzen verteilte. Als er sich wieder mir zuwandte, hob er das Kinn und verengte die Augen. »Aki mag dich tatsächlich. Ich hingegen überlege noch«, ließ er mich wissen, ehe er sich dicht an mir vorbei nach oben drängte.

Es war jener Moment, in dem ich begriff, dass diese beiden Brüder Probleme bedeuteten. Welche genau, sollte sich noch herausstellen.

Der Tag, an dem die Tour offiziell mit dem Gig im *Drinks and Music Club* begann, zeigte sich nass und unfreundlich. Dicke Regentropfen fielen auf die Straßen von Helsinki und der aufblühende Sommer machte eine Pause. Dennoch war ich voller Vorfreude und Nervosität. Die halbe Nacht war ich wach gewesen, um noch mal alles durchzugehen. Besonders das erste Konzert war entscheidend. Nicht nur, da es in der Hauptstadt von Finnland stattfand, sondern auch, weil im Club des Labels heute einige wichtige Menschen anwesend waren. Eine Bewährungsprobe, die mir den letzten Nerv raubte. Es ärgerte mich, dass Kalle uns direkt beim ersten Auftritt diesem Druck aussetzte, auf der anderen Seite kannte ich die Verkaufszahlen und wusste, dass wir die Location niemals ohne die geladenen Gäste vollbekommen hätten.

Am Samstag ließen sich die Leute trotzdem nicht vom Schlechtwetter davon abhalten, durch die Einkaufsstraßen zu schlendern. In den Cafés waren alle Fensterplätze belegt mit Menschen, die dem Treiben auf den Gehsteigen bei einer warmen Tasse zusahen. Ich hatte einen Pappbecher in der Hand und stapfte in meiner roten Regenjacke an ihnen vorbei. Ich war am späten Nachmittag mit der Band verabredet, um den finalen Soundcheck zu machen. Seit unserem letzten Treffen waren mehr als zwei Wochen vergangen, in denen wir nur über Mails und Nachrichten Kontakt hatten. Im Grunde wollte ich ihnen ihren Freiraum gönnen, weil die kommende Zeit sowieso mehr als stressig und anstrengend werden würde. Es reichte, wenn ich innerlich durchdrehte.

Als ich in die Straße des Clubs einbog, öffneten sich die Himmelsschleusen noch weiter und ich beschleunigte meine Schritte. Durch die eingeschränkte Sicht wäre ich fast in die Person hineingelaufen, die direkt vor dem Eingang stand. Das Wasser spritzte bis zu meinen Knöcheln hoch, weil ich so scharf bremste. Ich hob den Kopf, wodurch der kalte Regen meine Wangen benetzte.

»Was tust du da?«, fragte ich Yanis überrascht, als ich ihn erkannte. Er stand nur in einer Jeansjacke vor dem Club und starrte auf das Logo über der schwarzen Holztür. In der Hand hielt er einen alten braunen Gitarrenkoffer, von dem das Wasser genauso hinabrann wie von seinem Gesicht. Er rührte sich nicht, obwohl er vollkommen durchnässt war und bestimmt fror. Erst als ich eine Hand auf seine Schulter legte, zuckte er zusammen.

»Laura«, nuschelte er, als hätte er mich tatsächlich erst jetzt bemerkt. Weil ich im Gegensatz zu ihm nicht im Regen stehen bleiben wollte, ging ich voran und öffnete die Tür. Er setzte sich in Bewegung und folgte mir nach drinnen.

Wohlige Wärme umfing uns und ich schüttelte mich wie ein nasser Hund. Mit spitzen Fingern schälte ich mich aus der klammen Jacke und strich mir die feuchten Haare aus dem Gesicht. Yanis stellte bloß den Gitarrenkoffer ab und blinzelte die letzten Tropfen von seinen Wimpern.

»Willst du es drauf anlegen und die Tour übermorgen mit einer Lungenentzündung beginnen?«, maßregelte ich ihn halb ernst.

»Ich habe nur nachgedacht und nicht bemerkt, dass es angefangen hat zu regnen.«

Die Antwort war seltsam und besorgniserregend. Allerdings sah er besser aus denn je. Bis auf die Tatsache, dass er nass war, wirkte er frisch und vor allem nüchtern. Ich beschloss, sein merkwürdiges Verhalten nicht weiter zu analysieren, sondern mich darüber zu freuen, dass er pünktlich war.

Gemeinsam betraten wir den Keller und er zog die nasse Jeansjacke aus. Darunter klebte das weiße Shirt transparent und feucht an seiner Brust. Die Gänsehaut auf seinen Armen war unübersehbar.

»Du wirst dich vorm Abend umziehen müssen, sonst wirst du wirklich noch krank«, warnte ich und wollte mich gerade abwenden – da zog Yanis sich das Shirt einfach aus.

Ich starrte ihn fassungslos an. Ihn hingegen schien es gar nicht zu stören, plötzlich halb nackt vor mir zu stehen. Er warf das unnütze Kleidungsstück achtlos auf den Boden und hob den Gitarrenkoffer auf.

Ich schluckte konzentriert und versuchte auf das außergewöhnliche Ding zu achten, statt auf Yanis' trainierten Körper. Unter der Jeans blitzte wieder der Bund seiner Shorts hervor, doch diesmal saß sie über seinem Hintern und nicht darunter.

»Gibt's da was Nettes zu sehen?«, fragte er mich über die Schulter hinweg und erwischte mich klar beim Gaffen.

Sofort schaute ich in seine Augen und schüttelte den Kopf. »Nein, alles okay.«

Nun drehte er sich skeptisch dreinschauend zu mir um und grinste frech. »Nein? Dein Ausdruck sagt mir etwas anderes.«

Ich seufzte und nahm einen großen Schluck aus meinem Pappbecher. Er wusste natürlich, dass er gut aussah. Vermutlich verbrachte er auch viel Zeit damit, seine Muskeln zu trainieren, um genau diese Reaktion bei Frauen hervorzubringen. Für Fans fand ich das passend, für mich nicht.

»Sag bloß, die taffe Managerin wird rot, nur weil sie eine nackte Männerbrust sieht. Dann wirst du auf der Tour große Probleme kriegen. Wir sind oft nackt«, sprach er und verschwand neben der Bühne hinter dem Vorhang. Perplex zog ich die Stirn kraus und dachte über seine Worte nach.

»Warte! Was soll das heißen, ihr seid oft nackt?«, rief ich empört und erntete ein lautes Lachen hinterm Vorhang.

Um mich nicht weiter zu blamieren, stellte ich mich zu einem der Tische und holte die Mappen heraus, in der die gesamten nächsten Wochen geplant waren. Mein Blick streifte zwar ab und zu zum schwarzen Vorhang, doch ich versuchte mich auf den Ablauf des bevorstehenden Abends zu konzentrieren. Ein nüchterner Yanis war gar nicht mal unsympathisch.

Ich checkte gerade auf dem Handy die Mails von Kalle, als Yanis wieder hervorkam, immer noch oben ohne. Lässig schlenderte er zu mir und stützte sich mit den Ellenbogen auf der Tischplatte ab. Ein herber Geruch kitzelte mich in der Nase und ich sah auf, um ihn zu mustern.

»Was ist jetzt schon wieder?«, fragte er genervt.

»Nichts. Es ist nur wortwörtlich angenehm, dass du nicht nach Alkohol stinkst, sondern gut riechst.«

Jetzt war er es, der die Brauen hochzog und die Lippen schürzte. Da ich aber nicht näher darauf einging und wir uns nur stumm anstarrten, wurde der Moment seltsam. Es war mucksmäuschenstill im Keller, was die Lage nicht besser machte. Erst als er sein Gewicht verlagerte und der Tisch unter ihm knarrte, räusperte er sich.

»Ich wollte dir nur sagen, dass mir nicht alles scheißegal ist, Laura. Manchmal mag es so wirken, aber die Jungs von der Band bedeuten mir sehr viel. Ich will sie nicht enttäuschen. Auch wenn ich das in letzter Zeit oft mache.«

Ich legte mein Telefon weg und faltete die Hände, um sie zu beschäftigen. So offen und ernst, wie er mich gerade ansah, hatte ich ihn in unserer wenigen gemeinsamen Zeit bisher nicht erlebt. Er erwiderte meinen Blick aus graugrünen Augen. Mir fiel auf, dass er frisch rasiert war, und selbst sein Haar schien an den Schläfen erst vor Kurzem neu getrimmt worden zu sein.

»Wenn du das alles weißt, wieso benimmst du dich dann trotzdem wie ein Arschloch?«, wollte ich berechtigterweise wissen, bekam aber keine Antwort. Stattdessen senkte er den Kopf und schaute zur Seite. Noch war er nicht bereit, mit mir zu reden. Ich nahm es ihm nicht übel, da wir uns kaum kannten. »Reiß dich einfach ein bisschen zusammen, Yanis.«

Nicht mal ein Nicken bekam ich, als er sich aufrichtete und wegdrehte. Er schnappte sich den zerschlissenen Koffer und hievte ihn auf die Bühne. Die beiden eisernen Scharniere quietschten beim Öffnen und als er den Deckel hochklappte, lächelte er sanft. Zärtlich strich er über das Instrument darin und das war der Moment, in dem ich ein Foto von ihm machte. Seitlich, mit nacktem Oberkörper und liebevollem Blick.

»Darf ich das Bild posten?«, fragte ich lächelnd. »Vielleicht lockt es noch ein paar Fans in den Club, wenn sie sehen, was sie verpassen. Du könntest auch einfach oben ohne auftreten«, murmelte ich vor mich hin und sah auf das gelungene Foto.

Yanis grinste frech und sprang elegant hoch auf die Bühne. »Wir sind nicht die Chippendales, aber ich denke drüber nach.«

Das betrachtete ich als ein »Ja« und lud damit den Schnappschuss sofort hoch. Ich hatte vor, einen Rundum-Einblick ins Backstage-Leben zu geben. Yanis setzte sich währenddessen auf den Boden und ließ die Beine über die Kante baumeln. Er griff sich die Gitarre und spielte leise summend vor sich hin. Davon machte ich ein kurzes Video und genoss es, ihm zuzusehen, wie er die Augen schloss und langsam hin und her wippte.

Wenige Stunden später füllte sich das Lokal schnell mit Angestellten. Sowohl oben als auch unten durchdrang geschäftiges Stimmengewirr die Räume und das beruhigte mich. Wir bekamen Unterstützung von ein paar Technikern vom Label, die uns mit dem Licht und dem Equipment halfen, und verzogen uns zunehmend in den beengten Bereich hinter der Bühne. Es gab keine großen Backstage-Räumlichkeiten, sondern einfach eine Nische für die Instrumente und Kisten. Kabelhaufen und sperrige Lampen lagen auf dem Boden. Ich versuchte mich in eine Ecke zu stellen, in der ich nicht im Weg war. An meine Brust hielt ich ein Klemmbrett gedrückt, auf dem eine Gästeliste mit den wichtigsten Namen des Labels stand, genauso wie die Setlist und der Zeitplan.

Je später die Stunde, desto nervöser wurde ich. Die Band hingegen saß entspannt auf Stühlen im Kreis und scherzte rum. Der Soundcheck war gut gelaufen, nun stießen sie mit Bier an und lachten laut. Mein Fuß tippte unentwegt auf und ab und drohte zu krampfen. Ich konnte es trotzdem nicht sein lassen. Immer wieder spickte ich nach draußen vor die Bühne, wo sich bereits einige Gäste einfanden. Kalle konnte ich noch nicht entdecken.

»Du siehst angespannt aus«, sagte Aki plötzlich neben mir und hielt mir eine Flasche Bier hin.

Ich starrte drauf und schüttelte den Kopf. »Danke, aber das schmeckt mir nicht.«

Er trat dicht an mich heran und beugte sich zu mir, um durch denselben Spalt im Vorhang zu sehen wie ich. »Erwartest du jemand Bestimmtes?«

Schon wieder roch ich die Lakritze und diesen seltsamen Hauch von Banane aus seinem Mund. »Ja, Kalle möchte persönlich sehen, wie euer neues Programm aussieht. Er hat ein paar von der Agentur eingeladen und jeden, den er kennt. Ich glaube, sogar seine Tochter steht auf der Liste, und ich erwarte den Fotografen, der leider schon zu spät ist. Also ja, ich bin angespannt.«

Aki richtete sich wieder auf und verzog das Gesicht. »Eva soll kommen?«

Verwirrt sah ich zu ihm auf und versuchte mich auf ihn zu konzentrieren. Er trug sein Bühnenoutfit, ein eng anliegendes schwarzes Tanktop und eine Lederhose.

»Das ist nicht gut, Laura«, murmelte er besorgt und ich verstand nicht, was er meinte. Weil ich begriffsstutzig dreinblickte, wies er mit dem Kinn nach draußen. »Eva! Kalles Tochter. Yanis hatte mal was mit ihr und das ging nicht gut aus. Wenn sie freiwillig herkommt, dann nur, um Ärger zu machen. Du solltest sie von ihm fernhalten.«

»Wieso sagt mir das keiner?«, grummelte ich.

Aki lachte leise und schüttelte den Kopf. »Ich schick dir nachher eine Nachricht mit allen Liebschaften von Yanis, aber es könnte dein Datenvolumen aufbrauchen.«

Ich fand das nicht so lustig, weil sich Panik in mir breitmachte. Hektisch sah ich zur restlichen Band, die immer noch lachend beisammensaß. Wenigstens hatte sich Yanis umgezogen und saß nicht mehr halbnackt da.

Auf einmal wurde der Vorhang zur Seite gerissen und jemand rief »Hier versteckst du dich also!«

Aki und ich zuckten erschrocken zusammen, doch da wurde ich bereits fest umarmt und hochgehoben. Pekka wirbelte mich einmal um die eigene Achse, ehe er mich schwungvoll absetzte.

»Mein Gott, ist das lange her, dirty Girl«, fügte er fröhlich hinzu.

Ich musste mich an seinen Schultern festhalten, um nicht aus dem Gleichgewicht zu kommen. Auf Pekka hatte ich auch gewartet und eigentlich wollte ich ihm eine Standpauke halten, dass er über eine Stunde zu spät war, aber wie früher brauchte ich nur einmal in seine freundliche Miene und die strahlend blauen Augen zu blicken, und mein Ärger verpuffte. Also umarmte ich ihn einfach noch mal langsamer und zog ihn fest an mich. Er drückte mir einen Kuss auf die Wange, ehe wir uns lösten. Aki legte mit neugierigem Blick das Kinn auf die Mündung der Flasche und grinste.

»Pekka, dass ist Aki Havu, der Gitarrist von *The Anew*«, stellte ich die beiden vor. »Da hinten sitzt der Rest der Band.«

Die beiden Männer gaben sich die Hand und nickten einander zu.

»Ist das dein Freund?«, wollte Aki prompt wissen.

Bevor ich mir überlegen konnte, wie ich Pekka bezeichnete, nahm er mir die Entscheidung wie immer ab.

»Exfreund! Als ich noch jung und unschuldig war, hat mir das dirty Girl das Herz gebrochen. Seitdem versuche ich den Schmerz zu verarbeiten, indem ich durch die Welt reise.«

Aki war von dieser Antwort sichtlich überfordert und ich boxte Pekka fest mit der Faust gegen die Brust. »So ein Schwachsinn! Erstens warst du niemals unschuldig, sondern bist verdorben auf die Welt gekommen, und zweitens habe ich dir bestimmt nicht das Herz gebrochen. Du hast nach dem Abschluss beschlossen, der

Freiheit hinterherzujagen und mich zurückzulassen«, korrigierte ich, ohne böse zu sein. Zwischen Pekka und mir gab es keine offenen Rechnungen. Wir waren seit vielen Jahren befreundet und hatten nur eine kurze leidenschaftliche Romanze hinter uns. Das Ende war für uns beide absehbar und in Ordnung gewesen. Vor zwei Jahren hatte ich ihn das letzte Mal gesehen, weil er tatsächlich als Fotograf viel reiste und selten in Finnland war. Was mich wieder zurück in die Gegenwart brachte.

»Schön, dass du da bist. Wir können später noch alte Jugendgeschichten austauschen, aber nun ran an die Arbeit und mach hübsche Fotos«, wies ich ihn an.

Pekka verzog das Gesicht und wandte sich leidend an Aki. »Tyrannisiert sie euch auch dermaßen? Sie bezahlt mich nicht einmal und kommandiert mich rum. Schrecklich, nicht wahr?«

Aki lachte laut auf und nickte eifrig.

»Dramaqueen!«, giftete ich, konnte mir ein Lächeln aber nicht verkneifen. Pekka war ein Mensch, der mit seiner Fröhlichkeit um sich warf und alle mit sich riss. Manchmal wurde man davon auch erschlagen und endete zerquetscht an der Wand. Ich war ihm dankbar, doch der Druck, dass dieser Abend ein Erfolg wurde, blieb.

»Sehr wohl. Du weißt, ich kann meinem dirty Girl nichts abschlagen.« Pekka legte zwei Finger an die Schläfe und salutierte, was mich erneut zum Seufzen brachte. Er wirbelte herum und verschwand mit eiligem Schritt aus meinem Blickfeld. Ich hoffte, um seine Kamera zu holen und nicht, um zur Bar zu gehen.

»Interessanter Typ«, stellte Aki fest.

Als der Einlass begann, machte ich mir vor Angst fast in die Hose. Ich kauerte hinter dem Vorhang und lugte wie ein Gespenst versteckt nach vorne. Die regulären Fans mischten sich unter die geladenen Gäste und das Stimmengewirr nahm zu. Jussi war an seinen Platz in der Technik gegangen, was nichts anderes war als eine weitere Nische mit Mischpult im hinteren Bereich. Pekka wuselte konzentriert durch die Menge. Eifrig fotografierte er das Publikum, die Bühne und verschwand auch in den Backstage-Bereich. Er sah ziemlich heiß aus, wenn er den Profi mimte. Vor allem, da ich wusste, dass er früher mal seine Frühstücksflocken gegessen hatte, indem er sein Kinn in die Milch getunkt und einen auf Blauwal gemacht hatte. Und das nur, weil er sein Handy nicht aus der Hand legen wollte. Ja, Pekka war erwachsener geworden.

Ein klirrendes Geräusch dicht neben meinem Ohr ließ mich vor Schreck aufschreien. Erneut ging fast etwas in die Hose. Ein tiefes Lachen folgte und als ich neben mich blickte, wurde mir ein Glas mit einer schwarzen Flüssigkeit und zwei großen Eiswürfeln darin gereicht.

»Für die Nerven«, sagte Aki zwinkernd. Der Geruch von Rum stieg mir in die Nase und ich sah ihn verblüfft an.

»Woher weißt du, dass ich Havana-Cola mag?«, fragte ich, als ich das Getränk entgegennahm und schwenkte. Sein Lächeln wurde breiter.

»Dein Exfreund hat verraten, was das dirty Girl braucht, wenn es mit den Nerven am Ende ist.«

Sofort suchte ich mit Todesblicken nach Pekka, doch er war nirgends zu sehen. Dass er sich in kürzester Zeit mit der Band angefreundet hatte, überraschte mich nicht. Durch seinen Bruder Jari kannte er das Musikerleben und fand sich in der Atmosphäre prima zurecht. Außerdem war es Pekka. Ich hatte zwar seit dem Mittag nichts mehr gegessen, trotzdem nippte ich an der Rum-Cola und war dankbar für das angenehm warme Gefühl, das sich den Weg meinen Hals hinabbahnte.

»Du wirst mir nicht freiwillig erzählen, wieso dich Pekka dirty Girl nennt, nicht wahr?«, fragte Aki und strich sich die Haare nach hinten, die sofort wieder nach vorne fielen.

Ich nahm einen größeren Schluck und verzog keine Miene. Natürlich würde ich kein Wort darüber verlieren. Niemand sonst nannte mich so und Pekka würde bis zu seinem Tod nicht damit aufhören.

Akis Blick intensivierte sich, weil er mich erwartungsvoll betrachtete. Leider merkte ich zu spät, dass ich den Rum schon zur Hälfte ausgetrunken hatte und in meiner Gier rutschte ein Eiswürfel in meinen Mund. Erschrocken nahm ich das Glas von meinen Lippen, die leicht kribbelten. Aki fokussierte sie, als ich mir darüber leckte. Die Wärme des Alkohols breitete sich von meinem Magen in den gesamten Körper aus, konträr zu meiner tiefgekühlten Zunge. Hinter ihm drängte sich jemand gehetzt vorbei, weshalb er näher zu mir trat. Ich musste den Kopf in den Nacken legen und spürte seine Nähe, ohne ihn zu berühren.

»Du wirkst nicht gerade ... dirty!«, sagte er mit einem schiefen Grinsen, wobei er das letzte Wort mit einer tieferen Tonlage hervorhob.

Instinktiv biss ich zu und zerbiss das Eis zwischen den Zähnen. Wir starrten uns an. Er stand tief nach vorne gebeugt, sodass sein Lakritz-Atem in mein Gesicht blies. Ich schaute mit weit aufgerissenen Augen nach oben. Ein paar Herzschläge lang hielt ich es aus, ohne die Miene zu verziehen, dann lachte Aki los und verschränkte die Arme vor der Brust.

»Der Hirnfrost schmerzt, richtig?«

Ich kniff die Augen zusammen und nickte hektisch. Die eisige Kälte tobte stechend in meinem Kiefer und schoss bis in die Stirn. Ich schnappte nach Luft und würgte die Reste des Eiswürfels hinunter. Aki gluckste immer noch amüsiert.

Verdammt. Zum zweiten Mal an diesem Abend machte mich einer der Havu-Brüder verlegen. Wenn ich ansatzweise professionell wirken wollte, durfte ich nicht immer rot werden, wenn sie mich provozierten. Dass sie dabei Spaß hatten, stand außer Frage. Deswegen legte ich meine Hand auf seine Brust und drückte ihn zurück. »Du solltest dich jetzt fertig machen! Sorg dafür, dass Yanis startklar ist, und nimm ihm das Bier weg, das er sich da gerade holen will«, sagte ich mit Blick über seine Schulter hinweg. Der Sänger holte tatsächlich eine weitere Flasche aus dem Minikühlschrank.

Aki nickte mir ein letztes Mal zu und ging zur Band nach hinten. Ich sammelte Mut und mischte mich unters Publikum, um mir einen Eindruck von der Stimmung zu verschaffen. Ein paar Fans trugen Shirts mit Bandlogo, was ich freudig zur Kenntnis nahm. Die Menschenansammlung vor der Bühne wurde dichter.

Bisher vernahm ich nur Vorfreude und noch keine Lästereien. Pekka hievte sich auf das kleine Podest, auf dem bald meine erste Band loslegen würde, und schwenkte die Kamera einmal klickend über die Menge. Ich winkte ihm zu, woraufhin er hinter der Linse hochsah und grinste. Mit dem Glas Rum in der Hand marschierte ich zu ihm.

»Ich habe dir noch gar nicht persönlich gedankt. Hoffentlich können wir uns nachher unterhalten, wenn der Stress etwas geringer ist«, rief ich hoch, weil der Lärmpegel doch deutlich anschwoll.

»Kein Problem. Ich bin noch einige Wochen hier, ehe ich zu meinem nächsten Job aufbreche, und es ist eine nette Abwechslung. Aber ich sagte dir bereits, dass Jari und Anniina meine Paparazzi-Fotos nicht schätzen. Sobald sie berühmt genug waren, sich bessere Eventfotografen zu leisten, haben sie mich abserviert«, erklärte er und setzte sich auf die Kante. Die große Kamera legte er sich auf den Schoß. Ich wollte etwas erwidern, da klopfte mir Kalle von hinten auf die Schulter.

»Ich freue mich, dass du immer noch bereit bist, mit den Chaoten auf Tour zu gehen«, sagte er überschwänglich. »Ich bin gespannt, was ihr geplant habt, um die Fans neu zu begeistern. Ein paar Produzenten sind hier, denen ihr beweisen könnt, dass es sich lohnt, den Kerlen eine neue Chance zu geben. Außerdem ist meine Tochter Eva ein riesiger Fan von *The Anew*. Ich konnte sie heute kaum fernhalten.« Er legte eine Hand in den Rücken einer jungen Frau an seiner Seite, die ich noch gar nicht bemerkt hatte. Sie senkte schüchtern den Blick und strich sich verlegen durch die brünetten Locken.

Ich öffnete den Mund, sagte aber nichts. Akis Warnung kam mir in den Sinn und ich schlussfolgerte aus Kalles Vorstellung, dass er keine Ahnung hatte, von wem seine liebe Tochter abserviert worden war. Sie sah verdammt sexy aus in ihrem schwarzen Minikleid und ich ahnte, dass sie in Yanis Beuteschema fiel. Trotzdem nickte ich kommentarlos und gesellte mich lieber zu Jussi zum Pult.

Von hier hatte man das Publikum samt Bühne hervorragend im Blick. Gekonnt betätigte er einige Regler und wirkte hochkonzentriert. Auf dem Kopf trug er ein Headset, genauso wie die junge Frau neben ihm, die offenbar das Licht steuerte. Still setzte ich mich auf einen Stuhl und trank den Rest der Rum-Cola aus, die meinen Kopf etwas schwammig machte.

Als Kalle überraschend auf die Bühne trat und alle begrüßte, wurde ich nervös. Zum Glück hielt er keine lange Ansprache, sondern kündigte die Band lediglich lautstark an und animierte die Leute zu einem tosenden Applaus. Dem kleinen Budget verschuldet, hatten wir keinen Support, der die Stimmung im Normalfall anheizte. Dennoch jubelten alle, sobald Yanis lässig und breitbeinig auf die Bühne trat und seine Gitarre griff.

Sowie sich eine erwartungsvolle Stille über den gesamten Raum legte, versuchte ich anhand von Yanis' Gesten zu analysieren, ob er betrunken war. Doch als Flinn den Takt mit den Drumsticks anschlug und alle ihren Einsatz erwischten, atmete ich erleichtert aus. Sie katapultierten das Publikum ohne Vorwarnung in mitreißenden Rock hinein. Die Drums vibrierten bis in den

Magen und brachten meinen Kopf automatisch zum Mitwippen.

Yanis stimmte die erste Strophe an und die Nervosität schwand dahin wie die Eiswürfelreste im Glas. Er hatte genau wie Aki seine Gitarre umgehängt und beide spielten perfekt harmonierend. Rechts von ihm stand Eddi mit seinem Bass und sprang von der ersten Sekunde auf und ab. Flinn drosch energisch auf seine Drums ein, während seine Ringe an den Fingern im Scheinwerferlicht immer wieder aufblitzten. Er verzog bei jedem Klang sinnlich das Gesicht und warf seinen Oberkörper kraftvoll hin und her. Es sah witzig aus, verlieh dem Ganzen aber auch eine Energie, die sich sofort aufs Publikum übertrug. Hände wurden in die Höhe gerissen und die ersten Stimmen erhoben sich, um den bekannten Text mitzusingen.

Es war großartig, den vieren zuzusehen. Aki biss sich genießerisch auf die Lippen. Seine Haare hingen ihm ins Gesicht, doch das störte ihn nicht, weil er die Augen sowieso geschlossen hatte, vollkommen in der Musik versunken. Die ersten Mädels sprangen singend vor der Bühne auf und ab und feuerten Yanis an, der in die Knie ging und sie persönlich ansang. Ich musste lachen, weil es eine herrliche Szenerie war und ich mich jetzt endgültig auf die weiteren Konzerte freute.

Als Akis Gitarrensolo im Chorus dran war, trat Yanis klatschend zurück und machte seinem Bruder Platz. Dessen Finger flogen über die Saiten, sein gesamter Körper wand sich im Takt und die Frauen kreischten. Es war schön zu beobachten, dass hier alles nach Plan verlief. Jussi und die anderen Männer hatten die Technik im Griff und ich konnte mich erschöpft zurücklehnen und die Show genießen.

Erste Komplikationen

Die anderthalb Stunden Konzert vergingen rasant im Energiestrom des Publikums und meine Konzentration ließ zunehmend nach. Mir rann der Schweiß den Rücken runter und ich hatte von Rum zu Wasser gewechselt, um keine Kreislaufprobleme zu bekommen. Der Tag war sehr lang gewesen und ich sehnte mich nach einem Bett.

Als die Band nach der Zugabe euphorisch hinter die Bühne hüpfte, atmete ich erleichtert durch. Ich hatte das erste Konzert geschafft und es war verdammt gut gelaufen. Stolz stieg in mir empor. Auch Jussi war zufrieden und begann augenblicklich das Wichtigste zusammenzupacken, bevor er der Band folgte.

»Das war eine verdammt geile Show. Die Jungs sind mega!«, verkündete Pekka, als er neben mir auftauchte und sich den Schweiß von der Stirn wischte. Sein Shirt war vollkommen nass und seine Wangen glühten rot. Seufzend streckte er sich neben mir und ächzte. »Ich gebe dir nachher einfach die Speicherkarte und du suchst dir raus, was du brauchen kannst.«

Ich nickte müde, weil ich wusste, dass der Abend noch nicht vorbei war. Ein Fazit von Kalle stand mir noch bevor und letzte weitere Instruktionen für die Tour.

»Ich werde mit Jari reden, vielleicht kann er für die Band ja noch etwas machen. Ich finde, sie haben wirklich Potenzial«, fügte Pekka hinzu. Normalerweise hätte ich sofort trotzig widersprochen, dass ich die Hilfe des berühmten Bruders nicht brauchte, aber es stimmte einfach nicht.

Ich wollte schon dankbar zustimmen, da ließen lautes Gejohle und Applaus mich hochschrecken. Direkt vor der Bühne sammelte sich eine Menschenmenge, denn soeben stürmte die Band sich selbst feiernd hinter dem Vorhang vor und ließ sich von den Fans bestaunen wie süße Erdmännchen im Zoo. Ich zog skeptisch die Brauen hoch, weil ich mir nicht sicher war, ob ich nicht lieber die Security herunterholen sollte. Da die Jungs aber lachend zur Bar schlenderten, umgeben von ihren glücklichen Fans, entspannte ich mich wieder. Vielleicht fand ich diese Nahbarkeit sogar gut. Die Leute würden sich über Autogramme und Fotos freuen, deshalb griff ich nach dem Saum von Pekkas Shirt und zupfte dran.

Er folgte meinem Blick und brummte. »Die Überstunden musst du mir aber in Form von einem Essen oder etwas ähnlichem abgelten«, murmelte er, beugte sich mit gespielt genervter Miene zu mir herab und küsste meine Wange.

Trotz der langen Zeit war von unserer Freundschaft nichts verlorengegangen. Wir waren ein mieses Paar gewesen, weil wir unterschiedliche Dinge wollten, aber als Kumpel machte Pekka eine hervorragende Figur.

Er kämpfte sich durch das begeisterte Publikum vor und begann aus allen Richtungen von dem feuchtfröhlichen Treiben Fotos zu schießen. Yanis und Aki waren in ihrem Element. Sie legten Arme um Schultern, grinsten und unterschrieben Eintrittskarten oder T-Shirts. Dazwischen plauderten sie, als seien das alles gute Freunde. Eddi und Flinn machten bei dem Theater nur kurz mit, ehe sie sich hinter den Vorhang verzogen und außer Sicht blieben. Jussi schob sich missmutig durch das Gedränge und behielt die Brüder im Auge. Als er neben mich trat, schüttelte er den Kopf.

»Ein guter Anfang, aber es sollte jetzt enden«, sagte er.

»Was meinst du damit?«

Er verschränkte die breiten Arme vor der Brust und verschärfte seine ernste Miene. So finster hatte der Moominpapa in der Serie nie dreingesehen. »Schau hin. Yanis ist dabei, sich abzuschießen. Ich weiß nicht, *was* passieren wird, aber es wird etwas passieren.«

Seine Warnung klang ernst, doch im Moment wollte ich den beiden eine Belohnung gönnen. Wenn das Anschmachten und Sabberfäden von weiblichen angetrunkenen Fans waren, sollte es so sein. Ich konnte Jussi nicht genauer nach seinen Bedenken fragen, weil Flinn eilig auf uns zukam. Die kleinen Locken standen wild von seinem Kopf ab, weil er sein Horn gelöst hatte und die Pracht offen trug, und seine Mundwinkel zuckten verdächtig. Er sah nur kurz zu Aki und Yanis, weil seine Aufmerksamkeit mir galt. Jussis Blick hingegen versuchte er auszuweichen.

»Du musst nach hinten kommen!«, rief er mir ins Ohr.

Der Riese neben mir seufzte.

»Wieso?«

Der Drummer senkte den Kopf. Er sah schuldbewusst aus. Kein gutes Zeichen. »Eddi steckt fest!«

Jussi unterdrückte ein Grinsen.

»Worin steckt er fest?«, fragte ich vorsichtig und versuchte mein Kopfkino unter Kontrolle zu halten.

»Es ist besser, wenn du es dir selbst ansiehst. Wir könnten auch Jussis Hilfe gebrauchen, um ihn da rauszuziehen.«

»Ihn rausziehen?«, wiederholte ich, während ich mich hinter Jussi auf den Weg machte. Flinn sagte nichts, doch sein Schmunzeln wurde breiter. Immerhin sah er nicht zu besorgt aus, also bemühte ich mich ruhig zu bleiben.

Wir traten durch den Vorhang, der die Geräuschkulisse von draußen nur mäßig dämpfte. Ein paar mir unbekannte Menschen räumten fleißig Dinge umher und rollten Kisten durch die Gegend. Flinn marschierte zielgerichtet in die hinterste Ecke, in der sich einige unterschiedlich große davon stapelten.

»Ich bin nicht schuld«, sagte er sofort und hob seine mit Ringen besetzten Hände.

Ich sah mich suchend um, fand aber nichts außer den Kisten mit den verchromten Scharnieren. Ein schmerzerfülltes Stöhnen drang leise zu uns. »Wo ist Eddi?«, hakte ich nun alarmiert nach.

»Da drin!« Flinn wies mit dem Kinn auf die mittelgroße Kiste zu meinen Füßen. Sie könnte für Gitarren gut verwendet werden, doch nun keuchte da drin schon wieder jemand und mich ergriff doch die Panik.

»Willst du damit sagen, dass Eddi da drin steckt? Wieso? Wie kam er da rein? Hol ihn raus!«, plapperte ich sofort los und kniete mich hin, um an den Scharnieren zu rütteln. Sie hatten sich verhakt und bewegten sich keinen Millimeter.

»Also das Wieso ist leicht erklärt. Ich habe behauptet, er traut sich nicht zu versuchen, ob er reinpasst. Tut er! Allerdings hat sich die Kiste verzogen, nachdem ich sie zugemacht habe, und nun krieg ich sie nicht mehr auf.«

Entgeistert starrte ich Flinn an, der mit den Schultern zuckte. Als Ergänzung kratzte er sich am perfekt getrimmten Kinnbart und strich sich seine Locken hinters Ohr.

Jussi lachte leise, woraufhin er sich einen bösen Blick von mir einfing, den er ignorierte. »Ich hole eine Zange«, sprach er und schlenderte gelassen weg.

Ich trommelte gegen die Kiste und rüttelte erneut daran. »Eddi, hörst du mich? Geht es dir gut? Kannst du atmen?«

»Geht so«, antwortete er hörbar gedrungen.

Ich war erleichtert, dass Jussi sofort mit dem Werkzeug wiederkam, sich hinkniete und mit nur wenigen Handgriffen und Muskelkraft die Verschlüsse aufbog. Eilig klappte ich den Deckel auf und starrte erschrocken hinein.

»Ach du Scheiße.«

»Hei!«, keuchte Eddi, der aussah wie eine misslungene Brezel. Sein Kopf war puterrot angelaufen und sein Körper komplett verdreht. Die Beine hatte er angewinkelt, doch die Arme und Füße steckten irgendwo unter den Gliedmaßen. Das Kinn hielt er fest an die Brust gepresst. »Kann mir mal wer helfen?«

Jussi, Flinn und ich begannen gemeinsam an ihm zu ziehen. Jeder von einer Seite versuchten wir seine Hände oder seine Knie freizubekommen, aber er steckte tatsächlich fest. »Okay, habt ihr andere Vorschläge, als ihn mit Butter einzureiben?«, grübelte ich halb ernst, überlegte aber tatsächlich, wo ich um die Zeit noch Fett herbekam.

Jussi zuckte mit den Schultern. »Flinn, hilf mir mal die Kiste zu heben und umzudrehen. Laura, du ziehst von unten.«

Die beiden schritten zur Tat, hievten gemeinsam Eddis Gefängnis hoch und drehten die Kiste mit zitternden Oberarmmuskeln. Zu meinem Unglauben fiel Eddi nicht raus, sondern schrie nur erschrocken auf. Es sah ein wenig albern aus, wie die beiden Männer die Box schüttelten, doch der Bassist steckte weiterhin fest.

Ich ging in die Hocke, kroch darunter und griff beherzt nach seinem Oberkörper. Eddi ächzte zwar auf, aber mit dem nächsten Rüttler von Jussi und Flinn rutschte er endlich heraus.

»Au!«, entfuhr es mir, als er damit ungebremst auf mir landete. Ein schmerzendes Pochen jagte mir durch den Hinterkopf, aber die Erleichterung überwog.

Auch Eddi seufzte und blies mir seinen warmen Atem ins Gesicht. »Danke.« Er stützte sich mit den Armen ab und lächelte mich breit an. Als nächstes hob er den Kopf, um Flinn glücklich anzublinzeln. »Siehst du! Ich habe gesagt, ich pass da rein.«

Sein Freund lachte auf und reichte ihm eine Hand, um ihn hochzuziehen. Er wog zwar nicht viel, trotzdem war ich froh, als er wieder auf eigenen Beinen stand. Jussi wiederum half mir beschwingt hoch und klopfte mir auf den Rücken.

»Du denkst, der organisatorische Aufwand der Tour ist das schwierigste? Das geringe Budget? Nein, die Jungs am Leben zu erhalten, gehört zu deinen Prioritäten«, erklärte er selbstzufrieden.

Ich wollte gerade zu einer Antwort ansetzen, als mich ein Kameraklicken ablenkte. Pekka hatte sich zu uns geschlichen und schaute nickend auf das Display. »Sehr schön. Ich würde diese Bilder sofort veröffentlichen.«

Grimmig griff ich nach der Kamera, die er kichernd empor aus meiner Reichweite hob.

»Na, na, na. Ich will zuerst Kopien machen, bevor du das löschst. Ich habe den Fall perfekt dokumentiert, genau wie deinen entsetzten Gesichtsausdruck«, scherzte Pekka.

»Jetzt gib schon her!« Ich hüpfte hoch und schlug nach seiner Hand, aber er wehrte mich ohne Probleme ab. Ich war mit meinen eins einundsiebzig nicht klein, doch er überragte mich trotzdem. Feixend packte er mich mit der freien Hand um die Taille und drehte mich weg, sodass ich mit dem Rücken zu ihm stand. Ich zappelte, aber Pekka behielt die Kontrolle. Ich wollte ihm böse sein, doch meine Mimik entglitt mir immer wieder zu einem lauten Lachen. Jussi, Flinn und Eddi waren keine Hilfe, denn sie amüsierten sich über meine missliche Lage köstlich.

Erst ein deutliches Räuspern unterbrach unsere Rauferei. Überrascht hielt Pekka inne und ich hing verrenkt an seiner Seite. Es war Kalle, der durch den Vorhang spähte und uns betrachtete. Sofort ließ Pekka mich los und sah mich schuldbewusst an. Nach einigen bangen Sekunden, in denen ich eine Strafpredigt über Professionalität fürchtete, schüttelte der Agenturleiter aber nur lächelnd den Kopf.

»Habt ihr Yanis irgendwo gesehen?«, fragte er. »Er ist plötzlich verschwunden und ich wollte ihn eigentlich noch ein paar Leuten vorstellen. Aki ist auch nirgends zu finden.«

Wir verneinten alle synchron. Das ließ Kalle zwar stutzen, doch er zog sich zurück. Nachdem er außer Hörweite war, trat Jussi an meine Seite.

»Vielleicht ist er draußen und kifft heimlich in irgendeiner Ecke. Es würde nicht schaden, mal nachzusehen.«

Ich verzog verärgert das Gesicht und wischte mir über die feuchten Wangen. Meine gesamten Klamotten klebten ekelhaft an mir. Lediglich die Müdigkeit war vertrieben worden. »Okay, ihr sucht Aki und ich Yanis«, befahl ich.

Vor der Bühne hatte sich die Menge nicht gelichtet. Es wurde reichlich Bier in Bechern ausgeschenkt und die Stimmung war immer noch mehr als gut. Aus den Boxen dröhnte Rockmusik, während ich die Treppe nach oben eilte. Auch in der Bar herrschte Vollbetrieb. Ich stockte kurz, weil ich diesen Andrang nicht erwartet hatte, schob mich aber so schnell wie möglich Richtung Ausgang.

Draußen sog ich scharf die Luft ein, als die Kälte wie Nadeln auf meiner überhitzten Haut pikste. Der Regen hatte aufgehört, doch es roch danach. Es tat gut, ein paar tiefe Atemzüge zu nehmen, um den Kreislauf anzukurbeln.

Einige Leute standen dicht zusammen mit Zigaretten und Getränken, aber Yanis entdeckte ich nicht. Frierend schlang ich die Arme um den Oberkörper und ging die Häuserfront ab. Kurz vor dem Ende des Gebäudes wollte ich umdrehen, als ich mich an Jussis Worte erinnerte. Zwischen dem Club und dem nächsten Haus führte eine dunkle, unfreundliche Seitengasse in tiefe Schatten. Genau richtig, um dort irgendetwas zu tun, was uns in Schwierigkeiten bringen würde.

»Yanis?«, rief ich vorsichtig, erhielt aber keine Antwort. Mutig, und weil etwa zwanzig Leute nur wenige Meter von mir entfernt standen, machte ich drei Schritte in die Dunkelheit hinein. Die Gäste lachten laut, sodass ich mir nicht sicher war, ob ich mir das seltsame Geräusch nur eingebildet hatte. Wenn Yanis hier vor sich hin kotzte, musste ich wenigstens dafür sorgen, dass er darin nicht erstickte.

Große Blechmüllcontainer ragten in die enge Gasse und dahinter nahm ich jetzt deutliche Bewegungen wahr. »Hei?«, fragte ich leise. Weil ich mir selbst lächerlich vorkam, schüttelte ich den Kopf und umrundete die Container.

Was ich dort entdeckte, war fast schlimmer als ein kotzender oder kiffender Sänger. Zumindest tausendmal peinlicher. Ein bleicher, nackter, aber gut trainierter Hintern geriet frontal in mein Blickfeld. Die Jeans samt Shorts hingen auf den Knöcheln im Dreck und ein schlanker Frauenfuß im schwarzen Pump schlang sich um die männliche Hüfte. Heftiges Keuchen und Stöhnen mischte sich mit dem Klopfen, das zweifellos der Rücken der Frau verursachte, die gerade heftig gegen die Außenmauer des Clubs genommen wurde. Ein erneutes Seufzen erklang, bevor sich eine Frauenhand in den zuckenden Hintern des Mannes krallte.

»Oh Yanis, du hast mir so gefehlt!«, keuchte die Frau lustvoll.

Als sie den Kopf streckte, fielen ihre brünetten Haare zur Seite – und ich traute meinen Augen nicht, als ich Eva erkannte.

Fantastisch. Yanis besorgte es der Tochter des Agenturchefs direkt vor meinen Augen und sie bemerkten mich nicht mal, während ich erstarrt dastand und wie hypnotisiert hinstarrte. Abwechselnd auf den zuckenden Hintern und in Evas vor Lust verzerrtes Gesicht.

»Oh mein Gott, oh mein Gott, oh mein Gott!«

Diese Worte sagten Eva und ich zeitgleich. Sie, weil sie offenbar einen Orgasmus bekam, ich, weil ich peinlich berührt mit der Hand vor dem Mund zurücktaumelte, bis ich gegen die gegenüberliegende Wand stieß. Mit der Ferse stieg ich in etwas Glitschiges und zeitgleich kroch etwas Flinkes, Pelziges über meine Schuhe. Damit war meine Kontenance beendet. Ich kreischte auf, rutschte zuerst weg, nur um dann hysterisch das glibberige Ding an der Schuhsohle loszuwerden. Unbeholfen kickte ich in der Luft herum, bis das *Etwas* endlich davonflog. Ich wollte gar nicht wissen, was es war, aber der Aufschrei hatte Evas Aufmerksamkeit erregt. Mit verschwitztem Gesicht und seligem Lächeln starrte sie über Yanis' Schulter, der seine Stirn gegen ihre lehnte und soeben auch stöhnend zum Ende kam.

Weg, weg, nur weg hier!

So schnell ich konnte, lief ich zurück zur Hauptstraße und dem Club. Mehrmals schüttelte ich mich angeekelt, hauptsächlich wegen der Ratte und nicht wegen Yanis' Hintern. Das Blut schoss mir in die Wangen und erzeugte ein heißes Kribbeln auf der Haut.

Ich stürmte hinein, drängte mich unhöflich durch die Gäste an die Bar und orderte sofort ein Glas Rum. Pur und ohne Eis. Sobald ich es in die Finger bekam, trank ich es aus und genoss das warme Gefühl im Magen. Langsam atmete ich durch und blendete dabei den Lärm um mich herum aus.

Allerdings konnte ich nicht lange apathisch ins leere Glas starren, denn Aki trat an meine Seite. Er hielt eine Bierflasche lässig in der Hand und lächelte mich an. »Ich habe gehört, ihr sucht mich? Darf man hier nicht mal mehr allein aufs Klo gehen?«, begrüßte er mich.

Darauf antwortete ich nichts, sondern starrte ihn nur überfordert an. Vor meinem geistigen Auge wiederholte sich die soeben gesehene Szene immer wieder, wodurch sich mein Puls beschleunigte.

»Was ist passiert? Du siehst entsetzt aus.«

Auch darauf konnte ich nicht antworten. Ich setzte das Glas noch mal an und schluckte die letzten Tropfen Rum.

»Ist es wegen Eddi? Hab gehört, er hat schon wieder in einer Kiste gesteckt? Und wo ist eigentlich Yanis?«

Ich überging die Information, dass der Bassist nicht zum ersten Mal in einer solchen Lage gewesen war, und winkte nach dem Barkeeper für einen neuen Drink. Während der junge Mann mir wissend zunickte, nuschelte ich leise vor mich hin: »Yanis steckt auch wo drin.«

Aki zog verwirrt die Augenbrauen zusammen und musterte mich. Ich bekam mein zweites Glas und kippte es erneut runter, als würde sich das Bild von Yanis' Hintern im Alkohol auflösen, und schwieg. Eigentlich wollte ich Aki vorwerfen, dass er besser auf seinen

Bruder achten sollte, weil der soeben riskierte, dass die Tour überhaupt stattfand.

Na ja, wenigstens schien Eva zutiefst zufrieden mit dessen Leistung gewesen zu sein.

Bei diesem Gedanken krampften sich meine Finger um das Glas. Aus den Augenwinkeln sah ich, dass die beiden gerade in die Bar kamen, allerdings nicht verliebt lächelnd oder händchenhaltend. Eva stürmte stampfend durch die Tür, Yanis folgte ihr. Alle drehten sich in ihre Richtung, um das wütende Spektakel zu beobachten. Ich ahnte, dass dieser Abend noch katastrophaler werden sollte.

»Du Schwein!«, schrie Eva für alle hörbar und höchst dramatisch. Mitten in der Bar warf sie ihre brünetten Haare hinter ihre Schultern. Ihre Wangen waren gerötet und an ihrem Hals prangte ein leuchtend roter Knutschfleck. »Wie kannst du es wagen, mich zu vögeln, nur um direkt danach wieder Schluss zu machen?«

Ich verschluckte mich und begann fürchterlich zu husten. Getuschel und Gemurmel erhoben sich aus der Menge, während Aki mir auf den Rücken klopfte, damit ich nicht erstickte. Ich hatte mich nicht ansatzweise beruhigt, als Yanis eine schallende Ohrfeige von Eva kassierte. Es klatschte laut, sein Kopf flog beeindruckend weit zur Seite. Noch immer nach Atem ringend, musste ich zusehen, wie Eva Yanis zwischen grinsenden und schockierten Gesichtern stehen ließ.

Als ich ihr nachblickte, entdeckte ich direkt das nächste Unheil: Kalle, ihr Vater, stand mit Zornesfalten auf der Stirn beim Aufgang und visierte Yanis an, der sich die Wange rieb.

»Aki, du ...«, setzte ich an, um den bevorstehenden Showdown zu verhindern, doch es war zu spät. Kalle war mit vier großen Schritten bei dem betrunkenen Sänger und tat es seiner Tochter gleich, nur benutzte er seine Faust und deutlich mehr Schwung. Ohne Kommentar rammte er sie in Yanis' Gesicht, der stöhnend nach hinten fiel und zwei Tische umriss, als er auf dem Boden aufschlug. Gläser zersprangen und Alkohol ergoss sich über seine armselige Gestalt.

Kalle sagte nichts weiter, zerrte seine Tochter aus der Menge und in Richtung Ausgang.

Yanis lag immer noch auf dem Boden, blutete aus der Nase und stöhnte.

On the road

Der 22. Juni war jener Tag, an dem meine Nerven hätten kollabieren müssen. Vor zwei Tagen war die Tour offiziell hier in Helsinki gestartet, und obwohl das Konzert selbst großartig gewesen war, hatten die Ereignisse danach gezeigt, welche Probleme die Band wirklich hatte.

Stattdessen stand ich tiefenentspannt auf einem Steg an der Küste der Stadt, umklammerte einen Pappbecher mit leckerem Kaffee und starrte aufs Meer hinaus. Über mir kreischten zwei Möwen und das Wasser gluckerte gegen die Felsen. Ein paar Schaumkronen kräuselten sich, als sich die kleinen Wellen brachen, und die salzige Meeresluft strich mir um die Nase. Hinter mir auf dem Parkplatz stand die Schrottkarre, die unseren Bus darstellte. Jussi und ich hatten gemeinsam mit dem Fahrer Tomas bereits beim Club alles Nötige eingeladen. Außerdem hatte mir Pekka geholfen, ein paar zusätzliche Sachen im Laderaum zu verstauen. Ich war auf alles vorbereitet. Die Vorfreude erzeugte ein Kribbeln in meinem Bauch und ich grinste vor mich hin. Ab hier war ich eine Tourmanagerin und ich trug die Verantwortung. Ich konnte es kaum fassen.

»Guten Morgen«, rief jemand hinter mir. Ich drehte mich um, wodurch das Holz unter den Füßen knarrte.

Eddi kam fröhlich auf mich zugelaufen und fiel mir lachend um den Hals. »Ich freue mich, dass es wieder losgeht. Wir werden viel Spaß haben!«

Da ich auch gut gelaunt war, konnte ich ihm nur zustimmen. Er sah ausgeschlafen, frisch und voller Energie aus.

»Hab mein Zeug schon im Bus abgeladen, ich kann es kaum erwarten.« Er stellte sich neben mich, schaute zum Horizont und schob seine Finger in die Taschen der grauen Skinnyjeans. Eddis blaue Augen und blonden Haare verliehen ihm das perfekte Babyface. Er blinzelte breit lächelnd gegen den Wind und beobachtete ein Segelschiff, das in der Ferne vorüberzog. Es war warm und sonnig, weshalb wir beide nur in Shirt dastehen und die Sonne auf der Haut genießen konnten. Ein grandioser Tag für einen Tourstart. Heute hatten wir etwa hundert Kilometer vor uns, um nach *Lahti* zu kommen. Der Ort war für seine Sprungschanze berühmt und die Fahrt sollte uns nicht mehr als anderthalb Stunden kosten. Dort würden wir unsere erste offizielle Nacht auf Tour verbringen, um am nächsten Tag weiter in den Norden nach *Kuopio* zu fahren.

»Wie habt ihr euch als Band eigentlich gefunden?«, begann ich ein Gespräch. »Ihr seid ein bunt zusammengewürfelter Haufen und bei meinen Recherchen habe ich nur sehr spärliche Informationen dazu gefunden.«

Eddi zuckte mit den schmalen Schultern. »Yanis fand, ich könnte meine Zeit besser nutzen als mit Schule schwänzen und kiffen. Wir waren schon ein paar Jahre Nachbarn und kannten uns. Er wusste, dass ich Bass spiele. Ich hatte eine sehr rebellische Phase, in der ich oft bei ihnen untergekrochen bin. Mit Aki haben wir gemeinsam Musik gemacht und als ich 18 geworden bin, hat mich Yanis gefragt, ob ich Lust hätte, offiziell Teil einer Band zu sein. Bedingung war mein Schulabschluss. Er kann schon sehr fordernd und lästig sein, aber am Ende hat es gut funktioniert.«

Hellhörig geworden, wandte ich mich ihm vollends zu und versteckte meine Überraschung nicht. »Du sprichst wirklich von Yanis? Von dem Typen, der sich täglich volllaufen lässt, selber sonst welche Drogen nimmt und die Großkotzigkeit in Person ist?«, hakte ich nach. Vielleicht hatte er ihn doch mit Aki verwechselt. Vom Jüngeren der beiden Brüder wusste ich zwar genauso wenig, aber bei ihm schien die Erziehung besser gewirkt zu haben.

Eddi räusperte sich und zuckte erneut mit den Schultern. »Yanis ist nicht immer ein Idiot. Er kann das zwar recht gut, aber eigentlich ist er ein normaler Mensch. Jeder hat mal schlechte Phasen und ich bin sicher, er kriegt seinen Kram bald wieder auf die Reihe.«

Ich hätte gerne weiter nachgefragt, aber nun traf auch Flinn ein. Seinen riesigen Rucksack, ohne den ich ihn bis jetzt nie gesehen hatte, warf er in den Bus und winkte uns zu.

Tomas lehnte lässig an der Seite und rauchte eine Zigarette. Er war ein ruhiger, stiller Mann in den Fünfzigern mit grauen Schläfen und dunklem Deckhaar. Wir hatten noch keine zehn Sätze miteinander gewechselt und trotzdem mochte ich ihn. Immerhin brauchte ich wen am Lenkrad, der uns nicht aus Frust mit der Band einfach gegen den nächsten Baum steuerte.

Flinn gab mir ein High-Five und streckte sich. »Ist diese verrostete Karre sicher?«, wollte er wissen und bedachte den Bus mit einem angewiderten Blick.

»Ja, ist sie. Das habe ich persönlich gecheckt. Der Bus ist alt, aber nicht kaputt. Drinnen sind zwei Kojen, falls sich jemand ausruhen möchte, und vier Sitzreihen mit je vier Plätzen. Hinten gibt es eine Kochnische mit einem Wassertank, einen Kühlschrank und eine Mikrowelle. Die Toilette würde ich aber nur im Notfall nutzen! Außerdem hat der Bus retro Schiebefenster. Das ist cool und stylisch. Ein Foto davon habe ich schon mit euren Fans geteilt«, sprach ich begeistert von dem Schrotthaufen.

Flinn sah mich an, als wüsste er genau, dass ich Schwachsinn redete. Er war höflich genug nichts zu sagen, stattdessen stieg er ein und begutachtete unseren fahrbaren Untersatz von drinnen.

Die letzten im Bunde kamen mit dem Taxi zum Parkplatz, perfekt getimet, als ich meinen Kaffee leergetrunken hatte und den Pappbecher entsorgte. Aki und Yanis stiegen aus und hievten zwei große Sporttaschen aus dem Auto. Yanis trug noch den alten Gitarrenkoffer bei sich, den er offenbar nur ungern in fremde Hände gab. Die anderen Instrumente waren nämlich bereits im Bus verstaut. Aus der Ferne sah noch alles perfekt aus, aber je näher sie kamen, desto mehr verzogen sich meine Lippen. Das Veilchen um Yanis' Auge herum hatte eine grün-blaue Farbe angenommen. Das Lid war leicht zugeschwollen und kontrastierte perfekt zur Blässe.

»Bist du betrunken?«, war mein Gruß, den er mit einem Schnauben beantwortete. Er ging einfach an mir vorbei, drückte mir die Tasche gegen die Brust und übergab Jussi die Gitarre.

»Gut drauf aufpassen!«, befahl er ihm und stieg stumm in den Bus. Meine Knie sackten unter dem plötzlichen Gewicht ein, aber ich beschloss, keinen Streit anzufangen. Er war da. Bis zum Abend konnte er duschen und ausnüchtern.

Aki sah mich entschuldigend an und nahm mir die Tasche wieder ab. »Wie geht's dir? Bist du nervös?«

Er schmatze hörbar und der Lakritzgeruch war unverkennbar. Ich hatte Mühe, mich nicht angeekelt wegzudrehen, weil ich das Zeug überhaupt nicht mochte. Stattdessen schüttelte ich lächelnd den Kopf.

»Ich bin gespannt auf das Abenteuer. Danke, dass du Yanis pünktlich hergebracht hast.«

Viel länger hielten wir uns nicht auf. Jussi kontrollierte die Ladung, stopfte das restliche Gepäck hinten rein und die Jungs nahmen im Bus Platz. Rotkarierte, abgewetzte Stoffsitze, ein grauer Innenraum und hässlich orangene Vorhänge vor den Kojen erwartete sie darin. Wenigstens roch es nicht schlecht und sauber war es auch. Zumindest noch.

Als Jussi sich durch die schmale Tür hievte, hielt ich kurz den Atem an. Zwar passten seine massigen Schultern hindurch, aber die Stoßdämpfer knarzten einmal laut auf. Geduckt ließ er sich auf den vordersten Platz fallen, weil der Mittelgang ebenfalls sehr eng für seine Gestalt war. Aber immerhin passte sein Kopf unters Dach.

Als wir alle saßen und Tomas den Motor startete, hielt ich ein entzücktes Seufzen zurück. Endlich ging es los und die Räder rollten. Ich nahm hinter dem Fahrersitz

Platz, neben mir saß Jussi und dahinter hatten die Jungs alle ihren Freiraum.

Geschickt lenkte Tomas den Bus durch die Straßen von Helsinki und nach wenigen Minuten fuhren wir auf die Autobahn. Am Armaturenbrett klemmte ein modernes Navi, das uns sicher ans Ziel bringen sollte.

Kaum schoss der Tacho höher, nahm der Kreislauf der Straße seinen Lauf. Vor uns leuchteten die Bremslichter und in der Ferne blinkte Blaulicht. Wir wurden am Stauende langsamer und Tomas seufzte.

»Sind wir schon da?«, fragte Eddi begeistert, während Yanis sich an den Hals griff und ächzte: »Mir ist schlecht!«

Mein Optimismus blieb hartnäckig bestehen, weil sich der Stau schneller löste als gedacht. Wir wurden an einem Auffahrunfall vorbeigelotst und Tomas konnte Gas geben. Zumindest so viel, wie in Finnland eben erlaubt war. Im Radio lief *Suomi Pop* und die Herren sangen gut gelaunt die bekannten nationalen Hits mit. Als ihre eigene Single aus den Boxen tönte, grölten sie euphorisch los. Ich musste mitlachen und ließ mich von ihrer Stimmung anstecken. Nur Yanis blieb mit dem Kopf gegen das Fenster gelehnt stumm sitzen und hielt die Augen geschlossen.

»Mir ist wirklich schlecht. Können wir eine Pause machen?«, murmelte er leise.

Ich drehte mich auf dem Sitz um und schaute an Aki vorbei, der zwischen uns saß. »Nein, wir sind erst vor einer Stunde losgefahren. Lutsch doch eins von Akis Bonbons.«

Yanis seufzte und rieb sich den Nasenrücken, nahm von seinem Bruder aber eines der Lakritzdinger an.

»Kotz mir ja nicht in den Bus! Zur Not nimm das Fenster«, warnte ich und notierte mir im Geiste, dass ich für solche Fälle gewappnet sein sollte. Papiertüten wie im Flieger oder einen Eimer schrieb ich auf meine Liste.

Tomas bog auf eine Landstraße ab, die uns in weitläufiges Gelände und weiter weg von der Stadt brachte.

Saftige Wiesen und Birkenwälder erstreckten sich zu allen Seiten. Am Straßenrand blühten unzählige lilafarbene Blumen und über den Himmel zogen kleine Schäfchenwolken. Ich kurbelte das Fenster einen Spalt nach unten und ließ die Sommerluft herein.

»Sind wir bald da?«, fragte Eddi erneut.

»Macht er das mit Absicht?«, wollte ich von Aki wissen, der hinter mir leise gluckste. Als ich den Kopf drehte, beugte er sich nach vorne. Aus der Nähe entdeckte ich grüne Sprenkel in seinen hellbraunen Augen. Er wandte den Blick nicht ab, sondern musterte genauso interessiert mein Gesicht.

»Nein, das ist seine Natur. Yanis hat ihn quasi adoptiert und seitdem sind wir eine glückliche, unkonventionelle Familie! Hast du Geschwister?«, antwortete er sanft lächelnd.

Es irritierte mich, wie er mit der Zunge über seine Lippen strich, doch dann wurde mir bewusst, dass ich fasziniert auf seinen Mund starrte. Noch immer verströmte er einen leichten Geruch nach Süßholz. Dass meine Professionalität so leicht ins Wanken geriet, war frustrierend. Ich wollte mir keinesfalls anmerken lassen, wie er wiederholt meinen Puls beschleunigte. Vermutlich spielte er mit mir, um meine Grenzen auszutesten. Das Kribbeln in meiner Magengegend gab ihm recht. Mein Verstand schalt mich hingegen, mich auf andere Dinge zu konzentrieren.

»Nein, ich bin ein glückliches Einzelkind. Yanis und du, ihr versteht euch hervorragend, oder? Ihr seid nicht nur Brüder, sondern auch Freunde«, hielt ich das Thema am Laufen.

Aki verschränkte die Arme auf meiner Rückenlehne und legte das Kinn darauf ab. Einzelne Haarsträhnen hingen ihm in die Stirn, die an den Wimpern hängenblieben und ihn zum Blinzeln brachten. »Als Kind habe ich wie eine Klette an meinem großen Bruder geklebt und er war nur genervt von mir. Yanis kann nicht gut mit Kindern, aber sobald ich allein aufs Klo konnte und stolz zu ihm aufsah, hatte er mich lieb«, erzählte er grinsend.

»Laura ... können wir nicht doch anhalten?«, warf Yanis ein und ächzte auf. »Das Bonbon hat es nur schlimmer gemacht.«

Ich ignorierte ihn und widmete mich wieder Aki, der mich immer noch amüsiert musterte. »Habt ihr als Kind schon zusammen Musik gemacht?«

Er nickte und kratzte mit seinem Kinnbart über seine Unterarme. »Yanis war immer schon in die Musik vernarrt. Unser Opa war auch Musiker und die beiden hatten ein besonderes Verhältnis zueinander. Sobald er eine Gitarre halten konnte, hatte er eine in der Hand. Ich wollte ihm anfangs nur nacheifern, war aber viel untalentierter als er. Um seine Anerkennung zu bekommen, habe ich geübt und irgendwann auch Unterricht bekommen. Ich kann vielleicht mehr Instrumente spielen, aber Yanis hat immer aus dem Herzen heraus gesungen und Songs geschrieben. Ohne Noten, nur nach Gefühl. Wir ergänzen uns perfekt.«

Wenn er von seiner Kindheit erzählte, sah er glücklich aus. Für mich brachte es interessante Einblicke und selbst wenn Yanis sich alle Mühe gab, dem Klischee des Bad Boy-Rockers gerecht zu werden, glaubten hier alle an seine gute Seele.

»Laura!«, wimmerte er im Hintergrund.

Neugierig beugte ich mich weiter vor, sodass ich Aki näher kam. Aus der Nähe mischte sich die Duftnote nach Banane dazu. »Willst du überhaupt Musik machen oder hast du nur deinem großen Bruder nachgeeifert?«, fragte ich geradeheraus.

Erneut wanderte sein Blick über mein Gesicht, sodass ich mir nervös die offenen Haare über die linke Schulter legte.

»Anfangs war es vielleicht so, aber mittlerweile sind die Musik und die Band mein Leben. Ich kann mir nicht vorstellen etwas anderes zu machen, daher bin ich dir dankbar, dass du uns helfen möchtest. Vielleicht wirkt es nicht so, aber wir alle wissen, dass das unsere letzte Chance ist.«

Nachdenklich sahen wir uns an. Die Art, wie er mir das sagte, bewegte mich, weil es ehrlich klang. Aki hob den Kopf, strich sich die Haare mit einer Hand nach hinten und stützte sich mit dem Ellenbogen wieder auf der Lehne auf. Zaghaft lächelte er mich an. Den innigen Moment, in dem ich erstmals spürte, dass ich der Band endlich näherkam, unterbrach mal wieder Yanis – indem er panisch das Fenster nach unten kurbelte, den Kopf rausstreckte und sich übergab.

Ein Reifenquietschen folgte, ein Schrei und Tomas bremste hart. Akis Kopf donnerte gegen meinen und wir beide fuhren schmerzerfüllt auseinander.

»Oh, verdammt!«, murmelte unser Fahrer mit Blick in den linken Seitenspiegel. Ehe ich verstand, öffnete er die vordere Tür und hetzte hinaus. »Alles in Ordnung bei Ihnen?«, rief er jemandem zu.

Yanis würgte noch mal und hing wie ein Sack halb aus dem Bus. Als ich mich zur Seite neigte, um auf die Straße zu blicken, wurde mir das Ausmaß unseres Zwischenstopps bewusst.

»Fuck!«, entkam es mir, ehe ich aufsprang und hinausstürmte. Tomas reichte dem Motorradfahrer bereits ein Stofftaschentuch. Ich sah zu Yanis hinauf, der leichenblass durchatmete und sich mit dem Unterarm über den Mund wischte.

»Seid ihr gestört?«, schrie der Mann, der soeben seinen verschmierten Helm vom Kopf riss und angeekelt von sich hielt. Auch seine Ledermontur, das Frontvisier und selbst der Gepäckträger wiesen Spuren von Yanis' Mageninhalt auf.

»Es tut mir so unendlich leid«, begann ich sofort und hob hilflos die Hände.

»Mir auch«, krächzte Yanis, bevor er uns erneut einen Schwall vor die Füße spuckte. Fassungslos sah ich zu ihm hoch. »Sieh mich nicht so an. Du wolltest nicht stehen bleiben und hast gesagt, ich soll aus dem Fenster kotzen.«

Ich konnte ihn nicht mal anschreien. Klar hatte ich ihm das gesagt, aber nicht gedacht, dass er es tun würde. Vermutlich war es wirklich meine Schuld, weil ich ihn nicht ernstgenommen hatte.

Der Motorradfahrer stieg von seiner Maschine und begann mit dem von Tomas gereichten Tuch den Helm zu putzen. Eddi kam uns mit einem Sixpack Mineralwasser zu Hilfe. Zusammen leerten wir die Flaschen über dem Motorrad und der Kleidung des fuchsteufelswilden Mannes. Es stank und mir drohte selbst übel zu werden, aber es wäre denkbar schlecht gewesen, wenn ich ihm nun auch noch auf die Füße gekotzt hätte. Flinn kramte Papiertücher heraus und bot an, die Montur abzuwischen. Aki zog seinen Bruder aus dem Fenster und dem Bus und setzte ihn am Straßenrand ins Gras. Im Gebüsch zirpten die Grillen, der Wind rauschte durch die Baumwipfel, während Yanis noch mal würgte. Die berühmte finnische Idylle.

Als Aki zu uns kam und sah, wie Eddi die letzte Flasche über der Frontscheibe entleerte, grinste er breit. Er verschränkte die Arme und wies mit dem Kopf auf mich. »Na, schon ein Foto für *Instagram* davon gemacht?«

Zuerst sah ich ihn entsetzt an, doch dann setzte sich die Komik der absurden Situation durch. Es war niemand verletzt, daher brach das Lachen aus mir heraus, in das Aki als Erster mit einstimmte.

Eddi kicherte und Flinn schüttelte grinsend den Kopf, während er den Helm an den Motorradfahrer zurückgab. Dieser lachte nicht, genauso wenig wie Yanis. Grob riss er seine Sachen an sich und schwang sich auf die Maschine. Er warf dem Bus, uns und dem Haufen an verdreckten Tüchern auf dem Boden einen bitterbösen Blick zu und fuhr mit dröhnendem Motor davon.

»Wenn Sie wollen, können Sie in *Lahti* Gratis-Tickets für unser Konzert haben«, rief Aki hinterher und löste eine erneute Welle an Gelächter aus. Nach dem Schock tat es gut und ich fühlte mich erleichtert.

Nach einer Weile beruhigten wir uns wieder. Das Ganze hatte uns eine Stunde gekostet und mittlerweile war es später Mittag. Yanis hockte immer noch im Gras. Ich reichte ihm eine Wasserflasche, die er dankend und kleinlaut annahm.

»Geht es wieder oder wollen wir versuchen, noch einen Radfahrer zu treffen?«, fragte ich ihn lächelnd.

Er sah zu mir hoch und kniff die Augen zusammen, weil er direkt in die Sonne blinzelte. Sein Gesicht war leichenblass. »Ist nichts mehr drin. Sogar das Lakritzbonbon ist draußen.«

Er nahm meine Hand an, die ich ihm entgegenstreckte, und hievte sich hoch. Stöhnend und torkelnd bugsierte ich ihn zurück in den Bus. Bis zum Abend musste ich ihn fit bekommen, aber darüber würde ich mir erst Sorgen machen, wenn wir endlich in *Lahti* angekommen waren.

Aki war der Letzte, der hinter mir einstieg und sich in den Sitz fallen ließ. Als Tomas losfuhr, grinste mich der Gitarrist fröhlich an. Sein Bruder sank in sich zusammen und schloss die Augen.

»Erste Krise gut gemeistert, Frau Managerin«, lobte Aki mich.

Ich zwinkerte ihm zu und drehte mich wieder nach vorne. Ruhe kehrte in den Bus ein, solange, bis Eddi sich meldete: »Sind wir bald da?«

Der Charme eines Bahnhofsklos

Lahti. Die neuntgrößte Stadt in Finnland. Bekannt für die Sprungschanze, an deren Fuß im Sommer ein Schwimmbad zur Verfügung stand.

Das konnte man alles über unser Ziel sagen, doch ich war einfach froh, heil und ohne weitere Vorkommnisse angekommen zu sein. Mit fast zwei Stunden Verspätung erreichten wir die Unterkunft am Rande der Stadt. Der kleine Club, in dem wir heute Abend spielen würden, lag direkt im Zentrum und der Bus konnte dort sogar parken. Ein billiger Schlafplatz hatte sich aber nur außerhalb finden lassen.

»Sind wir schon da?«, fragte Eddi, diesmal zweifelnd und hoffend zugleich, sodass ich zum wiederholten Male *nein* sagte. Doch wir waren da. In einer wundervollen, grünen Gegend mit Einfamilienhäusern, gepflegten Gärten, getrimmten Büschen und einem mit Blümchen bemalten Schild, das *Bed and Breakfast* anzeigte.

»Auspacken, Männer. In ein paar Stunden werden wir im Club für den Soundcheck erwartet, außerdem wollte ich ein Gewinnspiel für ein Meet and Greet in *Kuopio* vorbereiten«, trieb ich sie an.

Mit skeptischen Falten auf den Stirnen standen die vier nebeneinander auf dem weißen Kiesweg, der zur putzigen Holzvilla führte. Im Fenster des Wintergartens saßen kleine Teddybären und vor der Tür winkte uns ein Gartenzwerg zu. Ich fand es hübsch. Und billig. Die nette Dame, mit der ich telefoniert hatte, freute sich auf uns und besonders auf die Gruppe junger Männer, die mit mir reiste. Ob ihre Erwartungen erfüllt wurden, sollte sich gleich herausstellen.

Tomas und Jussi öffneten das Gepäckfach des Busses und holten die Reisetaschen heraus. Während ich zufrieden den Weg hochmarschierte, vorbei an duftenden Blümchen, blieb die Band immer noch zurück. Ich drückte die Klingel, wenige Sekunden später schwang die rote Holztür nach innen knarzend auf und eine ältere Frau trat breit lächelnd heraus.

»Du musst Laura sein! Oh, ich freue mich, dass ihr es endlich hergeschafft habt. Ich bin Frau Takala«, rief sie und schloss mich in die Arme. Ihre graublonden Haare waren zu einem Dutt hochgesteckt, aus dem einige Strähnen herausfielen und mich an der Nase kitzelten. Sie verströmte einen herben Kräuterduft, der zu ihrem Vorgarten passte. Als sie mich aus der Umarmung entließ, stemmte sie die Hände in die ausladende Hüfte und sah streng drein. »Und was ist mit euch? Traut ihr euch nicht näher zu kommen? Lasst euch mal ansehen.«

Ich grinste in mich hinein, weil das Abbild der vier Männer, die unweigerlich zurückwichen, göttlich war. Der Erste, der sich mit je einer Tasche in der Hand zwischen ihnen durchdrängte, war Jussi.

»Seid nicht so unhöflich zu der netten Dame! Es freut uns, Ihre Gäste zu sein«, grüßte er sie und neigte den Kopf, als er leise glucksend hineintrat.

»Herzlich willkommen! Die Sachen kannst du gleich nach oben in den ersten Stock bringen. Alle Zimmer auf dieser Etage sind eure. Mehr gibt es nicht.«

Die Treppe knarrte unter Jussis Gewicht, während ich beim Eingang abwartend stehen blieb. Erst als ich auffordernd in die Hände klatschte, setzte sich die Band in Bewegung. Nacheinander betraten die Jungs die Villa, die innen überraschend hell und modern ausgebaut war. Jeder putzte sich artig die Schuhe an der Strohfußmatte ab, was die Dame mit einem zufriedenen Lächeln zur Kenntnis nahm. Im Eingangsbereich stand ein weißer Sekretär mit Flyern samt Touristeninformationen. Bei der Tür links hing ein Schild mit der Aufschrift »Aamiainen«, sodass ich direkt wusste, wo wir morgen frühstücken konnten.

»Ihr seht erschöpft aus, was hat euch denn aufgehalten?«, fragte die Frau. Sie betrachtete Yanis, der mit einer Sonnenbrille sein blaues Auge verbarg.

»Mein Bruder hat einen Motorradfahrer angekotzt«, antwortete Aki viel zu ehrlich, zwinkerte der verwunderten Frau zu und begann den Aufstieg. Ich wollte ihm am liebsten mit der Hand gegen den Hinterkopf schlagen, doch er war zu schnell aus meiner Reichweite. Hinter ihm schlurfte Yanis mit schweren Schritten nach, gefolgt von Eddi und Flinn. Unsere Gastgeberin blickte sie interessiert an.

»Na ja, falls ihr trotzdem noch eine Kleinigkeit essen wollt, lasst es mich wissen. Oder etwas, um den Magen zu beruhigen.«

Sie lächelte freundlich, woraufhin ich mich entspannte. Als Letzte betrat ich die Treppe und nickte ihr dankend zu. An den Wänden hingen gemalte Landschaftsbilder vor einer blau-weiß geblümten Tapete. Oben im Flur lag ein dazu passender Läufer mit Fransen und auch die Türschildchen mit den Nummern waren mit kleinen Blüten verziert. Statt in die Zimmer zu gehen, standen die Männer zusammengedrängt ratlos im Weg.

»Was ist denn? Hinter den Türen wird schon kein gefährlicher Tiger auf euch warten«, murrte ich ungeduldig, weil ich vorm Konzert noch eine Dusche nehmen wollte.

»Wie ist die Zimmeraufteilung?«, fragte Flinn. »Das sind keine Einzelzimmer.«

Ich zuckte mit den Schultern. »Ihr werdet euch doch ein Zimmer teilen können. Sucht euch eben irgendeines aus, es ist nur eine Nacht.«

Flinn nickte, zog aber trotzdem eine leidende Miene. »Ja, aber doch nicht in Doppelbetten.«

»Wären euch Etagenbetten lieber?«, erwiderte ich pampig, weil sich immer noch keiner in Bewegung setzte. Sie betrachteten ihre Umgebung, als würden sie überlegen, lieber im Bus zu schlafen.

Ich wollte an ihnen vorbeigehen, aber Aki hielt mich am Arm auf. »Und wer darf sich ein Bett mit dir teilen? Müssen wir uns drum prügeln oder ziehen wir Stäbchen?« Sein Lächeln wurde zu einem breiten Grinsen, das mich überraschte. So sah ich ihn auch verwirrt an.

»Wenn hier einer besonders beaufsichtigt werden muss, dann ja bekanntlich ich. Laura muss persönlich auf mich aufpassen«, erhob Yanis das Wort und Akis freche Miene fiel in sich zusammen.

Angesichts dieses Machogehabes stierte ich beide empört an. Ich hatte kein Problem damit, mir mit der Band ein Zimmer zu teilen, doch eine Nacht alleine mit einem der beiden Brüder zu verbringen, erschien mir zu gewagt. Am Ende machte ich mir direkt den Ruf der Managerin, die mit ihren Klienten ins Bett stieg. Auf der anderen Seite wollte ich nicht, dass die Jungs dachten, ich stände über ihnen und würde mir eine Sonderbehandlung wünschen. Dazu zugehören war mir wichtig. Mein Nicht-Managerin-Ich allerdings wurde hellhörig, bei den musternden Blicken, die mir beide Brüder zuwarfen. Yanis dreckig grinsend, Aki nachdenklich mit hochgezogenen Brauen.

»Gewinnt der mit dem kürzeren oder längeren Stäbchen?«, griff Yanis begeistert das Thema wieder auf. Er hatte etwas mehr Farbe um die Nase, doch sein Gesamteindruck wirkte lädiert.

Verdutzt sah ich zwischen den beiden hin und her. Ich wollte ihnen sagen, wo sie sich ihre zu kurzen Stäbchen hinstecken konnten, als Jussi glücklicherweise einschritt.

»Das ist ja wie im Kindergarten hier. Yanis und Aki, ihr seid euren Gestank gewöhnt, ihr kriegt das Zimmer rechts. Flinn und Eddi, links. Ich nehme mit Tomas das am Ende des Ganges und gleich hier bei der Treppe schläft Laura. Allein! Ruht euch kurz aus, geht duschen und in drei Stunden fahren wir zum Club. Benehmt euch wie Menschen.«

Als ich nach der Klinke griff, beugte sich Yanis nach unten, um seine Tasche anzuheben. Erneut zeichnete sich das selbstsichere Grinsen auf seinen Lippen ab. »Solltest du doch noch Angst in der Nacht bekommen, ich bin gleich nebenan. Schäme dich nicht, nach mir zu rufen.«

Ich schnaubte, als ich die Tür mit dem Fuß aufstieß. »Das wäre erstens unprofessionell und zweitens würdest du mit mir im Bett gar nicht klarkommen. Wir können es gern mal drauf ankommen lassen«, antwortete ich sarkastisch und schob ächzend meine schwere Tasche über die Schwelle.

Erst durch Yanis' begeisterten Blick, den ich über die dunklen Brillengläser hinweg wahrnahm, kapierte ich, was ich da gesagt hatte und wie er es verstanden haben musste. Ich hatte gemeint, dass ich jede Menge Platz auf der Matratze für mich beanspruchte und in der Nacht gerne um mich trat, aber na ja ...

Yanis biss sich frech auf die Unterlippe. »Ach, vielleicht habe ich dich ja doch unterschätzt, Laura. Das ist mal ein schönes Versprechen, was du da machst.«

Empört wollte ich das Missverständnis aufklären, doch da drehte sich der Sänger bereits lachend um und schlenderte an seinem Bruder vorbei. Aki stand immer noch im Gang, hatte unser Gespräch mitangehört und unter seinem ernsten Blick verschwand ich in meinem Zimmer.

Die nächste Zeit nutzte ich für die heiß ersehnte Dusche. Außerdem telefonierte ich mit dem Clubinhaber und stellte den Text mit dem Gewinnspiel online. Nichts Großartiges, aber einen kleinen Anreiz für die Fans, um Werbung zu machen.

Mit noch feuchten Haaren stand ich pünktlich wartend in der Nachmittagssonne beim Bus. Jussi saß summend mit Tomas bereits drinnen, während die anderen auf sich warten ließen. Es war verdammt warm geworden und trotz kurzer Jeansshorts und Tanktop schwitzte ich. Die Spitzen meiner Haare kräuselten sich, daher war ich mir bewusst, dass ich aussah, als hätte ich die Zunge in eine Steckdose gesteckt. Immerhin war ich erfrischt und bereit für den Abend.

Aki trat als Erster der Band aus der Villa, blieb bei meinem Anblick aber abrupt stehen. Auch seine Haare waren nass nach hinten gekämmt, doch er musterte mich mit verengten Augen. Sofort begann ich verlegen, die explodierten Haare glatt zu streichen.

»Was ist denn? Los, los, wir warten schon. Wo ist dein Bruder?«, rief ich ihm zu, um von mir abzulenken.

Er sah einmal zurück, zu mir, wieder zur Villa und dann wieder zu mir.

»Starr mich nicht so an. Ja, ich weiß, dass ich wie eine zerrupfte Vogelscheuche aussehe und dass der lilafarbene Nagellack an meinen Fingern zu meinen Zehen passt. Sonst noch ein dummer Kommentar?«, murrte ich.

Aki räusperte sich und zwischen seinen Augen bildete sich eine nachdenkliche Falte, als er doch zu mir kam. Vorher schien er zu spontanen Späßen aufgelegt gewesen zu sein, jetzt checkte er mich kühl ab.

»Was hat dir denn die Laune verdorben? Und wo ist dein Bruder abgeblieben?«

»Vermutlich hättest du doch lieber das Zimmer mit ihm teilen sollen! Er war dicht hinter mir. Kann sich nur um Stunden handeln«, antwortete er bockig und stieg in den Bus.

Bis jetzt verzeichnete ich also einen Sänger mit Schuss, einen Gitarristen mit Gefühlsflexibilität, einen

Einhorn-Drummer und einen hyperaktiven Bassisten. Plus den stummen Fahrer sowie den Moominpapa. Aus irgendeinem Grund brachte mich diese Aufzählung zum Lächeln.

Statt seinem Bruder kamen erst Flinn und Eddi zu uns. Beide gähnten, als wären sie gerade erst aufgestanden. Bei näherer Betrachtung zeichneten sich sogar Kopfkissenabdrücke auf Flinns Wange ab. Kurz bevor ich so weit war, in die Villa zu gehen, um den trödelnden Sänger an den Haaren herauszuziehen, tauchte er endlich auf. Mit Sonnenbrille, aber wenigstens in frischen Klamotten. Er ignorierte mich, als er einsteigen wollte, doch ich hielt ihn am Oberarm fest.

»Sieh mich an!«, forderte ich und zog den Sichtschutz von seiner Nase.

Er zuckte genervt mit dem Kopf zurück und blinzelte angewidert gegen die grelle Sonne.

»Hast du getrunken?«, fragte ich.

Er verdrehte die Augen. Das eine war zwar immer noch blau-lila geschwollen und beide wiesen rote Adern auf, aber sie wirkten klar. Trotzig streckte er seine Zunge heraus. Ich starrte ihm bis auf die Mandeln in den Rachen, nahm aber keinen Hauch von Alkohol wahr. »Soll ich noch in einen Becher pinkeln?«, fragte er mürrisch.

»Einsteigen und los geht's«, befahl ich zufrieden und seinen Kommentar ignorierend.

Der *Drinks and Music Club* in *Helsinki* war eine großartige Location gewesen, um eine Tour zu beginnen. Modern, schick und sehr bekannt in der Stadt. Dort hatten wir nur spielen dürfen, weil er der Agentur gehörte. Das Gebäude, vor dem wir nach dreißig Minuten Fahrt ins Zentrum hinein nun standen, strahlte das Gegenteil aus. Tomas hatte den Bus im Hinterhof geparkt, wo wir umgehend begannen, die Kisten aus dem Kofferraum zu laden.

»Sieht heruntergekommen aus«, sprach Flinn meine Gedanken aus, als er sich neben mich stellte. Er band sich seine Locken mit einem Haargummi zurück, wobei sich die Sonne mehrfach in seinen Ringen brach. Flinn war kleiner als ich, aber sein Selbstbewusstsein und seine Ausstrahlung machten das wett.

»Innen sieht es bestimmt toll aus«, versuchte ich mich selbst aufzumuntern und rief mir gleichzeitig die Bilder des Clubs in Erinnerung. Auf den meisten davon auf der Homepage sah man ausschließlich dicht gedrängte Menschen, aber kaum etwas von der Einrichtung. Es war eine jener Locations, die ich zwar ohne Pekkas Hilfe, aber auf seine Empfehlung hin gebucht hatte.

Der Hof war von vier niedrigen Gebäuden begrenzt und bot genügend Privatsphäre. Der Haupteingang lag auf der Vorderseite, doch von hinten gab es eine große Laderampe, die uns soeben ein Mitarbeiter des Clubs aufsperrte. Das Rolltor schob sich quietschend nach oben und offenbarte dahinter einen finsteren Lagerraum. Mich skeptisch umsehend, erklomm ich die Rampe. Nach wenigen Schritten in das dunkle Innere musste ich husten. Dichte Staubwolken glitzerten in den einfallenden Sonnenstrahlen und um mich herum herrschte pures Chaos. Offene Regale, gefüllt mit Spirituosen, Dosen, Gläsern und einer dicken Dreckschicht ragten bis zur Decke. Auf dem Boden lagen Lautsprecher, Kabelhaufen und weiteres Equipment kreuz und quer. Ich nieste, als Jussi neben mir die große Kiste mit den Gitarren hinstellte und eine frische Staubwolke hochwirbelte.

»Willkommen im *Blue Club*«, begrüßte uns ein junger Mann, der kaum älter als Eddi aussah. Händereibend kam er aus einer uneinsehbaren Nische rechts von uns und krempelte sein weißes Leinenhemd an den Armen hoch.

»Ich bin Klaus und freue mich auf den Abend. Euer Zeug könnt ihr hier lagern. Die Bühne ist da hinten. Mit der Technik hilft euch Jannik und für das kulinarische Wohl fragt die liebe Helena bei der Bar. In zwei Stunden kommen Sami und Jukka für den Einlass«, plapperte er los. Welcher Name zu wem gehörte, entfiel mir überfordert sofort. »Oh, das sind die Superstars?«, brüllte er aus heiterem Himmel über mich hinweg, sodass ich quietschend zusammenzuckte. Mich übergehend, eilte er die Rampe nach unten, um die Band zu begrüßen.

Jussi verzog den Mund und schüttelte den Kopf. »Falls der Typ was eingeworfen hat, sieh bloß zu, dass Yanis nichts davon abbekommt«, scherzte er. So lustig fand ich das zwar nicht, grinste aber trotzdem.

Während der hyperaktive Klaus die Band strapazierte, ging ich weiter in den Club hinein. Nach einem genauso vollgestellten Gang kam ich neben der Bar heraus. Es war ein großer rechteckiger Raum mit dunklem Holzboden und über mir erstreckten sich schwarze Stahlbalken. Es sah eher nach einer kleinen Lagerhalle als nach einem Club aus. Blau-violettes Licht erleuchtete die leere Fläche spärlich und erinnerte mich sofort an Yanis' Veilchen. Angeekelt merkte ich, dass jeder Schritt klebte. Die Bühne nahm unspektakulär nur einen kleinen Teil der Tanzfläche ein. Davor stand ein Absperrgitter und links und rechts gingen Treppen ab.

Ich schlenderte weiter durch die Räumlichkeiten, die keineswegs einladender wurden. Der Backstagebereich war zugestellt mit kaputten Polstermöbeln, die wie frisch vom Sperrmüll aussahen. Nirgends konnte man normales Licht einschalten, überall flimmerte das hässliche Blau. Weil ich naiv war, begutachtete ich sogar die Toiletten. Dort intensivierte sich nicht nur das grelle blaue Licht, sondern auch der Geruch nach Urin und anderem Unrat. Ich würgte und hielt mir entsetzt die Hand vor den Mund. Die beiden Toilettenkabinen standen sperrangelweit offen, sodass ich einen hervorragenden Blick auf die Kunstwerke hatte, die sich über Jahre angesammelt hatten. Bunte Eddingschriftzüge, obszöne Zeichnungen, abstrakte Flecken, Risse und Sticker.

»Das ist ekelhaft«, sagte Aki aus heiterem Himmel dicht hinter mir und erschreckte mich damit zu Tode. Ich zuckte schon wieder zusammen und drückte mir dabei die Hand aufs Herz, das wild pochte.

»Schleich dich nicht so an!«

Sein Blick wanderte genauso angewidert über den Boden, die Wände und die Toiletten. »Wenn das Damenklo so aussieht, betrete ich das für Männer nur mit medizinischer Fachausrüstung«, kommentierte er den Zustand.

Ich überlegte fieberhaft, ob ich Desinfektionsmittel eingepackt hatte, als sich auf dem Boden etwas bewegte. Mir war vollkommen egal, was es war, ich kreischte schrill auf und hüpfte Aki an. Er hatte nicht mit einem Ninjasprung meinerseits gerechnet, und während ich die Arme um seinen Hals klammerte und ihm die Luft abschnürte, taumelte er gemeinsam mit mir zurück. Wenigstens entfernten wir uns so torkelnd vom Ort des Grauens. Ich kniff die Augen zusammen und presste mich so fest ich konnte an ihn, ein Bein schlang ich um seine Hüfte, damit ich besseren Halt fand. Akis eine Hand rutschte unter den Saum meines Shirts an meinem Rücken. Mit der anderen hielt er meinen Hintern hoch, als ich versuchte an ihm hochzuklettern, als gäbe es auf seinem Kopf eine Kokosnuss zu ernten. Ich drückte meine Nase gegen seinen Hals und schnaufte ihn ungeniert an. Es schien ihm keine Mühe zu bereiten, mich zu halten. Ich fühlte seine Muskeln arbeiten, während er mich instinktiv fester an sich presste und ich mich noch höher hievte, bis auch der zweite Fuß vom Boden abhob. Seine Körperwärme sprang auf mich über und brachte mich zusammen mit dem Adrenalinstoß zum Schwitzen.

»Ich ersticke!«, röchelte er, weil ich jetzt seine Wange so fest gegen meine Brust drückte, dass er zu husten begann. Los ließ ich deswegen aber noch lange nicht. Erst als wir einige weitere Meter rückwärts gestolpert waren, lockerte ich meinen Griff, blieb trotzdem mit angezogenen Beinen an ihm hängen. Ängstlich suchte ich den Boden nach etwas Pelzigem, Schuppigen oder etwas mit mehr als zwei Beinen ab.

»Ist es weg?«, fragte ich dezent hysterisch. Mein Puls raste und der Schweiß rann von meiner Stirn.

»Mein Lebenswille? Ja!«, schnaufte Aki unter seinen Haaren. Die hatte ich nämlich komplett über sein Gesicht gewischt, sodass seine Wange nicht nur irgendwo an meinem Hals klebte, sondern er seine eigenen Haarspitzen hustend inhalierte. Diesmal zog der Geruch nach Bananen in meine Nase, was mich stutzen ließ und ablenkte. Kam das wirklich von seinen Haaren? Es war jedenfalls deutlich angenehmer als der Uringestank von vorhin.

»Geh runter von mir«, schnaufte er noch mal.

Endlich ließ ich mein rechtes Bein langsam sinken. Die Arme lockerte ich nur geringfügig, immer in Alarmbereitschaft. Aki hingegen sog den Sauerstoff hastig in seine Lunge und räusperte sich. Fahrig strich er sich die Frisur zurück.

»Tut mir leid, aber da hat sich was bewegt. Ich bin mir sicher«, beharrte ich und sah mich weiterhin hektisch um.

»An mir oder was meinst du?«, fragte er keuchend, aber schmunzelnd.

Ruckartig wandte ich mich ihm zu. Fast hätte ich den Kopf gegen seine Nase geknallt, die er gerade noch wegdrehte.

Akis zusammengekniffene Augen verlangten plötzlich nach meiner Aufmerksamkeit und zwangen mich, ihn anzusehen. Das wachsende Grinsen um seine Mundwinkel ließ mich kurz innehalten. Er hatte sich beruhigt, stierte mich aber seltsam an. Seine Lippen waren fest aufeinandergepresst.

»Bist du fertig mit Rumschreien? Dann kannst du von mir runtergehen«, verlangte er missmutig. Peinlich berührt bemerkte ich erst jetzt, dass mein anderer Fuß auf seinem stand. Als ich hastig zurücktreten wollte, stieß ich auf ein Hindernis.

»Ähm, du bist derjenige, der mich festhält«, antwortete ich amüsiert. Seine Hand an meinem Hintern fühlte sich warm und fest an.

Von einer Sekunde auf die andere zog er sie zurück und sprang regelrecht zur Seite. Als sei ich giftig, sah er auf seine Handfläche.

»Ich bin frisch geduscht. Wenn hier was eklig ist, dann dieser Club«, verteidigte ich mich. Er verzog die Stirn und wollte etwas erwidern, doch Flinn kam wütend stapfend mit einem Mikrofonständer in der Hand zu uns.

»Erstens, richtig, dieser Club ist ekelerregend widerlich! Zweitens, könnt ihr euch mal nützlich machen? Mit etwas Glück fackeln wir dank der verpfuschten Leitungen heute Abend nicht ab! Wobei es nicht schade um den Club wäre! Eine spirituelle Ausräucherung würde ihm bestimmt auch guttun.«

Bevor der Drummer uns den Ständer gegen den Kopf warf, beeilten Aki und ich uns, so schnell wie möglich zurück zur Bühne zu kommen.

Alle halfen mit, bis der zuvor leere Raum mit unseren Sachen und vielen fleißigen Personen gefüllt war. Jussi und Tomas bekamen Hilfe von Klaus persönlich und einer Frau mit Glatze, die vermutlich Helena war. Das änderte nichts daran, dass Jussi von Minute zu Minute grummeliger wurde. Während wir die Kisten zur

Bühne trugen und die Instrumente auspackten, verlegte Klaus die Kabel. Das tat er, in dem er die eine Seite am Boden anklebte und die andere mit dem Fuß zur Seite schob. Jussi hatte ihn mehrmals freundlich darauf hingewiesen, dass das nicht seine Art war zu arbeiten. Vergeblich.

»Drecksbude!«, fluchte der Riese, der soeben dabei war, seine Gelassenheit zu verlieren. »Nichts funktioniert und wieso zur Hölle ist hier alles blau?«

Klaus stellte sich mit verschränkten Armen neben ihn und nickte. Er hatte kurze blonde Haare, die hier im Club einen seltsamen lilafarbenen Schimmer annahmen. »*The Blue Club*? Verstanden? Blau ... Blaues Licht! Dafür sind wir berühmt!«, erklärte er stolz mit Blick zu den Lampen.

»Eher *Club der bakteriellen Infektionen*. In Bahnhöfen gibt es auch blaues Licht, damit sich niemand in den Toiletten eine Nadel setzen kann«, erwiderte Jussi, ohne ihn anzusehen. Er kniete auf der Bühne vor dem Mikro und fummelte an den Verbindungen herum. Plötzlich stoben Funken, Jussi schrie und es wurde dunkel.

Oh Gott. Eigentlich hatte ich keine Angst, aber angesichts der jüngsten Ereignisse im Klo rann mir ein eiskalter Schauer den Rücken runter. Auf einmal hörte ich nicht mehr die Schritte der Menschen um mich herum, sondern tausend kratzende Geräusche von Pfoten. So schnell ich konnte, eilte ich auf den einzigen Lichtschimmer zu, der zurück zum Lagerraum führte. Ich hielt erst inne, als ich in die Sonne blinzelte und frische Luft atmete.

»Blauer Club am Arsch«, sagte ich zu mir selbst, während ich meine Haare nach hinten strich. Sie standen immer noch in alle Richtungen, waren aber mittlerweile getrocknet.

»Hat die Frau Managerin Probleme?«, verhöhnte mich Yanis, der vor der Rampe stand und eine Zigarette rauchte. Die Sonnenbrille hatte er hochgeschoben und ein Grinsen lag in seinem Gesicht.

Ich versuchte meine Fassung zurückzuerlangen. »Jussi kriegt das schon hin.«

Yanis nickte und nahm einen tiefen Zug. Als er den Rauch aus der Nase blies, zwinkerte er mir zu. »Keine Sorge. Wir haben schon in versiffteren Lokalen gespielt. Hier passen wenigstens ein paar mehr rein. Haben wir denn überhaupt Karten verkauft?«

Das war einer der seltenen Momente, in denen er vermittelte, dass ihn das alles doch interessierte. Ich ging die Rampe runter und holte noch mal tief Luft. Die Gänsehaut legte sich und ich entspannte mich zusehends. »Im Vorverkauf ist der Club nicht ausverkauft. Hätten mehr sein können. Aber Pekka meint, an der Abendkasse ist hier immer viel los. Darauf hoffen wir mal. Geht's dir besser?«

Er nickte, während er die Zigarette auf dem Boden austrat. »Etwas Kopfschmerzen, aber bis auf das blaue Auge bin ich unversehrt. Heute Abend werden wir die Bühne rocken.«

»Was das angeht, habe ich Make-up im Bus. Ich möchte deine Blessuren etwas überschminken, damit die nicht zu sehr auffallen«, erklärte ich grinsend. Ich hatte mit einem Aufstand gerechnet, Gezeter, Gebrüll und Proteste, doch Yanis nickte erneut und wies mit dem Kinn zum Bus.

»Okay, aber ich warne dich. Aus der schwarzen Kajal-Phase bin ich raus und grüner Lidschatten steht mir gar nicht.«

Diese Antwort brachte mich zum Lachen, weil er es mit stoischer Ruhe gesagt hatte. Unweigerlich tauchte das Bild eines bunt geschminkten Yanis vor mir auf und amüsierte mich noch mehr.

Wir setzten uns zusammen in den Bus, er eine Reihe hinter mir. Hier drinnen roch es nicht nur besser als im Club, wir hatten auch deutlich helleres Licht. Aus einem Rucksack im Fußraum holte ich mein Make-up-Täschchen, Yanis bettete sein Gesicht auf seine abgestützten Hände und schloss die Augen.

»Leg los.«

Überrascht von seinem Vertrauen begann ich, mit einem Schwämmchen die blauen Flecken abzudecken.

»Wann erzählst du mir, wieso du so neben der Spur bist?«, versuchte ich den harmonischen Moment zu nutzen, mehr aus ihm herauszubekommen.

Er reagierte nicht. Nur seine Kiefermuskeln zuckten.

»Ich weiß bis jetzt, dass dir die Jungs einiges bedeuten und dass du dich bis vor ein paar Monaten zivilisiert verhalten hast. Was ist passiert, dass du deinen Frust in Alkohol ertränkst und jeden provozierst?«

Ich betupfte konzentriert seinen Wangenknochen, der frisch rasiert war, als er seine Augen öffnete. »Der schnelle Ruhm ist mir zu Kopf gestiegen«, murmelte er, ehe er sie wieder schloss.

Ich stoppte und sah ihn misstrauisch an. »Das ist eine Lüge. Selbst dein Bruder ahnt, dass etwas nicht stimmt.«

Diesmal riss er die Augen erschrocken auf und ich zuckte zurück. »Was hat Aki gesagt?«, wollte Yanis wissen und wirkte auf einmal doch deutlich interessierter.

Ein paar Atemzüge starrte ich ihn an, bis ich den Kopf schüttelte. »Nichts Konkretes. Nur, dass etwas mit dir nicht in Ordnung ist und er nicht weiß, was. Und dass er für dich da sein will. Irgendwie so«, nuschelte ich und bedeckte die letzten Flecken an seiner Schläfe.

Er ließ alles über sich ergehen, doch das Thema ließ ihn verstummen.

»Fertig. Picasso wäre stolz auf mich«, verkündete ich schließlich. Das blaue Auge war zwar nicht komplett verschwunden, sprang einem aber nicht mehr direkt entgegen. Vorsichtig drehte ich sein Gesicht hin und her. Yanis erhob sich und beugte sich über mich, um sich im Rückspiegel zu betrachten. Auch er schien mit dem Endergebnis einverstanden zu sein.

»Lass uns reingehen und den anderen helfen, das Chaos zu beseitigen. Wenn du Unterstützung für das Gewinnspiel brauchst, lass es mich wissen. Wir könnten ein paar Shirts unterschreiben und bei der Show verteilen«, sagte er, als er aus dem Bus kletterte.

Perplex sah ich ihm nach, sackte müde zusammen und musste unwillkürlich den Kopf schütteln. Wenn dieser Kerl nüchtern war, konnte man sich tatsächlich normal mit ihm unterhalten.

Der Durchbruch

Der Nachmittag vor dem zweiten Konzert der Tour hatte es in sich. Jussi war den Tränen nah, weil nichts funktionierte. Kabel waren kaputt, Boxen knisterten unangenehm und das blaue Licht machte uns alle wahnsinnig. Aber am Ende des Tages brachten wir den Soundcheck erfolgreich hinter uns. Eine halbe Stunde vor Beginn mischte ich mich unter das Publikum, das langsam die Halle füllte. Die meisten standen bei der Bar, um sich mit einem Getränk auf das Konzert einzustimmen. Wenigstens hatte Pekka recht gehabt, denn beim Einlass kauften sehr viele Tickets. Der Club war dafür bekannt, so gut wie jeden Abend Livemusik zu bieten. Dabei ging es nicht immer um die Bands an sich, mehr um die Szene und den Spaß. Da wir dadurch nicht vor leeren Plätzen spielten, mussten wir damit leben.

Vor der Bühne blieb ich stehen, legte den Kopf in den Nacken und sah nach oben. Die Instrumente waren platziert und ich freute mich auf die Show. Aus dieser Perspektive, mit den ersten Fans im Hintergrund strahlte die Umgebung ein ganz anderes Gefühl aus als vorher noch in den Proben. Ein kleines Detail fiel mir ins Auge, das mich stutzig werden ließ. Breit grinsend schlich ich mich durch das Publikum und gesellte mich zu Jussi, der nicht allein im Technikbereich stand.

Klaus war bei ihm, der mir gut gelaunt mit einem Becher in der Hand zunickte.

»Steht dort ein pinkes Mikrofon auf der Bühne?«, fragte ich und Jussi lachte auf.

»Mit rosa Strasssteinchen. Das andere ist kaputt gegangen und das war das einzige, das spontan zur Verfügung stand«, erklärte er mir amüsiert. Das Ding glitzerte unverkennbar im Scheinwerferlicht, das Gott sei Dank nicht blau war.

Ich holte mir von der Bar eine Flasche Wasser und gesellte mich zurück zur Band. Eddi steckte zu meiner Freude in keiner Kiste, sondern lungerte in einem zerrissenen Ledersessel herum. Mir grauste allein der Anblick des Dings, doch die Jungs schienen kein Problem damit zu haben.

»Die Halle füllt sich. Seid ihr bereit?«, fragte ich in die Runde.

»Vielleicht fliegt uns die Technik ja mit einem großen Knall um die Ohren, aber wir sind bereit«, antwortete Aki.

Sie hatten sich in ihr bewährtes Bühnenoutfit geworfen, das sich vor allem bei Yanis von den Alltagsklamotten unterschied. Er liebte seine Lederhose, die dem Rockerimage gerecht wurde. Das schwarze Tanktop betonte seine trainierte Brust und die schweren Boots vervollständigten seinen Badboy-Look. Flinn sah sowieso immer nach Musiker aus und Aki wie Eddi begnügten sich mit Jeans und Shirt. Ich trat an Yanis heran, der auf einem Tisch saß und die Beine baumeln ließ. Die Platte schwankte gefährlich, doch das war ihm egal. Musternd legte ich die Finger an sein Kinn und begutachtete sein Gesicht. Das Make-up hielt noch perfekt.

Trotz des Schwitzens schimmerte das blaue Auge nur leicht durch.

»Sieht gut aus«, sagte ich und Yanis grinste selbstzufrieden.

»Ich weiß, aber danke, dass du es endlich aussprichst.«

Der Spruch war so mies, dass ich nicht mal die Augen verdrehen konnte. Stattdessen scheuchte ich sie in den hinteren Bereich der Bühne. Die beiden Hallen waren nur durch eine dünne Wand voneinander getrennt und seitlich gab es einen Aufgang auf das Podest. Routiniert befestigten sie ihre In-Ears, damit sich die Musiker während der Show besser hörten. Ich blieb abseits und war froh über mein luftiges Outfit samt den bequemen Sandalen. Mir rann trotzdem der Schweiß die Beine hinab, aber immerhin klebte nichts an mir.

Als Klaus mit einem Mikro auf die Bühne trat, jubelte das Publikum los. Mit erhobener Stimme und weiten Gesten nahm er den gesamten Club für sich ein. Er begrüßte seine Gäste, lobte die Stimmung, riss Witze und heizte so ordentlich an. Der Kerl war offenbar bekannt und beliebt in der Szene. Das machte dieses Drecksloch ein bisschen wett, denn er preiste *The Anew* als die beste Newcomerband der letzten zehn Jahre an.

Die Geräuschkulisse erreichte ihren Höhepunkt, dann war es so weit. Klaus stieg von der Bühne und die Lichter fokussierten die Plätze der Instrumente. Yanis, Aki, Flinn und Eddi klopften sich motivierend auf die Schultern, ehe sie nacheinander auf die Vorderseite der Bühne joggten. Die Menge kreischte begeistert auf, klatschte und pfiff. Ich stellte mich oben an den Rand, sodass ich vorsichtig schräg auf die Band und direkt ins

Publikum sah. Hinter dem vorderen Absperrgitter drängten sich die Zuschauer, die bereits die Hände hochrissen. Yanis nahm das pinke Mikro wie ein echter Mann aus der Halterung und lief von einer Seite auf die andere, um die Leute zu noch mehr Geschrei zu animieren. Als er sich auf seine Position stellte und die Gitarre umhängte, wurde es schlagartig still.

Flinn schlug den Takt an und das Rock-Spektakel ging los. Erneut übermannte mich die Welle an Euphorie und Energie, die allein die ersten Sekunden eines Konzertes auslösten. Stillstehen war unmöglich, daher hüpfte ich mit den anderen und warf den Kopf hin und her. Mittlerweile kannte ich einige Texte, sang mit und genoss die Atmosphäre in vollen Zügen.

Die gesamte Show über blieb ich dort stehen und beobachtete das Geschehen mit wachsamen Augen. Wie in Helsinki schafften es diese vier Typen auf der Bühne, das Publikum mit sich zu reißen. Egal ob es Fans waren oder einfach Menschen, die heute Abend hergekommen waren, um zu feiern. Es wurde geklatscht, gesungen und viel Spaß gehabt. Vor Schweiß glänzende Körper wogen sich vor der Band im Takt. Yanis' Shirt war ein einziger nasser Fleck und sein Bruder wischte sich die Haare nach hinten, als hätte er frisch geduscht.

Alles funktionierte wie geplant und trotz der katastrophalen Technik explodierte nichts. Niemand ging in Flammen auf. Ich hakte innerlich das zweite Konzert als Erfolg ab und filmte ein paar kurze Handyvideos für den Blog und *Instagram*, als die letzten zwei Lieder anstanden. Eines davon war eine hinreißende Ballade, nur gespielt von Yanis und Aki auf den Gitarren. Das andere ihre beliebteste Single, mit der sie den Wettbewerb letztes Jahr gewonnen hatten. Eine energiegeladene Nummer, bei der sie nochmals vollen Körpereinsatz zeigten. Während Yanis stets nach vorne ging und mit den Fans spielte, blieb sein Bruder im Hintergrund. Ganz für sich, mit geschlossenen Augen, flogen seine Finger über die Saiten. Sein Kopf wippte im Takt, das Gesicht war verzerrt zu einer hingebungsvollen Miene. Es war seine Ausstrahlung, die mich faszinierte und meine Aufmerksamkeit auf sich zog.

Dicht vor mir hockte sich Yanis hin, um einer jungen Frau mit einem Zwinkern einen entzückten Aufschrei zu entlocken.

Ich lächelte hingegen Aki an, der sich auf die Unterlippe biss und nach hinten beugte, um die Gitarre hochzureißen. Feuchtigkeit durchtränkte auch sein Shirt und brachte sein Gesicht zum Glänzen.

Als er sich wieder aufrichtete und die Augen endlich öffnete, trafen sich unsere Blicke. Ich riss sofort ertappt die Faust im Takt nach oben und grölte den Chorus mit. Ein flüchtiges Zwinkern in meine Richtung bestätigte mir, dass er meinen Fangirl-Moment bemerkt hatte. Anschließend sprang er an die Seite seines Bruders und befeuerte das Jubeln der Menge. Flinn trommelte wild auf seinen Drums und Eddi drehte sich mit seinem Bass im Kreis. Es war hypnotisierend mitanzusehen, wie sich Yanis und Aki gegenseitig mit ihren Gitarren hochspielten. Mit breitem Grinsen im Gesicht und strahlenden Augen befeuerten sie ihre Leidenschaft.

Jedenfalls so lange, bis Yanis zum Finale ansetzte, in die Knie ging, hochsprang – und es krachte.

Von ohrenbetäubend splitterndem Holz begleitet, brach er direkt durch den Bühnenboden. Das Publikum kreischte, diesmal allerdings erschrocken, und die Gitarre gab bizarre Töne von sich. Das Mikro quietschte in hohen Frequenzen und stach in den Ohren.

Dann verstummte die Musik. Ich starrte entgeistert auf das Loch, das sich wenige Meter vor mir auftat.

»Yanis? Ist dir was passiert?«, rief Aki verdutzt nach unten.

Erst jetzt setzte ich mich in Bewegung und stürmte auf die Bühne. Ich ignorierte all die Menschen vor uns, die ebenfalls besorgt dreinblickten. Auch Jussi und Klaus kamen zu uns, um zwischen die zersplitterten Balken zu spähen. Irritiertes Gemurmel kam auf und das Licht der Scheinwerfer bündelte sich in unserer Mitte, um die Dunkelheit bis auf dem Grund zu durchdringen. Ein weiterer weiblicher Schrei ließ uns hochblicken. Er kam aus der Menge, als ein zweiter folgte.

»Ratten!«, brüllte jemand und das Publikum stob hysterisch auseinander.

»Alles okay«, ächzte hingegen Yanis aus dem Loch.

Vorsichtig trat ich näher, während das Holz bedrohlich knirschte.

»Bleib zurück, Laura!«, warnte Aki und zog mich am Handgelenk nach hinten. Er allerdings ging in die Hocke und lugte zu seinem Bruder. Als ich mich auf die Zehenspitzen stellte, guckte Yanis' verstaubter, roter Kopf empor. Wenigstens war die Bühne nicht sehr hoch, sodass er, sobald er stand, oben hinaussah.

»Scheint alles okay zu sein. Aber ich glaube, ich habe eine Ratte mit meinem Arsch getötet«, erklärte er.

Gegen all meine Instinkte trieb mich diese merkwürdige Information weiter an den Rand des breit ausgebrochenen Loches, um hinunterzusehen. Yanis winkte mir mit verzerrter Miene und hustend zu. Staub wirbelte um ihn herum und verschwand in den Schatten unter der Bühne. Er reckte sich und trat vorsichtig von einem Bein auf andere. Als er schmerzerfüllt ächzte und zusammenzuckte, flitzte etwas Pelziges über seine Schuhe und verschwand wieder im Schatten.

Mit einem Satz sprang ich keuchend rückwärts. Sofort schüttelte sich mein ganzer Körper, allein bei dem Gedanken an nackte, lange Schwänze, krallenbesetzte Füße und Fell. Die Jungs ließen sich nicht beirren und zogen Yanis gemeinsam nach oben. Er kam sitzend und verdreckt zum Vorschein, woraufhin das verbliebene Publikum applaudierte.

»Ladies and Gentlemen, es ist alles in Ordnung. Yanis geht es gut, nur eine Ratte ist gestorben. Ich fürchte, das Konzert hat soeben sein Ende gefunden, doch lasst euch nicht vom Feiern abhalten! An der Bar geht eine Runde Bier aufs Haus«, verkündete Klaus mit ausgebreiteten Armen und brachte damit die Gäste zum Grölen.

Ich wich weiter vom Loch zurück und schüttelte die Gänsehaut ab.

Ratten.

Was für Ratten lebten unter einer Bühne, auf der jeden Tag gespielt wurde? Taube Ratten? Rockerratten? Im Grunde war es mir egal, denn der Ekel ebbte nicht ab.

Als Aki Yanis aber stützte und ihm humpelnd von der Bühne half, riss ich mich zusammen.

»Hast du dir doch wehgetan?«, fragte ich und eilte zu ihm. Unbewusst starrte ich auf seinen Hintern, um die zermatschte Ratte zu finden, entdeckte aber glücklicherweise nur Dreck.

»Hab mir nur den Fuß verstaucht und den Arsch geprellt. Alles in Ordnung.« Ein grauer, schmieriger Film klebte auf seinem gesamten Gesicht und Staub stob davon, als er sich auf die Brust klopfte.

»Was für ein Drecksloch«, murmelte Jussi, der bei mir stehen blieb und der Band nachsah, die im Lagerraum verschwand. Ich strich mir die Haare hinter die Ohren und schloss für einen Moment die Augen. Es war der zweite Tag der Tour und unser Sänger hatte ein Veilchen, einen verstauchten Knöchel und einen geprellten Hintern. Wenn das so weiterging, würden wir das Finale in der Notaufnahme eines Krankenhauses spielen.

Was das Publikum anging, so schien es den Vorfall bereits vergessen zu haben. Beats dröhnten aus allen Lautsprechern und Helena war damit beschäftigt, das versprochene Gratisbier auszuschenken. Die Menge tobte und tanzte ausgelassen.

»Na, wenigstens wissen wir jetzt, wer die ganzen Kabel annagt und wieso hier nichts funktioniert«, schlussfolgerte Jussi grinsend.

Ich verstand nicht sofort, erschauderte aber erneut, als ich an die Ratten dachte. In meinem Hirn vervielfachten sich diese Nagetiere und die Bühne füllte sich mit tausenden Nagern, die über die Band herfielen. Als mich Jussi am Arm antippte, schreckte ich zurück. Er sah mich verwundert an, doch ich winkte ausatmend ab.

»Lass uns so schnell wie möglich abbauen und ab-
hauen. Ich muss dringend noch mal duschen«, verkündete ich. Eine Ganzkörperdesinfektion mit Ausbrennen
jeglicher Rattenpartikel stand als nächstes an. Ebenso,
wie den Impfpass checken.

Glücklicherweise waren auch die anderen meiner
Meinung. In Windeseile verstauten wir gemeinsam unsere Technik und Instrumente, bloß Yanis saß zerstört
im Bus. Tomas, Flinn und Eddi trugen die letzten Kisten, als Klaus uns verabschiedete.

»’Ne Hammer Show mit durchbrechendem Finale«,
flötete er gut gelaunt. Mir fehlte die Kraft zu lächeln,
also sagte ich einfach nichts. Er schüttelte mir die Hand
und schien mit sich und der Welt zufrieden. Er konnte
froh sein, wenn wir ihn nicht verklagten.

Es war fast zwei Uhr morgens, als wir endlich fertig
waren. Eddi hatte sich kurz vorher in die Koje gelegt
und schnarchte bereits leise. Als Tomas den Motor startete, sank ich tief in den Sitz. Mein Kopf sackte müde
nach hinten gegen die Lehne.

»Bis auf das Ende war es doch eine tolle Show, oder?«,
flüsterte Aki dicht über mir. Er hatte das Kinn wie die
Male zuvor neben mir abgestützt. Die vereinzelten
Straßenlaternen, an denen der Bus vorbeifuhr, malten
Schatten auf sein Gesicht.

»Na, wenigstens lag die heutige Katastrophe nicht an
Yanis, sondern an den Umständen. Das macht mir
Hoffnung«, antwortete ich erschöpft. Langsam wurde
mir bewusst, dass ich mich besser um eine Lebensver-
sicherung hätte kümmern müssen.

Aki grinste und kräuselte die Nase. »Solche Vorkommnisse sind doch der Reiz an der Sache. Man weiß

nie, was einen erwartet! Seit dem Bandwettbewerb durften wir zwar in besseren Locations spielen, aber davor haben wir alles genommen, was möglich war. Vom Garten des Nachbarn bis zur Dorfkneipe. Hauptsache wir konnten auftreten«, murmelte er vor sich hin.

Yanis lag ebenfalls halb schlafend mit dem Kopf gegen das Fenster gelehnt und Flinns Gesicht wurde von dem Licht seines Handydisplays erleuchtet.

»Wenigstens weiß ich jetzt schon ein paar Dinge mehr über dich. Du lackierst dir gern die Fingernägel und du hast Angst vor Ratten«, sagte Aki belustigt.

Ich hoffte inständig, dass es deutlich mehr über mich zu wissen gab.

Seufzend ließ er seine Arme über die Lehne baumeln, sodass sie links und rechts meiner Schultern hingen. »Wieso bist du hier, Laura?«, fragte er ernst. Mit den Fingerspitzen streifte er meine Haut und kitzelte mich. Ob er das absichtlich machte oder es ein Zufall war, war mir unklar. Was ich allerdings wusste, war, dass Aki sich Mühe gab mich kennenzulernen und meine Nähe suchte. Ihm lag etwas an unserer Zusammenarbeit. Und an mir. So holprig der Start mit dieser jungen Band gewesen war, umso mehr gaben sie mir inzwischen das Gefühl, dass sie es wert waren, mit ihnen zu kämpfen.

»Weil es sonst keiner machen wollte und ich das *Ruisrock* in der Tasche habe«, antwortete ich wahrheitsgemäß.

Er schmunzelte und griff sich eine meiner Haarsträhnen, um sie sich um den Finger zu drehen. »Aber wieso willst du Tourmanagerin sein? Du kommst nicht aus der Branche. Warum willst du dich mit abgefuckten Typen wie uns abgeben? Du siehst aus, als würdest du woanders hingehören.«

Ich überlegte, was er damit sagen wollte. Er hatte einfach das Talent, unfreundliche Dinge auszusprechen, sie aber nicht unhöflich klingen zu lassen.

Tomas bog auf die Straße ein, in der unsere Unterkunft lag, und ich setzte mich auf. Dabei streiften Akis Hände meinen Nacken, ehe er sich zurückzog. Auf dem Sitz drehte ich mich zu ihm. »Wo gehöre ich denn hin, deiner Meinung nach?«

Er verengte die Augen und lehnte sich zurück. »Bin mir noch nicht ganz sicher.«

Das angedeutete Schmunzeln auf seinen Lippen wirkte durchaus einnehmend auf mich. Diese Momente zwischen uns häuften sich und noch wusste ich nicht genau, was ich davon halten sollte. Fest stand: Er brachte mich dazu, herausfordernd zurückzulächeln. »Lass es mich wissen, wenn du zu einer Erkenntnis gekommen bist!«

Das Einparken vor der Villa beendete unser Gespräch, weil sich Flinn und Yanis grunzend streckten. Nur Eddi schnarchte ruhig vor sich hin.

»Ich trag den Kleinen sicher nicht hoch«, stellte ich klar und kletterte aus dem Bus. Die frische Luft tat gut, aber ich wollte dringend ins Bett. Zu dieser Jahreszeit wurde es zwar sehr spät dunkel, doch die Wohngegend war trotzdem in ein düsteres Licht gehüllt. Angenehme Nachtruhe lag über den Wohnhäusern. Vom Businneren hörte ich Eddis Murren, als Flinn versuchte, ihn wach zu bekommen. Es klang sehr niedlich, wie er sich wand.

Auf dem Weg zur Eingangstür humpelte Yanis immer noch, beschwerte sich aber nicht. Zu unserer Überraschung ging drinnen das Licht im Flur an und die ältere Dame öffnete uns lächelnd.

»Na, wie war der Gig, ihr Lieben?«, fragte sie putzmunter. Ich kam zu keiner Antwort, da sie Yanis Zustand sofort registrierte. »Ach du meine Güte. Brauchst du etwas? Etwas zum Kühlen, Wärmen, Essen?«, flüsterte sie umsichtig.

Yanis schüttelte den Kopf, was nichts brachte.

»Ich bringe dir sofort etwas zum Bandagieren und eine Heilsalbe nach oben.«

Er verzog das Gesicht, doch ich schob ihn schadenfroh weiter.

»Wenn du nicht willst, dass sie dich auch zudeckt, solltest du das Angebot annehmen und zufrieden sein«, riet ich ihm.

Der letzte Akt des Tages war eine erneute Dusche, in der ich viel schrubbte und zweimal die Haare wusch, nur weil ich zunehmend an die Ratte an Yanis Hintern dachte. Es gab schlimmere Ableben, als von zwei trainierten Pobacken zerquetscht zu werden.

Das Blümchen

Die Nacht war kurz, aber sehr erholsam. Weil ich nach dem Rattenangriff dringend den Kopf freibekommen wollte, stand ich extra früh auf. So leise wie möglich schlich ich nach unten, platzierte die Kopfhörer, zog den Pferdeschwanz fester, die Laufjacke zu und joggte hoch motiviert los.

Die Straße war feucht und die Luft roch nach frischem Regen. Gemächlich lief ich die idyllischen Gassen entlang. Die gepflegten Häuser brillierten durch ihren traditionellen Holzlook, aber auch moderne Villen und ein großer Spielplatz in einer weitläufigen Parkanlage kreuzten meinen Weg. Ich lief, bis der Puls höher schlug und meine Gedanken endlich abdrifteten. Statt an den Terminplan zu denken, folgte ich dem Beat der Musik und genoss die ruhige Atmosphäre.

Die ersten Tropfen beunruhigten mich nicht, weil sie vereinzelt runterfielen und auf dem gerade angetrockneten Asphalt nur weitläufig dunkle Flecken hinterließen. Als ich aber auf dem Rückweg war, tröpfelte es stetig und bald sprenkelten nasse Tupfen mein verschwitztes Gesicht, also setzte ich zu einem Endspurt an und raste zurück. Wenige Minuten später sprintete ich den Kiesweg nach oben, da klebten meine Klamotten schon feucht an mir. Entweder ich schwitzte oder ich wurde vom Regen durchnässt. So oder so blieb ich auf dieser Tour nie trocken. Schnaufend kam ich bei der Tür unter dem kleinen Vordach zu stehen und atmete durch.

Drinnen begrüßte mich der Duft nach allen möglichen Köstlichkeiten. Speck und Kaffee waren vorherrschend und ließen meinen Magen knurren. Fröhliches Stimmengewirr erklang aus dem Essensraum, in den ich direkt hineinging. Eine gemütliche Stube mit drei rechteckigen Holztischen und dazu passenden gepolsterten Stühlen boten mehr Platz als gedacht. Eddi, Flinn, Jussi und Tomas saßen an einem gemeinsam, vor ihnen standen reichliche Platten gefüllt mit Rührei, Speckscheiben, Schinken und anderen Leckereien.

»Guten Morgen, Jungs«, begrüßte ich sie. Mit teils müden, aber gut gelaunten Gesichtern betrachteten sie mich überrascht.

»Seit wann bist du wach? Wieso gehst du laufen, wenn es regnet?«, fragte Eddi und biss von einem mit Wurst belegtem Brot ab.

Ich wischte mir mit der Hand über das Gesicht und zuckte mit den Schultern. »Weil es guttut.«

»Guten Morgen, Frau Managerin«, sagte Yanis, der auf einmal hinter mir in den Raum trat. In der einen Hand hielt er eine Kaffeekanne, in der anderen ein Körbchen mit *Karjalanpiirakkat.* Verdutzt sah ich ihm zu, wie er zu seinen Freunden humpelte und sich auf den letzten freien Stuhl setzte.

»Du bist ja wach«, stellte ich staunend fest.

Er grunzte, während er allen frischen Kaffee einschenkte.

»Wo ist Aki? Geht es ihm gut?«, war meine zweite Frage.

Diesmal sah mich sein großer Bruder vorwurfsvoll an. »Also wenn ich rechtzeitig wach bin, bist du verwirrt, aber wenn Aki noch im Koma im Bett liegt, ist er gleich krank und nicht einfach faul?«

Entschuldigend nickte ich, weil genau das meine Gedanken waren. Ich hätte damit gerechnet, dass ich Yanis im Schlafanzug in den Bus zerren müsste, aber nicht, dass Aki ein Langschläfer war.

»Moi! Hast du gut geschlafen? Möchtest du Tee oder Kaffee?«, rief Frau Takala, als ich mich zur Treppe wandte, um nach oben zu gehen. Ihre Wangen leuchteten rot und sie trug eine blauweiße Küchenschürze um die Taille. Der Anblick ließ mich schmunzeln.

»Danke, ich komme sofort wieder runter. Ich zieh mich nur um«, erklärte ich, weil ich nicht in Sportklamotten frühstücken wollte.

Vorher visierte ich jedoch erst mal Akis Zimmer an. Ich klopfte dreimal, so laut es ging. Stille. Nach einem weiteren Versuch wurde ich ungeduldig und hämmerte mit der Faust gegen das Holz.

»Steh auf, Aki!«

Da er sich weiterhin totstellte, legte ich die Hand auf die Türklinke.

»Ich komme jetzt rein!«, kündigte ich mich an und setzte mein Vorhaben in die Tat um. Leise quietschend drückte ich die Tür auf. Das Zimmer unterschied sich kaum von meinem, nur dass im aufgewühlten Bett jemand lag.

»Das gibt es doch nicht. Steh endlich auf, Aki. Wir sollten uns bald auf den Weg machen«, schimpfte ich und wurde gekonnt ignoriert.

Ein leises Schnarchen erfüllte den Raum. Er lag bäuchlings quer über dem Doppelbett, nur ein nackter Fuß und eine Hand sahen unter der weißen Decke hervor. Seine Haare lagen zerzaust auf dem Kissen, sodass ich nicht einmal erkannte, ob er mir zugewandt lag oder nicht.

Ich marschierte zum Fenster, um es schwungvoll zu öffnen. Kühle Regenluft strömte herein. Ich fand das herrlich, Aki stöhnte genervt. Wie eine Schildkröte zog er seine nackten Zehen und die Hand zurück.

»Geh weg«, murmelte er.

Meine Klamotten waren immer noch nass, daher bekam ich vom Windzug schnell eine Gänsehaut. Fröstelnd rieb ich mir über die Arme. »Los jetzt. Wir müssen sowieso bald auschecken, damit Frau Takala die Zimmer für die nächsten Gäste fertig machen kann«, versuchte ich es noch mal mit der Vernunft.

Ein Brummen erklang unter der Decke. Eine Weile sah ich ihm beim Schnarchen zu, doch die Tatsache, dass er einfach wieder einpennte und ich deswegen fror, zwang mich zu anderen Maßnahmen.

Bestimmt griff ich die Decke und zog sie mit einem Ruck zu mir. Der Anblick, der sich mir bot, beschwor ein peinliches Déjà-vu – denn vor mir lag ein nackter, bleicher, aber knackiger Hintern mit einem Gänseblümchen-Tattoo.

»Oh mein Gott!«, rief ich aus und drückte mir die Bettdecke fest gegen das Gesicht, doch der splitterfasernackte Aki hatte sich in meine Netzhaut gebrannt.

»Was für eine Scheiße?«, grummelte er nun deutlich wacher.

Ich machte den Fehler und blinzelte zu ihm. Er drückte sich mit den Händen hoch, drehte sich um und setzte sich zur Seite.

»Nein! Nicht. Du bist doch nackt, bleib liegen«, keuchte ich und wandte mich mit der Decke vorm Gesicht um.

»Ehrlich, du musst dich mal entscheiden, Laura: Aufstehen oder liegen bleiben?«, fragte er mit kratziger Stimme.

Um der Situation zu entkommen, warf ich die Decke in hohem Bogen über ihn. Erst danach sah ich ihn mit hochrotem Kopf an.

»Wie soll ich ahnen, dass du nackt schläfst? Neben deinem Bruder? War er auch nackt? Das ist doch seltsam!« Meine Worte überschlugen sich, weil ich verlegen war. Das Bild des nackten Lakritz-Gitarristen zwischen den Laken dominierte meine Gedanken. Wie er sich darin rekelte und genüsslich streckte.

Aki räusperte sich nur und strich sich die zerzausten Haare gähnend nach hinten. Zugegebenermaßen sah er in diesem zerknautschten Zustand ziemlich sexy aus. Selbst wenn sein Bruder breitere Schultern hatte, war auch Aki gut in Form. Ich betrachtete interessiert seine definierten Oberarme und die muskulöse Brust, auf der nur wenige Haare sprossen.

»Sag mal, soll ich die Decke wieder zur Seite tun, damit du dir alles ansehen kannst?«, fragte er grinsend.

Ertappt schüttelte ich heftig den Kopf. »Entschuldige, aber so was sieht man doch nicht jeden Tag.«

Er lachte rau. »Das ist schade für dich.«

Bisher hatte ich einen undeutbaren bis hin zu abweisenden Aki kennengelernt, einen freundlichen und nun die freche Testosteronvariation. Was seine Stimmungen anging, war er komplexer als sein älterer Bruder. Yanis konnte ich bis zu diesem Zeitpunkt deutlich besser handhaben, während mich Aki immer wieder überforderte.

Sein hämisches Grinsen gab mir mein Selbstbewusstsein zurück. Mit in die Hüfte gestemmten Händen näherte ich mich, bis ich dicht vor ihm stand. Blinzelnd hob er das Kinn.

»Zieh dich an und komm runter frühstücken, damit wir bald loskönnen. Wer weiß, was noch alles passiert. Wir können uns keine weiteren Pausen leisten«, erklärte ich maßregelnd.

Akis Blick blieb nicht lange an meinen Augen hängen. Er wanderte schnurstracks tiefer. »Dir ist kalt«, sagte er mit hochgezogenen Brauen, weil er direkt auf meine Brüste starrte, an denen mein Shirt feucht klebte und der BH drunter deutlich zum Vorschein kam. Dabei wurde mir eher heiß als kalt, doch den Gedanken schluckte ich schnell runter.

»Sei nicht kindisch und mach dich fertig«, entgegnete ich, verschränkte aber trotzdem lieber die Arme.

Er lachte noch mal und stand auf, ohne die Decke festzuhalten. Um ihn nicht auch noch komplett nackig zu sehen, wirbelte ich herum und eilte zurück zur Tür.

Vollmond

Die nächste Etappe war 300 Kilometer entfernt. Wir hatten zwar einen *day off,* da das Konzert erst morgen in *Kuopio* stattfinden sollte, dennoch trieb ich die Band zur Eile an. Frau Takala war so begeistert von der »erfrischenden jugendlichen Truppe«, dass sie sogar ein Foto mit ihnen vor ihrer Villa machte. Es sah putzig aus, wie die vier Männer stramm im Vorgarten standen, mit der älteren Dame breit grinsend in ihrer Mitte posierend. Als wir mit dem Bus losfuhren, postete ich das entzückende Bild auf allen Kanälen und war mit mir zufrieden.

»Es gibt schon einige Teilnehmer, die sich für das Meet and Greet beworben haben! Ihr seid also doch noch nicht ganz unten durch bei euren Fans«, kommentierte ich meine Erfolge. Lob bekam ich allerdings nicht, denn nach dem ausufernden Frühstück kauerten sie schon wieder müde in ihren Sitzen. Eddi hatte sich in die Koje verzogen, weil er es dort bequem fand.

»Wie lange fahren wir?«, fragte Yanis gähnend.

»Etwa drei Stunden, wenn keine weiteren Verzögerungen dazukommen. Hast du vor, jemanden anzukotzen?«, antwortete ich mit Blick in den Rückspiegel, um seine finstere Miene zu bewundern.

»Nerv wen anderen. Ich bin stocknüchtern«, grummelte er. Als er trotzig die Arme verschränkte und das

Kinn vorstreckte, musste ich lachen. Bisher machte sich der Sänger überraschend gut und die letzte Katastrophe war nicht mal sein Verschulden gewesen.

Die nächste halbe Stunde verlief friedlich im Bus. Die Landstraße schlängelte sich durch saftgrüne Wälder und blütenfrohen Wiesen. Ein paar Tropfen platschten gegen die Scheibe, doch über uns kämpfte sich die Sonne bereits wieder durch die Wolken. Ich kurbelte das Fenster einen Spalt nach unten und frische Regenluft strömte rauschend herein. Wir überquerten eine Brücke, die über zwei kleine Seen führte, und dann entdeckte ich ein Schild.

»Halt bitte kurz an, Tomas!«, rief ich aus. Er folgte meiner Anweisung sofort, während Yanis sich mit krausgezogener Stirn aufsetzte. Sein blaues Auge ging langsam ins Gelb über und sah nicht mehr ganz so schlimm aus.

»Sollen wir jetzt vor Mücken und Eidechsen spielen? Konntest du nichts Besseres finden?«, fragte er missgelaunt, doch mit einem angedeuteten Schmunzeln.

»Nein, aber da drüben gibt es einen Verkaufsstand mit Heidelbeeren«, erklärte ich euphorisch und zeigte auf einen kleinen Weg, der hinter uns nach rechts abbog. Ich liebte solche Abzweigungen, die es auf dem Land fast überall gab. Familien und Bauern verkauften von ihren Höfen, die man von der Straße aus gar nicht sehen konnte. Mitten im Wald befanden sich oft kleine Siedlungen, zu denen unscheinbare Wege führten. Deswegen gab es auch hier in der Pampa stets vereinzelte Bushaltestellen.

Tomas war an der Straße rechts in die Wiese gefahren, um uns sicher zu parken. Zügig stieg ich aus dem Bus und sah mich nach der korrekten Richtung um.

»Müssen wir mitkommen?«, fragte Eddi, der immer noch in der Koje lag und nur seinen Kopf hervorstreckte.

»Nein, aber benehmt euch, solange ich weg bin.«

Die typischen Waldgeräusche umfingen mich, sonst herrschte Stille. Bis auf den Rülpser, den Eddi hinter dem Vorhang in der Koje von sich gab. Tomas stieg kopfschüttelnd hinter mir aus und zündete sich eine Zigarette an.

»Flieh, solange du kannst«, murmelte er. Vier weitere Worte kamen auf die Liste.

»Soll ich euch etwas mitbringen?«, fragte ich in den Bus hinein.

Flinn schüttelte den Kopf und griff nach einer riesigen schwarzen Thermosflasche. »Ich hab hier alles, was ich brauche.« Er schraubte grinsend den Verschluss auf und füllte den Deckel mit heiß dampfendem Kaffee. Den musste er sich von Frau Takala mitgenommen haben.

»Alter, hör auf damit. Das ist einfach nur krank, wieviel Kaffee du trinkst«, murrte ihn Yanis an. Der Drummer ignorierte die Beschwerde und pustete glückselig auf das dampfende Getränk.

»Flinn, wenn wir deinetwegen wieder dreimal anhalten müssen, weil du vom Kaffee pinkeln musst, und die kleine Frau Managerin dann mich anmault, dass wir zu spät sind, stopf ich dir das Ding in den Rachen«, setzte Yanis nach. Wieder, ohne großen Erfolg bei Flinn zu erzielen. Er schlürfte lautstark.

Ich verdrehte die Augen und machte mich auf den Weg zum Verkaufsstand. Überraschenderweise stiegen Jussi und Aki aus, um mir doch zu folgen.

»Ein bisschen die Beine vertreten kann nicht schaden. Wir haben noch mindestens zwei Stunden Fahrt vor uns«, erklärte der Moominpapa und streckte sich ächzend. Für ihn war der Bus keineswegs so bequem wie für uns. Seine Knie stießen ständig irgendwo an und auch auf seinen Kopf musste er aufpassen.

Nach wenigen Metern tauchte ein großes, rot-weißes Holzhaus mit überdachter Veranda auf. Daneben parkte ein Pick-Up und von weiter hinten drangen Stimmen zu uns.

»Wir sollten uns beeilen. Vielleicht brennt der Bus, wenn wir zurückkommen«, scherzte Jussi, aber ich wusste, dass diese Option durchaus bestand.

»Wie habt ihr die letzte Tour überstanden?«, fragte ich mit unsicherem Blick zurück.

Aki holte auf, bis er neben mir ging. Die Hände schob er in die engen Jeanstaschen. »Wir hatten ein größeres Team, einen größeren Bus und vor jedem Konzert Schiss.«

Er sagte das neutral und emotionslos, weshalb ich ihn neugierig von der Seite musterte. Seine Haare waren wie so oft lässig nach hinten gestrichen und auch sein Gang strahlte mehr *Coolness* aus, als ich ihm abnahm. Bei einem Gespräch und meiner Recherche hatte mir Kalle von dem großen Erfolg ihrer ersten Tour berichtet. Sie waren mit einem modernen *Nightliner* losgefahren und hatten in über zehn Clubs gespielt. Dazu waren diverse Festivals gekommen und sogar Liveauftritte im Fernsehen. Die aktuelle Situation musste für sie ein großer Rückschritt sein, wenngleich sich das keiner von ihnen anmerken ließ.

»Habt ihr in Luxushotels geschlafen und große Aftershowpartys gefeiert?«, fragte ich weiter, während wir den Verkaufsstand erreichten. Es handelte sich um einen aufklappbaren Buffettisch unter zwei weißen Sonnenschirmen. Dahinter saß ein Teenager, der gelangweilt mit seinem Telefon hantierte. Er sah kurz auf und hauchte ein »Moi«.

»Nein. Keine Luxushotels und keine Partys, aber wir sind wenigstens durch keine Bühnen gebrochen«, antwortete Aki. Ein dezenter Hauch von Vorwurf schwang darin mit, den ich ignorierte. Seit der Abfahrt in *Lahti* war er wieder stiller geworden. Die Begegnung im Hotelzimmer nahm er mir offenbar doch etwas übel.

Jussi und ich begutachteten die vielen Schälchen voll mit Heidelbeeren, Erdbeeren und Himbeeren. Es sah köstlich aus. Der junge Mann mit braunen, dichten Locken, stand artig auf. Aki nutzte die Zeit, um etwas herumzuschlendern und entfernte sich von uns.

»Ich nehme von allem eine Schale, bitte«, sagte ich zu dem Verkäufer, den ich auf siebzehn Jahre schätzte. Sofort holte er eine Papiertüte unter dem Tisch hervor und packte mir alles ein.

»Ich bezahle das für dich«, schritt Jussi ein, als ich nach meiner Geldbörse in der kleinen Handtasche griff, die über meiner Schulter hing. Natürlich hätten wir die obligatorische Diskussion darüber führen können, dass das nicht nötig war, doch da hatte Jussi seine Kreditkarte schon in das tragbare Lesegerät auf dem Tisch gesteckt. Der Teenager steckte sein Handy mit einem Kabel an und schon war mein Einkauf bezahlt.

»Vielen Dank, Jussi. Ich teile auch gerne mit dir«, bot ich grinsend an, als ich die Tüten entgegennahm.

Beim Zurückgehen stolperte Aki überraschend mitten aus dem Gebüsch im Wald. Verdutzt blieb ich kurz stehen, aber als er sich den Reißverschluss seiner Jeans hochzog, wusste ich, was ihn ins Dickicht getrieben hatte.

»Du hättest der jungen Dame wenigstens ein paar Wildblumen pflücken können«, sagte Jussi. Er schüttelte seufzend den Kopf und bedachte den Gitarristen mit einem missbilligenden Blick.

»Ich mag am liebsten Gänseblümchen«, antwortete ich mit erhobenem Kinn. Erwartungsvoll beobachtete ich Akis Reaktion auf die Anspielung auf sein Tattoo. Zu meiner Genugtuung hob er die Augenbrauen und seine Mundwinkel schoben sich nach oben. Einen Kommentar gab er allerdings nicht ab.

Gemeinsam gingen wir zurück zum Bus und entgegen Jussis Befürchtungen war noch keine Rauchschwade zu sehen. Tomas saß bereits wieder hinter dem Lenkrad und winkte uns zu. Nachdem wir aber die Vorderseite umrundet hatten, wäre mir fast die Tüte mit den Beeren aus der Hand gerutscht.

»Ach Leute, das ist doch nicht euer Ernst!«, schimpfte ich, weil ich schon wieder einen nackten Hintern vor mir stehen hatte. Eddi und Flinn standen nebeneinander und pinkelten vom Wegesrand in den Wald. Eddi hing dabei die Jeans in den Knien.

»Herrgott noch mal, ihr Schweine. Aki hatte wenigstens den Anstand, in die Büsche zu gehen. Ihr seid doch keine Köter, die alles markieren müssen. Ihr könnt zwei Stunden ohne Pinkeln aushalten, oder?«, zeterte

Jussi verärgert los und gestikulierte wild mit den Armen. Die beiden Wildpinkler jedoch ließen munter laufen.

»Entschuldigung, mein Reißverschluss ist kaputt«, murmelte Eddi immerhin ein kleines bisschen schuldbewusst.

»Also auf dieser Tour bekomme ich mehr Hintern zu Gesicht als ein Proktologe«, sagte ich sarkastisch. Der Schalk verging mir aber sofort, als ich in den Bus sah und dieser leer war. »Wo ist Yanis?«

»Er musste telefonieren und ist dafür in den Wald gegangen«, erklärte Flinn.

Ich seufzte genervt und wies alle an, einzusteigen. »Wascht euch wenigstens die Hände.«

Ich gab Jussi meine Beeren und blickte hilflos zum Waldrand.

»Yanis!«, schrie ich in die Bäume hinein, aber nur ein Vogelkrächzen antwortete. »Ihr wartet hier, ich hole ihn.«

Mit wütenden Schritten marschierte ich ins Gebüsch. Weit musste ich nicht gehen, bis ich seine Stimme hörte.

»Hei! Komm sofort zurück!«, rief ich und folgte der Richtung, aus der ich ihn vernahm. Ich stolperte über eine Wurzel und fluchte. Er war mitten ins Dickicht gerannt, in dem ich nun einige Kratzer von den Büschen davontrug. »Yanis, verflucht noch mal!«

Seine Gestalt tauchte vor mir zwischen den Bäumen auf. Mit der Hand am Ohr schlenderte er ein paar Schritte hin und her. Er schien mich gar nicht zu sehen, als ich wenige Meter hinter ihm stehen blieb.

»Das kannst du nicht tun!«, sagte er wütend und ballte die Hand zur Faust.

Von diesem emotionalen Ausbruch verunsichert, verharrte ich stumm.

»Was willst du denn noch von mir?«, folgte der nächste Satz, der so zornig klang, dass ich zusammenzuckte. Yanis schüttelte heftig den Kopf und rieb sich mit der freien Hand über die Stirn. »Hör zu, das kann so nicht weitergehen, ich muss ...«, setzte er an, als er sich umdrehte und mich erblickte. Eine Sekunde lang starrte er mich mit riesigen großen Augen schockiert an, ehe sein Gesicht versteinerte. »Ich muss Schluss machen. Ruf mich nicht mehr an«, beendete er das Gespräch und nahm das Handy runter.

»Was willst du?«, fuhr er mich direkt danach an. Zwischen seinen Augen bildete sich eine tiefe Falte.

»Ich wollte dich holen, damit wir weiterkönnen.«

Yanis schnaubte und humpelte hastig an mir vorbei, sodass er mich mit dem Ellenbogen rammte.

»Was soll denn das?«, beschwerte ich mich und hatte Mühe, ihm durch den Wald zu folgen.

»Du bist es doch, die unbedingt anhalten musste. Wegen dir haben wir Verspätung, nicht wegen mir. Reg dich also nicht auf«, quittierte er meinen Aufschrei. Er klang genauso wütend wie vorhin am Telefon. Es war offensichtlich, dass ich das Gespräch nicht hätte mitanhören sollen.

»Worum ging es in dem Telefonat gerade? Gibt's Probleme?«, fragte ich keuchend, weil ich ihm fast hinterherrannte. Sein verletzter Knöchel schien ihn nicht sehr zu behindern.

Kurz vor der Straße blieb er abrupt stehen und drehte sich um. Ich kam gerade noch rechtzeitig zum Stehen, um seinen kalten Blick hautnah abzubekommen. Er hob dazu drohend seinen Zeigefinger und stieß ihn gegen meine Schulter. »Das war geschäftlich und geht dich einen feuchten Dreck an!«, knurrte er.

Sein Ausbruch überforderte mich, weil ich keine Ahnung hatte, was passiert war. Vor wenigen Minuten war er im Bus noch müde, aber gut drauf gewesen. Zumindest für seine Verhältnisse. Jetzt ließ er mich stehen und überbrückte die letzten Meter zum Bus knurrend.

Als ich kurz darauf folgte, war er schon eingestiegen. Verunsichert setzte ich mich auf meinen Platz und Tomas startete den Motor. Diesmal erfüllte eine bedrückende Stille den Bus, als wir unseren Weg Richtung *Kuopio* wieder aufnahmen. Niemand fragte, was passiert war, weil Yanis ohnehin sichtbar außer sich aus dem Fenster starrte.

Auch auf der restlichen Fahrt entwickelte sich keine weitere Unterhaltung. Ich aß gemeinsam mit Jussi die Beeren und hielt meinen Kopf betrübt unten. Es tat mir leid, dass ich Yanis auf den Schlips getreten war, denn es ging mich nichts an, mit wem er telefonierte. So einen Wutausbruch hatte ich trotzdem nicht verdient. Aki tat unbeteiligt und las ein Buch, während Flinn daran arbeitete, die Kanne Kaffee leerzutrinken. In der einen Hand hielt er das Getränk und in der anderen sein Handy.

»Was machst du da die ganze Zeit?«, fragte ich ihn neugierig, als wir die Landstraße verließen und ins

Stadtgebiet einbogen. Vor allem ertrug ich das Schweigen nicht mehr. Wir waren gleich da und ich freute mich darauf, die bedrückende Stimmung im Bus zu verlassen.

»Er schreibt Sex-Nachrichten mit seiner Verlobten«, antwortete Aki anstelle des Drummers. Flinn erhob seinen Mittelfinger als Zeichen dafür, was er von diesem Kommentar hielt. Ich hingegen war hellhörig geworden und drehte mich zu ihm um.

»Du bist verlobt? Davon wusste ich gar nichts«, ließ ich nicht locker, weil ich wirklich keine Ahnung gehabt hatte. Meiner Recherche nach waren alle vier Single.

Flinn zuckte mit den Schultern. »Muss ja auch nicht jeder wissen, oder? Katriina mag es nicht, im Mittelpunkt zu stehen, also zwing ich sie nicht.«

Dass er so gelassen und rücksichtsvoll damit umging, machte den Südländer noch sympathischer. Da er von sich aus aber nicht mehr preisgab, ließ ich das Thema wieder ruhen. Meine Neugierde hatte mir bei Yanis nur einen Aggressionsanfall eingebracht, der mir doch unter die Haut gegangen war.

Das Navi verkündete, dass wir das Ziel gleich erreichen würden. Tomas brachte den Bus in einer Seitenstraße zum Stehen.

»Wo schlafen wir diesmal? In einem Stall?«, maulte Yanis schnaubend und beugte sich nach vorne, um unsere nächste Unterkunft zu betrachten.

Ich war mir keiner Schuld bewusst und stieg als Erste aus, ohne zu antworten. Das Wetter hatte sich gebessert und in Kombination mit der regenfrischen Luft war es sehr angenehm. Der Bus stand vor dem kleinen Hostel, das ich für uns gebucht hatte. In der Innenstadt, nicht weit weg vom *Wave-Club*, in dem wir morgen spielten. Eine Location, die direkt am Hafen lag und hoffentlich bessere Voraussetzungen hatte als das Drecksloch von gestern. Als Bonus fand in *Kuopio* aktuell ein bekanntes Weinfest statt, das Touristen und Einheimische anlockte. Mit etwas Glück konnten wir heute noch Werbung für die Show am nächsten Tag machen.

»Nett«, brummte Yanis neben mir mit Blick auf die Fassade des Hostels. Ich fand die orangefarbenen Blumen, die riesengroß auf das Weiß gepinselt worden waren, tatsächlich sehr niedlich.

»Bringt die Tour erfolgreich hinter euch, produziert ein zweites Album, das wieder an die Spitze der Charts steigt und *dann* ... können wir uns über das *Hilton* unterhalten. Bis dahin ist es ein Hostel.«

Er verschränkte die Arme und verengte seine hübschen Augen. Mehr Reaktion kam nicht.

Als die anderen ausstiegen und das Gepäck aus dem Laderaum holten, hellte sich die Stimmung immerhin auf. Selbst im Eingangsbereich des Hostels blieben alle gut gelaunt und entspannt. Es gab eine schicke Rezeption mit weißem Tresen, eine kleine Lobby mit Sitzmöglichkeiten und eine Bar. Das dreistöckige Gebäude war modern und sauber. Beim Check-In bekamen die Herren dann wieder großen Ohren.

»Ihr Zimmer ist fertig und hier habe ich den Zimmercode für Sie«, sagte die junge Dame mit perfektem blonden Dutt.

Ich nahm die Karte dankend entgegen. Als ich mich umdrehte, starrten mich sechs Augenpaare skeptisch an.

»Veranstalten wir jetzt eine Orgie?«, fragte Flinn ernsthaft besorgt. Er zupfte mir die Karte mit dem Code aus der Hand und drehte sie um, als könnte er so ein zweites Zimmer hervorzaubern.

»Entspannt euch. Es sind Mehrbettzimmer! Jeder kriegt seinen eigenen Schlafplatz. Keine Orgie, kein Kuscheln«, erklärte ich und wusste, dass sich ihre Begeisterung immer noch in Grenzen hielt. Vermutlich sehnten sie sich jetzt schon nach den gemütlichen Zimmern aus der Villa in *Lahti.*

Direkt neben dem Treppenaufgang im ersten Stock befand sich unser Schlafgemach. Ich tippte den Code für die Tür ein, woraufhin ein kleines grünes Lämpchen aufleuchtete. Ein frischer Geruch nach Waschmittel schlug mir entgegen, während es hinter mir still wurde. Einer nach dem anderen folgte mir ins Innere, das strahlend hell durch zwei bodentiefe Fenster von der Sonne beleuchtet wurde.

»Laura, entschuldige, dass ich über die Villa gestern hergezogen bin. Jetzt allerdings habe ich ernsthafte Bedenken«, sagte diesmal Eddi.

Als wären sie von einer Horde Orks umzingelt, sammelten sie sich in der Mitte und spähten in alle Richtungen. Genervt wandte ich mich ihnen zu und stemmte die Hände in die Hüfte. Natürlich war mir bewusst, dass die Situation für die Band seltsam werden würde, aber ich stand hinter meiner Planung. Ein Sechsbettzimmer mit drei Etagenbetten war ideal für uns.

»Warte. Sechs Betten. Wir sind sieben«, sprach Flinn laut, als hätte er meine Gedanken gelesen. Sie sahen sich noch mal um, zählten ab, bis ich zum einzigen grauen Sofa ging, das an der Wand stand. Darauf lagen ein Laken und ein Kissen.

»Eine Schlafcouch zum Ausziehen! Ich werde sie nehmen. Wenn euch etwas nicht passt, die Kojen im Bus sind immer frei«, erklärte ich. Sonst gab es noch zwei Kleiderschränke, Privat-Spints, einen kleinen Tisch mit Stühlen und sogar einen Flachbildschirm an der Wand. »Ist doch nur für eine Nacht«, sagte ich.

»Sechs Betten, ein Sofa und … ein Klo«, murrte Flinn kopfschüttelnd.

»Sollen wir einen Kack-Zeitplan aufstellen?«, fragte Aki besorgt und kassierte einen Schlag gegen den Hinterkopf von seinem Bruder.

»Laura, du hast keine Ahnung, was du da tust.« Selbst Eddi bemängelte meine Wahl, aber nun war es zu spät.

Jussi war wieder mal der Erste, der sich fasste und vernünftig wurde. »Okay, ich nehme ein Bett unten und den Häufchen-Slot um 7 Uhr. Flinn, du gehst entweder in der Lobby aufs Klo oder wartest, bis wir alle fertig sind.«

Das Thema Toilettengang schien sie wirklich sehr zu beschäftigen. Allerdings beschlich mich eine Ahnung, dass ich den Wahrheitsgehalt dahinter bald herausfinden sollte. Wenigstens zeigte sein Aktionismus wieder einmal Wirkung und die Band begann sich häuslich einzurichten. Tomas sah zwar auch nicht begeistert aus, aber wie immer schwieg er vor sich hin. Er entschied sich wie Flinn und Eddi für die oberen Etagen, während Aki, Yanis und Jussi die unteren zu ihren eigenen auserkoren.

»Was machen wir heute denn noch? Mir ist langweilig«, murrte Eddi bereits wenige Minuten später. Er lag auf dem Rücken im Bett und hatte die Arme hinter dem Kopf verschränkt.

»Ich würde gerne mit Tomas zum Club fahren, um mir schon mal alles anzusehen. Nur zur Sicherheit«, sagte Jussi mit besorgter Miene. Schlimmer als ein Rattennest sollte der *Wave-Club* ja hoffentlich nicht werden, doch ich verstand seine Sorgen.

»Wir könnten auf das Weinfest gehen und noch ein bisschen Promotion machen. Ein paar Videos, Flyer verteilen, Fotos mit potenziellen Fans«, schlug ich hoffnungsvoll vor. Ohne die Band wäre die Sache weit weniger effektiv.

Dass Yanis nicht gerade begeistert war, selbst Flyer an fremde Menschen zu verteilen, war mir klar. Er verschränkte prompt seine Arme und sah mich missmutig an. »Ich bleibe lieber hier und guck mir ein Eishockey-Spiel an.«

»Dort gibt es Musik, kulinarische Highlights und ganz viel Trubel. Jede Menge Touristen sind in der Stadt und ich dachte, das wäre die ideale Chance, das Konzert anzupreisen. Macht Werbung für das Meet and Greet, das morgen vor der Show stattfindet«, erklärte ich wahrheitsgemäß.

Das war der richtige Zeitpunkt, um aus meiner Tasche die vorgedruckten Stapel mit den Flyern herauszuholen. Ich wedelte damit herum und kassierte verstörte Blicke. Die Herren vergaßen immer wieder, dass sie etwas für ihren Erfolg tun mussten.

»Okay, Jussi und Tomas, ich rufe beim Club an und frage, ob ihr schon abladen dürft. Die Band kommt mit mir zum Fest. So habt ihr Auslauf und gleichzeitig können wir Fans gewinnen. Los, los!«

Ich griff nach der Handtasche, band mir die Haare mit einem Gummi zurück und als ich mich zur Tür drehte, hatte sich bis auf Jussi und unseren Fahrer niemand bewegt.

»Was ist denn mit euch?«, fragte ich unschuldig. Erst als ich genervt klatschte, kam Bewegung in die Truppe. Ich blieb vorm Zimmer stehen und drückte jedem von ihnen ein paar Zettel in die Hand.

Die Sonne schien auf uns herab und lud dazu ein, den Abend auf dem Fest zu verbringen. Der Clubbesitzer des *Wave* war einverstanden und sogar vor Ort, was bedeutete, dass Jussi und Tomas sofort losfuhren. Im Hostel ließ ich mir noch eine Wegbeschreibung geben und kurz danach marschierte ich zielstrebig los. Hinter mir trotteten vier unmotivierte Männer, die lieber mit einem *Tray* Bier zurückgeblieben wären.

Das Weinfest fand am Hafen des Kallavesi-Sees statt und man hörte die Musik schon von Weitem. Wir brauchten etwa zwanzig Minuten, bis uns die ersten Menschentrauben begegneten. Der Eintritt war frei, daher tummelten sich unzählige Besucher in den Straßen. Als wir den Hafen erreichten, schaukelten diverse Yachten und Boote an den Stegen. Überall waren bunte Wimpel aufgehängt und Plakate beschrieben das Programm. Je dichter das Gedränge wurde, desto fröhlicher lachte die Band hinter mir.

»Vielleicht war das gar keine so schlechte Idee«, sagte Yanis besser gelaunt, als er die ersten Weinstände bestaunte. Ruckartig blieb ich stehen, drehte mich um und stoppte ihn mit einem erhobenen Zeigefinger an seiner Brust.

»Du wirst dich in meiner Anwesenheit nicht betrinken.«

Er sah zum Finger und zuckte mit den Schultern. »Bis ich betrunken bin, dauert das eine Weile. Ein Glas Wein zur Auflockerung kann nicht schaden.«

Es waren seine letzten Worte, bevor er mich umrundete und mit viel zu schnellen Schritten voranhumpelte. Ich merkte zu spät, dass er versuchte mich abzuhängen, also eilte ich ihm erschrocken hinterher.

Die Festbühne befand sich auf einem riesigen Parkplatz, nur wenige Meter vom Wasser entfernt. In einem Halbkreis rund herum waren unzählige Stände mit Köstlichkeiten und Getränken aufgebaut. Die Geräuschkulisse stieg an, als wir in die feiernde Menge eintauchten. Liegestühle, Bierbänke und andere gemütliche Sitzgelegenheiten luden dazu ein, sich zu entspannen.

Da auf der Bühne noch niemand spielte, drang Musik aus Boxen und die Leute amüsierten sich ausgelassen. Ich selbst zerknitterte den Stapel Papier zwischen den Fingern, weil ich hektisch durch die Menge voranstolperte, um Yanis nicht aus den Augen zu verlieren. Immer wieder tauchte er in der dichter werdenden Masse ab.

»Warte auf mich!«, rief ich, doch da schob sich ein Pärchen zwischen uns und danach war der Sänger fort.

»Verdammt«, brummte ich und stellte mich auf die Zehenspitzen, um ihn wiederzufinden. »Ihr müsst mir helfen, ihn zu suchen. Er darf keine Dummheiten machen«, sprach ich zu den anderen, die … auch nicht mehr da waren.

»Was zum Teufel?« Ich blickte zornig suchend in alle Richtungen, doch kein Bandmitglied war zu sehen. Mutlos blieb ich stehen und seufzte frustriert. »Das nächste Mal chip ich sie«, schimpfte ich, ohne dass es jemand hörte. Vor mir auf dem Boden lagen zwei der Flyer, die achtlos von den Passanten niedergetrampelt wurden.

Die nächste halbe Stunde verbrachte ich damit, mich durch die Menge zu schieben und Ausschau zu halten. Es herrschte eine sommerliche Ausgelassenheit, die mich leider eher nervte als aufmunterte. Es gab Zelte mit frittierten Leckereien, Gewinnspiele und Schminken für Kinder. Die Sonne ging tiefer, doch es blieb angenehm warm. Von der Band fehlte weiterhin jede Spur und ich ahnte, dass sie mir mit Absicht aus dem Weg gingen. Das Hostel nahmen sie mir übel.

Um ein paar Minuten durchzuatmen, schlenderte ich weiter zum Hafen. Dort flanierten zwar auch sehr viele Leute, doch es war deutlich leiser und gemütlicher. Möwen kreisten, um Essensreste abzustauben, und ein paar Guides boten Fahrten über den glitzernden See an.

Ich spazierte an der Promenade entlang bis zu einer freien Bank mit Blick aufs Wasser. Dort setzte ich mich und reckte mein Gesicht gen Himmel. Mit geschlossenen Augen stellte sich tatsächlich so etwas wie Entspannung ein und ich genoss den schönen Moment.

»Tut gut, nicht wie ein aufgescheuchtes Huhn herumzulaufen, nicht wahr?«

Überrascht sah ich auf. Wie aus dem Nichts stand Aki hinter der Bank und hielt mir einen weißen Pappbecher entgegen, aus dem ein Strohhalm hervorlugte.

»Havana-Cola mit Eis und einer Scheibe Zitrone«, erklärte er, ließ sich neben mir nieder und hielt mir den Becher hin.

Langsam, aber sicher wurde er zu meinem Rumdealer. »Wie hast du mich gefunden? Ich dachte, ihr wärt abgehauen.«

Er grinste und blinzelte mich an, als ihn die Sonne blendete. »Nur weil du uns aus den Augen verloren hast, heißt das nicht, dass ich dich nicht beobachtet habe.«

»Das klingt auch nur ein bisschen gruselig«, witzelte ich, bevor ich den ersten Schluck nahm. Es schmeckte köstlich und war eisgekühlt. Dass er mir das hier besorgt hatte, obwohl es hauptsächlich Wein gab, fand ich sehr zuvorkommend.

Eine Weile saßen wir schweigend da und blickten aufs Wasser. Ab und zu sah er mich von der Seite an. Aki war für mich immer noch schwer einzuschätzen, obwohl er Pluspunkte sammelte.

»Ich habe wie befohlen alle Flyer verteilt, mit meinem Charme gespielt und ein paar Autogramme geschrieben. Selbst an Menschen, die keine Ahnung hatten, wer ich bin«, erzählte er stolz.

Es überraschte mich, ich bemühte mich aber, mir nichts anmerken zu lassen.

»Bereust du es schon?«, wollte er nach kurzer Stille wissen. Natürlich wusste ich, was er meinte, daher schüttelte ich langsam den Kopf und trank etwas von dem Cocktail. Er strich sich die Haare nach hinten und grinste mich frech an. Der Surferlook stand ihm hervorragend. Als er sich den kurzen Bart kratzte, blieb mein Blick an den Tattoos auf seinen Fingern hängen.

»Was bedeuten die?«, fragte ich, wandte mich zu ihm und nahm seine Hand ungefragt in meine.

Er ließ mich gewähren und drehte sie bereitwillig. An den Fingerkuppen fühlte ich eine Verdickung, die wohl vom Gitarrespielen kam, die restliche Haut war warm und weich. Ausgiebig betrachtete ich die Bilder über seinen Fingerknöcheln. Ein Sichelmond, eine Sonne, Sterne, etwas, das aussah wie ein Komet und ein simples Kreuz. Alles sehr klein mit schwarzer Tinte gestochen. Als ich in sein Gesicht sah, hatte er sich näher zu mir gebeugt. Noch immer ließ er sich ohne Beschwerde von mir berühren.

»Auf dieser Hand sind Symbole, die ungreifbar sind, aber nach denen wir streben sollten«, setzte er an. Erst jetzt zog er sich zurück, präsentierte mir dann bereitwillig die andere Seite. »Hier habe ich mir Dinge stechen lassen, die mich auf dem Boden der Tatsachen halten. Mein Bruder, dafür steht das Y. Die Musik wird vom Notenschlüssel symbolisiert. Der Gitarrenkoffer für unseren Opa, der uns stets inspiriert hat, das Haus für meine Familie. Die Lakritzschnecke spricht für sich. Ich bin süchtig nach diesem Zeug«, schloss er lachend ab.

Ich lächelte ebenfalls, war allerdings beeindruckt, dass kleine Bilder so viel bedeuten konnten.

»Was? Für so tiefsinnig hättest du mich nicht gehalten, stimmt's?«, stichelte er.

Ich zuckte verlegen mit den Schultern, nahm noch mal seine Hand und fuhr mit dem Zeigefinger vorsichtig über das Y. Er war sehr stark mit seinem Bruder verbunden. Geschwister hatte ich keine, daher konnte ich nur ahnen, was das für ihn bedeutete.

Dann drehte er den Spieß um und griff plötzlich nach meiner Hand. Behutsam neigte er sie mit einem Lächeln auf den Lippen. Es gab dort keine hübschen Bildchen zu sehen, trotzdem fuhr er mit seinem Daumen über jeden Zentimeter. Besonders die grünen Fingernägel begutachtete er, während sich sein Schmunzeln verbreiterte.

Ich sagte nichts. Vor allem, weil mir eine Gänsehaut von der Hand bis in die Zehenspitzen kroch. Akis zärtliche Berührungen ließen mich die Luft anhalten. Sein Blick blieb gesenkt, doch ich starrte ihn unverhohlen an. Als er grinsend aufsah, schauten wir uns direkt an. Wir beide hielten inne, nur wenige Zentimeter voneinander entfernt. Schweigend verschränkte er seine Finger mit meinen, was meinen Herzschlag beschleunigte.

Ich hätte sofort reagieren und mich zurückziehen sollen, aber ... es fühlte sich gut an. Ich konnte gar nicht glauben, wie sehr ich es genoss, und wusste, dass dieses Kribbeln in meinem Bauch zu Problemen führen könnte. Mehrere Sekunden lang verharrten wir in dieser Position, ohne dass jemand das Wort erhob.

Irgendwann räusperte er sich und ließ meine Hand los. Wir setzten uns ordentlicher auf die Bank und nahmen Abstand zueinander. Der intime Moment war vorbei, obwohl ich das Gefühl hatte, seine Finger auf meinen immer noch zu spüren. Wieder trat eine stille Minute ein, die sich aber diesmal unbehaglich anfühlte. Nachdenklich nippte ich an der Rum-Cola.

»Yanis hat vorhin im Wald telefoniert und sich heftig mit jemandem gestritten. Weißt du, worum es ging?«, wechselte ich das Thema. Leider sah Aki mich sichtlich überrascht an, woraus ich schloss, dass er keine Ahnung hatte.

Zum Antworten kam er nicht, weil mein eigenes Telefon läutete. Jussi rief mich an. Mit entschuldigendem Blick zu Aki stand ich auf, entfernte mich ein paar Schritte und ging ran.

»Wir haben ein Problem«, begrüßte er mich besorgt.

»Was ist es diesmal? Waschbären, die die Instrumente anfressen?«, fragte ich sarkastisch.

Jussi seufzte. »Das ist kein Problem, weil wir keine Instrumente haben. Zumindest keine einzige Gitarre.«

Ich riss entsetzt die Augen auf.

»Laura, es tut mir leid. Es ist meine Schuld, aber der Abbau gestern war so hektisch und chaotisch ...«

»Wir haben die Gitarren in *Lahti* vergessen?«

»Wir haben eine falsche Kiste mitgenommen. Statt der Box mit den Gitarren haben wir eine mit Bier. Verdammt, die sehen alle gleich aus. Mir hätte es aber auffallen müssen. Dieser Trottel mit seiner Drecksbude. Wer packt denn Bier in Transportboxen?«, redete er sich in Rage.

Meine Synapsen versuchten zu verstehen, was er mir sagte. Gleichzeitig überlegte ich, welche Möglichkeiten es gab. Ein Konzert ohne Gitarren war ausgeschlossen. Sich welche zu leihen, wäre eine Option, doch ich wusste nicht, woher. Ich begann im Kreis zu laufen, ohne Rücksicht auf die Passanten, die mir ausweichen mussten.

»Ich werde gleich im *Blue Club* anrufen und nachfragen. Dann werde ich ein Auto mieten und sofort losfahren. Hin und zurück passt das bis morgen früh locker. Dann schaffen wir den Soundcheck.«

Jussi fluchte am anderen Ende der Leitung. Meine Wangen wurden heiß und ich spürte, wie meine Finger vor Aufregung zu kribbeln anfingen. Im Geiste ploppten sofort neue To-Dos auf, die damit begannen, eine Autovermietung zu finden, die mir augenblicklich eines zur Verfügung stellte.

»Ich fahre! Ich habe die Verantwortung für die Technik und ich habe es verbockt«, sagte Jussi und ich blieb stehen.

»Nein. Du musst dich um den restlichen Aufbau kümmern. Wenn ich heute mit den Gitarren zurückkomme, solltest du morgen ausgeschlafen und fit sein.«

Mein Entschluss stand fest. Zwar fühlte ich mich geschlaucht von der Herfahrt, aber es war definitiv die bessere Option.

Zum Glück führte Jussi keine lange Diskussion mit mir, denn die hätte ich nervlich nicht durchgestanden. Nach dem Auflegen knetete ich meine Hände und ging mit wild pochendem Herzen zur Bank zurück.

»Verdammt«, rief ich aus und blieb unruhig vor Aki stehen.

»Was ist denn nun wieder passiert?«, wollte er wissen.

Ich begann wieder nervös im Kreis zu laufen, wobei mir der Schweiß den Rücken hinunterrann. Mein Herz schlug schneller, weil ich unbedingt eine Lösung finden musste. Knapp berichtete ich Aki, wie die Lage stand. Ich biss mir auf die Unterlippe und fuhr mir dann durch die Haare, die ich so aus dem Zopf riss.

»Ich miete ein Auto, fahre nach *Lahti,* hole die Gitarren und in der Nacht bin ich wieder zurück«, erklärte ich den Plan. Mein Hals wurde ganz trocken und ich fragte mich, was ich verbrochen hatte, dass bisher alles schieflief.

Plötzlich stand Aki vor mir und hinderte mich daran, eine weitere Runde zu drehen. Er legte seine Hände auf meine Schultern und hielt mich fest.

»Du wirst nicht allein fahren«, sagte er ruhig.

Überrascht blickte ich in seine braunen Augen. »Ich muss! Tomas kann doch nicht jetzt noch mal hin und her fahren. Er hat heute genug hinter sich und außerdem muss er den Bus vom Club zurückbringen«, murmelte ich.

Aki lächelte. Das irritierte mich so sehr, dass ich ihn skeptisch fokussierte. Seine Mundwinkel wanderten weiter nach oben, während er die Hände fest an meinen Oberarmen nach unten gleiten ließ. Mein Körper reagierte verräterisch darauf und sandte einen heißen Schauer durch meine Gliedmaßen.

»Wir schaffen das schon. Atme erst einmal tief durch.«

Obwohl ich nicht wusste wieso, ebbte die aufkommende Panik tatsächlich langsam ab. Aki stand vor mir, streichelte meine Arme und grinste mich aufmunternd an. Eine Haarsträhne fiel ihm vorn ins Gesicht und verlieh ihm einen verwegenen Ausdruck. Ich starrte sie an, wie sie an seinen Wimpern hängen blieb, und schluckte noch mal. Sogar mein Puls normalisierte sich. Solange, bis Aki mich an seine Brust zog. Perplex drückte ich die Wange gegen seinen warmen Körper, als ich seine Hände auf dem Rücken spürte. Er schob eine in meinen Nacken und die andere ruhte zwischen meinen Schultern.

»Ich fahre mit dir.«

Ich wollte sofort protestieren, doch sein Griff wurde fester. Mein Widerstand verbrannte in der Hitze, die mir in die Wangen stieg. Seit wann hatte der Lakritz-Gitarrist eine solche Wirkung auf mich?

»Ich lass dich nicht allein nach *Lahti* fahren und spät nachts wieder zurück. Wenn wir gemeinsam fahren, können wir uns abwechseln.«

Erneut öffnete ich den Mund, um ihm zu erklären, dass ich das sehr wohl konnte. Raus bekam ich nichts, weil er mit seinen Fingerspitzen zart über meinen Haaransatz fuhr. Das war viel zu nah und viel zu intim. Es legte mein Denken lahm. Meine Arme hingen leblos seitlich herab, da ich es nicht wagte, seine Umarmung zu erwidern. Wo kamen diese romantischen Vibes denn plötzlich her? Bisher hatte ich gerade erst begonnen, hinter Akis Fassade zu blicken. Nun animierte er mit wenigen Berührungen jede Faser meines Körpers dazu, selig da zu hängen und verlegen zu blinzeln.

»Das geht nicht«, nuschelte ich, ohne hochzusehen.

Aki lachte, was ich deutlich an der Vibration seiner Brust spürte. »Du hast getrunken, Laura. Du darfst gar nicht fahren.«

Verdammt. Das war ein schlagendes Argument, denn auch wenn es nur eine Rum-Cola gewesen war, hatte ich sie auf leeren Magen getrunken. Vielleicht erklärte das auch meine heißen Wangen. Eventuell auch all die anderen Empfindungen, die durch mich hindurchjagten und mich durcheinanderbrachten.

Vor und zurück

Fünfundvierzig Minuten später saßen Aki und ich in einem geräumigen, nicht mehr ganz neuen Audi. Dreieinhalb Stunden hin und zurück standen uns bevor. Wenn alles nach Plan verlief, schafften wir es in der Nacht noch zurück. Vielleicht kreuzte aber auch ein Tornado unseren Weg oder Aliens entführten uns. Ich musste mit allem rechnen. Mit dem Handy in einer Halterung lotste uns das Navi. Gegen 17 Uhr fuhren wir bei strahlendem Wetter los. Meine Laune blieb im Keller.

Wir hatten den Ort gerade erst verlassen, als mich Pekka anrief. Ich war geneigt, ihn wegzudrücken, doch meine Stimmung passte mir gerade gut, um ihn anzuschnauzen.

»Moi, dirty Girl«, flötete er fröhlich und Aki grinste, weil der Lautsprecher an war.

»Steck's dir sonst wohin! Was hast du dir dabei gedacht, mich in diesen abgefuckten Blue-Drecksschuppen zu schicken? Ich hätte vorher wenigstens meine Tetanusschutzimpfung auffrischen oder mir Handschuhe besorgen sollen. Was für eine Schnapsidee!«, zeterte ich los und beugte mich dabei nahe zum Handy. Das sah sicher dämlich aus, gab mir aber das Gefühl, Pekka ins Gesicht zu schimpfen.

Aki gluckste leise vor sich hin, konzentrierte sich aber auf die Straße. Auch Pekka lachte laut, was mich zum Knurren brachte.

»Nicht witzig, du Depp. Dort gab es Ratten, Pekka. *Ratten!*«

Er lachte noch lauter. »Aber wie ich gelesen habe, war es ein echter Durchbruch«, prustete er in das Mikrofon, das daraufhin laut knirschte.

Ich verzog das Gesicht, weil es mich allein bei dem Gedanken an die Nager schüttelte.

»Sieh es doch so. Wenn ich dir gesagt hätte, dass der Schuppen eine bakterienverseuchte Bruchbude ist, wärst du nie hingefahren. Und dann hättest du eine große Chance vertan. Allein die Tatsache, dass ich vom Unfall mit der Bühne erfahren habe, muss dir doch sagen, wie bekannt der Club ist. Er ist ekelerregend, aber total *in*. Es gab einige Berichte darüber, das pusht die Band doch! Hat sich der betrunkene Sänger wehgetan?«, fragte er zuletzt versöhnlicher, kicherte aber immer noch wie ein kleines Kind.

Ich fiel zurück in den Sitz und schnaubte. »Er war nicht betrunken und ja, er hat sich den Knöchel verstaucht. Sollte aber wieder werden.«

Natürlich war ich für Pekkas Tipp dankbar, denn die Werbung, die wir dadurch erhalten hatten, war tatsächlich Gold wert. Das änderte allerdings nichts daran, dass meine Nerven langsam, aber sicher strapaziert wurden.

»Wie läuft's denn sonst? Wo seid ihr?«

»Ich fahre zurück nach *Lahti,* weil wir dort die Gitarren vergessen haben.«

Pekka prustete erneut los und verschluckte sich. Er röchelte, es raschelte und ein unangenehmes Geräusch drang aus den Lautsprechern.

»Ich wiederhole: Das ist nicht witzig, Pekka! Ich bin am Ende und wir haben erst zwei Konzerte der Tour hinter uns. Mein Sänger hat ein blaues Auge und einen kaputten Fuß, uns fehlen Instrumente und ich habe in Anbetracht dieser Tatsachen echt Schiss vor dem, was noch alles kommen kann«, fuhr ich ihn erneut an, aber deutlich weniger heftig. Die Wut verpuffte, weil ich müde wurde. Der Tag war so anstrengend gewesen, dass mir die Energie abhandenkam.

»Ach Laura, du schaffst das schon. Du bekommst immer alles hin, weil du nicht aufgibst. Das habe ich an dir stets bewundert. Aber wenn ich dir helfen kann, du brauchst es nur zu sagen«, baute mich Pekka auf. Seine Worte waren Balsam für meine Seele. Es tat gut, dass jemand an mich glaubte, und ich war ihm sofort dankbar.

»Wie läuft's denn mit dem sexy Gitarristen, der dich immer anstarrt, als würde er dich sich nackt vorstellen? Hat er das schon oder zierst du dich noch?«

Meine Dankbarkeit fand jäh ein Ende.

»Wie bitte?«, keuchte ich und lief auf der Stelle rot an. Akis Augenbrauen neben mir wanderten nach oben, berührten beinahe das Autodach. Die Mundwinkel ebenso.

»Ach, komm schon. Als sei dir das noch nicht aufgefallen! Der Typ mit dem Surferlook hat dich beim Konzert in Helsinki nonstop angestarrt. Und er ist genau dein Beuteschema. So wie ich eben. Läuft schon was? Würde dir ganz guttun.«

Ich presste mich tiefer in den Sitz. Ich wollte ihn anschreien, dass er seine Klappe halten soll, aber meine Zunge lag unnütz verkrampft im Mund.

Bis heute hätte ich ihm vehement widersprochen. Ich hatte nicht aktiv registriert, dass Aki mich ins Auge gefasst hatte. Genauso hätte ich dementiert, dass ich mit Herzklopfen auf ihn reagierte. Da waren ein paar vertraute Gespräche gewesen und der eine oder andere spielerische Flirt. Aus jetziger Sicht, mit der Erinnerung an mein Bauchkribbeln auf der Bank, bröckelten meine Eindrücke.

Aki räusperte sich. »Wenn ich dazu auch was sagen darf: Sie hat meinen nackten Hintern gesehen, doch im Gegenzug blieb sie mir, was das betrifft, etwas schuldig.«

Pekka verstummte verblüfft. Dann, selbstverständlich, lachte er los. Sehr lange und sehr laut. Ich wollte am liebsten aus dem fahrenden Auto springen.

»Ich mag ihn, Laura«, stellte Pekka fest.

Das war wirklich genug Peinlichkeit, also griff ich ans Telefon. »Ich muss jetzt Schluss machen. Wir haben noch eine lange Autofahrt vor uns, bis bald, Pekka.«

Damit war das Gespräch beendet. Mein Herz klopfte vor Scham trotzdem schneller.

Aki tat mir den Gefallen, zu schweigen und weiter stur gerade aus auf die Straße zu sehen. Ein Grinsen verblieb dennoch auf seinen Lippen. Ich lugte nervös auf sein Profil, was die Lage nicht verbesserte.

Erst Minuten später sprach er mich wieder an: »Ich hätte nicht gedacht, dass du so fluchen kannst.«

Abwehrend verschränkte ich die Arme vor der Brust und schüttelte den Kopf. »Manchmal ist es nötig, seinen

Emotionen freien Lauf zu lassen, und Pekka kennt mich. Er hat schon viel schlimmere Dinge von mir zu hören bekommen.«

Sein Grinsen wurde intensiver. Was in seinem Kopf vorging, schien äußerst amüsant zu sein.

»Er ist ein lustiger Kerl. Schade, dass ihr kein Paar mehr seid.«

Bei diesem Satz entkam mir ein Geräusch, das eine Mischung aus Lachen und Husten war. »Nein, schade ist das nicht. Pekka und ich waren eine kurze Zeit ein sehr leidenschaftliches Liebespaar, bis wir uns nur noch gestritten haben. Sobald das beendet war, konnte die Freundschaft wieder aufleben und das tat uns beiden gut. Pekka ist spontan, freiheitsliebend und alles andere als verlässlich. Er hilft einem zwar, ohne zu zögern, kann aber auch tagelang abtauchen. Er musste raus in die Welt, während ich schon immer keine Lust auf Spielchen hatte«, erklärte ich wahrheitsgetreu. Die Zeit mit Pekka war schön gewesen, aber auch anstrengend. Ständig hatte er mich überrascht oder unsere Pläne über den Haufen geworfen. Das hatte mich ans Limit gebracht. Einmal war er mit mir nach Lappland zum Skifahren gereist, nur dass ich dort mit einem Koffer voller kurzer Hosen und Badeklamotten gestanden hatte. Pekka hatte sich einen Tag vorher spontan umentschieden, was unser Reiseziel betraf, und vergessen, es mir mitzuteilen.

»Also brauchst du doch einen konservativen Mann an deiner Seite«, schlussfolgerte Aki. Empört verzog ich die Stirn und sah zu ihm rüber. Er hatte eine Hand auf seinem Oberschenkel liegen, während er mit der anderen lenkte.

»So ein Unsinn. Du hältst mich wohl auch für eine Spießerin, oder?«

Er grinste breiter. Als er mir frech zuzwinkerte, war mein Unmut bereits wieder verflogen. »Ich bin mir immer noch nicht sicher, wofür ich dich halte. Du bist widersprüchlich.«

Na, das sagte gerade der Richtige.

Nun erhob ich anklagend einen Zeigefinger. »Und du bist oberflächlich. Du kennst mich gar nicht, aber weil ich wie ein nettes Püppchen mit bunten Nägeln aussehe, stempelst du mich ab. Ich bin gut erzogen und ehrgeizig, aber keinesfalls langweilig. Nur weil ich einen Mann an meiner Seite möchte, auf den ich mich verlassen kann, heißt das nicht, dass ich prüde bin. Ich lache, tanze, feiere, trinke und f...«

In allerletzter Sekunde brach ich den Satz ab. Fast hätte ich mir die Hand auf den Mund gepresst, doch auch so begann Aki nun, genauso wie Pekka zuvor, laut zu lachen.

»Du reagierst jedenfalls sehr empfindlich, wenn es darum geht, dass du unterschätzt wirst, dirty Girl«, stellte er korrekterweise fest.

Ich räusperte mich. »Was ist mit dir? Wieso hast du keine Freundin? Genießt du das Umworbenwerden der Fans, die sich dir an den Hals schmeißen?«

Missmutig verzog er die Miene. »Nein. Das ist Yanis' Part. Ich flirte gerne, aber One-Night-Stands waren nie mein Fall. Probiert und für nutzlos befunden. Ich war schon immer ein Beziehungsmensch. Meine letzte Freundin war meine Jugendfreundin, das sagt wohl über mich aus, dass ich beziehungsunfähig bin.«

Seine spontane Ehrlichkeit verwunderte mich. Er blickte weiterhin nach vorne und wirkte entspannt, aber irgendwie spürte ich, dass er nicht mit jedem über dieses Thema sprach.

»Was ist denn mit deiner Jugendfreundin passiert?«, wagte ich mich vor, weil ich nun mal neugierig war. Er zögerte und legte die zweite Hand an den Lenker.

»Das ist schon vier Jahre her. Sie hat mein Vertrauen missbraucht und es gab ziemlich großen Ärger. Fast wäre sie zwischen meinen Bruder und mich geraten und das hat uns beide geprägt. Am Ende hat er mir aus der Scheiße rausgeholfen und dafür bin ich ihm bis heute dankbar. Yanis kann ein Arschloch sein, aber er setzt sich für seine Familie und Freunde ein.«

Die Liebe zu seinem Bruder war tatsächlich immer spürbar. Meine Familie war mir auch sehr wichtig. Obwohl mein Vater nicht gerade erfreut über meine Berufswahl war, stand er hinter mir. Es war mir dennoch aufgefallen, dass Aki der genauen Frage nach seiner Exfreundin ausgewichen war, und ich wollte auch nicht weiter bohren. Mittlerweile wusste ich, dass er etwas von sich preisgab, wenn ihm danach war.

Wenigstens war ich nicht mehr peinlich berührt und entspannte mich wieder. Natürlich fragte ich nicht nach, ob Pekkas Kommentar stimmte. Mir war wirklich nicht aufgefallen, dass Aki mich angestarrt hatte. Ich hingegen tat es nun, wann immer er nicht gerade zu mir sah. Solange, bis die leise Musik im Radio dazu führte, dass ich mit dem Kopf zurücksackte und einnickte.

Erst kurz vor der Ankunft wachte ich hustend auf. Mein Hals war ausgedörrt und getrocknete Spucke klebte mir am Mundwinkel. Hervorragend, das war überhaupt nicht peinlich. Ich schluckte, um meine Kehle zu befeuchten. Wir waren wieder ins Stadtgebiet vorgedrungen und schummrige Nachtlichter zogen an uns vorbei.

»Gut geschlafen? Sah unbequem aus«, sprach mich Aki schmunzelnd an.

Ich rieb mir den steifen Nacken und brummte. »Morgen wird mir alles wehtun, aber ich war wirklich erledigt.«

Kurz bevor wir den Club erreichten, rief ich den Clubbesitzer zur Sicherheit an, damit er auch vor Ort war. Im Hintergrund dröhnte die Musik und er musste ins Telefon brüllen. Es herrschte eindeutig Partystimmung im *Blue Club.*

Wenige Minuten später fuhr Aki auch schon in den Hinterhof, in dem ein riesiger, nagelneuer Tourbus stand. Er glänzte hübsch und war doppelt so lang wie unserer. Ich wusste nicht, welche Band heute spielte, aber sie schienen ein größeres Budget zu haben und mussten trotzdem in der rattenverseuchten Drecksbude spielen.

Als wir ausstiegen und die Rampe hochgingen, hörten wir die Livemusik. Es klang mehr nach Hard Rock und nicht wie der klassische Stil von *The Anew,* doch mir gefiel es. Der Inhaber kam uns fröhlich entgegen und ignorierte meine angesäuerte Miene.

»Hei, Leute. Sorry für die Verwechslung. Als Entschuldigung könnt ihr das Bier gerne behalten. Hier hinten stehen eure Sachen«, erklärte er.

Ich verkniff mir einen bissigen Kommentar. Als hätte ich in Betracht gezogen, ihm das Bier zurückzubringen.

Aki öffnete die Kiste, um den Inhalt diesmal zu kontrollieren. Erleichtert seufzte er auf. »Yanis hätte uns umgebracht, wenn wir seinen Gitarrenkoffer verloren hätten!«

Interessiert lugte ich hinein und erspähte neben den normalen einsortierten Gitarren den braunen, abgewetzten Koffer.

»Den hat er von unserem Großvater vererbt bekommen«, erklärte Aki. Er strich einmal vorsichtig über das Lieblingsstück und schloss dann die Kiste. Nun standen wir aber vor dem nächsten Problem.

»Wir werden die Sitze umlegen müssen«, sagte ich genervt und machte mich an die Arbeit. Mit ein bisschen Feinjustierung passte die gigantische Kiste um Haaresbreite hinein. Ich hätte die Gitarren aber auch einzeln angeschnallt oder auf dem Dach transportiert.

»Lass uns noch einen Kaffee trinken, bevor wir zurückfahren«, schlug Aki vor und ich nickte dankbar.

Wir besorgten uns bei Helena an der Bar eine Dosis Koffein. Mein Blick glitt zur Bühne und ich schüttelte den Kopf. Sie war mit einer simplen Holzpalette und ein paar Brettern provisorisch geflickt worden. Auf dieser hüpfte ein massiger Rocker mit schwarzen Locken fröhlich auf und ab.

Da ich mir das Unglück nicht noch mal ansehen wollte und wusste, was für Monster unter der Bühne lebten, gingen wir gleich wieder nach draußen. Schweigend nebeneinanderstehend tranken wir den Kaffee.

»Ist dir kalt?«, fragte mich Aki plötzlich mit Blick auf meine nackten Arme. Ich stand immer noch mit kurzen Shorts und den Spaghettiträgern da, doch nun hatte es sich zugezogen und ein frischer Wind kam auf. Die Gänsehaut kroch mir über den ganzen Körper. Gemischt mit dem heißen Kaffee im Mund, schüttelte ich mich, was Aki zum Lachen brachte.

»Lass uns zurückfahren«, schlug ich vor, als mein Becher leer war. »Diesmal fahre ich und du kannst dich etwas ausruhen«, verkündete ich und setzte mich hinter das Lenkrad. Aki protestierte nicht. Die Schatten unter seinen Augen verdeutlichten, dass ihn die Fahrt nach dem langen Tag doch geschlaucht hatte.

Wir fuhren gerade rechtzeitig los, als die ersten Tropfen auf die Scheibe fielen. Die Wolken türmten sich dunkel auf und tauchten die Straße in bedrohliche Schatten. Bald war alles nass und die Scheibenwischer fuhren stetig vor mir hin und her. Das Radio lief leise im Hintergrund und diesmal war es Aki, der trotz des Kaffees schnell eindöste. Im Gegensatz zu mir kippte sein Kopf niedlich zur Seite gegen die Scheibe. Ihm rann nichts aus dem Mund.

Eine Weile fuhr ich unbehelligt weiter und bewunderte ein paar Blitze am schwarzen Himmel. Das Rauschen des Wassers auf der Karosserie wirkte beruhigend und wir hatten knapp die Hälfte hinter uns, Aki schlief tief und fest, als vor mir plötzlich das Armaturenbrett aufleuchtete. Die Reifendruckkontrolllampe blinkte mich wütend und warnend an.

Noch während ich nachdachte, was das bedeuten könnte, vibrierte das Auto unter mir. Ich erschrak und bremste kontrolliert runter. Instinktiv aktivierte ich die Warnblinkanlage und brachte den Wagen halb auf der matschigen, aufgeweichten Wiese zum Stehen. Aki wachte auf, gerade als ich tief durchatmete und mir ans Herz griff.

»Sind wir schon da?«, fragte er mich mit orientierungslosem und verschlafenem Blick nach draußen.

»Sieht es so aus, als wären wir da?«, antwortete ich bissig, weil mein Adrenalinpegel noch erhöht war. Jetzt, da wir standen, neigte sich das Auto langsam nach rechts. Ich wusste, was das bedeutete, und fluchte. »Fuuuck! Das darf doch nicht wahr sein!«, rief ich aus und schlug mit der Faust gegen das Lenkrad. Auch das tat weh.

»Was ist los?«, wollte Aki wissen.

»Wir haben einen Platten. In der gottverdammten Einöde, auf halber Strecke, mitten im Gewitter!« Natürlich hatten wir einen Platten. Eigentlich hätte der Motor explodieren müssen. Es war enttäuschend, dass wir nicht einmal brannten.

Aki sah sich im Auto um, als könnte er dort eine Lösung finden. Ein paar Momente saß ich stumm neben ihm und starrte geradeaus. Ich wusste, worauf das hinauslief, zögerte es nur hinaus. Ein Auto fuhr an uns vorbei und kurz war ich geneigt zu hupen und um Hilfe zu bitten. Doch da war es auch schon wieder außer Reichweite. Viel befahren war die Landstraße nicht. In Finnland gab es außer rund um die Städte generell wenig Verkehr, selbst in den Autos waren wir Finnen lieber für uns. All die Gedanken lenkten mich nur kurz ab.

»Ich ruf einen Pannendienst«, verkündete Aki und erntete ein wütendes Schnauben. Wer wusste schon, bis wann sie da wären.

»Ich mach das schon«, murmelte ich und stieg aus. Mitten in einen lauwarmen Schwall Sommerregen. Eher eine Sintflut. Bis ich mit großen Schritten das Auto umrundet hatte und beim Kofferraum war, klebten die Haare nass an meinen Wangen.

Aki blieb im Auto und sah mir vermutlich irritiert hinterher. Als er die Tür endlich öffnete und fluchte, hatte ich das Ersatzrad bereits im Kofferraum freigeräumt. Auch die Tasche mit dem Wagenheber war vorhanden. Immerhin etwas.

»Was zum Teufel machst du da?«, fragte er und hielt sich eine Hand über den Kopf, als würde das den Regen davon abhalten, seine schicke Frisur zu ruinieren. Auch ihm rannen die Tropfen in dichten Bahnen über das Gesicht und tropften von seinem Bart.

Entschlossen griff ich den Ersatzreifen und hievte ihn ächzend hoch. Das Prozedere kannte ich, doch bei diesem Unwetter machte das alles keinen Spaß. Es blitzte grell auf und beleuchtete mein vor Anstrengung verzerrtes Gesicht. Aki blieb überrumpelt neben mir stehen, als ich den Reifen auf den Boden legte, mir die Tasche mit dem Werkzeug nahm und nach vorne marschierte. Rechts war der Streifen matschiger Wiese, auf dem jeder meiner Schritte schmatzende Geräusche machte, breit genug, um zu arbeiten. Dahinter ging es eine steile Böschung hinab, die in einem Sonnenblumenfeld endete.

»Sag bloß, du kannst Reifen wechseln?!«, fragte Aki schockiert.

Diesmal konnte ich nicht anders, als ihn erbost anzugaffen. »Korrekt. Ich werde jetzt mit meinen lackierten Fingernägeln den Reifen wechseln.«

Donner grollte bedrohlich über uns hinweg, ich spürte ihn bis in den Magen vibrieren. Der Wind gab sein Bestes, mir die kalten Regentropfen in die Augen zu peitschen. Ich wollte schimpfen und fluchen, doch ich brauchte meine Kraft und Konzentration.

Geschickt und routiniert kniete ich mich hin und schob den Wagenheber an die richtige Position. Ein Stückchen hob ich den Reifen an, um das Gewicht zu reduzieren, bevor ich die ersten Muttern mit dem Kreuzschlüssel lockerte. Neben mir ragten Akis Füße empor. Seine Sneakers waren zwei Zentimeter tief im Matsch versunken und bereits komplett durchnässt. Erst als ich kniend an der Kurbel drehte, um den Wagen anzuheben, trat er zurück.

»Woher kannst du das? Hast du das schon mal gemacht? Machst du auch nichts kaputt?«, plapperte er auf einmal los.

Ich wischte mir verärgert das Wasser aus dem Gesicht und blickte zu ihm hoch. Dadurch prasselten mir die Ströme mitten in die Augen und brachten mich zum Blinzeln. »Ich bin Mechanikerin. Ich weiß, was ich tue«, fauchte ich.

So schnell wie in der Box bei der Formel 1 war ich nicht, aber motiviert durch den Wind, der mich mittlerweile frieren ließ, mühte ich mich konzentriert ab. Das Auto war älter, die Muttern etwas verrostet, doch mit einem wütenden Schrei und zitternden Oberarmmuskeln konnte ich alle lösen.

Nun, da der Reifen direkt vor mir in der Luft hing, entdeckte ich den Übeltäter. Wir waren in eine riesige Glasscherbe gefahren.

Grimmig griff ich an das Rad und hievte es von der Achse. Ich fühlte mich, als stände ich unter einer Freiluftdusche. Ich war so wütend. Auf das Wetter. Auf das Auto. Auf die Glasscherbe. Keuchend stemmte ich mich samt dem Rad hoch, als Aki sich mir in den Weg stellte.

»Warte, lass mich dir helfen«, sagte er und griff nach dem Reifen. Meine Emotionen kochten hoch, woran nicht er schuld war.

»Nein, danke. Jetzt bin ich eh gleich fertig«, murrte ich und wollte ihm ausweichen, aber er umklammerte den Reifen fest.

»Laura, bitte. Lass mich das machen«, wiederholte er mitten in einem dumpfen Grollen. Das Feld neben uns raschelte, als der Sturm hindurchfegte. Wir mussten uns fast anschreien, obwohl wir uns gegenüberstanden.

»Ich kann das allein. Ich brauche deine Hilfe nicht!«, bestand ich.

Er war stur. Ich war sturer. Wir rissen an dem knapp zehn Kilo schweren Ding wie zwei kleine Kinder, die sich um Bauklötze stritten. Natürlich rutschte Aki mit einem Fuß im Matsch weg und knickte ein, den Reifen ließ er trotzdem nicht los, und ich verlor durch den Schwung ebenso mein Gleichgewicht und taumelte. Damit wir nicht beide den kleinen Abhang hinabfielen, ließen wir endlich instinktiv los. Das hatte zur Folge, dass wir zwar nicht ins Feld in den Dreck fielen – der Reifen allerdings schon. Er verschwand irgendwo zwischen den meterhohen Sonnenblumen, so genau sah ich das nicht, denn Aki und ich rutschten beide auf dem nassen Boden weg. Die logische Wahl zum Festhalten wäre das Auto neben ihm gewesen, Aki entschied sich für meinen Ellenbogen. Ich gab nach, kippte ihm entgegen und nach einer hübschen Pirouette, inklusive meinem Geschrei, das viel lauter als der Sturm war, knallten wir gegen den Wagen. Er hart mit dem Rücken an die Seitenscheibe und ich an Akis Brust. Wir keuchten auf, fanden aber endlich Halt. Aneinander.

Er umklammerte meine Hüfte, während ich die klammen Finger in sein triefendnasses Shirt grub. Gefühlt verschlimmerte sich der Regen, der erbarmungslos auf uns niederprasselte. Vom Autodach her trommelte es laut, genauso wie mein wilder Herzschlag.

»Hast du dir wehgetan?«, fragte Aki besorgt. Auch ihm hingen die Haare ins Gesicht und klebten an seinen Wangen. Ich nickte, obwohl mir irgendwie alles wehtat und ich zitterte. Ein Blitz zuckte malerisch über uns hinweg, erhellte unsere geschockten Gesichter.

Aus irgendeinem Grund verharrten wir eine Weile aneinandergelehnt und keiner von uns bewegte einen Muskel. Ich sah ihm in die dunklen Augen, so wie er mir. Wassertropfen perlten über seine stoppeligen Wangen, sickerten in seinen Kinnbart. Ich verfolgte einige davon fasziniert. Unbedacht leckte ich mir selbst den Regen von den Lippen, was wiederum Akis Aufmerksamkeit auf sich zog.

Es war einer dieser Momente, die man erleben musste. Die jeder kannte, aber alle leugneten. Ich hatte mir vorher keine ernsthaften Gedanken über Akis Anziehung auf mich gemacht. Wir kannten uns kaum. Doch seit Pekkas Kommentar und in dieser Situation, in der seine großen Hände auf meinem zitternden Körper lagen, weckte er einen Instinkt in mir. Vollkommen hypnotisiert visierte ich seine vollen Lippen an, die feucht schimmerten. Ich malte mir aus, wie es wäre, ihn zu küssen. Mitten im Sturm, umgeben von Wind und Regen. Ob sein Bart kitzelte. Ob er wild oder zärtlich küsste. Wie es sich wohl anfühlen würde, wenn er seine kräftigen Finger in meine nassen Haare schob, um mich festzuhalten.

Ich löste die Faust an seiner Brust und legte die Hand flach auf seinen Körper. Ich spürte seinen wilden Herzschlag, obwohl wir uns beide schon lange beruhigt hatten. Langsam wanderte ich zitternd nach oben, bis ich mit den Fingerspitzen die Haut über seinem Kragen fühlte. Er rührte sich sonst nicht, sein Blick ruhte weiterhin auf meinem Mund.

Es war verrückt. Irgendetwas war seit heute spürbar anders. Erst die Bank, dann Pekkas Ausspruch, der just in diesem Moment in mir nachhallte. Diesmal nahm ich mehr als deutlich wahr, dass Aki mich musterte. Wenn ich die Tatsache zurückdrängte, dass ich mich tunlichst von ihm fernhalten sollte, weil es unprofessionell war, zog mich alles andere zu ihm hin. Ich wollte auf einmal herausfinden, was das zwischen uns war. Woher dieses Kribbeln kam und was es bedeutete. Die Kälte des Wassers kam gegen die Hitze in meinem Inneren nicht an.

Geführt von all dem Emotionschaos wollte ich es gerade tun. Neugierig stellte ich mich auf die Zehenspitzen und beugte mich weiter nach vorne. Das Signal für jeden, den bevorstehenden Kuss zu erwidern. Trotz einer frischen Böe prickelte es weiterhin warm in meinem Bauch sowie auf meinen Lippen. Ich schob die Hand noch höher, an seinen Hals. Zu seinem Nacken, um zart daran zu ziehen.

Dann räusperte sich Aki, blinzelte und drückte mich mit einem kräftigen Ruck von sich weg. Meine Kühnheit sackte zu einem peinlichen Häufchen zusammen wie das Soufflé, das ich letztes Weihnachten zu früh aus dem Ofen geholt hatte. Ein trauriger Anblick. Perplex stand ich mit hängenden Armen da, fühlte noch die Wärme seiner Haut auf meinen Handflächen, als er »Ich hole den verdammten Reifen« rief, schlitternd die Böschung nach unten sprang und zwischen den Sonnenblumen verschwand.

Mist. Ich hatte mich wohl gerade ziemlich lächerlich gemacht. Unsicher rieb ich mir über die nackten Oberarme, um die Gänsehaut zu vertreiben, die nicht vom Regen kam.

So schnell ich konnte, machte ich mich wieder an die Arbeit. Ich hob den Ersatzreifen an, steckte ihn an seinen Platz und schraubte in Windeseile die Muttern fest. Als Aki das kaputte Exemplar zurück in den Kofferraum hievte, erwischte ich mich noch dabei, seine angespannten Oberarmmuskeln unter dem eng an ihm klebenden Shirt zu begutachten. Dann ließ ich das Auto wieder runter und zog den Wagenheber hervor.

Die dunklen Wolken verzogen sich und die Sintflut ging in ein leiseres Tröpfeln über. Zuletzt stand ich bei der Fahrertür, er auf der anderen Seite, und wir sahen uns ein letztes Mal intensiv über das Autodach hinweg an. Wir waren klatschnass und verdreckt. Von oben bis unten. Trotzdem stiegen wir beide schweigend ein und verloren auch drinnen kein Wort über diese saupeinliche Fast-Kuss-Situation. Sobald meine Wut abgeflacht war und das Auto wieder friedlich auf der Straße rollte,

schoss mir das Blut allerdings vor lauter Scham ins Gesicht.

Das war Pekkas Schuld. Er hatte mit diesem Thema
angefangen, weshalb ich mich in die Sache reingestei-
gert hatte. Wenn ich den Beweis brauchte, dass Aki
nicht derart an mir interessiert war, so hatte ich den
soeben erhalten. Als begehrter Musiker ging ihm das
Flirten gewiss leicht von der Hand und ich hatte seine
Freundschaft wohl falsch interpretiert. Ich hatte mich
ihm wortwörtlich willig an den Hals geworfen und er
hatte mich von sich gestoßen.

Ich seufzte und Aki lehnte den Kopf wieder gegen die
Scheibe. Er schloss die Augen, schlief aber nicht. Ich
merkte das an seiner Atmung. Er wollte der Konversa-
tion offensichtlich genauso aus dem Weg gehen wie
ich.

Ich drehte das Radio lauter und hoffte, dass der Motor
nun nicht doch noch in die Luft flog.

Harter Morgen

Gegen ein Uhr nachts erreichten wir das Hostel. Die letzte Stunde hatten wir uns dann doch noch über das Wetter, unsere Lieblingsspeisen und die bequemen Sitze des Autos unterhalten. Alles in allem waren es höchst unangenehme Gespräche, die gezielt am Fast-Kuss-Drama vorbeischlitterten. Abgesehen davon waren wir beide fertig, nass, verdreckt und erleichtert, endlich da zu sein.

Zu meiner Überraschung war es dunkel in unserem Zimmer und leises Schnarchen ertönte. Ohne etwas zu sagen, orientierten wir uns mit dem Handylicht. Ich zählte rasch durch und atmete erfreut aus. Niemand fehlte, alle Schäfchen waren im Bett.

»Geh du zuerst duschen«, flüsterte ich Aki zu, der müde nickte.

Während er im Bad verschwand, kramte ich meine Schlafsachen aus der Tasche auf dem Sofa. Dort saß ich so lange katatonisch vor mich hinstarrend, bis die Badezimmertür wieder aufging. Ein herber Duschgelgeruch kam Aki zuvor, der nur in Boxershorts heraustrat. Ich war sogar zu müde, um ihn anzustarren, schleppte mich an ihm vorbei und schälte mich aus den nassen Klamotten. Obwohl ich gerne stundenlang unter dem warmen Wasser gestanden hätte, reichte die Kraft dafür nicht mehr. Ich rubbelte mir die verkrusteten

Dreckreste von der Haut und wusch so schnell es ging die Haare.

Leise und vorsichtig tapste ich schließlich im Schlafshirt und mit feuchten Füßen zur Couch und setzte mich – als die Decke sich räusperte. Erschrocken sprang ich auf und unterdrückte einen Schrei.

»Das kommt gar nicht infrage. Raus aus meinem Bett!«, flüsterte ich eindringlich und sah auf Aki hinab, der sich unter der Decke streckte.

»Beruhig dich, Laura. Ich will nicht, dass du zu mir ins Bett steigst, sondern ich bin so freundlich und überlasse dir die bequemere Matratze.«

Ich stutzte kurz. Natürlich wollte er nicht, dass ich bei ihm schlief. Er wollte nicht einmal, dass ich ihn im Sturm küsste. In der Finsternis sah er meine verkniffene Miene nicht, als ich mich umdrehte und zu seinem vorgesehenen Bett schlich. »Danke schön«, murmelte ich kleinlaut.

Als ich unter die weiche Decke kroch und mein schwerer Körper endlich in der Waagerechten lag, hätte ich sofort einschlafen müssen, aber erst einmal hielten mich die schmerzenden Beine und Arme wach. Ich lag mucksmäuschenstill da und starrte an das obere Bett, in dem Eddi schlief. Nicht mal meine Gedanken kreisten wild, weil sie träge vor sich hinschwammen. Was ich allerdings mit jeder Minute mehr registrierte, erregte meine volle Aufmerksamkeit: Das leise Schnarchen, das ich beim Reinkommen vernommen hatte, mutierte nun in der Stille zu einem Geräusch, das ich unmöglich ignorieren konnte.

Aber nicht nur das. Da schnarchte nicht nur Flinn, als würde er den finnischen Nationalpark roden, sondern auch Tomas stimmte mit ein. Tiefer und leicht gurgelnd, bei jedem Atemzug. Gerade hatte ich mich an diese Kombination gewöhnt, da fiel mir das leise Geächzte und Gestöhne auf. Eddi über mir murmelte gequälte Laute. Es gab ein Seufzen, ein Röcheln und irgendwo mischte sich ein Furz ins Orchester.

»Oh mein Gott!«, flüsterte ich in die Dunkelheit zu mir selbst. Für so einen Fall hatte ich vorgesorgt, allerdings lagen meine Silikonohrenstöpsel in der Tasche beim Sofa und nichts in der Welt hätte mich dazu gebracht, jetzt noch einmal aufzustehen. Also versuchte ich, mich auf etwas anderes als die Körpergeräusche der Männer zu konzentrieren.

Viel zu lange dauerte es, bis mich die Müdigkeit doch übermannte und ich trotz des Lärmes einschlief.

Der Morgen war hart. Sehr hart. Nicht nur, weil ich viel zu wenig Stunden geschlafen hatte und absolut gerädert aufwachte, sondern viele harte Dinge in den frühen Stunden zu Gesicht bekommen hatte. Das männliche Phänomen erschlug mich regelrecht, bis ich mir die Decke über den Kopf zog. Als Eddi mehr vom Bett über mir fiel als zu klettern, lugte ich hervor. Er kauerte auf allen vieren und hob entschuldigend den Kopf.

»Wie siehst du denn aus?«, fragte ich mit kratziger Stimme.

Er gähnte mich an und blinzelte irritiert.

»Dein Gesicht«, half ich ihm.

Nun grinste er und griff sich mit der Hand an die Wange. Auf seinen Fingern blieb schwarze Farbe haften. Er sah aus, als hätte er auf einem bunten Stempelkissen geschlafen.

»Ich war ein Löwe! War gestern Abend zu faul, mich abzuschminken«, erklärte er und marschierte ins Bad.

»Kinderschminken«, ergänzte Jussi und mir war alles klar.

Ich wartete bereitwillig, dass die Herren alle fertig im Bad waren, und drehte mich noch mal unter der Decke um. Weil es für uns alle viel zu eng im Zimmer wurde, gingen Eddi, Aki, Jussi und Tomas schon vor zum Frühstück. Yanis zog sich soeben die Jeans hoch, als ich es wagte hervorzublinzeln, und Flinn saß noch auf dem Klo. Seit einer Ewigkeit. Mit dem Handy. Als ich sehnsüchtig zur Badezimmertür blickte, lachte mich Yanis böse aus.

»Selbst schuld, Frau Managerin. Er sitzt morgens Stunden auf der Schüssel und spielt *Candy Crush*. Danach ist die Luft im Raum kaum zu atmen. Wenn du duschen willst, wünsche ich dir Glück.«

Ich verzog angeekelt das Gesicht, zog frustriert die Decke wieder bis zur Stirn und wartete, bis Flinn auch endlich verschwand.

Die wenigen Minuten der Ruhe waren herrlich. Daher gönnte ich mir sogar die Zeit, die dunklen Ringe unter den Augen abzudecken und die Fingernägel neu zu gestalten. Dass ich dabei an Aki dachte, wie ihm das Himmelblau gefallen würde, ließ mich die Nase rümpfen. Der Lakritz-Gitarrist hatte sich in meine Gedanken und Hormone geschlichen. Aber so sehr ich nichts gegen einen Flirt hatte, musste ich mir vor Augen halten, dass ich diese Chance bei der Tour nicht mit einem Spielchen verderben durfte. Zumindest wollte ich das versuchen.

Der karge Frühstücksraum mit den orangefarbenen Plastikstühlen war nichts im Vergleich zum familiären Flair der Villa. Trotzdem gab es ein üppiges Buffet. Die Jungs saßen wie immer dicht gedrängt beisammen und hatten Spaß, selbst Yanis ließ sich zu einem Grinsen hinreißen. Ich versorgte mich mit Kaffee, Eiern und einer Scheibe Roggenbrot und setzte mich zu meiner Truppe.

»Ihr seht beide fertig aus, aber Laura strahlt trotzdem wie eine Elfe, im Vergleich zu Aki, der einfach nur blass und faltig wirkt«, stellte Tomas fest. Er war wie gesagt kein Mann großer Worte, doch das schien wichtig genug, um es zu äußern.

Die anderen stimmten zu, Aki brummte nur missmutig in seine Tasse. Ein bisschen Sorge hatte ich schon, immerhin sollte er heute Abend fit auf der Bühne stehen.

Neben mir lehnte Yanis entspannt im Sessel und rieb sich den vollen Bauch. Als er nach seinem Telefon griff und eine eingegangene Textnachricht las, runzelte er die Stirn und sein Blick wurde eiskalt. Die anderen plauderten munter weiter, ich schielte zu ihm hinüber. Yanis' Kiefer zuckte. Es war ein Reflex, von meiner Neugierde getrieben. Während seine Finger über das Display flogen, lehnte ich mich seitlich zu ihm. Mein Blick huschte auf das Telefon und ich versuchte den Namen zu erkennen, als Yanis mich ertappte.

»Was soll der Scheiß? Schon mal was von Privatsphäre gehört?«, schrie er mich ungehalten an, sodass ich zusammenzuckte. Nicht nur unser Tisch wurde leise, sondern ebenso das Gemurmel der anderen Gäste. Yanis steckte das Telefon rasch zurück in die Hosentasche.

»Ich wollte nicht ...«, begann ich, doch er schüttelte den Kopf und schob seinen leeren Teller grob weg, sodass er klirrend gegen anderes Geschirr stieß.

»Beruhig dich«, ermahnte ihn Aki vorsichtig.

»Nein, ich lass mich doch nicht ausspionieren. Was bildest du dir ein? Du kontrollsüchtige Schnepfe!«, fuhr er mich an, sprang auf und preschte davon.

Der Rest betrachtete mich bemitleidenswert.

»Er hat wohl wieder seine Arschlochphase«, brummelte Jussi und legte über den Tisch hinweg seine große Hand tröstend auf meine Schulter.

Ich versuchte mich zusammenzureißen und schluckte den Schock runter. »Ich hätte da wirklich nicht drauf sehen dürfen. Aber jedes Mal, wenn er ans Telefon geht, ist er danach stinksauer. Ich war neugierig und er ist zu Recht wütend. Ich werde mich wohl entschuldigen müssen«, gab ich kleinlaut zu.

Eddi schnaubte. »Seine Reaktion war übertrieben. Mach dir nichts draus, Laura. Er meint es nicht so.«

Das bezweifelte ich stark, doch im Moment wusste ich, dass es besser war, ihn in Ruhe zu lassen.

Den Vormittag über kümmerte ich mich deswegen darum, das Mietauto zurückzubringen und die Gitarren abzuliefern. Außerdem mussten wir das Gepäck bereits verladen, weil wir sofort nach dem Konzert weiterwollten. Morgen stand die nächste Show in *Oulu* an und in der Unterkunft durften wir ab 6 Uhr einchecken. Das bedeutete, wir hatten mindestens bis zwei

Uhr morgens Zeit, alles abzubauen. Das war hart, weil wir im Bus nur die beiden Kojen hatten und man kaum schlafen konnte, doch anders war es mir terminlich nicht gelungen. Umso schlimmer traf mich die verkürzte Nacht heute.

Jussi fuhr mit der Band voran zum Club am Hafen. Ich hatte mir meine Sportklamotten aus dem Bus genommen und nutzte das spärliche Zeitfenster für eine kurze Joggingrunde. Nach den Ereignissen des vergangenen Tages musste ich meinen Organismus wieder runterfahren. Ich fühlte mich total überreizt und übermüdet zugleich.

Eine schnelle Einheit durch die Stadt, bis zum Club half mir tatsächlich zur Ruhe zu kommen. Deutlich ausgeglichener erreichte ich unsere Location. Im Vergleich zum *Blue Club* war das hier die Luxusklasse. Alles frisch renoviert und in modernen weiß-blauen Tönen gehalten. Draußen gab es eine Terrasse und drinnen eine weitläufige Bar. Ich schlenderte staunend hindurch, geleitet von hellen Spots an der Decke. Ich war kurz davor, mir die Toiletten anzusehen, nur um sicherzugehen, als mir Jussi gut gelaunt entgegenkam.

»Es ist der Wahnsinn! Neueste Technik, automatische Scheinwerfer, riesige Boxen und wir bekommen drei Mann Unterstützung! Außerdem habe ich eine Überraschung für dich.«

Ich sah ihn skeptisch an, weil ich keine guten Erfahrungen mit Überraschungen gemacht hatte, doch Jussi sah so fröhlich aus, dass er mir die Angst nahm. Interessiert folgte ich ihm in den Backstagebereich, der nicht nur hinter einem fleckigen Vorhang verborgen lag, sondern eine richtig abgegrenzte Ecke mit Sitzmöglichkeiten, Flachbildschirm und Kaffeetisch war.

Mein Blick wanderte über die neuen Möbel, als ich überrascht stehen blieb, weil ich ein Gesicht entdeckte, mit dem ich nicht gerechnet hatte.

»Dirty girl, ich weiß, ich sehe fantastisch aus, aber mit deinem geröteten Gesicht und dem offenen Mund siehst du nicht so sexy aus, außer du benutzt ihn richtig«, begrüßte mich Pekka ausgelassen mit einem Pappbecher schwingend. Ich blieb stehen und sah von ihm zu Jussi.

»Ich habe damit nichts zu tun, er ist hier einfach vor ein paar Minuten aufgetaucht. Er muss früh losgefahren sein, um von Helsinki herzukommen.«

»Eine fünfstündige Busfahrt! Alter, ich bin fix und alle. Da waren einige ältere Damen drin, die mich in die Wange kneifen wollten«, bestätigte Pekka und umarmte mich. Den Becher hielt er vorsichtig von mir, doch die leckeren Kaffeearomen stiegen mir verführerisch in die Nase.

»Was machst du hier?«, fragte ich überrumpelt und wollte ihn gar nicht loslassen.

»Ihr braucht doch einen professionellen Fotografen, der für gratis Kaffee arbeitet. Außerdem ist mir langweilig. Mein Bruder und Mama nerven, daher ... tataaa, hier bin ich.«

Ich lachte, weil er bei der Erwähnung seiner Mutter gequält dreinsah. Mari war eine liebenswerte Frau, aber auch sehr bestimmend. Er ließ mich los und mit seinem offenen Lächeln vertrieb er meine trüben Gedanken. Pekka war hier, um mir zur Seite zu stehen.

»Ein Mann mehr ist gut. Wir haben noch etwas Arbeit vor uns«, sagte Jussi und trieb uns alle zurück in den Bühnenraum.

Die Stunden bis zum Soundcheck verliefen in geschäftigem Treiben. Der Clubbesitzer hatte sich noch nicht blicken lassen, aber seine drei Mitarbeiter halfen uns, wo es nur ging. Jussi war begeistert von dem vielen Hightech, das diverse Lichteffekte auf die Bühne zauberte. Keine Ratten, keine Bakterien und eine Bühne, die aussah, als könnte Jussi darauf Springschnurspringen. Ich stand nachdenklich vor der Plattform und überlegte mir, ob es Schnüre gab, die lang genug für jemanden wie ihn waren, als sich Aki zu mir stellte.

»Könntest du mal mit Yanis reden?«

Überrascht schaute ich ihn an. Tatsächlich hatte ich den Sänger seit dem Frühstück nicht mehr gesehen. »Meinst du wirklich, dass ich die Richtige bin? Wo ist er überhaupt?«

Er seufzte. »Im Bus.«

Mehr Angaben machte er nicht, was meinen inneren Katastrophenkompass automatisch anschlagen ließ. Ich wollte sofort hingehen und nachsehen, was Yanis trieb, doch als ich mich wegdrehte, hielt Aki mich zurück.

»Laura, vielleicht ...«, begann er zögerlich und nahm seine Finger nicht von mir. Im Gegenteil, er legte seine ganze Hand sanft um meinen Unterarm und strich kaum merklich mit dem Daumen darüber. Dass sich sämtliche Härchen darauf aufstellten, musste er merken. Ich trug noch die verschwitzten Sportklamotten, was die Gänsehaut verstärkte. Er sah mir in die Augen, wirkte aber etwas verloren. »Laura, wegen gestern. Ich wollte nicht ...«, begann er erneut und brach abermals ab.

Das war frustrierend. Außerdem fixierte er meine Lippen. Oder mein Kinn. Sofort fuhr ich mit dem Handrücken darüber, um zu kontrollieren, ob dort etwas klebte, das seine Aufmerksamkeit erforderte. Aber nein, also doch die Lippen. Ich hatte mich gerade dazu durchgerungen, ihn direkt nach der Fast-Kuss-Situation zu fragen, da ließ er mich los und trat kopfschüttelnd einen Schritt zurück.

Mit verkniffener Miene betrachtete ich ihn und wartete, ob er nicht doch noch etwas sagen wollte. Es irritierte mich. Wann immer ich dachte, dass es zwischen uns aufregend knisterte, nahm er Abstand und ich fragte mich danach, ob ich meinen Instinkten überhaupt noch trauen konnte. Es fühlte sich nicht gut an, zurückgewiesen zu werden und ich versuchte, nicht allzu enttäuscht zu sein.

»Sieh bitte nach Yanis und hol ihn, damit er nichts Dummes tut.«

Damit schickte er mich nun auch noch weg und ich verstand mehr als deutlich, dass er nicht weiter auf gestern eingehen wollte.

Ein paar Sekunden lang schluckte ich den Kloß im Hals hinunter, bis ich mit festen Schritten nach draußen zu unserem Tourbus marschierte. Der Kofferraum war hochgeklappt und eine schwarze Technikkiste stand davor offen. Auf den ersten Blick erkannte ich die falsch mitgenommene Truhe, gefüllt mit Bier. Aus dem Bus erklang ein Rülpsen.

Im Innenraum entdeckte ich sofort die löchrigen Socken. Yanis lag rücklings, oben ohne auf der mittleren

Sitzreihe und lagerte seine Füße auf der Lehne hoch. Biergeruch hing in der Luft.

»Muss das sein?«, rügte ich ihn, ohne ihn zu begrüßen. Als ich näher trat, mich auf den Sitz kniete und zu ihm hinabsah, hob er nur kurz den Kopf. Er sah fürchterlich aus und konnte kaum geradeaus schauen, ich hingegen betrachtete ihn genau. Er fuhr sich mit der freien Hand unkoordiniert über die trainierte Brust und den flachen Bauch, auf dem der Ansatz eines Sixpacks zu erkennen war. In der anderen hielt er eine halbleere Flasche.

Als ich danach griff, zog er sie ruckartig weg, sodass einige Tropfen auf sein Gesicht fielen, die ihn nicht störten. »Lass mich in Ruhe, du nervst«, lallte er.

»Nein, ich lasse dich nicht in Ruhe, wenn du schon vor den Proben eskalierst. Gib das her und trink einen Kaffee. Du führst dich wie ein pubertierender Junge auf.« Ich bekam den Flaschenhals zu greifen, doch er war nass und rutschig. Yanis zog erneut daran, ich ließ nicht los. Ständig rangelte ich mit den Brüdern um irgendeinen Gegenstand. Er spannte seine kräftigen Oberarme an und zerrte mich unweigerlich kopfüber über die Rückenlehne des Sitzes. Schreiend rutschte ich mit dem Bauch über die Kante, suchte nach Halt und stieß mit dem Knie gegen etwas Hartes – wohl sein Bauch. Er stöhnte schmerzerfüllt auf.

»Scheiße, tut mir leid!«, rief ich, doch er ließ die Flasche immer noch nicht los, obwohl er laut aufächzte. Mein anderer Fuß klemmte zwischen seiner Hüfte und dem Sitz, während ich versuchte, mich aufzurichten. Mit der Hand stemmte ich mich auf seinem Bauch ab, der erstaunlich fest war, als er sich aufsetzte und ich ihm endlich die Flasche aus der Hand riss.

»Du bist so ein Idiot! Was soll es denn bringen, dich zu besaufen? Löst das etwa deine Probleme?«

Yanis schnaubte, setzte sich nur mit der Kraft seiner Bauchmuskeln auf und stierte mich mit glasigen Augen wutentbrannt an. »Es löst die Probleme nicht, aber für ein paar Stunden erscheinen sie besser. Also ja, es hilft sehr wohl. Mach dich locker und probier es selbst mal.«

Zornig starrten wir uns an. Die Gesichter nur wenige Zentimeter entfernt. Er war unrasiert und sah wieder fürchterlich aus.

»Laura ... willst du niemals den Kopf abschalten und einfach nur Spaß haben?«

Er sagte grammatikalisch korrekte Sätze, doch seine Zunge schien schwer wie Blei. Das Lallen wurde schlimmer und der alkoholdurchtränkte Atem ließ mich die Nase rümpfen. Plötzlich lag seine klebrige Hand in meinem Nacken und ich stockte.

»Das ist Bullshit. Reiß dich zusammen und komm auf die Beine«, zischte ich.

Wir lieferten uns ein unerschütterliches Starrduell, in dem er mich nicht losließ. Irgendwann fiel er dann aber doch wieder zurück und seine Hand verschwand von meinem Hals. Er rülpste mir ins Gesicht, woraufhin ich angewidert zurückzuckte.

»Mein Bruder würde mich ohnehin umbringen. Ich kann ihm das nicht noch einmal antun«, murmelte er kaum verständlich.

Dass er gerade jetzt Aki ins Spiel brachte, kam mir seltsam vor. Zwar riskierte er mit seinen Aussetzern dessen Karriere, doch die der anderen Bandmitglieder ebenso.

Hilflos sah ich auf ihn hinab und überlegte, was ich mit ihm machen sollte, als sich plötzlich jemand hinter mir räusperte.

»Ich bin mir nicht sicher, ob ich störe oder meine Hilfe anbieten soll«, sagte Pekka, der beim Lenkrad stand und sich sichtlich köstlich über meine prekäre Situation amüsierte. Neben ihm stand Aki auf den Stufen, der uns finster musterte. Er war genauso wenig über Yanis' Zustand erfreut wie ich. Offensichtlich traute er mir aber mehr als sich selbst zu, ihn zur Vernunft zu bringen.

Erleichtert richtete ich mich auf. »Definitiv helfen.«

Zusammen schafften wir es, Yanis aus dem Bus zu zerren. Er wehrte sich zwar nicht, aber das war auch schon alles. Während Pekka und Aki ihn auf einen Stuhl auf der Terrasse setzten und ihm ein Glas Wasser brachten, robbte ich mit einem feuchten Tuch auf allen vieren durch den Bus und versuchte das verschüttete Bier aufzuwischen. Danach nutzte ich die Gelegenheit, die Sportklamotten loszuwerden und mich im Bus umzuziehen.

Anschließend lehnte ich mich erschöpft gegen die Motorhaube. Pekka kam zurück und reichte auch mir eiskaltes Wasser, das ich sofort austrank.

»Er isst jetzt etwas und danach ist er wieder fit«, erklärte er mir.

Im Gegensatz zu mir klang er, als würde er das auch glauben. Ich schloss kurz die Augen und Pekka blieb bei mir stehen.

»Magst du eine Runde spazieren gehen und reden?
Ich habe drinnen ein paar coole Backstagefotos gemacht, die könnte ich dir auf der Kamera zeigen. Jussi
kommt klar. Die Probe wird reibungslos stattfinden, so
wie das Konzert am Abend. Rockstars sind nun mal
kompliziert.«

Ich schmunzelte, weil seine Leichtigkeit ansteckend
war. »Na, du hast immerhin mehr Erfahrung damit als
ich«, murmelte ich erschöpft. »Frische Luft und Bewegung klingen gut.«

Zu zweit machten wir uns auf den Weg und mar-
schierten den Pier entlang. Zu unserer Rechten bran-
dete das Meer gegen den Beton des Hafens und auf der
anderen Seite reihten sich Gastronomien aneinander.
Das liebte ich an meiner Heimat besonders. Egal wo
man war, das Wasser war nicht weit.

»Danke, dass du gekommen bist«, begann ich nach ein
paar Minuten, in denen die kühle Meeresbrise mein
feuchtes Gesicht erfrischt hatte.

Pekka hatte seine große Kamera um den Hals hängen
und schob die Hände in die Hosentaschen. Er grinste
mich frech an. »Vielleicht hatte ich doch ein klitzeklei-
nes schlechtes Gewissen wegen dem Drecksloch. Außerdem habe ich dir meine Hilfe versprochen und wir
hatten so lange keinen Kontakt. Wer weiß, wann wir
wieder diese Chance kriegen.«

Ich konnte ihn nur dankbar anlächeln. Pekkas
blonde kurze Haare wehten im Wind. Er sah seinem berühmten Bruder sehr ähnlich.

»Du hattest aber recht. Ich schaffe das. Es gibt Hür-
den, doch ich werde alle überwinden«, antwortete ich

überzeugt. Mit jedem Schritt spürte ich mein Selbstvertrauen zurückkehren.

»Ich habe nie an dir gezweifelt.«

Lachend hakte ich mich bei ihm unter, sodass wir langsam im Gleichschritt weiterschlenderten. Es tat gut, mich an ihn zu lehnen.

»Und jetzt erzähl mir von den heißen Brüdern. Was läuft da?«

Sofort verdrehte ich die Augen. »Gar nichts. Wieso willst du mich auf so was reduzieren? Wir sind alle nur Freunde und Arbeitskollegen.«

Von der Reifenwechsel-Aktion erzählte ich selbstredend nichts. Genauso wenig wie von meinen emotionalen Aussetzern, die mich kürzlich ereilten, wann immer Aki mich berührte.

Pekka seufzte theatralisch und nickte. »Wird besser so sein. Zwischen zwei Brüder zu kommen, ist nie eine gute Idee. Glaub mir, ich weiß, wovon ich rede!«

Nun nahm seine Stimme einen leidenden Tonfall an, der mich aufmerksam machte.

»Pekka, sag mal, wir geht es deinem Bruder eigentlich?«, griff ich seinen Hinweis auf und erhielt die erwartete Reaktion. Diesmal verdrehte er die Augen.

»Hervorragend. Verliebt über beide Ohren. Nervtötend ohne Ende.«

Ich lachte. »Ist da jemand eifersüchtig? Wieso hast du keine Freundin? Dir sind doch immer die Damen nachgelaufen«, stichelte ich grinsend.

Wir steuerten einen Steg an, der zwischen unzähligen Motorbooten hinaus ins Meer führte. Das Ziel war eine Bank, die am Ende davon stand. Unsere Schritte hallten dumpf zurück, als wir auf das Holz traten.

»Ich habe in letzter Zeit nur Pech mit den Frauen. Entweder sie sind mit meinem Bruder verheiratet oder mit Anniina zusammen. Es ist fürchterlich«, erzählte er so nebenbei, aber ich blieb stehen und runzelte die Stirn.

»Warte. Hast du gesagt, Jari hat dir deine Freundin ausgespannt und sie geheiratet? Ich dachte, das waren alles nur Gerüchte.« Jari Mäkinens Name war in der finnischen Boulevardpresse öfter zu lesen. Nicht wegen so katastrophaler Schlagzeilen wie bei Yanis, doch auch er hatte den einen oder anderen Skandal hinter sich.

Pekka zog die Nase kraus. »Nein, ich habe versucht, seine Frau anzumachen. Sie heißt Hannah und kommt aus Deutschland. Dann wollte ich ihre beste Freundin Louisa rumkriegen, aber die war nur an Anni interessiert. Mega frustrierendes Weihnachten war das, sag ich dir.«

Ich wollte loslachen, denn das klang alles sehr skurril. »Moment. Noch mal: Du hast zuerst die Frau deines großen Bruders angebaggert und dann Anniinas Freundin? Bist du lebensmüde? Wer hat dir zuerst in die Eier getreten?«, fragte ich amüsiert.

Pekka grunzte missmutig und lief voraus zur Bank. Grinsend folgte ich, bis wir beide mit Blick auf das Meer saßen. Meine Lippen schmeckten bereits salzig. Pekka rieb sich über den Kopf und holte tief Luft. »Das ist alles recht einfach erklärt. Hannah und Jari haben sich in Las Vegas getroffen. Kurz vor Weihnachten! Beide waren ein bisschen deprimiert und ein bisschen mehr betrunken und haben geheiratet, ohne sich wirklich zu kennen. Danach gab es ein großes Drama rund um Jari, weil er nicht wusste, ob er Hannah trauen kann. Daraufhin hat er sie nach Finnland entführt und offenbar einer Gehirnwäsche unterzogen, weil sie sich tatsächlich in ihn verliebt hat. Verstehe ich bis heute nicht. Mir hatte damals keiner Bescheid gegeben. Kaum ist man ein paar Monate in Asien, wird man aus dem Familientratsch ausgeschlossen. Ich wusste also nicht, dass Hannah seine Frau ist! Jedenfalls haben sie die Heirat trotzdem im Januar annullieren lassen und turteln seitdem verliebt. Ich vermute, Jari überlegt jetzt schon, wann er ihr einen neuen Antrag machen kann. Und Louisa ist ihre beste Freundin. Verdammt heiß und verrückt. Perfekt für mich. Aber sie steht nicht nur auf Männer und Anniina kam mir zuvor. Auch diese zwei knutschen seit Weihnachten hemmungslos herum. Kaum auszuhalten, all diese Liebe bei mir zu Hause. Ekelhaft.«

Ein paar Sekunden brauchte ich schon, um das alles zu verdauen, aber dann lachte ich doch noch laut los. Minutenlang, bis mir die Nase rann und Pekka mir ein Taschentuch reichte.

»Ja, ja mein Leid ist deine Unterhaltung«, brummte er gekünstelt beleidigt. Jari kannte ich schon sehr lange aus der Teenagerzeit, genauso wie die grimmige Gitarristin der Band Anniina. Sie waren wie Geschwister und ich konnte mir nur zu gut vorstellen, was zu Weihnachten bei der Familie Mäkinen so alles abgegangen war.

»Also bist du nicht hier, um mir zu helfen, sondern weil du geflohen bist. Und einsam. Armer, kleiner Pekka«, zog ich ihn auf und versuchte, ihm über die

Haare zu streicheln. Er wich mir aus und schlug mir auf die Finger.

»Das war jetzt genug von mir. Ich wollte dir damit nur sagen, dass es nie gut ist, eine dramatische Dreiecksgeschichte anzufangen.«

Nachdem ich mich beruhigt hatte und mich leicht wie eine Feder fühlte, konnte ich ehrlich den Kopf schütteln.

»Yanis ist sexy, aber da wird niemals was laufen. Er ist auch gar nicht an mir interessiert, weil er viel zu sehr mit sich selbst beschäftigt ist. Niemals würde ich unser gespanntes Verhältnis mit so etwas Dummem wie Sex gefährden. Ohne Yanis gibt es keine Band.«

Pekka schwieg einen Augenblick und legte ein Bein lässig über das andere. Als er mich breit grinsend anschielte, wusste ich, dass mir nicht gefallen würde, was er nun sagen wollte.

»Yanis. Okay. Und was ist mit dem Gitarristen? Ich habe euer Händchenhalten und die schmachtenden Blicke vorhin im Club gesehen. Ich hab's sogar fotografiert. Hier, willst du sehen?«, sprach er und griff an die Kamera. Ehe ich ihn stoppen konnte, hatte er sich durch ein paar Bilder geklickt und hielt mir das Display ruckartig vors Gesicht, sodass es fast gegen meine Nase gekracht wäre. Tatsächlich zeigte das Foto Aki und mich vor der Bühne, als er seine Hand um meinen Unterarm gelegt hatte. Wir sahen uns tief in die Augen. Okay. Das sah schmachtend aus.

»Wir halten nicht Händchen«, protestierte ich stur.

Pekka sah sich das Bild an und schüttelte den Kopf. Er bedachte mich mit einem Blick, der sagte »Ich weiß, dass du lügst«.

Schließlich gab ich nach und warf hilflos die Arme in die Luft.

»Da läuft nichts. Wirklich. Aber eventuell, vielleicht … gab es da den einen oder anderen Moment. Aki ist mir ein Rätsel. Manchmal ist er mir nahe und wir reden offen und ehrlich, nur damit er kurz danach kühl auf Distanz geht. Du kennst mich, ich bin für dämliche Spielchen nicht zu haben.«

Pekkas Grinsen wurde sanfter, als er den Kopf schieflegte. Er kannte mich, trotz der Zeit, die wir keinen Kontakt gehabt hatten.

»Stimmt. Du hasst unausgesprochene Dinge und trotzdem scheinst du nicht die Augen von ihm lassen zu können.«

Ich knurrte, weil ich sonst nichts erwidern konnte. Ja, Aki ließ mich nicht kalt. Mehr konnte ich über ihn nicht sagen und tief in mir drinnen läuteten alle Alarmglocken, dass das auch so bleiben sollte.

Meet and Greet

Als ich gemeinsam mit Pekka zurückkam, war der Soundcheck in vollem Gange. Die Band stand auf der Bühne und spielte ein paar Songs an. Yanis kauerte hinter seinem Mikrofon und klammerte sich daran wie an den Mast eines in Seenot geratenen Segelschiffs. Unser Captain war kurz davor, mental von Bord zu gehen. Gesanglich gab er sich keine große Mühe, doch ich war mir ziemlich sicher, dass sich das unter dem Geschrei der Fans ändern würde.

»Dein hübscher Arsch bleibt genau hier!«, rief ich ihm entgegen, als er sich sofort nach der Probe wieder verziehen wollte. »Bald sollten die vier Mädels vom Meet and Greet auftauchen.«

Er erhob tatsächlich einen Mittelfinger. Ich ballte die Fäuste und fantasierte über Meuterei. Da er sich aber friedlich zu den anderen in den Backstagebereich verzog, beließ ich es bei einem Knurren. Im Fernseher lief die Wiederholung eines Eishockeyspiels, das sie alle begeistert gemeinsam verfolgten. Dazu gab es geliefertes Essen und ich war froh, dass sich die Lage entspannte.

Eine Stunde vor Einlass begab ich mich dann vor den Club und blieb erschrocken stehen. Da standen bereits mindestens fünfzehn Frauen und ein Mann. Ich betrachtete die Truppe, die gelassen rauchend und plaudernd wartete, bis sie mich bemerkten. Ich durfte

ihnen meine Angst nicht zeigen, also zog ich den Notiz-
zettel aus der Hosentasche und las vier Namen vor. Als
ich aufblickte, traten auch vier nach vorne.

»Herzlichen Glückwunsch noch mal. Schön, dass dieses Meet and Greet zustande kommt, die Band freut
sich schon«, verkündete ich.

Die traurigen und neugierigen Blicke der anderen ignorierte ich. Ich konnte nicht alle reinlassen, die Band
würde das nur zum Anlass nehmen, eine Party zu feiern oder mich umzubringen. Ich wollte es nicht herausfinden.

Die vier Gewinnerinnen waren je zwei Freundinnen,
was man daran erkannte, dass sie ihre Köpfe kichernd
zusammensteckten. Das eine Pärchen war jünger, 18
und 20 Jahre alt. Die anderen beiden 26 und 27. Das
wusste ich, weil ich vorher abchecken musste, ob ich
Minderjährige in die Nähe der Band ließ und danach
Ärger bekam. Ob man heute überhaupt jemanden in
Yanis' Nähe lassen konnte, war ein anderes Thema.

Gemeinsam betraten wir den Club und ich spürte
förmlich, wie ihre Aufregung wuchs. Im Bühnenbereich wurden sie dann alle still und starrten ehrfürch-
tig zu den Instrumenten. Zuerst drückte ich allen vieren Stofftüten in die Hand, die mit einem Shirt, einer
CD, einem Poster, Baseballcap und einem Trinkbecher
gefüllt waren, natürlich alles bedruckt mit dem Bandlogo. Das Geschenk wurde uninteressant, als Eddi aus
dem Backstagebereich geschlendert kam und erschrocken stehen blieb. Er wollte sich gerade einen Müslirie-
gel in den Mund stecken, als eine der Jüngeren entzückt
aufschrie.

»Das ist Eddi! Oh mein Gott, er ist ja wirklich so niedlich.«

Ich unterdrückte das Lachen, vor allem da der niedliche Bassist leichenblass wurde und der Riegel immer noch auf halbem Wege zu seinem Mund verharrte. Die älteren beiden verdrehten die Augen, weil sie das Gekreische wohl genauso albern fanden.

»Äh, ich ... hol die anderen«, nuschelte Eddi, machte auf dem Absatz kehrt und hastete davon.

Kurz danach kamen Aki, Flinn und Yanis mit ihm zurück. Bis auf den Sänger lächelten sie alle hochgradig erfreut.

Ich brauchte nun nichts mehr zu machen, weil Aki ganz der Profi auf die Frauen zuging, ihnen einen verschmitzten Blick zuwarf und sie nacheinander begrüßte. Er nahm ihre Hand und strich mit der anderen gleichzeitig über ihren Oberarm. Sie erschauderten unter seiner Berührung.

Den kleinen Stich in meiner Brust versuchte ich zu ignorieren. Ob sich die Berührung für diese Fremde genauso anfühlte wie für mich? Aki war vielleicht nicht der Draufgänger, den sein Bruder mimte, dennoch wusste er alle Register zu ziehen. Ich war davon überzeugt, dass ihm die Rolle des sexy Gitarristen gefiel und er damit zu spielen wusste. Genau das war die Gefahr, in die ich offenen Auges hineinlief.

Auch Flinn ergab sich der Situation. Er nickte, strahlte und nahm die Fans in den Arm, als sie ihm ein Lederarmband schenkten, auf dem etwas vom Fanclub stand. Selbst Eddi fand in seine Rolle, obwohl ich ihm ansah, dass er nervös war. Er unterschrieb die geschenkten Shirts und griff sich verlegen an den Hinterkopf, als ihn die Fans mit Komplimenten überhäuften. Und Yanis ... Ich hatte ihn kurz vergessen, weil sich drei der vier Frauen um Aki sammelten und er dahinter stand. Verblüfft riss ich die Augen auf, da er breit grinsend einen Arm um die 20-jährige Brünette gelegt hatte und Selfies mit ihr machte. Eins nach dem anderen, denn sie posierten lachend und alberten mit Grimassen rum. Ich sah ihm an, dass er keinesfalls auf dem Damm und nüchtern war, doch die Brünette schien es nicht zu stören, vor allem da Yanis' Hand an ihrer Hüfte lag und zunehmend tiefer sank.

Zwischen Freud und Leid wandte ich mich ab, um Pekka zu holen, damit er Fotos schoss, bevor der Sänger eine Ohrfeige oder Schlimmeres kassierte.

»Fotografier das bitte möglichst vermarktbar«, sagte ich und Pekka warf mir einen erheiterten Blick zu.

»Jawohl, Chefin!«

Die nächste halbe Stunde über hielt ich mich im Hintergrund und beobachtete erleichtert, dass das Treffen gut verlief. Kurz vor Einlass beendete ich die Sache dann unter traurigen Blicken der Frauen. Die Gewinnerinnen durften im Club bleiben und hatten so einen garantierten Front-Row-Platz, den sie überglücklich in Anspruch nahmen. Sie hätten sich nicht drum streiten müssen, denn der relativ große Club offenbarte ziemlich schnell, dass wir bei Weitem nicht ausverkauft waren. Ich konnte sagen, dass die Tour bisher mäßig lief, was die Tickets anging. Nicht schlecht, aber im Vergleich zu ihrer vorherigen, wo sich die Locations rasch gefüllt hatten, mussten wir noch aufholen.

Für das Konzert selbst gesellte ich mich zu Jussi in die Technik, um einen Überblick zu haben. Er konnte es gar nicht abwarten, das glänzende Pult mit den Hunderten Blinklichtern, Schaltern und Knöpfen auszuprobieren. Er rieb sich freudig die Hände, als der Kollege vom Club das Licht dämmte und damit das Spektakel begann.

Sobald Yanis die Bühne betrat, umgab ihn ein orangefarbener Lichtkegel. Ich musste auflachen, weil Jussi die Szene in bunte Farben tauchte. Es sah fantastisch aus, als die Jungs mit all ihrer Energie loslegten. Es verlor keinerlei Magie, egal wie oft ich es sah. Sie hatten Spaß und das war etwas, auf das ich mich immer verlassen konnte. Sobald die vier ihre Instrumente berührten, war fast alles rundherum vergessen und sie rockten die Bühne. Ich liebte den Anblick der verschwitzten Kerle, die sich gegenseitig begeisterte Blicke zuwarfen.

Zum Ende hin setzten sich Yanis und Aki wie immer auf die Kante der Bühne und stimmten gemeinsam eine gefühlvolle Akustik-Ballade an. Handys wurden in die Höhe gestreckt und die schmachtenden Blicke der ersten Reihe konnte ich mir gut vorstellen. Yanis' leidvolle Mimik passte perfekt zu den traurigen Klängen über den Herzschmerz, während Akis Kopf nach unten hing, sodass seine Haare sein Gesicht verdeckten, als er sanft vor- und zurückwippte.

Es war ein berührender Anblick für mich, weil die beiden Brüder in ihrer Musik harmonierten und sich ergänzten. Wie im wahren Leben glichen sie sich aus. Selbst wenn es nicht von Anfang an Akis Traum gewesen war, in einer Band zu spielen, nun sah ich ihm die

Leidenschaft an. Ich mochte es, dass er sich auf sein Instrument und die Melodie konzentrierte, während Yanis nicht vergaß, dem Publikum eine Show zu bieten. Dennoch zog Aki mit seiner Darbietung viele glasige Blicke auf sich, wie auch meinen.

Als es Zeit für die Zugabe war und die Fans verlässlich danach klatschten, legten sie noch einmal richtig los. Ihr Herzstück, die erste Single, vollgepackt mit starken Drums, einem tiefen Bass und rhythmischen musikalischen Einlagen. Ich war solange begeistert, bis Yanis an den Rand der Bühne trat und seine Hand ausstreckte. So schnell konnte ich gar nicht reagieren, da hatte er eine junge Frau aus der ersten Reihe zu sich hochgezogen, die ihm bereitwillig den Arm entgegenstreckte.

Die Menge schrie ohrenbetäubend laut auf, der Security-Mann vom Club, der seitlich bei der Bühne stand, zog die Stirn kraus. Mir gefiel das auch ganz und gar nicht. Natürlich machte Yanis es noch schlimmer: Während Aki eine Soloüberleitung spielte, schlang er seinen Arm um die Taille der Frau, zog sie an sich und küsste sie. Kreischen, Raunen, Klatschen. Ich vergaß zu atmen. Selbst Eddi und Flinn sahen ihn kurz entgeistert an, doch das störte Yanis nicht. Auch die Brünette, ich erkannte sie als eine der Gewinnerinnen, legte die Hände um seinen Hals und erwiderte den Kuss. Wobei man das nicht als Kuss bezeichnen konnte, eher als pornografische Eskalation. Ich sah Zungen außerhalb ihrer Münder. Außerdem rutschte Yanis' Hand an ihren Hintern, wo er beherzt zugriff.

»Unternimm doch was!«, schrie ich Jussi an, der genauso nach vorne starrte.

»Was denn? Soll ich sie da brutal runterzerren?«

Nein, das wollte ich nicht. Musste er auch nicht, weil sich ihre Zungen voneinander lösten, damit Yanis wieder ins Mikro singen konnte. Der betrunkene Captain hatte sich seine Meerjungfrau gefischt. Das war aber kein Grund, den glücklichen Fan loszulassen. Mit der Hand an ihrem Hintern brachte er das letzte Lied zu Ende.

»Dreh ihnen sofort das Licht ab«, zischte ich zu Jussi. Er wartete noch, bis sich die Band verbeugt hatte. Bevor sie von der Bühne runterkamen, ließ er es schon dunkel werden, denn Yanis nahm die Frau mit nach hinten.

Unruhig wartete ich, bis der Großteil des Publikums gegangen war, dann stürmte ich hinter die Bühne, um Yanis zu suchen – vergeblich. Im Backstagebereich war er zumindest nicht mehr, und ich verfluchte ihn mehr als einmal. Schließlich half ich mit brodelnder Wut im Bauch beim Zusammenpacken, denn wir mussten immerhin gleich los, um morgen pünktlich in *Oulu* zu spielen.

Jussi freute sich über die zusätzlichen helfenden Hände des Clubs, daher ging alles sehr schnell vonstatten. Sobald das Gröbste erledigt war, widmete ich mich erneut unserem verlorenen Sohn und suchte diesmal den gesamten Club ab. In den Toiletten fand ich ihn Gott sei Dank auch nicht, dafür hörte ich sie. Ihren Fluch, ihren Schrei.

»Du bist ein notgeiles Arschloch!«

Stöhnend eilte ich in die Richtung, um kurzerhand von der brünetten Eroberung gerammt zu werden. Sie stürmte wutentbrannt davon, ohne einen Blick zurückzuwerfen. Viele andere stierten ihr nach. Kurz danach humpelte Yanis aus einer Nische heraus, die ich vorher gar nicht gesehen hatte. Eine Hand war fest in seinen Schritt gedrückt, doch er grinste breit.

»Was hast du getan?«, fragte ich.

Er blieb vor mir stehen und seufzte. »Offensichtlich etwas, das einen Tritt in die Eier und einen halben Becher Cola auf dem Shirt rechtfertigt.«

Nun sah ich den dunklen, nassen Fleck, der sich von seiner Brust bis zum Bauch ausbreitete. Ich nahm die Handys wahr, die auf uns gerichtet wurden. Alarmiert wollte ich ihn weg von den Zuschauern ziehen, doch er schüttelte mich schnaubend ab.

»Geh weg. War nur ein kleiner Rückschlag«, murrte er lallend. Offenbar war sein Pegel wieder höher als noch vor ein paar Minuten. Ich war kurz davor, es der Brünetten nachzumachen und mit meinem Knie auszuholen. Allerdings war der Sänger unserer Band ohnehin schon kaputt genug.

»Reiß dich zusammen und hilf uns beim Packen«, flüsterte ich stinksauer.

Erneut schüttelte er den Kopf, schwankte und winkte ab. »Nein. Ich mach eh nur alles falsch. Ich erhol mich noch ein bisschen.«

Mit diesen gesäuselten Worten drehte er sich um die eigene Achse und torkelte davon. Ich wollte ihn zurückschleifen und festbinden, überlegte sogar, ob ich etwas mithatte, das seinen Muskeln standhalten konnte, entschied mich aber dagegen.

Zurück im Bühnenbereich half ich lieber Jussi, die Kabel einzurollen, und gemeinsam kontrollierten wir die Kisten auf ihren Inhalt. Diesmal verstauten wir Gitarren darin und kein Bier.

»Hei Leute, ich leg mich schon mal hin. Ich bin total erledigt und mir brummt der Schädel«, sagte Eddi, als er uns den Bass reichte. Er sah wirklich blass um die Nase aus, deswegen ersparte ich ihm eine Standpauke und ließ ihn ziehen.

Um ein Uhr morgens war schließlich endlich alles verstaut und wir stiegen in den Bus. Aki verzog sich in die freie Koje, die anderen plumpsten in die Sitzreihen und auch ich sank beinahe augenblicklich in einen tiefen, komatösen Schlaf.

Ich hätte Stunden in dieser unbequemen Position verbringen können, doch als mich jemand an der Schulter berührte, ahnte ich, dass es zu wenig gewesen waren.

»Pssst, Laura«, flüsterte er meinen Namen, dicht bei dem Ohr. So nahe, dass ich die warme Atemluft spürte.

Ich murrte und drehte den Kopf weg.

»Laura, du musst aufwachen.«

Ich reagierte nicht und kuschelte mich tiefer in den Sitz. Von irgendwoher wehte mir frische Nachtluft um die Nase, weil ein Fenster offenstand. Mich fröstelte es, doch der Dämmerschlaf tat zu gut und die Augenlider waren schwer wie Blei.

»Laura! Wir haben ein Problem.«

Das war mein Triggersatz. Jene Worte, die mich hochschrecken ließen, sodass ich mir den Nacken verrenkte und schmerzerfüllt aufstöhnte. Blinzelnd setzte ich mich auf, rieb über die pochende Stelle und sah mich um. Ich war im Bus mit den Jungs und wir fuhren über eine Schnellstraße.

»Was ist denn?«, fragte ich verwirrt Flinn, der hinter mir saß und mich sorgenvoll betrachtete.

»Wir haben etwas in *Kuopio* vergessen.«

Ich blinzelte, sah nach draußen und wieder zu Flinn.

»Hä?«, machte ich, weil mein Hirn nichts weiter hervorbrachte.

Flinn schluckte hörbar und erst jetzt bemerkte ich das Telefon in seiner Hand, dessen Display hell leuchtete.

»Wo sind wir denn?«

»Fast da. Ich denke noch dreißig Minuten, dann sollten wir *Oulu* erreichen«, antwortete Tomas. Diese Information überraschte mich, denn das bedeutete, dass ich doch schon drei Stunden geschlafen hatte.

»Laura, wir müssen umdrehen«, beharrte Flinn. Nun war ich hellwach. Und wütend.

»Was ist denn los?«, fauchte ich und massierte meinen schmerzenden Hals. Umständlich drehte ich mich auf dem Sitz so, dass ich nach hinten blicken konnte, ohne ihn zu bewegen.

»Wie ich sagte, wir haben etwas in *Kuopio* vergessen«, wiederholte Flinn nun deutlich ungeduldiger.

»Soll ich umdrehen?«, fragte Tomas beiläufig. Ich sah kurz in die Runde. Yanis schnarchte, Aki war halb aus der Koje gefallen, in der er sich schlafen gelegt hatte, Eddis Arm hing aus der anderen heraus. Flinn und Jussi sahen mich reumütig und schuldbewusst an.

»Nein!«, sagte ich. »Nein, wir bleiben nicht stehen.«

»Aber wir müssen ...«, versuchte es Flinn und streckte mir das Handy entgegen, das ich beiseitedrückte.

»Wollt ihr mich verarschen? Wir drehen nicht um. Wir sind drei Stunden gefahren und fast am Ziel. Also was zum Teufel haben wir diesmal vergessen? Einen Drumstick? Eine Glückssocke? Was ist so verdammt wichtig, das ihr nicht geschafft habt mitzunehmen?«, redete ich mich in Rage und fuchtelte nun doch mit den Armen herum.

Kurze Stille trat ein. Yanis wachte grunzend auf und schmatzte.

Flinn blickte von Jussi zu mir und hielt mir das Handy erneut entgegen.

»Wir haben den Bassisten in *Kuopio* vergessen.«

Who let the dogs out

Der einzige Muskel, der sich an mir bewegte, war der, der für das Zucken meines rechten Auges verantwortlich war. Sie sahen mich alle stumm an, weil ich kurz davor war zu explodieren. Gleichzeitig tobten Verwirrung, Unglauben und Unverständnis abwechselnd in mir.

»Wie ist das möglich? Er schläft doch in der Koje«, sagte ich und kletterte vom Sitz in den Gang.

»Das ist nicht Eddi«, antwortete Aki, der auch munter war, sich in Bauchlage aufgerichtet hatte und ins gegenüberliegende Bett blickte. Es war dämmrig, aber im Bus ziemlich dunkel.

»Wer ist es dann?«, fragte ich ungläubig und trat näher an die Koje heran.

Eine Hand und ein beschuhter Fuß ragten heraus, während der Rest vom Vorhang verdeckt war. Ich beugte mich hinunter und betrachtete das Handgelenk. Feingliedrig und schlank.

»Scheiße!«, flüsterte ich und zog mit zittrigen Fingern die Stoffbahn zur Seite. »Oh mein Gott«, folgte aus meinem Mund.

Da lag eine quasi nackte Blondine vor mir. Auf dem Rücken, in die Decke eingedreht. Die schulterlangen Haare klebten auf ihrem Gesicht, dessen Make-Up verschmiert war. Bis auf die Schuhe und die Socken trug sie nichts. Meine Augen weiteten sich und als mir klar wurde, dass ich ihren nackten Körper den Blicken der anderen freigab, zog ich den Vorhang schnell wieder zu.

»Wer zur Hölle ist das?«, flüsterte ich hysterisch. »Und wo ist Eddi?«

»In *Kuopio*«, antwortete Jussi.

Ich öffnete den Mund, schloss ihn, schluckte und öffnete ihn wieder. Mit Zeigefinger und Daumen griff ich das schlanke Handgelenk und hob es langsam hoch.

»Wer war das?«, fragte ich laut und vorwurfsvoll in die Runde. »Wer hat dieses Mädchen hierhergebracht und ... um Gottes willen, ist sie volljährig? Oder tot? Gott, lass sie nicht tot sein«, sprach ich mit mir selbst und verstummte. Ihr Puls klopfte aber spürbar an meinen Fingern, also atmete ich erleichtert aus, obwohl sie sich nicht rührte, während ich ihre Hand hochhob.

Die Männer sahen mich an wie vier reumütige Labradore, die gerade Frauchens kaputte Hausschuhe präsentiert bekamen und von nichts wussten. Wer hat Frauchens Schuhe angeknabbert?

»Wer hat an dem Mädchen geknabbert?«, sprach ich meine dummen, verwirrten Gedanken laut aus und stockte. »Ich meine hierhergebracht. Zu wem gehört sie?«

Es dauerte nicht lange, bis sich Yanis räusperte. Ich ließ die Hand fallen und verschränkte die Arme.

»War ja klar! Das Machoarschloch hat wieder zugeschlagen! Sag mal, tickst du nicht richtig? Reicht dir ein Tritt in die Eier nicht? Was ist mit der Brünetten gewesen?«, fuhr ich ihn aufgebracht an.

Er gähnte und rieb sich die roten, verquollenen Augen. Als sein Blick zur Koje fiel, bildete sich ein süffisantes Grinsen.

»Oh. Das hatte ich vergessen. War total breit und bin nachher eingeschlafen. Dachte, sie wäre weg.«

Ich war kurz davor, Yanis aus dem fahrenden Auto zu werfen, umzudrehen und noch mal über ihn drüber zu fahren.

Aki hievte sich aus der Koje und zog den Vorhang zur Seite. Als er das nackte Mädchen sah, zog er die Brauen hoch.

»Starr sie nicht so an«, zischte ich und drängte ihn zurück.

Ein leises Klicken lenkte meine Aufmerksamkeit auf Pekka. »Sag mal, hast du das soeben fotografiert?«

Mein Blick ließ ihn zusammenzucken. Er hob die Kamera, drückte drauf herum und schüttelte den Kopf. »Schon gelöscht.«

»Wir müssen Eddi holen«, sagte nun Flinn, aber ich dachte gar nicht daran umzudrehen.

»Auf keinen Fall.«

Diesmal betrachtete mich Jussi verwirrt. »Laura, ich weiß, dass Eddi ein schmales Kerlchen ist und blond sind sie auch beide, aber wir werden das arme Mädchen nicht als unseren Bassisten ausgeben!«

Ich knurrte ihn an. »Natürlich nicht. Wieso ist Eddi eigentlich nicht hier? Wieso fällt das keinem auf?«

Flinn wedelte verärgert mit seinem Handy, das ich seit Minuten ignorierte. »Er hat mich angerufen. Er hat auf dem Sofa im Backstagebereich geschlafen und keiner hat ihn bemerkt, als die Lichter ausgemacht wurden. Nun ist er im Club eingesperrt.«

Eine kurze, knappe Erklärung, die mir die Luft zum Atmen raubte, weil ich realisierte, dass ich es schon wieder verbockt hatte. Ich drehte mich um, starrte zur kleinen Küche am Ende des Busses und atmete die Panik weg. Die aufkeimenden Zweifel, ob diese Sache nicht doch zu groß für mich war, drängte ich zurück. Offenbar ließ ich mich viel zu leicht ablenken und verlor langsam den Überblick. Yanis zu beaufsichtigen, raubte mir die Kraft, die ich brauchte, um die Organisation allein zu managen. Dann war da noch der Lakritz-Gitarrist, der mich ebenfalls durcheinanderbrachte. Aki, der plötzlich schräg neben mir stand.

Niemand im Bus sagte etwas. Die Stille verstärkte den Druck auf meiner Brust, als sich meine Kehle zusammenzog, weil ich die aufsteigenden Tränen unterdrückte. Selbst Tomas fuhr einfach weiter. Sekunden verstrichen, in denen ich versuchte, weder loszuheulen noch etwas kaputt zu machen.

Dann schob Aki seine Hand, von den Blicken der anderen verborgen, in meine. Zart strich er mit den Fingern über meine, bis er sie drückte. Diese Berührung kam unerwartet, war aber dringend notwendig gewesen. Seltsamerweise beruhigte sie meinen Herzschlag und ich holte tief Luft. Aki brachte meine Gefühlswelt vielleicht durcheinander, doch in dieser Sekunde gab er mir Kraft. Kurz danach war ich fähig, mich wieder den anderen zuzuwenden. Das Brennen in den Augen hatte nachgelassen und Akis Hand war verschwunden.

»Okay, Yanis, du weckst Dornröschen. Sei nett! Tomas, du bringst uns so schnell wie möglich ins Hotel. Flinn, sag Eddi, dass ich ihm ein Zugticket aufs Handy schicke. Ich rufe den Clubbesitzer an, der wird ihn rauslassen«, schilderte ich den Plan.

Sie machten noch einige Herzschläge lang auf verwirrte Labradore, dann kamen sie in die Gänge. Ich wühlte nach meinem *Tablet*, um mich über verfügbare Züge für Eddi zu informieren, als ich im Hintergrund Yanis' Versuche hörte, das Mädchen aufzuwecken.

»Äh, Kristin, du musst jetzt aufwachen und dich anziehen!«

»Ich heiße Sara.«

Aki prustete los und Jussi seufzte.

»Okay, also buche ich auch für Sara ein Ticket zurück nach *Kuopio*«, murmelte ich. »Yanis, du wirst diese zwei dämlichen Zugfahrkarten aus eigener Tasche bezahlen. Die sind nicht im Budget drin«, schimpfte ich.

Der Sänger sah mich besorgt an, konnte aber nicht antworten, weil seine Bettbekanntschaft drauf und dran war, splitterfasernackt aus der Koje aufzustehen. Er warf sich auf sie und schrie sie an: »Wo sind denn deine verdammten Klamotten?«

Wäre die Situation nicht so furchtbar gewesen, hätten wir gelacht.

Die nächste halbe Stunde setzte ich mich in die hinterste Reihe des Busses und buchte Zugtickets. Es gab sehr gute Verbindungen, sodass Eddi es durchaus rechtzeitig bis zum Konzert nach *Oulu* schaffen könnte. Der Clubbesitzer war auch kooperativ und nahm es mit mehr Humor als ich. Er erklärte sich sogar bereit, den vergessenen Bassisten zum Bahnhof zu bringen. Wir mussten im Hotel einchecken und dann sollte Yanis Sara, die mittlerweile begriffen hatte, was passiert war, ebenfalls bei ihrem Zug abliefern. Ihre Klamotten und ihre Handtasche fanden wir in der Koje. Sie saß auf dem Bett, hatte eine Tablette gegen ihre Kopfschmerzen bekommen und starrte leichenblass vor sich ins Leere.

»Tut mir leid, Laura«, murmelte Yanis, als er sich neben mich setzte. Er ließ betrübt die Schultern hängen, aber an mir prallte der Hundeblick diesmal ab. Ich hatte nicht vergessen, wie er sich in *Kuopio* verhalten hatte.

»Ich hatte kurz die Kontrolle verloren. Ich musste den Kopf freikriegen, aber ich wollte dich nicht anschreien oder beleidigen. Ich entschuldige mich aufrichtig.«

Nun sah ich doch vom Display auf.

»Laura, ich kann diese Zugtickets nicht bezahlen«, flüsterte er bedacht leise. Sein Blick huschte kurz nach vorne, aber von den anderen sah gerade keiner zu uns. Dennoch wurde ich neugierig und legte das Tablet weg, um die Arme trotzig zu verschränken.

»Natürlich wirst du sie bezahlen«, stellte ich fest, weil ich gar nicht einsah, dass er sich drückte. Irgendwann musste sein Verhalten Konsequenzen haben. Yanis seufzte und rieb sich mit beiden Händen über das Gesicht.

»Du verstehst das nicht«, begann er mit rauer Stimme. Als er weitersprach, beugte er sich tief zu mir, sodass mir seine Alkoholfahne in die Nase stieg. »Ich will das ja wiedergutmachen, aber ich kann nicht bezahlen.«

Ehe ich nachfragen konnte, griff er nach meinen verschränkten Armen und löste sie vorsichtig, um meine Hände mit seinen fest zu umschließen und zu drücken.

Seine Stirn war nur wenige Zentimeter von meiner entfernt, weshalb ich seine geflüsterten Worte gut hörte.

»Ich habe das Geld nicht. Ich bin vollkommen pleite! Selbst wenn die Tour vorbei ist und wir ausbezahlt wurden, kann ich dafür einfach nicht aufkommen.«

Seine Augen glänzten und als er blinzelte, begriff ich, dass er Tränen zurückhielt. Meine Wut ebbte ab, besorgt umfasste ich nun auch seine Hand.

»Das kann doch gar nicht sein. Ihr habt Imageprobleme, aber ihr müsst doch gut verdienen. Was ist los, Yanis? Ich weiß, dass du mit irgendetwas kämpfst. Sag mir was, ich kann dir helfen. Schuldest du wem Geld? Verspielst du es? Du kannst mir vertrauen!«, redete ich auf ihn ein, weil ich endlich wissen wollte, warum er immer wieder ohne ersichtlichen Grund abstürzte.

Er schloss die Augen. Ich konnte nicht anders, als die Hand zu heben, um sie an seine Wange zu legen.

»Yanis, deine Freunde werden für dich da sein, wenn du ihnen sagst, was los ist.«

Er hob die Lider. Feuchtigkeit glitzerte in seinen Augenwinkeln und ein grimmiges Lächeln bildete sich auf seinen ausgetrockneten Lippen. Als er den Kopf schüttelte und sein Blick nach vorne fiel, versteifte er sich. Ruckartig setzte er sich auf und entzog mir seine Hand.

Irritiert blieb ich zurück, bis mich Akis finsterer Blick traf. Er und sein Bruder stierten sich an, wobei ich nicht genau deuten konnte, welche Stimmung zwischen den beiden herrschte. Angenehm schien ihre stumme Unterhaltung allenfalls nicht zu sein. Als ich kurz in Akis Fokus geriet, zuckte auch ich zusammen. Obwohl ich nichts Verbotenes getan hatte, fühlte ich mich wie ein ertapptes Kind, dessen Hand in der Keksdose steckte.

Der Gitarrist musterte mich, zog die Brauen zusammen und drehte sich wieder um. Yanis seufzte neben mir.

»Wir sind da«, verkündete Tomas und unterbrach den merkwürdigen und unangenehmen Moment.

Heiße Stimmungslage

Gegen sechs Uhr morgens waren wir bei unserem nächsten City-Hotel angekommen und ich hatte mein Bestes gegeben, es nicht persönlich zu nehmen, wie erleichtert die Band über die Doppelzimmer mit Einzelbetten gewesen war. Pekka hatte ich problemlos in mein Zimmer zubuchen können und so hatten wir alle uns noch eine Weile hingelegt.

Knapp acht Stunden später stand ich als geschminkte Leiche beim Soundcheck und starrte in die kleine Öffnung einer Wasserflasche, als fände ich dort die Antwort auf den Sinn des Lebens. Positiv stimmte mich nur, dass Eddi heil und rechtzeitig eingetroffen war und soeben auf der Bühne seinen Bass stimmte. Außerdem saß die nackte Sara mittlerweile angezogen im Zug zurück nach *Kuopio* und laut Yanis nahm sie uns diesen Vorfall nicht übel. Im Gegenteil. Sobald sie nüchtern genug gewesen war, hatte sie es als Ehre gesehen, bei uns im Tourbus mitgefahren zu sein. Ich war so müde, dass ich überlegte, statt Meet and Greets Rundfahrten mit der Band anzubieten. Oder Fahrgemeinschaften, mit umweltbewusstem Hintergrund.

»Warum siehst du nicht so scheiße aus, wie ich mich fühle?«, fragte mich Pekka, als er sich neben mich stellte.

»Weil ich Make-Up mit habe. Soll ich dich schminken? Ich kann das gut, frag mal Yanis, der war mit meinem Werk sehr zufrieden.«

Pekka nahm einen großen Schluck von seinem Kaffee und seufzte. Wir waren alle übermüdet. Nur die Club-Besitzerin Helmi wuselte gut gelaunt umher. Der *Ranta Violetti* Club war ihr Herzstück und gut in Schuss, aber man sah ihm die vielen Partynächte deutlich an. *Oulu* imponierte als eine große Stadt mitten in einer Meeresbucht und damit hatte man es vom Club nicht weit zu den traumhaften Sandstränden. Das Motto des »*violetten Strandes*« hatten sie in allen Ecken umgesetzt: An den Wänden klebten lila bemalte Muscheln, hinter denen verborgene Spots jeden Winkel in Szene setzten. Die Front der Bühne erstrahlte in blauer Farbe, die wohl Meereswellen darstellen sollte, und die Bar glänzte ebenfalls komplett mit violettem Lack.

»Ich habe in *Seinäjoki* eine kleine Überraschung für dich«, verkündete Pekka gähnend.

»Ich hasse Überraschungen.«

Er lachte trocken und gähnte noch mal. »Ich weiß, aber brutalste Folter oder Erpressungen werden mich nicht dazu bringen, die Überraschung zu verraten. Die Tatsache, dass du nun bis dahin nervös bist und schlaflose Nächte hast, ist jede Qual wert.«

Ich kniff die Augen zusammen, allerdings brachte es Pekka nur zum Lachen. Er legte einen Arm um meine Schultern und drückte mich.

»Vertrau mir. Es ist kein verdrecktes Rattennest, wo du durch die Bühne brichst. Es wird sich mit großer Wahrscheinlichkeit für die Band und dich lohnen.«

Noch immer sah ich ihn skeptisch an, doch er hatte recht. Pekka besaß mein volles Vertrauen. »Du hast schon so viel getan. Ohne dich und dein gutes Wort bei dem einen oder anderen Clubbesitzer hätte ich den Job gar nicht bekommen. Und das *Ruisrock* erst. Vielen Dank«, murmelte ich.

Er sah mich mit einem Lächeln an, dem ich früher sofort verfallen war. Frech, charmant und unglaublich sexy. Ich stieß ihn spielerisch in die Seite, lehnte danach aber zufrieden den Kopf an seine Schulter.

Ein paar Energiedrinks später waren die Vorbereitungen beendet und Pekka stand bei Einlass neben der Bühne bereit, um die ersten Fans zu fragen, ob er Gruppenfotos von ihnen machen durfte, die wir auf den Social Media-Kanälen verlinken würden. Ich verzog mich in den Backstagebereich, wo die Jungs sich mit einer Partie Mario Kart wachhielten. Die Konsole stand für alle zugänglich in dem kleinen Raum, in dem es auch einen Kaffeevollautomaten, einen Kühlschrank und zwei Sitzecken gab. Ich sah das Sofa sehnsüchtig an, entschied mich aber dagegen.

»Wo ist Yanis?«, fragte ich alarmiert, weil nur Flinn, Eddi und Aki ihre Controller künstlerisch hin und her schwenkten, um mit ihren Cars den Bananenschalen auszuweichen.

»Er wollte noch was aus dem Hotel holen. Will gleich wiederkommen«, murmelte Flinn und schrie erbost auf, weil ihn Aki von der Regenbogenstrecke gestoßen hatte.

Ich verdrehte die Augen. Wir hatten noch knapp fünfundvierzig Minuten bis zum Auftritt und wieder einmal war der Sänger nicht vor Ort. Langsam begriff ich, dass der Job als Managerin mit einem Kindermädchen gleichzusetzen war.

Missmutig machte ich mich schnellen Schrittes auf den Weg zum Hotel. Als ich dort mit dem Lift in den dritten Stock fuhr, wo all unsere Zimmer lagen, sank meine Laune noch mehr. Die Verlockung, in mein eigenes Bett zu fallen und bis morgen durchzuschlafen, war groß. Jeder Schritt fühlte sich schwer an und mein Nacken spannte unangenehm nach der Nacht im Bus.

Ich schlurfte müde den Flur entlang und verharrte vor Akis und Yanis' Zimmer. Es war sehr leise, bis ich nach kurzer Zeit Stimmen wahrnahm und Yanis erkannte. Ich verstand nicht jedes Wort, aber er sprach eindeutig mit jemandem. Einer Frau.

Augenblicklich sackte meine Laune ins Bodenlose ab. Wenn er dachte, er konnte sich jetzt schon vor den Konzerten Groupies mit ins Zimmer nehmen, obwohl er erst vor wenigen Stunden seine letzte Liebelei in den Zug gesetzt hatte, irrte er sich.

Mit wütend geballten Fäusten hämmerte ich gegen die Tür.

»Yanis, das kann nicht dein Ernst sein! In wenigen Minuten beginnt die Show, also schlepp deinen Arsch rüber zur Bühne.«

Das Gespräch im Zimmer verstummte, aber niemand öffnete.

»Ich weiß, dass du da drin bist, und ich weiß, du bist nicht allein! Mach auf oder ich trete die Tür ein!«

Die zwei im Zimmer flüsterten miteinander, was ich nur als dumpfes Gemurmel hörte. Abwartend trat ich einen kleinen Schritt zurück.

»Wag es ja nicht, die …«, schimpfte Yanis zornig, stoppte aber und eine brünette, junge Frau machte mir auf. Trotz ihrer schlanken Figur nahm sie den vollen Türrahmen mit ihrer Präsenz ein. Aus großen, graubraunen Augen sah sie mich an, Yanis stand schräg hinter ihr und war zum Glück bekleidet. Generell war ich froh, sie nicht in flagranti erwischt zu haben. Ihm sah ich das schlechte Gewissen trotzdem an, denn er verharrte stocksteif und leichenblass.

»Die Show fängt gleich an«, wiederholte ich mit Blick zu ihm, über die Schulter der Frau hinweg. Erst jetzt nickte er und kam nach vorne.

»Ich komme gleich«, sagte Yanis überraschend ruhig.

Ich betrachtete seine Aufmachung und stellte zufrieden fest, dass er nicht betrunken wirkte. »Sofort«, murrte ich.

Die Frau verengte ihre Augen. Sie sah sehr hübsch aus, war dezent geschminkt und wirkte durch meine Anwesenheit nicht peinlich berührt. Sie versperrte eher Yanis den Weg nach draußen.

»Laura, bitte gib mir noch zwei Minuten und warte in der Lobby. Ich bin gleich da und das Konzert wird pünktlich starten«, versprach er mit Nachdruck.

Ein paar Sekunden sah ich die beiden noch an und beschloss dann nachzugeben. Eine Szene hier im Hotel wollte ich sowieso nicht. Mit einem grimmigen Nicken drehte ich um. »Bist du nicht direkt hinter mir unten, schicke ich Jussi rauf«, warnte ich und schloss die Tür hinter mir.

In der Lobby wartete ich eher fünf als zwei Minuten, aber Yanis kam trotzdem wie versprochen aus dem Treppenhaus, allein. Er stampfte mir regelrecht entgegen.

»Wird ja auch Zeit«, begrüßte ich ihn bissig. Er wäre an mir vorbeigestürmt, doch nun blieb er abrupt stehen und funkelte mich erregt an.

»Herrgott noch mal, lass mich nur fünf Minuten in Ruhe, Laura! Ich hätte die Show nicht verpasst.«

Ich schnaubte. »Tickst du noch richtig? Ich soll dir vertrauen, weil du dich in den letzten Tagen als so verlässlich bewiesen hast? Du hast ja nicht mehr alle Tassen im Schrank. Wo ist dieses Mädchen? Im Zimmer? Willst du sie dir für nach der Show warmhalten? Du riskierst alles, Yanis!«

Der Mann hinter der Rezeption hob besorgt den Kopf und stierte uns missmutig an. Während ich entschuldigend die Hand hob, schüttelte Yanis den Kopf.

»Du hast doch keine Ahnung! Du denkst, wenn du die Plattenfirma überzeugen kannst uns zu behalten, ist das dein Karrieresprung. Du interessierst dich gar nicht wirklich für uns! Also halte dich aus meinem Privatleben raus.«

Ich wollte etwas erwidern, doch er machte auf dem Absatz kehrt und marschierte in Windeseile nach draußen. Sein Vorwurf ließ mich schockiert zurück. Natürlich war mir dieser Job wichtig, denn es hing viel davon ab. Trotzdem verletzte es mich, dass Yanis dachte, ich sei an sonst nichts interessiert. Gerade nach den letzten Tagen, den Katastrophen, die wir gemeinsam durchgestanden hatten, müsste er wissen, dass ich die gesamte Band ins Herz geschlossen hatte. Vielleicht sogar mehr, als ich es hätte dürfen. Seine Wut machte mich zornig, weil sie ungerechtfertigt war und ich mich unfair behandelt fühlte.

Als ich kurz darauf dicht hinter Yanis über den Seiteneingang in den hinteren Bereich des *Ranta Violetti* eintrat, stieß ich fast gegen Aki und Pekka.

»Was ist denn schon wieder los?«, fragte Aki aufgebracht und brachte mich mit einem Griff am Ellenbogen zum Stehen. Yanis verschwand aus meinem Sichtfeld.

»Frag das deinen gestörten Bruder! Er hat einfach kein Benehmen«, antwortete ich patzig.

Er blickte einmal in die Richtung, in der Yanis verschwunden war, und dann zu mir, während Pekka mich besorgt musterte.

»Was ist passiert?«, fragte er mich, wurde aber von Aki unterbrochen.

»Was läuft da immer zwischen euch? Du sollst ihn beruhigen, aber ständig, wenn du ihn zurückbringst, ist er noch schlechter gelaunt«, warf er mir lautstark vor.

Natürlich waren wir alle übernächtigt, mir ging der unhöfliche Tonfall dennoch mächtig auf die Nerven. Ich riss meinen Arm übertrieben ruckartig los.

»Ist heute *Wir schreien Laura grundlos an*-Tag? Ich wollte helfen! Sieh zu, dass du auf die Bühne kommst, und bringen wir das Konzert heute hinter uns.«

Nun auch noch seiner Kritik ausgesetzt zu sein, fühlte sich schrecklich an. Zwar stimmte es, dass Yanis auf mich oft beleidigt reagierte, aber seine miese Laune war nicht meine Schuld. Gerade von Aki hätte ich mehr Unterstützung erwartet.

Romantik am Sandstrand

Knapp zwei Stunden später war alles ohne skandalöse Zwischenfälle vorbei. Da ich ihre Performance mittlerweile kannte, sah ich sehr wohl, dass die Stimmung auf der Bühne angespannter war als sonst. Dennoch lief alles nach Plan und ich konnte meinen gewohnten Platz bei Jussi einnehmen, von wo aus ich Pekka beobachtete, wie er mit seiner Kamera durchs Publikum streifte.

Aki und Yanis warfen am Ende einige unterschriebene Shirts als Bonus ins Publikum, was zu einem Kreischkonzert führte, das mir fast die Ohren sprengte. Als Aki sein verschwitztes Top nachlegte, rümpfte ich angeekelt die Nase. Ich kannte mittlerweile die Duft-Nuancen, die diese Männer verströmten, und nicht alle waren erträglich wie jene nach Bananen oder Lakritze.

Ich befand mich in einem sehr seltsamen Wachzustand. Der Moment, in dem man die Müdigkeit überwand und sich ohne Alkohol betrunken fühlte. Ich blieb so lange bei Jussi, bis die meisten Fans den Club eine Stunde später verlassen hatten. Kurz hielt ich Ausschau nach der brünetten Frau aus Yanis' Zimmer, doch die Front Row war bereits verschwunden.

»Ein anstrengender Tag«, sagte Pekka, als er neben mir an der Wand niedersank, mit der großen Kamera auf dem Schoß. Ich nickte und setzte mich im Schneidersitz. Wir sahen der Band zu, wie sie routiniert begannen, ihre Instrumente abzubauen.

»Was ist vorhin mit Yanis im Hotel passiert?«, fragte Pekka.

Ich hob die Hände, ließ sie aber kraftlos wieder sinken. Mir war klar, dass er da etwas falsch interpretierte. »Nichts Außergewöhnliches. Yanis hatte eine Frau bei sich im Zimmer und natürlich haben wir deswegen gestritten. Wir sind alle mies drauf.«

»Na gut, das klingt weniger schlimm als erwartet. Die Jungs haben vorgeschlagen, gleich noch zusammen zum Strand zu gehen, um den Abend ausklingen zu lassen. Sie spüren alle die negativen Schwingungen. Ein gemeinsames Feierabendbier könnte helfen.«

Die Vorstellung, jetzt irgendetwas anderes tun zu müssen, als mich ins Bett zu rollen, war fürchterlich. Allerdings war Pekkas Argument nicht schlecht. Es würde uns allen guttun, den anstrengenden Tag zusammen positiv abzuschließen.

»Wenn du versprichst, mich nachher ins Bett zu tragen«, murmelte ich und brachte Pekka zum Lachen.

»Oh dirty Girl, ich trag dich jederzeit gerne ins Bett, das weißt du ganz genau.«

Sein üblicher dreckiger Unterton brachte mich zum Schmunzeln. Da kam ich jetzt wohl nicht mehr raus. Als wir uns nach einem kurzen Stopp im Hotel zum Strand aufmachten, warfen Yanis und ich uns zumindest keine bösen Blicke mehr zu. Pekka griff meine Hand, um mich mitzuziehen. Er hatte zwar dunkle

Ringe unter den Augen, weil es fast zwei Uhr nachts war, doch sein Party-Gen half ihm, genau zu dieser Zeit aktiv zu werden. Es war düster, wenngleich nicht stockduster. Die Sonne würde bereits wieder in einer Stunde aufgehen.

Kaum Autos fuhren durch die Straßen. *Oulu* lag friedlich schlafend in seinen Betten. Wir schlenderten durch die Wohnstraßen und erreichten nach wenigen Minuten die Küste. Vor uns lag ein langer, traumhafter Sandstrand.

Tagsüber wuselte es hier von Menschen, jetzt schwappte das Meer ruhig auf die Sandbank. Ein Nachtjogger lief keuchend an uns vorbei. Wäre ich nicht so erschöpft gewesen, wäre das eine hervorragende Idee gewesen, um den stressigen Tag hinter mir zu lassen. Während man oben an der Promenade spazieren konnte, erstreckte sich weiter unten am Wasser eine große leere Liegefläche.

Die Jungs zogen sich bis auf Schwimmshorts aus, warfen ihre Schuhe auf einen Haufen und rannten lachend nebeneinander ins Meer. Ihre Ausgelassenheit beruhigte mich, weshalb ich mich ebenso mit einem Lächeln auszog, um mich im Bikini in den Sand zu setzen.

Beim Anblick der Männer, wie sie nass wieder aus dem Wasser getrottet kamen, zitterte ich allerdings frierend. So, wie sie sich aber schüttelten, tauchte der Labrador-Vergleich erneut in meinen Gedanken auf. Ich schnappte mir das Handy und schoss rasch ein paar »feuchte Rockstars«-Bilder, die den Fans mit glänzender Haut im Dämmerlicht gewiss Freude bereiten würden. Flinn hatte passend zu seinem Gemüt eine Sonne auf der linken Brust tätowiert, die hervorragend mit seinem Teint harmonierte. Sogar auf Eddis blasser Finnenhaut entdeckte ich einen Schriftzug rund um seinen Bauchnabel, den ich aber nicht entziffern konnte. Während Yanis' Astralkörper absolut unberührt schien, wusste ich immerhin von Aki, wo die niedliche Blume versteckt war. Pekka besaß lediglich ein Brustwarzenpiercing, das er sich mit achtzehn hatte stechen lassen, um seine Mutter in den Wahnsinn zu treiben.

Ich grinste in mich hinein, als die Jungs über den Sand taumelten und sich mit den mitgebrachten Handtüchern trockenrubbelten. Nach der miesen Stimmung die letzten Stunden fühlte es sich befreiend an, sie alle zusammen so unbekümmert zu sehen. Yanis wirkte zufrieden und nüchtern. Auch Aki lachte lautstark mit, als sein Bruder Flinn spielerisch mit einem Handtuch schlug und anzügliche Geräusche machte. Bei dem Geräusch wurden meine kühlen Wangen wieder ganz warm. Aki lachte selten so hemmungslos. Sein Talent war das schelmische Schmunzeln sowie ein tiefes Glucksen. Dabei stand es ihm gut, wenn er mit seinem Bruder rumalberte und Spaß hatte, so wie jetzt. Derart unbekleidet gaben sie wirklich ein sehenswertes Bild ab. Beide erfüllten alle Kriterien, um Mädchenträume zu erfüllen.

Ich war davor ebenso wenig gefeit. Viel zu lange starrte ich auf Akis breite Schultern und musterte ihn bis hinunter zur schmaleren Taille. Mein Blick wanderte tiefer zu der Stelle, wo das Blümchen-Tattoo sein musste. Ich gaffte Aki auf den Hintern und grinste dabei begeistert.

Yanis' Schrei holte mich aus meiner Fantasie heraus, weil er grunzte wie ein Elch und seine Muskeln spielen ließ. Er stapfte durch den Sand und seine Jungs schüttelten augenverdrehend den Kopf. Obwohl er alle Aufmerksamkeit auf sich zog, sah ich erneut zu Aki, der die Arme vor der Brust verschränkte. Eine Gänsehaut zog sich über seinen Oberkörper. Er stand nur ruhig da, lächelte sanft und ich konnte nirgends anders hinsehen.

Erst als er den Kopf in meine Richtung drehte, wandte ich verlegen den Blick ab. Ich zog die Sandalen aus und rutschte näher an die Brandung, bis mir das eisige Wasser über die Zehen schwappte.

Solange die Jungs hinter mir am Strand Fußball spielten, beobachtete ich das Wasser, wie es um meine Füße floss und sich wieder zurückzog. Es war beruhigend, dem Rauschen zuzuhören und wären nicht die ehrgeizigen Schreie der Band gewesen, hätte es sehr idyllisch sein können. Ich hoffte, dass sie sich nicht wehtaten, und schloss die Augen. Die Finger grub ich links und rechts tief in den Sand und spielte mit den groben Körnern. Dermaßen entspannt, schreckte ich regelrecht hoch, als sich jemand schnaufend neben mich fallen ließ.

»Atemberaubend schön, der Sonnenaufgang«, sagte Aki mit Blick nach vorne.

Am Horizont tauchten tatsächlich die ersten rosa Strahlen auf. Ich stützte mich mit den Armen ab und drückte den Rücken durch. Aki sah der aufgehenden Sonne konzentriert zu. Ungeduldig stierte ich sein Profil an und wartete darauf, dass er endlich etwas sagte. Er saß da nicht einfach so. Das wusste ich. Deswegen ergriff ich die Initiative.

»Es tut dir leid, du hast das heute nicht so gemeint! Ja, ich weiß, was du sagen willst.«

Er winkelte seine Füße an, vergrub die Zehen im Sand und starrte weiterhin aufs Meer hinaus. »Ja, das wollte ich sagen. Und es tut mir wirklich leid.«

Er legte seine Arme auf die aufgerichteten Knie, als eine neuerliche Welle unter uns hindurch schwappte. Wir quietschten beide auf, weil das eiskalte Wasser unsere Hintern tränkte.

»Du kümmerst dich gut um uns. Yanis zu bändigen, ist unmöglich, wenn er nicht mitspielt. Ohne dich wären wir aufgeschmissen«, setzte er hinzu.

Es hätte ein Kompliment sein sollen, doch sein erneuter Gefühlsumschwung machte mich nur müde.

»Ich werde nicht immer schlau aus dir«, sagte ich seufzend. »Yanis mag hochgehen wie Dynamit und ich weiß noch nicht, was genau der Auslöser ist, aber bei dir habe ich keine Ahnung, was ich denken oder fühlen soll. Einmal bist du freundlich, nett, offen und neugierig. Wir hatten einige Gespräche, die ich wirklich genossen habe. Aber dann gehst du aus heiterem Himmel auf Abstand und strafst mich mit kühlen Blicken. Kurz danach tröstest du mich und ich habe das Gefühl, dass dir etwas an mir liegt, dann ignorierst du mich wieder. Das ist unfassbar anstrengend, Aki. Ich mag es nicht, wenn ich nicht weiß, woran ich bin«, versuchte ich meine Gedanken zu artikulieren, sah zu ihm und seufzte gleich noch mal. »Dass du mich jetzt schon wieder so ausdruckslos anschaust, macht es nicht besser!«

»Laura, du verstehst mich falsch«, begann er leise. Er ließ den Kopf hängen, woraufhin ihm ein paar längere Strähnen über die Stirn fielen und seine Mimik vor mir verbargen. Ich wartete eine Welle ab, die um meine

Knöchel schwappte und die Zehen tiefer im nassen Sand versenkte. Er schwieg.

»Was, Aki?«, fragte ich sofort. »Was verstehe ich falsch? Dass du meine Nähe suchst und da ein Prickeln zwischen uns ist? Dass du mir Blicke zuwirfst, die nicht falsch zu deuten sind, obwohl ich mir das Gegenteil einrede? Dass wir uns fast geküsst hätten, bis du mich einfach von dir geschoben hast und wir seitdem kein Wort darüber verloren haben? Es ist von mir sowieso sehr unprofessionell, mich auf den erstbesten Rockstar einzulassen, der mir live über den Weg läuft.«

Nun hob er doch den Kopf.

»Von mir aus beenden wir dieses Hin und Her genau jetzt«, setzte ich bestimmt nach. Mit meiner linken Hand zog ich eine Linie in den Sand zwischen uns. »Du bist die Band, ich die Tour-Managerin. Wir sind Freunde, so wie Yanis und ich, und nicht mehr. Keine zweideutigen Gespräche, keine unbedachten Berührungen und ich weiß Bescheid.«

Seine Mundwinkel zuckten und er musterte mein Gesicht. Er starrte auf die Linie, die durch die nächste Welle zwar schwächer wurde, aber sichtbar blieb.

»Yanis und du, ihr seid wirklich nur Freunde? Da läuft und lief nichts und du bist nicht an ihm interessiert?«

Einen Moment war ich sprachlos. »Spinnst du vollkommen? Was denkst du von mir? Dass ich mir das heiße Rockstar-Brüdergespann für einen Dreier aussuche? Pekka hat auch so einen Mist erzählt«, erwiderte ich lautstark und vergaß, dass hinter uns der Rest der Band Fußball spielte.

Ein leises Glucksen entkam Aki. Ich sah ihn empört an.

»Ernsthaft, Aki. Ihr Männer habt sie doch nicht mehr alle. Yanis ist ein komplizierter Mensch und ich mag ihn. Ich weiß, dass etwas sehr Gutes in ihm steckt, aber da wird nie etwas laufen. Verdammt, ich mag dich mehr, würde aber gerne eskalierende Situationen vermeiden. Davon hatten wir schon genug.«

Aki seufzte tief. Er streckte seine Füße aus, woraufhin eine Welle bis zu seinem Bauchnabel hoch spritzte. Die roten Shorts färbten sich dunkel, klebten eng an seinen Oberschenkeln.

Die Gänsehaut darunter war deutlich zu erkennen.

»Ich mag dich auch, Laura. Sehr!«, sagte er lächelnd. »Pekka hatte recht, als er meinte, dass ich dich von Anfang an interessant fand. Du hast mich überrascht und ich habe wirklich versucht, meinen Vorurteilen zu vertrauen, um mich von dir fernzuhalten. Ich wollte dich küssen, damals beim Auto, aber es kam mir falsch vor«, gestand er leise und sah mir dabei direkt in die Augen.

Es tat gut, diese Worte von ihm zu hören, gleichzeitig ängstigten sie mich ein bisschen. Denn das bedeutete, dass ich mir die knisternde Spannung zwischen uns nicht nur eingebildet hatte.

Um dem Gesagten Nachdruck zu verleihen, wischte er einen Teil der Linie weg, die ich in den Sand gemalt hatte. Schäumendes Wasser umstrich seine Finger mit den Symbolen darauf. Als ich den Kopf hob, kam es mir vor, als wäre er mir näher. Nicht nur emotional, sondern sein Oberkörper neigte sich zu mir.

Es war der zweite romantische Moment, der mich magisch zu ihm zog. Das Meer, der Strand und die ersten rötlichen Sonnenstrahlen, die über die Wasseroberfläche tanzten. Sein zaghaftes Lächeln. Der verwegene Look, als der Wind seine mit Salzkristallen verkrusteten Haare zerzauste.

Auch ich neigte mich zu ihm. Aki hob seine nasse Hand, auf der eine Schicht Sand klebte, und legte sie mir an die Wange. Ich musste die Augen schließen, weil mir von der zarten Berührung seines Daumens unterhalb des Ohres kurz schwindlig wurde. Die Körnchen kitzelten auf der Haut und brachten mich zum Schmunzeln. Ich wollte diesen Kuss, hier, kitschig im Sonnenaufgang ...

»Achtung!«

... aber stattdessen knallte mit voller Wucht ein Fußball gegen meinen Hinterkopf.

Ich keuchte und kippte zur Seite. Mit der Wange knallte ich in den Sand, über die sofort eine Welle schwappte, in der ich fast ertrank. Gefühlt klebte der halbe Strand in meinem Gesicht und Mund, als ich nach Atem rang. Im nächsten Moment zog Aki mich wieder hoch und hielt mich nicht mehr zärtlich, sondern schlug mir lebenserhaltend gegen den Rücken, während ich total sexy Wasser vor ihm auf den Boden würgte.

»Alles in Ordnung?«, fragte Flinn, als er angelaufen kam und den Ball aufhob.

»Ja, alles prima«, krächzte ich. Der Kopf tat weh, die Augen brannten und der Hals stach wie Feuer. Aber immerhin fuhr Aki mit seinen warmen Händen stetig über meinen kalten Körper, um mich zu beruhigen.

Flauschige Hindernisse

Als wir am nächsten Vormittag auscheckten, sahen die vier Männer aus wie unausgeschlafene Teletubbys. Sie gähnten, rieben sich die Augen und waren allesamt still. Es war herrlich. Nur Tomas stieg gut gelaunt und pfeifend in den Bus.

Yanis schlief bereits nach den ersten Kilometern wieder mit der Stirn gegen die Scheibe gelehnt und Flinn füllte sich eine Portion dampfend heißen Kaffee aus seiner Thermoskanne in den Deckel. Pekka warf sich in eine der Kojen und schlief weiter, genauso wie Eddi. Jussi schob sich dicke Kopfhörer über die Ohren und legte sich sein Nackenkissen um den Hals.

Heute ging es zurück nach Hause, für eine kurze Pause nach der Halbzeit. Es waren vier Konzerte gewesen, die sich wie eine Welttournee angefühlt hatten. Insgesamt lagen etwas über vier Stunden Autofahrt vor uns, bis wir wieder in Helsinki ankommen würden. Dort hatte ich dann Zeit, meine Nerven zu beruhigen, ehe es mit dem zweiten Teil der Tour voranging. Mein Fazit war trotz der Strapazen recht gut. Die Konzerte selbst waren alle ein Erfolg gewesen, ich hatte das Gefühl, dass die Fangemeinde wuchs und die Interaktion in den sozialen Medien und die Berichterstattung war größtenteils positiv. Ob das schon ausreichte, um den Jungs einen weiteren Plattenvertrag zu verschaffen, wusste ich nicht. Ich wollte in Helsinki jedenfalls einen Zwischenstand bei Kalle einholen und seine Meinung wissen.

»Du hast Arbeitsgedanken.«

Überrascht sah ich zu Aki auf, als er sich neben mich setzte und es sich bequem machte.

»Ich sehe es der Falte auf deiner Stirn an, wenn du grübelst! Entspann dich mal, Laura.«

Nun zog ich die Stirn erst recht kraus und brachte ihn damit zum Lachen. Er schob sich eines seiner Lakritzbonbons in den Mund und zuckte mit den Schultern. Ich starrte ihn an, weil er sich noch nie neben mich gesetzt hatte.

»Was wirst du machen, wenn die Tour vorbei ist? Wirst du uns vermissen?«, fragte er leichthin und streckte sich.

Ob ich mir den leichten Ton der Unsicherheit in seiner Stimme nur einbildete? Kurz dachte ich, er wollte eigentlich fragen, ob ich *ihn* vermissen würde.

»Du meinst, ob ich kotzende Sänger, verloren gegangene Bassisten oder das plötzliche Auftauchen von nackten Fans vermissen werde? Nein!« Ich ignorierte meine Gedanken, obwohl ich seine Mimik weiterhin genau beobachtete.

Er rieb sich glucksend über den Nasenrücken und ich schob ein Knie auf den Sitz, um mich zu ihm zu drehen.

»Es macht auch Spaß. Ich sammle hier viele Erfahrungen und ich habe Freunde gefunden. Also ja, ich werde euch sicher vermissen, aber ich bin auch gespannt, was noch kommen wird«, fügte ich hinzu.

Er räusperte sich und eine Gesprächspause entstand, weil er offenkundig verlegen den Blick durch den Bus schweifen ließ, nur um nicht mich anzusehen. Als er es doch tat, hielt ich kurz die Luft an.

»Und die nächsten zwei Tage? Wirst du vollkommen ausgelastet und beschäftigt sein und hast keine Zeit für …« Er brach ab, zog die Stirn in Falten und atmete tief durch.

Seine Unsicherheit brachte mich dazu, mir erwartungsvoll auf die Unterlippe zu beißen. »Für … dich?«, vollendete ich neckend seinen unvollständigen Satz. Ich hatte mich also doch nicht geirrt. Er hatte nur sehr lange Anlauf genommen, um die Frage zu formulieren. Gleichzeitig wusste ich nicht genau, was ich antworten sollte. Ich freute mich und ein Teil in mir wollte sofort ja rufen, um zwei wundervolle Tage ganz allein mit ihm zu verbringen. Um ihn außerhalb der Tourleben-Blase kennenzulernen. Aber ein anderer Teil blieb vorsichtig zurückhaltend.

»Ich denke, es würde uns beiden guttun, miteinander Zeit außerhalb dieses Busses zu verbringen. Allerdings muss ich noch einiges für die kommenden Shows genauer planen. Deswegen würde mir dazwischen eine Verschnaufpause guttun«, sagte ich, auch wenn es mir schwerfiel, ihn zurückzuweisen, gerade da er sich öffnete. »Die nächsten Tage werden wieder etwas chaotischer, fürchte ich. *Seinäjoki* ist ein kleines Festival, danach steht nur noch *Tampere* vor dem großen *Ruisrock* in *Turku* an. Wahnsinn, wie schnell die Zeit vergangen ist.« Ich suchte nach Anzeichen dafür, dass er gekränkt oder böse war. Stattdessen schmunzelte er mich schief an.

»Es ist wirklich verrückt, wie schnell diese Band-Sache überhaupt Fahrt aufgenommen hat. Manchmal frage ich mich, wie das mit uns passiert ist«, sinnierte Aki.

Diesmal war ich mir sicher, dass er mit *uns* nicht nur seine Freunde meinte. Wir schenkten uns einen intensiven Blick, ehe er entspannter zurück in den Sitz sank und weitersprach.

»Tatsächlich ist es noch gar nicht so lange her, dass niemand meinen oder Yanis' Namen kannte.«

»Was war dein Plan B?«, wollte ich interessiert wissen, froh darum, dass er mir die Abfuhr offensichtlich nicht allzu übel nahm.

»Die Musik war der Plan B.« Aki lachte leise und schüttelte den Kopf. »Wenn es allein nach mir gegangen wäre, hätte ich Informatik studiert. Den Studienplatz hatte ich mir schon ausgesucht. Ich habe ja schon erzählt, dass ich eher wegen Yanis und unserem Großvater zur Musik kam. Die beiden verband das Gitarrespielen und ich wollte nicht ausgeschlossen werden. Irgendwann merkte ich, dass nach dem Tod unseres Opas dieses Band zwischen Yanis und mir blieb. Das Gefühl des Zusammenhalts und die Leidenschaft, gemeinsam Texte und Melodien über unsere Erlebnisse zu kreieren, ist unbeschreiblich. Yanis glaubte natürlich viel mehr an uns. Irgendwann ließ ich mich von seiner Euphorie und seinen Plänen sowie Träumen anstecken. Am Ende behielt er recht. Ich bin ihm sehr dankbar, denn nun weiß ich, dass ich nie wieder ohne Musik leben möchte, egal was passiert.«

Das Funkeln in seinen Augen bestätigte seine Erzählung vollends.

»Wie sieht es denn bei dir aus? Ich bin mir immer noch nicht ganz sicher, warum du dich mit uns herumschlägst. Gab es Alternativen?«, versuchte er das Thema auf mich zu lenken. Dass Aki mir anfangs nichts in dieser Branche zugetraut hatte, war mir bewusst.

»Ich reise einfach nur gerne«, antwortete ich schulterzuckend und brachte ihn erneut zum Schmunzeln. »Nein, im Ernst. Ich möchte viel sehen und erleben. Mit Events, Tourneen und saisonalen Ereignisse sehe ich da großes Potenzial.« Es war nicht gelogen. Die Vorstellung, ein Leben lang in der Werkstatt meines Vaters festzusitzen, ängstigte mich.

»Und deine Reiselust stillst du mit einer Busfahrt durch Finnlands Wälder?«, witzelte Aki, woraufhin ich mit den Schultern zuckte.

»Irgendwo muss ich ja anfangen. Zuerst Finnland, dann die ganze Welt. Ich habe große Pläne mit euch!«

Er presste die Lippen aufeinander, bis er mit einem verspielten Augenbrauenzucken antwortete: »Na, auf diese Pläne bin ich dann mal gespannt. Ich habe jedenfalls viel Geduld, auf große Dinge zu warten.«

Mir schoss das Blut heiß in die Wangen und ich lächelte seine Anspielung fort. Schnell bemühte ich mich, von seinen dunklen Augen fort zu blicken und sprach weiter, um mich nicht zu sehr davon ablenken zu lassen.

»Außerdem liebe ich Musik in allen Genres und bewundere, was sie mit Menschen macht. Sie verbindet, schenkt unglaubliche Momente bei Konzerten oder Events. Man kann neue Freunde finden und ganz neue

Seiten an sich entdecken. Musik kann außerdem trösten oder Gefühle ausdrücken, die man sich nicht laut zu sagen traut.«

Damit hatte ich das Thema wechseln wollen, doch nun durchbohrte mich Akis Blick noch forschender.

»Was fühlst du denn, was du dich nicht auszusprechen traust?«

Oi.

Wie hatte ich mich denn nun in diese Lage manövriert? Aus dem unverfänglichen Smalltalk war eine Unterhaltung geworden, die meinen Puls beschleunigte. Ein paar Sekunden hielt ich stand, ehe ich den Blickkontakt abbrach und mich wegdrehte, um aus dem Fenster zu sehen.

Draußen schlug das Wetter wieder mal vom strahlenden Sonnenschein in strömenden Regen um. Es wurde düster, und die ersten Tropfen klatschten gegen die Scheiben.

»Du weißt genau, dass ihr Großes erreichen könnt, wenn ihr euch ein bisschen am Riemen reißt. Ihr könnt es gemeinsam schaffen«, flüsterte ich, um doch noch das Gespräch zu beenden, ohne in die Bredouille zu kommen. Aki seufzte, nickte aber zustimmend.

Es war leise geworden im Bus, deswegen stieg die Müdigkeit empor. Ich kuschelte mich tiefer in den Sitz, sah mich gleichzeitig nach einem Pullover um. Aki beobachtete kurz, wie ich mir den Hals verrenkte, bis er auflachte. Er setzte sich auf und hob seinen rechten Arm.

»Komm schon her. Es mag ein Klischee sein, aber auch altbewährt.«

Ehe ich antworten konnte, zog er mich bestimmt an der Hüfte zu sich und schlang einen Arm um meine Schultern.

»Entspann dich. Hier sind genug Zeugen im Bus, ich werde mich beherrschen«, raunte er mit schelmischem Blick und rutschte ein bisschen hin und her, bis ich schräg an ihm lehnte und er sein Kinn auf meinen Kopf bettete. Er hatte recht, dass diese Methode gut dafür geeignet war, mich aufzuwärmen. Tomas tippte mit den Fingern im Takt zur Radiomusik auf den Lenker und Jussi döste neben uns auf der anderen Seite des Ganges, sodass wir für den Moment unter uns waren.

»Die blauen Fingernägel habe ich noch gar nicht gewertschätzt«, wisperte er und strich zart über meinen kühlen Unterarm, bis er meine Hand in seine nahm. Er drehte sie, berührte die Innenfläche, bis zu den lackierten Nägeln.

»Ist das ein eigener Fetisch? Nagellack-Liebhaber?«, fragte ich lachend.

Aki schüttelte langsam seinen Kopf, sodass sein Kinn über mein Haar strich. »Ich finde es sexy, wenn eine Frauenhand mit lackierten Nägeln über meine Haut kratzt.«

Er hatte das ganz leise, ruhig und ohne Schalk gesagt. Dass mein Kopfkino bei dieser Aussage automatisch ansprang, wollte ich um jeden Preis verhindern. Er hörte nicht damit auf, mit meinen Fingern zu spielen, und strich fortwährend darüber. Eine vertraute Geste, die trotz des Gespräches am Strand etwas befremdlich war. Wir ließen es beide zu, dass wir uns annäherten und besser kennenlernten. Nervös war ich trotzdem.

»Ich habe mir als Teenager angewöhnt, die Nägel regelmäßig zu lackieren. Ich habe oft meinem Vater in der Werkstatt geholfen und unter den Autos geklemmt. Ihn störte der ständige Dreck nicht, mich schon. Selbst mit Stahlwolle bekam ich die Ölflecken nicht immer von den Fingern und der Haut. Mit dem Lack konnte ich das zumindest ein bisschen kaschieren. Pekka hat mich trotzdem stets ausgelacht, wenn ich versaut zu ihm kam«, erzählte ich schmunzelnd. Die Erinnerungen an die Zeit in der Werkstatt waren schöne, obwohl ich meine Zukunft nicht dort verbringen wollte.

Aki besah noch mal die Hand, ehe er sich spürbar hinter mir verkrampfte. »Ach, deswegen nennt er dich dirty Girl«, sagte er erstaunt.

Ich nickte und lachte auf.

»Verdammt, jetzt bin ich ein bisschen enttäuscht! Ich hatte mir etwas Verführerischeres als Ölflecken dabei vorgestellt«, ergänzte er.

Ich räusperte mich und wischte die Lachtränen aus den Augenwinkeln. »Das war mir klar.«

Mit den Fingerspitzen wanderte er über meinen Unterarm und wieder zurück. Ich konnte nicht anders, als die Augen genüsslich zu schließen und mich noch weiter gegen ihn sinken zu lassen. Mein Kopf rutschte nach hinten, sodass sein Kinn nun meine Schläfe streifte.

»Ich hatte bisher nur eine echte Beziehung und da war ich sehr, sehr jung. Ihr Name war Johanna und sie war eine Freundin von Yanis«, begann er plötzlich leise zu erzählen.

Ich traute mich nicht, auch nur einen Muskel zu bewegen, damit er bloß nicht aufhörte. Er flüsterte, dicht bei meinem Ohr, wollte nicht, dass uns jemand hörte.

»Ich war gerade 17 geworden und sie 21. Yanis hat damals in einem kleinen Supermarkt gejobbt und sie arbeitete Vollzeit. Von dem ersten Tag an, als er sie mal mit nach Hause brachte, hatte ich mich verknallt. Meine erste große Liebe. Ich war ... glücklich.«

Den wehmütigen Unterton konnte ich trotz seines vorsichtigen Wisperns nicht überhören. Instinktiv hob ich meine Hände und strich über die feinen Härchen an seinem Unterarm. Er seufzte zufrieden.

»Wir waren fast zwei Jahre zusammen, doch die anfängliche Harmonie hielt kaum ein paar Monate. Johanna war manipulativ, egoistisch, eine gute Lügnerin und hat mich und Yanis für ihre eigenen Zwecke benutzt. Sie hat sich zwischen uns gedrängt und gegeneinander ausgespielt, damit sie mehr Aufmerksamkeit bekam. Ich habe lange gebraucht, um die Sache zu beenden.«

Verdutzt drehte ich den Kopf, wodurch wir fast Wange an Wange saßen. Er bewegte sich nicht, aber ich fühlte seinen Atem über mein Gesicht streichen.

»Deswegen bist du so empfindlich, wenn es um deinen Bruder geht. Du willst nicht, dass wieder eine Frau zwischen euch gerät«, mutmaßte ich.

Er nickte.

»Hat Yanis dir Johanna ausgespannt?«, fragte ich direkt, weil ich es wirklich wissen wollte. Allerdings schmunzelte Aki.

»Nein. Er hat mich sogar vor ihr gewarnt. Mir gesagt, dass sie ein falsches Spiel spielt und dass ich mich trennen sollte. Er war zwar mit ihr befreundet, aber er wusste, dass Johanna zu falsch war und ich zu naiv. Yanis hätte mich nie derart betrogen, doch sie brachte mich dazu, ihm zu misstrauen. Am Ende fanden wir heraus, dass sie sowohl bei mir als auch bei Yanis Lügen über uns erzählte, um von uns beiden bemitleidet und beachtet zu werden. Er als bester Freund, ich als Liebhaber. Ich möchte so etwas nie wieder fühlen müssen. Die Narben, die diese Zeit hinterlassen hat, spüre ich manchmal noch. Es war schlimm, meinem Bruder nicht vertrauen zu können.«

Diese Johanna klang nach einer Person, die man unbedingt gernhaben musste.

»Das heißt, deswegen bist du ein einsamer, beziehungsverkappter Lakritz-Gitarrist geworden«, murmelte ich halb ernst und halb im Spaß. Sein Griff um meine Schultern wurde fester, auch seine andere Hand lag plötzlich an meiner Hüfte. Zärtlich schob er sie auf die wenigen Zentimeter nackte Haut zwischen dem Hosenbund und Shirt.

»Einsam war ich nie. Ich hatte auch eine Freundin danach, aber für etwas Ernstes fehlte mir noch der Mut«, nuschelte er.

Es kribbelte überall. Ich klammerte mich mittlerweile mit beiden Händen an seinen Unterarm.

»Meine Naivität konnte ich trotzdem nicht ganz ablegen. Immerhin habe ich dich von der ersten Sekunde an nicht mehr aus dem Kopf bekommen«, raunte er mit tiefer Stimme.

Etwas erwidern konnte ich nicht, denn dann spürte ich seine warmen Lippen an meiner Schläfe unter meinem Haaransatz. Ich hielt automatisch den Atem an.

»Ist das okay?«, fragte er und ich lachte schrill auf. Peinlich berührt räusperte ich mich und schluckte.

»Mehr als okay.« Es war zu wenig.

Bei seinem nächsten zarten Kuss auf meiner Haut spürte ich sein Grinsen. Ich legte den Kopf zurück, drehte das Gesicht, damit er mehr Platz hatte. Mit dem Mund arbeitete er sich nach unten. Es waren unschuldige, winzige Liebkosungen, die mich immer nur kurz berührten und trotzdem jede Menge Gefühlschaos in mir auslösten. Es war intimer als alles, was wir bisher gewagt hatten und ich war mir sicher, dass es jetzt passieren würde. Ich wollte mehr. Ich wollte ihn küssen und schmecken. Deswegen begann ich mich sehr unschön in seinen Armen zu winden und hin und her zu wackeln, um mich zu drehen. Das brachte den Lakritz-Gitarristen erneut zum Schmunzeln und er hielt mich fest.

»Du bist ungeduldig«, nuschelte er amüsiert.

Ich seufzte, frustriert und lustvoll zugleich. Akis Hand lag mittlerweile fest auf meinem Bauch und damit drückte er mich an sich. Es war ein berauschendes Gefühl, das mich vollkommen einnahm und ...

»Scheiße!«, schrie Tomas plötzlich – und trat hart auf die Bremse.

Die Wucht katapultierte Aki und mich gemeinsam, eng umschlungen vom Sitz runter auf den Boden des Vorraums. Der Bus hatte sehr wohl Gurte. Man hätte sie eben benutzen müssen. So klemmten wir zwischen der Sitzfläche und der Trennwand, die verhinderte, dass wir auch noch die Stufen runterpurzelten.

»Scheiße«, kreischte nun auch Flinn im hinteren Raum. Ein weiteres Rumpeln war zu hören. »Verdammt, verdammt, verdammt!«, schrie der Drummer hysterisch, ohne dass ich wusste wieso. Meine Lage war buchstäblich verzwickt. Aki lag verdreht auf mir, wo wessen Arme oder Beine waren, war schwer zu sagen. Mir tat die Schulter weh und sein Gewicht drückte mir die Luft zum Atmen ab. Wir ächzten beide auf.

Als er versuchte sich aufzurichten, fand er ausgerechnet auf meiner Brust Halt, als wäre es der Griff an einer Kletterwand.

»Entschuldige«, schnaufte er und zog sie des Anstandes halber sofort weg, wodurch er wieder wegknickte und mit dem Kopf gegen die Wand knallte. Ich musste trotz des Schmerzes lachen. Wir brauchten drei weitere Anläufe, bis wir unsere Gliedmaßen zuordnen und uns befreien konnten. Schwer atmend stemmten wir uns hoch und grinsten uns mit roten Gesichtern an, ehe wir aufsahen und die Lage sondierten.

Pekka lag bäuchlings im Gang, kam aber wieder auf die Beine. Yanis sah verdutzt umher und Flinn fächerte sich Luft in den Schritt, hatte ein schmerzverzerrtes Gesicht und fluchte immer noch.

»Ich habe mir brühend heißen Kaffee über den Schwanz gekippt«, jammerte er und sprang auf, sodass der dunkle nasse Fleck auf seinem Schritt sichtbar wurde. Er öffnete seinen Gürtel und ich riss entsetzt die Augen auf.

»Was hast du denn vor?«

»Wartet, wir haben hier Eis!«, rief Eddi erfreut auf. Er hetzte an Pekka vorbei, der sich den Ellenbogen rieb. Als er wiederkam, konnte ich gar nicht genau identifizieren, was er nun mit voller Inbrunst in Flinns nasse Hose schob. Egal was es war, es sorgte für einen seligen, erleichterten Gesichtsausdruck auf seinem Gesicht und er ließ sich stöhnend niedersinken.

»Danke schön.«

Als wir alle wieder aufnahmefähig waren, richteten wir unsere Aufmerksamkeit endlich nach vorne, wo Tomas kopfschüttelnd saß und hinausstarrte.

Ich hangelte mich neben ihn und lachte sofort los.

»Die standen nach der Kurve so plötzlich da«, meckerte unser Fahrer und hob hilflos die Hände, ehe er sie wieder aufs Lenkrad plumpsen ließ. Was ihn so fassungslos machte, ließ mich nur noch mehr grinsen.

Vor uns, mitten auf der Straße, umsäumt von einem Nadelwäldchen, stand eine Herde flauschiger, rotbrauner Rentiere. Mit imposanten Geweihen, breiten Nasen und weißen Puschelhintern. Es war entzückend, allerdings versperrten sie den kompletten Weg und so seelenruhig, wie sie dastanden, hatten sie nicht vor, allzu bald abzuziehen. Der Regen hatte nachgelassen, die Straße lag aber noch feucht schimmernd vor uns und über uns blitzte die Sonne hinter den letzten Wolken hervor.

»Normalerweise fährt man einfach drum rum, aber so wie ich unser Schicksal kenne, landen wir im Matsch im Graben und müssen uns abschleppen lassen«, sagte Pekka laut nachdenkend. Er sah mich von der Seite an, als ich mit den Schultern zuckte. Auch Aki kam zu uns, platzierte sich auf meiner anderen Seite und rieb sich über die Stirn, auf der sich ein roter Fleck bildete.

»Hast du dir sehr wehgetan?«, fragte ich ihn besorgt, doch er winkte sofort lächelnd ab.

»Alles gut. Bei dir?«

Ehe ich antworten konnte, beugte sich Pekka vor und musterte uns zusammen. »Sagt mal, was habt ihr da eigentlich auf dem Boden gemacht? Hat jemand seine Kontaktlinse verloren?«

Er sagte das in diesem Ton, der verriet, dass er fragen wollte: »Habt ihr rumgemacht?«

Natürlich bekam er keine ehrliche Antwort, sondern nur einen grimmigen Blick.

»Soll ich mal hupen?«, schlug Tomas vor und unterbrach die peinliche Unterhaltung.

»Nein, erschreck sie nicht. Vielleicht geraten sie in Panik und rennen in den Bus«, rief Eddi von hinten.

»Du meinst, sie rammen einen stehenden Bus, nur weil wir sie anhupen?«, hinterfragte Jussi sichtlich erheitert. Auch er stellte sich hinter mich und spähte mit uns nach vorne.

»Haben sie Jungtiere dabei?«, meldete sich Pekka zu Wort.

»Wieso ist das wichtig?«, wollte Jussi wissen.

»Na, weil Mütter total ausrasten können, wenn sie ihre Babys beschützen.«

Jussis Blick sprach Bände. Er hielt diese Theorie für absolut absurd. Ich auch.

»Das sind Rentiere und keine Bären«, murmelte Tomas entnervt.

»Aber ihr Geweih ist riesig und sie können treten. Ich hatte mal eine riesige Elchkuh mit Jungtier vor mir. Da diskutiert man nicht, man verschwindet und sucht sich einen anderen Weg«, beharrte Eddi. Er sah die süßen Tiere an, als würden sie ihn jeden Moment mit blutroten Augen und sabbernden Lefzen anfallen.

»Dann reize sie nicht. Du musst ja nicht schreiend und rumfuchtelnd auf sie zurennen«, brummte Yanis, der gähnend hinter seinen Bruder trat. Da standen wir nun alle versammelt, dicht gedrängt im Cockpit. Nur Flinn saß hinten mit offener Hose und gespreizten Beinen.

»Wir haben es doch nicht eilig«, sagte ich entspannter. Ich fand es wirklich nicht schlimm und sah die Tiere sehr gerne an.

»Aber ich will nach Hause. Mir schmelzen Eiscreme-Sandwiches zwischen den Eiern und ich glaube, eines ist geplatzt«, warf Flinn zornig ein.

»Eines deiner Eier oder die Eiscreme?«, fragte Aki interessiert nach, worauf wir doch losbrüllten vor Lachen.

»Geh du doch raus, Flinn. Vielleicht wollen sie an dir lecken und du kannst sie fortlocken«, schlug Yanis vor.

»Ach ja? Geh du doch selbst raus und spiel ihnen was vor. Dann flüchten sie vielleicht freiwillig«, schimpfte der Drummer zurück.

»Hört auf euch zu streiten, sonst könnt ihr auf einem Rentier zurückreiten«, versuchte ich dazwischenzugehen, ohne es ernst zu meinen.

Eddi hingegen überlegte wohl, ob das tatsächlich möglich wäre. »Kann man auf Rentieren reiten?«

Das konnte ihm keiner von uns beantworten, dafür zuckte Yanis erneut mit den Schultern. »Ich hatte erst vor ein paar Tagen Rentier auf der Pizza. Ich geh da sicher nicht raus.«

Jussi starrte ihn fassungslos an. »Weil sie an deinen Fürzen riechen können, dass du Rentier gegessen hast? Denkst du, sie werden ihre Artgenossen rächen?«

So amüsant diese Diskussion auch war, ich konnte mir diesen Schwachsinn nicht länger anhören. »Mach bitte die Tür auf«, bat ich Tomas und kletterte aus dem Bus.

Die frische Luft war belebend. Ich streckte mich, sah zu den Rentieren und ging nach vorne. Es interessierte sie nicht wirklich. Weil ich aber selbst nicht wusste, was ich sonst tun sollte, stellte ich mich lediglich vor den Bus und lehnte mich dagegen. Meine Jeans sog sich mit Regenwasser voll, doch ich genoss die friedliche Stille, während ich von drinnen immer noch Gezanke hörte. Vor mir schnaubte eines der hübschen Tiere, hob den Kopf und sah mich gemächlich an. Es ging keinerlei Gefahr von ihnen aus.

»Starrst du sie nieder?«, fragte Aki. Er lehnte sich grinsend neben mir gegen den Bus. So standen wir einige Sekunden da, in denen ich nur Augen für die Rentiere hatte.

»Eines Tages küsse ich dich, Laura! Das Universum scheint dagegen zu sein, aber davon lass ich mich nicht abhalten. Und ein normales Date mit dir, fern von der Bühne, bekomme ich auch noch.«

Ich musste meinen Kopf ruckartig zu ihm drehen und lief schon wieder rot an. Natürlich verstand ich, was er meinte, immerhin schien sich tatsächlich etwas dagegen verschworen zu haben. Oder es war ein Zeichen, dass wir das Ganze, bevor es überhaupt begann, bleiben lassen sollten.

»Okay, das reicht jetzt«, sagte ich, stand auf, marschierte auf die Tiere zu und klatschte dreimal laut in die Hände. »Ab nach Hause mit euch!«, rief ich bestimmt.

Keines der Tiere fiel mich an, um mich zu zerfleischen. Sie rammten auch nicht den Bus und witterten ebenfalls nicht, ob ich Rentierwurst mochte. Sie hoben die Köpfe, verdrehten erschrocken die Ohren und setzten sich langsam in Bewegung. Ich klatschte noch mal und eins nach dem anderen trottete an mir vorbei. Ich blieb stehen und sah den weißen Popos hinterher, bis das Letzte mit zuckendem Schwanz im Waldrand verschwunden war.

Als ich zurückging, nickte mir Aki anerkennend zu. »Mutige Kriegerin. Sehr sexy.«

Ich lachte auf, stieg aber ohne weiteren Kommentar zurück in den Bus, gefolgt von ihm. »Los, fahren wir, bevor weitere Tiere aus dem Wald gelaufen kommen«, gab ich den Befehl.

Die Truppe beruhigte sich, jeder nahm wieder seinen Platz ein und Tomas startete den Motor. Als die Räder wieder rollten, hörte man nur noch Flinns Gejammer, weil ihm tatsächlich Eiscreme aus dem Hosenbein rann.

Promialarm

Zwei Tage. Es waren zwei Tage, in denen ich Zeit hatte, kurz durchzuatmen.

Nachdem wir am frühen Abend endlich mit dem Bus in Helsinki angekommen waren, war es mir schwergefallen, mich von der Band zu verabschieden. Besonders von Aki. Aber genau deswegen war ich auch dankbar für einen Moment getrennt von der Chaos-Truppe, um mir ein paar Dinge bewusst zu werden. Zeit, ein Fazit zu ziehen, wie mein erster Job bisher lief und ob es wirklich das war, was ich tun wollte. Bisher lautete die Antwort *Ja*. Trotz des Stresses und der Turbulenzen schlug mein Herz für das Tourleben, das Abenteuer und die Herausforderungen. Bei Aki schlug es noch ein bisschen schneller.

Bevor er und Yanis in ein Taxi stiegen, hauchte er mir einen Kuss auf die Schläfe. »Nutze deine Auszeit, denn danach möchte ich dich wieder beanspruchen«, sagte er dabei.

Es waren schöne zwei Tage, in denen ich entspannte, Arbeit erledigte, aber auch wieder plante für die weiteren Auftritte. Dazwischen war ich beim Label und sprach mit Kalle. Er war zufrieden mit dem bisherigen Stand, was aber nur daran lag, dass seine Messlatte sehr weit unten lag. Um uns für die weitere Reise mehr

Budget zu geben, reichte seine Euphorie nicht. Er wunderte sich lediglich, dass ich immer noch dabei war.

Während ich mir sicher war, wie ich mir meine berufliche Laufbahn weiterhin vorstellte, mischten sich Bauchkribbeln und Unsicherheit dazu, wenn ich an meinen Lakritz-Gitarristen dachte. Aki ging mir unter die Haut und ich musste dringend herausfinden, ob dieses Herzflattern mehr war als ein Moment der Euphorie, den attraktive Rockstars nun mal verursachten. Allerdings hatte lange niemand mehr so intensiv in meinen Gedanken gespukt wie er. Nicht mal Yanis, wenn er mich zur Weißglut brachte.

In der letzten Nacht, bevor die Tour weiterging, setzte ich mir ein Ziel. Bis zum letzten gemeinsamen Konzert mit *The Anew* wollte ich herausfinden, wie es mit Aki und mir danach weiterging.

Als ich am nächsten Tag mit voller Reisetasche erneut zum Bus fuhr, setzte eine einnehmende Vorfreude ein.

Tomas erwartete mich mit unserer frisch gewaschenen Rostlaube, die ich ebenfalls liebgewonnen hatte. Unser erstes Ziel war ein kleines regionales Festival in *Seinäjoki*, auf das ich gespannt war. Etwas ganz anderes als ein Club und ich hoffte auf gutes Wetter. Bei uns konnte es im Sommer heiß und schwül werden oder wochenlang regnen. Man musste immer auf alles vorbereitet sein, weswegen ich aber auch davon ausging, dass sich die Finnen von etwas Wasser aus dem Himmel nicht abhalten ließen. Die Fahrt sollte nur zweieinhalb Stunden dauern, was bedeutete, wir hatten massig Zeitpuffer.

»Was ist da drin?«, fragte mich Tomas, als er die zweite riesige Sporttasche einpackte, die aus allen Nähten platzte.

»Bettzeug«, antwortete ich wahrheitsgemäß und ignorierte seinen verwirrten Blick. Ich wollte die Jungs nicht gleich vergraulen, also verschwieg ich ihnen unsere Unterkunft beim Festival.

Flinn war der Erste, der auf einer feuerroten Harley-Davidson ankam. Allerdings saß er auf dem hinteren Platz, denn eine schlanke Frau lenkte und brachte die Maschine mit ohrenbetäubendem Lärm direkt vor uns zum Stehen. Flinn nahm den Helm ab und schüttelte filmreif seine schwarzen Locken aus. Als seine Begleitung es ihm gleichtat, kam ein feminines Gesicht zum Vorschein, in dem mir das Unterlippenpiercing sofort auffiel, weil es in der Sonne glitzerte.

»Hallo, Laura! Das ist meine Verlobte Katriina«, stellte er uns vor. Beide stiegen von dem Motorrad ab. Ihre Lederkluft saß hauteng. Ich schüttelte Katriina begeistert die Hand, danach begutachtete ich staunend die glänzende Maschine.

»Die sieht großartig aus«, hauchte ich ehrfurchtsvoll. »Ist das eine Chopper? Was habt ihr machen lassen?«

Sie zog überrascht die Augenbrauen hoch und legte den Helm auf der Sitzbank ab. Während wir uns über die Modifizierungen an der Vorderradgabel und den Scheinwerfern unterhielten, schälte sich Flinn aus seiner Schutzkleidung.

»Flinn, wieso hast du mir nicht erzählt, dass Laura eine Biker-Braut ist?«, rief Katriina ihrem Verlobten zu, der den Rucksack in den Bus warf und sich den Schweiß von der Stirn wischte.

»Meine Familie besitzt eine Autowerkstatt. Ich kenne mich mit Vierrädern deutlich besser aus, aber die sieht wirklich toll aus«, erklärte ich.

Kurz darauf kam Eddi auf dem Skateboard herangesaust, wobei die große Reisetasche in seiner rechten Hand dafür sorgte, dass er mehrmals ins Schlingern geriet, ehe er uns erreichte. Ich bekam eine warme Umarmung von ihm, auch Katriina begrüßte er herzlich. Jussi, Aki und Yanis fehlten, was mich durchaus nervös machte, aber ich versuchte, mir nichts anmerken zu lassen. Mit verschränkten Armen marschierte ich um den Bus herum.

Als endlich ein Taxi bei uns hielt, war ich noch frohen Mutes, doch es stiegen nur Aki und Jussi aus. Ihr bedrückter Gesichtsausdruck ließ mich Böses ahnen.

»Ach, kommt schon! Wo ist dieser Mistkerl?«, fuhr ich sie genervt an.

Sein Bruder zuckte entschuldigend mit den Schultern, kam zu mir und drückte mir einen sanften Begrüßungskuss auf die Wange. Während seine Bartstoppeln mich im Gesicht kitzelten, legte er eine Hand an meine Taille. Meine Wut wurde durch ein Bauchkribbeln abgelenkt.

»Mach dir keine Sorgen«, versicherte er mir und sah mir so tief in die Augen, dass ich ihm fast geglaubt hätte.

Jussi stellte sich zu uns, weit weniger optimistisch. »Yanis sagt, ich zitiere: Sie soll sich nicht in die Hose machen, ich werde euch rechtzeitig in *Seinäjoki* treffen«, gab er offenbar Yanis' Worte wider.

»Mein Bruder war oben in *Kajaani* angebliche Freunde besuchen und schon auf dem Weg zum Festival! Freu dich, eine Busfahrt ohne nörgelnden Sänger«, fügte Aki hinzu.

Damit stieg der Zorn wieder empor und ich schnaubte. Vieles lag mir auf der Zunge, nichts davon war zuversichtlich. Da es aber die Falschen traf, schluckte ich jegliche Kommentare runter. Ich nickte und stieg in den Bus.

Flinn verabschiedete sich von Katriina, die uns an ihr Motorrad gelehnt zuwinkte, als wir den Parkplatz verließen.

Aki platzierte sich hinter mir und bettete die Unterarme auf meine Rückenlehne. Es tat unheimlich gut, dass er wieder in meiner Nähe war. Zwei Tage in der Realität hatten nichts daran geändert.

»Neongelbe Fingernägel. Sehr gewagt«, flüsterte er mir schelmisch ins Ohr.

Ich hob meine Hände und betrachtete die quietschige Farbe. »Ja, mir war nach etwas Verrücktem, wenn ich wieder mit den Verrückten unterwegs bin.«

Aki zwinkerte mir zu und während ich mich auf unser eigenes, privates Abenteuer einließ, fuhr Tomas auf die Autobahn, um uns nach *Seinäjoki* zu bringen.

Exakt zweieinhalb Stunden später erreichten wir das Ortsschild. Ich starrte fassungslos auf die Uhr, doch es stimmte. Keine Autopannen, keine Verletzten und verfahren hatten wir uns auch nicht.

»Yanis hat mir gerade geschrieben, dass er schon am Festivalgelände ist. Er fragt, wo wir uns treffen sollen«, berichtete mir Jussi mit Blick auf sein Telefon.

Damit fiel ich vom Glauben ab. Wir waren auch noch vollzählig. Pekka wollte uns ebenfalls vor Ort treffen.

»Lasst uns zuerst unsere Schlafplätze einrichten und dann sehen wir uns die Bühne und alles an«, schlug ich vor.

Ich gab Tomas die genaue Adresse für das Navi und wenige Minuten später erreichten wir den großen Parkplatz. Kies knirschte unter meinen Schuhen und als Tomas hinter mir heraussprang, wies ich ihn direkt an, die große Tasche herauszuholen, die er bei der Abfahrt so misstrauisch beäugt hatte.

Zielstrebig schritt ich voran, um uns anzumelden. Die anderen holten mich rasch ein und ihre Reaktion folgte prompt.

»Also jetzt verarschst du uns aber«, rief Flinn und blieb abrupt stehen.

Ich steuerte das kleine Holzhäuschen, auf dem »Rezeption« stand, weiterhin gut gelaunt an.

»Laura!«, rief mir der Drummer schockiert hinterher, was ich ebenso gekonnt überhörte. In das rote Häuschen hinein folgte mir niemand, aber als ich mit unseren Schlüsseln wieder rauskam, standen sie aufgereiht und mit offenen Mündern vor mir.

»Wir haben drei gut ausgestattete Bungalows, in denen wir hervorragend schlafen werden«, rief ich und klimperte mit den Schlüsseln in der Hand.

Als ich an ihnen vorbeimarschierte, Richtung Campingplatz, standen sie immer noch vor der Rezeption. Ich grinste in mich hinein, weil es mir mittlerweile doch ein wenig Spaß machte, sie aus der Reserve zu locken. Irgendwann hörte ich schnelle Schritte hinter mir.

»Seid froh, dass ich das hier gebucht habe. Wir haben ganz normale Holzbungalows mit breiten Betten. Sogar eine Kochmöglichkeit gibt es und schaut, die haben total schöne Terrassen! Die Toiletten und Duschen sind dort drüben«, erklärte ich und wies auf den Platz vor uns. In der Mitte standen Campingwägen und Zelte, am Rand die von uns gebuchten Holzhütten. Rustikal, aber massiv und authentisch. Auf der anderen Seite befand sich ein größeres Gebäude, auf dem deutlich die Sanitäranlagen markiert waren. Die Jungs sagten nichts, sondern blickten unsicher umher.

»Nur Bettzeug gibt es keines, aber ich habe alles dabei! Sucht euch einen Bungalow aus, überzieht die Decken und Kissen und dann können wir schon zum Festival. Unser Soundcheckfenster endet zu Mittag, bis dahin haben wir noch etwas Zeit.«

Ich ließ ihnen keine Wahl, sich pikiert anzustellen, und drückte ihnen ihr Zeug in die Hände. Wenig begeistert stapften sie auf ihre Unterkünfte zu. Eine der drei Hütten beinhaltete drei Schlafplätze. Ich starrte auf die Schlüssel in meiner Hand, als Aki neben mich trat. So dicht, dass sich unsere Schultern berührten. Es reichte aus, mir weiche Knie zu bescheren.

»Du bist kreativ geworden bei unseren Schlafplätzen«, sagte er und verschränkte die Arme. Erst jetzt blickte ich auf und der Wunsch, ihn nur für mich zu haben, wuchs. Es war Zeit, uns diese Chance zu geben. Ich hob die Hand, hielt die Schlüssel hoch und sammelte Mut.

»Aki, was hältst du davon, wenn wir uns eine ...«

»Ich schwöre, irgendwann bring ich einen von ihnen um!«, schimpfte Jussi mir lauthals dazwischen und kam stampfend auf uns zu. Ehe ich reagieren konnte, schnappte er sich die Schlüssel aus meinen Fingern, die ich Aki entgegengehalten hatte. »Flinn und Eddi streiten sich über die Vor- und Nachteile von Seidenbettwäsche. Ich pack die beiden jetzt in eine Hütte und sperr sie ein. Laura, ich richte dir gern dein Bett her«, grummelte er und marschierte davon.

Daraus schlussfolgerte ich, dass wir bei unserer üblichen Zimmereinteilung blieben. Überrumpelt blieb ich neben Aki stehen, der entschuldigend mit den Schultern zuckte. Jetzt Jussi explizit darum zu bitten, allein mit dem Gitarristen sein zu dürfen, traute ich mich doch nicht.

Frustriert folgte ich ihm zu der Dreierhütte. Ein intensiver Kiefernduft kam uns entgegen, als Jussi aufsperrte. Es gab eine Spüle, zwei Herdplatten und einen kleinen Kühlschrank. Bis auf das fehlende Badezimmer gaben sie richtig süße Schlafplätze ab. Vor allem die überdachte Veranda mit Holzbank begeisterte mich, weil ich mich schon darauf freute, nach dem Festival am Abend dort zu sitzen und etwas Kühles zu trinken.

Zuerst musste unser Auftritt aber gut über die Bühne gehen, daher packten wir ziemlich schnell wieder zusammen und fuhren mit dem Bus direkt zum Festivalgelände. Das war ein weites Wiesen- und Waldstück am Rand der kleinen Stadt, aber auch innerhalb des Ortes gab es jede Menge Attraktionen für die Besucher. Die Straßen waren mit bunten Fähnchen geschmückt, an jeder Ecke standen Essens- und Getränkestände und auf den verschiedenen Bühnen spielte Livemusik. So wie in *Kuopio* beim Weinfest, nur deutlich größer aufgezogen und auf den gesamten Ort verteilt. Wir waren für den umzäunten Bereich gebucht, für den man Eintritt bezahlen musste, sich dann aber drinnen frei bewegen und entscheiden konnte, welchem Auftritt auf den vier Bühnen man beiwohnte. Es war eine lockere, ausgelassene Stimmung.

Wir wurden ohne große Kontrollen hinter die Absperrung gelassen und ein Veranstalter zeigte uns den zugewiesenen Platz sowie die Bühne. Soeben probte noch eine andere Band beim Soundcheck.

»Na endlich«, raunte Yanis plötzlich, als er mit einer *Lonkero*-Dose in der Hand aus einem Versorgungszelt herauskam. Er blinzelte gegen das Licht, grinste aber gut gelaunt. Ich beäugte das Gin-Mixgetränk und sein Gesicht. Er sah noch okay aus.

»Übertreib es damit nicht«, mahnte ich sofort und wies auf die blau-weiße Dose.

Er zog eine Grimasse. »Moi, Laura. Freut mich auch, dich zu sehen! Hoffentlich hast du dich die letzten Tage ein bisschen erholen können! Das wäre eine höfliche Begrüßung«, antwortete er gespielt beleidigt.

Ich stemmte die Hände in die Hüfte und hob trotzig das Kinn. »Du hast mich mit »na endlich« begrüßt. Ich denke, wir sind quitt!«

Er lachte auf und nickte. Wenigstens war seine Laune gut.

»Wieso bist du nicht mit uns gefahren? Ständig müssen wir uns nach dir richten«, beschwerte ich mich trotzdem.

Er nahm einen großen Schluck und sah mich über den Dosenrand hinweg an. Als er sie absetzte, leckte er sich langsam über die Lippen. »Ich hatte Dinge zu erledigen.«

Die Antwort kam viel zu langsam. »Dinge? Aki meinte, du besuchst Freunde.« Selbst sein Bruder hatte bei der Abfahrt skeptisch ausgesehen. Yanis' Reaktion löste auch bei mir ein unbehagliches Gefühl aus.

»Ach so. Ja. Ich habe Freunde besucht und ihnen geholfen, etwas zu erledigen.«

Er log oder verheimlichte schon wieder etwas. Zu gerne hätte ich ihn ausgequetscht, aber da ich nicht riskieren wollte seine gute Laune zu zerstören, gab ich mich mit seiner pünktlichen Anwesenheit zufrieden.

Die Bühne war nicht sehr groß oder pompös, aber die Band freute sich auf den Auftritt. Die Spieldauer war ebenfalls deutlich kürzer als bei unseren Clubkonzerten, was bedeutete, dass wir vorher und nachher vielleicht noch etwas vom Festival genießen konnten. Ein improvisiertes mannshohes Gitter trennte das Publikum vom Backstagebereich, verhangen mit Plastikplanen. Der Weg zur Bühne war ein Korridor, an dem später bestimmt einige Fans hindurchspähen würden. Zu dieser Zeit liefen nur wenige Menschen über das Gelände, weil der offizielle Einlass erst in einer Stunde begann. Die Konzerte wurden zeitlich abgestimmt und jeder, der hier fleißig umherlief, schien etwas Wichtiges zu tun zu haben. Ich versorgte mich mit Wasser und einem Toast, der nach der langen Fahrt richtig guttat.

Als sich Flinn, Aki, Yanis und Eddi auf die Bühne begaben und ihre Instrumente einrichteten, lehnte ich mich mit meinem Essen gegen den Zaun und sah ihnen von der Seite aus zu. Ich war heilfroh, Yanis so ausgelassen mit seinen Kollegen und Freunden auf der Bühne zu erleben.

Das letzte Stück Toast wanderte in meinen Mund und ich schleckte mir genüsslich die Finger ab, als mich von hinten jemand an der Schulter antippte. Noch kauend drehte ich mich um, da umarmte mich Pekka.

»Überraschung«, flötete er und hob mich so eng an sich gepresst von den Füßen, dass ich ihm beinahe den Toast auf die Schulter spuckte.

Als ich wieder festen Boden spürte, schüttelte ich lachend den Kopf. »Ich wusste, dass du kommst, also das ist eine miese Überraschung.«

»Nicht ich bin die Überraschung. Die sollte gleich da sein«, antwortete er und wackelte mit seinen Augenbrauen, was ziemlich albern aussah.

Da die Band alles unter Kontrolle hatte, ging ich mit ihm zurück zu den Zelten. In der prallen Sonne wurde es sehr heiß und etwas Schatten tat gut. Den warf auch eine große Gestalt mit breiten Schultern und blonden kurzen Haaren. Als sich der Mann umdrehte, erkannte ich ihn sofort.

»Na, wenn das nicht das dirty Girl ist«, rief Jari begeistert und schloss mich ebenfalls in seine starken Arme. Überrascht war ich nun wirklich, da ich sicher war, dass seine Band *The wicked elephant* hier keinen Auftritt hatte. Als wir uns voneinander lösten, strahlte er mich an.

»Kann es sein, dass du dich über meinen großen Bruder mehr freust als über mich?«, beschwerte sich Pekka mit gespielt empörter Miene.

Das war schon immer so zwischen den beiden. Ihre Egos überragten ganze Hochhäuser, doch man hatte stets Spaß mit den Mäkinens. Ich hatte Jari noch länger nicht gesehen als Pekka. Er sah genauso unverschämt heiß aus. Der Vorzeigefinne schlechthin mit stahlblauen Augen, schelmischem Dreitagebart und blonden Haaren. Der Rockstar, wie er im Buche stand, inklusive den schwarzen Tattoos auf seinen trainierten Oberarmen.

»Seit du den Knirps verlassen hast, ist richtig was aus dir geworden. Gratuliere«, lobte Jari mich.

Pekka schnaubte erneut, aber ehe die beiden zu streiten begannen, sprang etwas durch die Zeltwand. Es war zierlich, klein, laut und hatte eine blonde Lockenmähne. Pekka schrie erschrocken auf, weil die Frau sich ohne Vorwarnung auf seinen Rücken schwang und ihre Beine um seine Hüfte schlang. Er torkelte hin und her, während sie sich wie auf dem Rodeo an ihn klammerte.

»Mein Gott, bist du schwer geworden. Womit füttert dich die heiße Gitarristin?«, ächzte er übertrieben.

Das kleine Etwas auf seinem Rücken konnte kaum viel wiegen, er war einfach nur dramatisch. Jari verdrehte die Augen, als Pekka versuchte, seine Last wie ein Packesel bockend abzuwerfen.

Es folgten Anniina und noch eine mir Unbekannte ins Zelt. Anni kannte ich genauso lange wie Jari und Pekka. Sie war nicht nur die Gitarristin der Band, sondern seit ihrer Kindheit in der Familie Mäkinen zu Hause. Obwohl sie mit ihrem Kurzhaarschnitt und dem Piercing in der Augenbraue sehr taff wirkte, war sie ein extrem gutherziger Mensch. Dieses Festival mutierte zu einem fröhlichen Wiedersehen, auf das ich wahrlich nicht vorbereitet war. Sie drückte mich herzlich.

»Schön, dich zu sehen, Laura! Ich hoffe, du gehst nicht zu Pekka zurück«, murmelte sie mir lachend ins Ohr.

Die blonde Frau ließ von ihm ab und band sich die hellen Haare nach hinten. Ein junges Gesicht, auffällig geschminkt, kam hervor. Sie streckte mir ihre kleine Hand entgegen.

»Hallo, ich bin Louisa, du kannst mich Lou nennen.«

Sie sprach Englisch und ließ mir keine andere Wahl, als sie anzulächeln, weil ihre offene Art sehr einnehmend war. Der Name sagte mir etwas und als Jari der anderen Fremden einen Kuss auf die Lippen hauchte, verstand ich, dass es sich um die sagenumwobenen Frauen handelte, die Pekka beide verschmähten.

Jari legte seinen Arm um die Schulter seiner Begleitung und in seinem Blick sah ich alles, was ich wissen musste. Er stellte die hübsche Brünette trotzdem vor. »Das ist meine Freundin Hannah. Sie und Louisa kommen aus Deutschland. Wir sind hier, weil Pekka unfassbar nervig sein kann, und wollen uns deine Band anhören.«

Sofort rutschte mir das Herz in die Hose, da ich einerseits verdammt glücklich war, dass Pekka sich für mich und die Jungs einsetzte, auf der anderen Seite baute sich augenblicklich ein gewisser Druck auf. Jari hatte sich den Arsch für seinen eigenen Erfolg aufgerissen und viel erreicht. Sie waren international erfolgreich und mittlerweile auch prominent in Finnland. Da sie englischsprachige Rockmusik produzierten, hatte der Hype in ihrer Heimat etwas auf sich warten lassen. Wir Finnen liebten unsere Sprache und die nationalen Künstler. Ihre Band hatte trotzdem einen Status erreicht, von dem ich träumte. Eine feste Fanbase, regelmäßige Fernseh- und Showauftritte und große Touren. Für mich war es jedoch nur Jari, der große Kerl, der mich und Pekka nicht verpfiffen hatte, als wir betrunken in der Nacht gemeinsam durch ihren Garten getorkelt waren. Für viele andere war er ein berühmter Rockstar, der die Hochglanzmagazine füllte.

»Das heißt, Louisa ist Anniinas Freundin und damit ging Pekka leer aus«, lenkte ich von meiner eigenen Nervosität ab und streute Salz in die Wunde. Der kleine Mäkinenbruder verzog wie erwartet genervt das Gesicht, doch Anniina nickte eifrig. Die Blondine stellte sich an ihre Seite und legte einen Arm um ihre Taille.

»Gott, jetzt wird es hier wieder schnulzig. Da such ich lieber Yanis und trink ein Bier mit ihm«, grummelte Pekka und verließ das Zelt. Einen Moment blieb ich grinsend und glücklich zwischen den zwei Paaren stehen, doch dann fiel mir auf, was er da gerade gesagt hatte.

»Warte, nein! Keinen weiteren Alkohol für den Verrückten!«, schrie ich und rannte ihm nach.

Zuckersüß

Weil Jari die Band rasch kennenlernen wollte, gingen wir zusammen zurück zur Bühne. Der Soundcheck war gerade zu Ende gegangen und die Jungs bauten ihre Instrumente ab. Wir waren erst wieder in ein paar Stunden dran, wenn das Festival richtig losging. Wir platzierten uns direkt neben dem Bühnenaufgang, als Yanis mit seiner Gitarre in der Hand herunterkam. Er wirkte gutgelaunt und zufrieden mit sich. Zuerst lächelte er mich an, bis sein Blick weiterschweifte und er Jari erblickte. Er blieb abrupt auf der letzten Stufe stehen, sodass Eddi ihn rammte. Gemeinsam stolperten sie vor uns.

»Was soll denn das?«, schimpfte unser junger Bassist und starrte Yanis böse an. Allerdings weiteten sich dessen Augen und sein Mund ging auf, ohne sich wieder zu schließen. So stand er da, bis auch Aki und Flinn zu uns stießen. Fröhlich plaudernd, schnell verstummend.

»Leute, das sind Pekkas Bruder Jari und die Gitarristin der Band, Anniina. Sie waren neugierig auf euch«, stellte ich sie vor.

Jari grinste verlegen, während ihn Yanis immer noch anstarrte, als sei er eine Erscheinung. Aki trat als erster nach vorne und reichte dem berühmten Sänger die

Hand. »Freut uns wahnsinnig. Wir sind große Fans von *The wicked elephant.*«

Auch Eddi und Flinn drängten sich nun dichter um uns. Die Wellenlänge stimmte und es wurde sich sofort ausgetauscht.

»Wo habt ihr bisher gespielt?«, wollte Anniina wissen und sah dabei Yanis direkt an. Es wurde still, weil er sie mit weit aufgerissenen Augen anstarrte.

»Äh ... Finnland«, kam aus ihm stockend heraus.

Aki zog neben ihm amüsiert die Augenbrauen hoch und klopfte seinem sprachlosen Bruder so fest auf den Rücken, dass er beinahe vornüberkippte. »Ihr müsst ihn entschuldigen, aber er huldigt euch regelrecht. Ihr hängt sogar als Poster in unserem Proberaum.«

Yanis' Gesicht färbte sich puterrot. Jari kratzte sich peinlich berührt am Kopf und Anni blinzelte ein paarmal zu oft. Es war göttlich, meinen Bad Boy-Rocker mit diesem verliebten Fan-Ausdruck zu sehen.

»Pekka hat so von euch geschwärmt, da mussten wir euch einfach live sehen. Außerdem treffe ich hier jede Menge Freunde, also hoffe ich, dass wir eine geile Zeit haben«, sagte Jari.

Yanis nickte krampfig, immer noch stumm. Seine Finger begannen zu zittern.

»Vielleicht sollten wir uns etwas zu essen holen vor der Show?«, schlug Hannah vor und brachte Jari damit zum Lachen. Er küsste sie flüchtig.

»Du warst bisher sehr geduldig und hast dich noch nicht durch alle Stände gefuttert. Ich bin stolz auf dich.«

Sie zog eine Schnute, was ich sehr sympathisch fand. »Sei nicht frech und besorg mir ein Eis.«

Damit setzte sich unsere größer gewordene Truppe in Bewegung. Wir steuerten den öffentlichen Bereich an, in dem die Imbissbuden bereit für die Massen waren. Der Einlass hatte begonnen und die ersten Gäste tummelten sich schon auf dem Gelände. Als wir aus dem Backstagebereich heraustraten, wurde mir sofort bewusst, mit wem wir unterwegs waren. Jari und Anniina zogen viele verstohlene Blicke auf sich, die sie alle nicht zu sehen schienen.

Eddi stieß Yanis gegen die Schulter und lachte auf. »Du benimmst dich peinlich. Wisch dir deinen Sabber weg. Wenn du Jari um ein Selfie bittest, frag ich ihn, ob ich die Band wechseln kann«, scherzte er auf Kosten unseres verlegenen Sängers.

Die Sonne schien uns wolkenlos ins Gesicht und mir rann bereits der Schweiß zwischen den Schulterblättern hinunter.

»Dort gibt es Eis!«, rief Hannah lautstark begeistert. Sie zog ihren großen Mann an der Hand mit einer Kraft und Geschwindigkeit hinter sich her, die ich ihr gar nicht zugetraut hätte. Ihre Freundin Louisa hüpfte daneben wie ein Pony auf und ab. Anniina folgte in gemächlichen, lässigen Schritten.

Es war eine willkommene Ablenkung vor dem großen Trubel, gemeinsam vor der Auslage zu stehen und sich die leckersten Eissorten auszusuchen. Aki entschied sich für Lakritze, woraufhin ich ihn nur angeekelt ansah. Ich wollte Zitrone und sah bewundernd zu, wie sich Hannah vier Kugeln Eis in eine Waffel füllen ließ.

»Hannah ist ein Fass ohne Boden. Und wenn sie hungrig ist, wird es sehr ungemütlich mit ihr. Am besten, man steckt ihr immer etwas in den Mund«, erklärte mir Pekka, nachdem ich offenbar ziemlich schockiert dreingeblickt hatte.

»Ich bemühe mich sehr, ihr ...«, begann Jari zu antworten und kassierte einen drohenden Finger seiner Freundin. Er verstummte unfassbar breit grinsend und zuckte unschuldig mit den Schultern. Ich mochte die Chemie zwischen ihnen und verstand, warum Pekka auch sein Glück versucht hatte. Außerdem fühlte ich mich mit Hannah sofort verbunden, obwohl wir kaum ein Wort persönlich gewechselt hatten. Wenn ich ihre Beziehung zu Jari und Pekka bedachte, hatten wir womöglich einiges gemeinsam.

Nachdem sich alle etwas ausgesucht hatten, zogen wir uns an den Rand zurück, um nicht zu sehr auf dem Präsentierteller zu stehen. Bis jetzt wagte sich niemand heran, aber wenn so viele mehr oder weniger bekannte Musiker auf einem Haufen standen, musste das irgendwann jemanden anziehen.

»Es ist so heiß! Warum ist es in Finnland so warm?«, beschwerte sich Hannah seufzend. Auf ihrem Kinn verteilte sich das Schokoladeneis, was Jari mit einem liebevollen Lächeln betrachtete. Ich hatte ihn als herzlichen Menschen kennengelernt, der sich aber durch impulsive Handlungen den Weg verbaute. Wenn ich Pekkas Erzählung Glauben schenkte, war Hannah allerdings eine Folge, die ihm sichtlich guttat. Sie leckte genüsslich an ihrem Eistürmchen und schlenderte zielstrebig auf einen großen aufgespannten Sonnenschirm zu. Ich folgte ihr, weil auch ich keinen Sonnenbrand bekommen wollte.

»Pekka hat erzählt, ihr wart einmal zusammen?«, fragte sie mich und ich nickte.

»Nenn es eine Jugendsünde.«

Hannah lachte hell auf. »So, wie er von dir spricht, bereut er, es versaut zu haben«, fügte sie hinzu.

Dass Pekka mir nachtrauerte, glaubte ich nicht wirklich. Wir hätten uns beide gewünscht, das perfekte Paar zu sein, aber gerade der neuerliche Kontakt zu ihm bewies mir, dass er für mich als Freund deutlich wichtiger war.

Mir fiel auf, dass ich ihr viel zu lange keine Antwort gab, aber sie war ohnehin damit beschäftigt, sich das zerfließende Eis von den Fingern zu schlecken. Hektisch drehte sie das Hörnchen im Kreis und trotzdem tropfte es von ihren Händen. Hochkonzentriert darauf, übersah sie ein dickes schwarzes Stromkabel auf der Wiese und stolperte prompt darüber. Hannah schrie erschrocken auf, griff nach der Stange des Schirms, um Halt zu finden – und verschwand darunter, als er sich wie eine Falle über ihrem Kopf zusammenklappte. Ich sah sie kreischend darunter zappeln und eilte ihr zu Hilfe, genauso wie Jari und Pekka, während Anni kopfschüttelnd die Augen verdrehte.

Wir brauchten lange, bis Jari zur Stange greifen konnte, um den Schirm wieder aufzuspannen. Darunter tauchte eine zerzauste Hannah mit hochroten Wangen auf, die todunglücklich aussah.

»Hast du dir wehgetan?«, fragte Jari sie besorgt, doch sie schüttelte den Kopf. Ein dicker Klecks Schokoladeneis tropfte auf ihre Schulter und als wir überrascht nach oben blickten, brach das Lachen aus mir heraus.

Hannahs Eis hatte sich größtenteils im Schirm verteilt, die Waffel lag auf dem Boden.

»Es ist eine Katastrophe. Ich habe kein Eis mehr«, sagte sie betroffen. Ihr Kummer war greifbar und brachte mich erneut dazu breit zu grinsen.

Jari schüttelte den Kopf, reichte ihr ein Taschentuch, weil ihr überall im Gesicht Eisreste klebten, und marschierte davon. »Ich hole dir ein neues. Beweg dich nicht.«

Als Hannah mit einer erneuten großen Portion wieder glücklich gestimmt war, verzogen wir uns zurück in den abgesperrten Bereich. Jari und Anni begrüßten tatsächlich viele Bekannte und *The Anew* profitierte davon, denn sie wurden dadurch in die engeren Kreise freundlich aufgenommen. Zwar kannte Yanis bereits ein paar Kollegen, doch er war mit seiner Band immer noch ein relativ kleiner Fisch im Business. Man musste sich erst beweisen und Beständigkeit zeigen, um sich den wahren Respekt zu verdienen. Ich war dankbar, dass Jari Yanis als seinen Freund vorstellte, obwohl sie sich erst seit ein paar Stunden kannten.

Den Nachmittag verbrachte ich mit Pekka, Louisa und Hannah, die ich schnell ins Herz schloss. Wir platzierten uns in der Nähe der Bühne auf einer Decke auf dem Boden. Auch Aki setzte sich zu uns und brachte zwei Pappteller voller Minidonuts mit, womit er nicht nur Hannah sehr glücklich machte.

Die beiden Freundinnen plauderten munter miteinander und wechselten auch manchmal ins Deutsche, schließlich sprangen sie aber noch einmal auf, um sich eine Zuckerwatte zu holen.

Ich legte mich zurück und entspannte. Heute schien kein Chaos auszubrechen und die Band war quasi auf dem Gelände eingesperrt. Ich hatte keine Befürchtungen, dass groß etwas schiefgehen konnte.

Aki streckte sich neben mir auf der Decke aus und tastete vorsichtig nach meinen Fingern, bis wir uns sanft berührten, ohne dass er wirklich danach griff. Wir benahmen uns ein kleines bisschen kitschig. Er strich mir die Haare von der Stirn und grinste mich charmant an. Obwohl lautes Stimmengewirr vom Festplatz herüberhallte, fühlte es sich an, als wären wir ganz allein. Mein Mund wurde ganz trocken, weil ich vergaß zu schlucken und erstarrt dalag.

»Weißt du schon, was du nach der Tour machen wirst?«, wollte er erneut von mir wissen.

Mein Puls hingegen beschleunigte sich allein, weil er mich mit diesem verhangenen Blick musterte, der immer wieder an meinen Lippen hängen blieb. Ob bewusst oder unbewusst, konnte ich nicht sagen, aber es brachte mich aus der Fassung. Wir befanden uns in einer ewigen Fast-Kuss-Schleife, die meine Geduld auf die Probe stellte.

»Nein. Ich habe all meine Energie hier reingesteckt und hoffe, dass die Agentur mir weitere Angebote machen wird«, erklärte ich wahrheitsgemäß.

Ein Muskel in seiner Wange zuckte, doch sonst bekam ich keine Reaktion. Stattdessen fuhr er mit der Kuppe seines Zeigefingers langsam von meinem Ohransatz über die Kante meines Kiefers, bis zum Kinn. Mein Brustkorb hob und senkte sich auffallend schnell, was ich versuchte zu unterdrücken, mir aber ein

Schwindelgefühl bescherte. Aki registrierte es natürlich. Er betrachtete mich mit hochgezogenen Augenbrauen und einem überlegenen Grinsen. Mit dem Finger streifte er meine Unterlippe und ich öffnete den Mund automatisch ein kleines Bisschen. Es war ein Spiel, dem ich mich nur zu gerne hingab. Vor allem, wenn man auf der Wiese eines Festivals mit Tausenden Besuchern lag und Hannah und Louisa soeben laut plaudernd zurückkamen.

Sie ließen sich seufzend auf die Decke plumpsen, jede von ihnen hatte eine bunte Zuckerwatte in der Hand. Aki zog seine Hand zurück, blieb aber gelassen liegen.

»Magst du kosten?«, fragte mich Hannah und zupfte etwas von dem rosa Zucker ab. Ich schüttelte lachend den Kopf. Noch nie hatte ich eine Frau getroffen, die solche Unmengen verspeisen konnte, ohne dass ihr schlecht wurde. Hannah aß mit einer Leidenschaft, die faszinierend war.

Als ich mich wieder entspannte und die Augen schloss, bewegte sich Aki neben mir. Ich spürte, wie er sich zu mir beugte. Erschrocken blinzelte ich und sah, wie er sich nur wenige Zentimeter über mir eine riesige Portion Zuckerwatte in den Mund steckte. Spitzbübisch schielte er zu mir, als er mein entsetztes Gesicht sah. Grinsend leckte er sich den rosa Zucker von den Lippen, die feucht glänzten. Es verfehlte seine Wirkung nicht. Meine Hormone reagierten verräterisch und entfachten eine Feuerbrunst in meinem Bauch. Auch andere Stellen kribbelten, die das definitiv jetzt nicht tun sollten. Ich verengte die Augen, weil ich mich fragte, wie weit er noch gehen wollte. Aki genoss offensichtlich meine Reaktion, denn ich spürte regelrecht, wie mein Gesicht sich prickelnd rot färbte. Ich wollte diese verdammte Zuckerwatte sein. Dieses Langziehen unserer Momente brachte mich auf lange Sicht um. Wir beide wussten, dass es auf einen Kuss hinauslief. Oder viel mehr. Die Frage war nur, wann und wie. Louisa rettete mich, als sie die Beine ausstreckte und ihren Blick auf mich richtete.

»Wie war Pekka als Teenager?«, fragte sie neugierig.

»Nicht viel anders als heute. Wir waren beide sehr aktiv und viel unterwegs. Pekka hat mich zu jeder Menge Dummheiten angestachelt und es hat verdammt viel Spaß gemacht«, erzählte ich belustigt.

»Und wie ist er als Liebhaber?«, kam die nächste Frage, die mich spontan den Kopf zu Louisa drehen ließ, um sie perplex anzusehen. Hannah donnerte ihrer blonden Freundin empört die Faust gegen den Oberarm.

»Mein Gott. Kannst du dich nicht ein einziges Mal benehmen? Wie kann man nur so ladylike aussehen und so unmöglich sein«, schimpfte sie.

Louisa zuckte mit den zierlichen Schultern. »Wer keine Fragen stellt, bekommt keine Antworten. Außerdem ist Laura bestimmt nicht so prüde wie du.«

Diesmal zog Hannah eine Schnute und seufzte aus tiefstem Herzen. »Aber man kann doch fremde Leute nicht nach so was Privatem fragen. Übrigens bin ich gar nicht prüde. Erinnerst du dich an Las Vegas?«, konterte sie mit stolz vorgestreckter Brust.

Louisa lachte schrill auf und ihre Lockenpracht fiel ihr über den Rücken, als sie das Kinn hob. »Ich schon, aber ich glaube, du weißt immer noch nicht, was alles in dieser Nacht passiert ist. Oder wo sind meine verdammten Schuhe denn abgeblieben?«

Ich wusste nur ansatzweise, worum es ging, und war zur Nebenfigur geworden. Beide saßen im Schneidersitz neben mir und gifteten sich voller Liebe an. Es ging nicht anders, als amüsiert zu grinsen.

»Wenn ich euch unterbrechen darf, meine ich, dass ihr euch beide zwei der begehrtesten Musiker beziehungsweise Musikerinnen in Finnland geschnappt habt. Ihr seid euch ebenbürtig«, erklärte ich und richtete mich auf. Sie sahen zu mir, dachten sichtbar nach und nickten synchron, woraufhin sich das belustigte Glucksen in mir wieder hochkämpfte. Wenigstens hatte Louisa vergessen, mich nach Pekkas Künsten im Bett zu fragen. Darauf hätte ich keinesfalls geantwortet, auch wenn er das nur zu gerne gewollt hätte, um anzugeben. Außerdem schienen sie die Nähe zwischen mir und Aki als vollkommen normal hinzunehmen, worüber ich sehr erleichtert war.

Liebe und Hass

Am späten Nachmittag traten die ersten Bands auf und wir hörten den Bass nicht nur, sondern spürten ihn über den Boden rollen. Die Menge kreischte, klatschte und sang mit. Wasserballons hüpften über dem Publikum in der Luft, genauso wie Plakate und Leuchtröhren. Es schlug eine belebende Stimmung zu uns über.

Als wir am frühen Abend an der Reihe waren, war der Platz vor der Bühne komplett mit Menschen befüllt. Meine Jungs standen bereit beim seitlichen Aufgang, sichtlich heiß auf den Auftritt. Der Vor- und gleichzeitig Nachteil bei einem Festival bestand darin, dass das Publikum bereits angeheizt und in Stimmung war. Es konnte einem aber eben passieren, dass sie hier für wen anderen warteten und keinen Bock auf uns hatten. Davon ging ich nicht aus und wünschte ihnen viel Spaß.

Ich bekam wie immer eine Gänsehaut, als ich beobachtete, wie sich mein Chaoshaufen professionell auf der Bühne aufbaute und zu einer Einheit wurde. Die Blicke, die mehr sagten als Worte. Ihre vor Vorfreude angespannte Körperhaltung und das Funkeln in ihren Augen. Ein magischer Moment.

Als Yanis das Mikro griff und die Menge begrüßte, schwoll das Gebrüll erneut an. Nun hatte ich Gewissheit, dass hier alle zum Feiern waren und sich auch auf

The Anew freuten. Mit tosendem Klatschen legte die Band so richtig los.

Ich grinste, als die Menge die finnischen Texte größtenteils mitsang, und Aki wirbelte seine Haare lachend im Kreis. Wenn er an der Gitarre stand und den Kopf hängen ließ, versank er in einer anderen Welt. Ich hatte ihn oft so vertieft gesehen, doch je näher wir uns kamen, desto mehr bewunderte ich es. Abgesehen davon sah es einfach heiß aus, wie er mit den Fingern über das Instrument wirbelte. Ohne hinzusehen, nur mit Gefühl. Schweiß stand ihm auf der Stirn und mir zunehmend auch.

Louisa und Hannah schien es ebenso zu gefallen, denn sie rissen ihre Arme in die Luft und klatschten mit den Fans mit. Louisa sprang auf und ab, wobei ihre Haare Anniina hinter ihr ständig ins Gesicht schnalzten, und Hannah schwang die Hüften, was total lustig aussah, weil es zur harten Rockmusik gar nicht passte. Dennoch machte es unheimlich viel Spaß und wir verausgabten uns freudig. Jari stand lässig breitbeinig da, nickte im Rhythmus mit dem Kopf und fühlte die Musik in jedem Ton, indem er das Gesicht verzog, als hätte er Schmerzen. Meine Haare standen in alle Richtungen und ich war völlig fertig, aber glücklich.

Der letzte Song ebbte ab, das Publikum war begeistert. Viel Zeit für Zugaben hatten wir nicht, da bereits der Late-Act bereit war. Wie Groupies warteten wir zusammen neben der Treppe. Meine Beine brannten, genau wie meine Wangen, die bestimmt rot glühten vor Hitze. Es war dämmrig geworden, ein kühler Wind blies mir die Haare ins feuchte Gesicht und kitzelte mich an Wimpern und Lippen. Ich war berauscht.

Eddi hüpfte mit einem Satz über die fünf Stufen. Kurz blieb mir das Herz stehen. Er landete stolpernd, aber Jari trat nach vorne und griff ihn an den Schultern, damit unser übermütiger Bassist nicht mit der Nase auf der zertrampelten Wiese landete. Eddi fiel dem großen Musiker direkt um den Hals und klopfte so fest auf seinen Rücken, dass Jari zu husten begann.

Flinn folgte, gab mir ein High Five, das beinahe eine Ohrfeige geworden wäre, hätte ich nicht noch rechtzeitig meinen Arm gehoben und Yanis trat hinter ihm breit grinsend hervor. »Das war der Hammer!«, jauchzte er und rieb sich mit den Handflächen über das Gesicht. Jari kam zu ihm und nickte hastig.

»Ihr wart wirklich großartig. Ich verstehe, wieso Pekka und Laura hinter euch stehen. Ihr seid klassisch und trotzdem frisch und modern und wisst mit dem Publikum umzugehen«, lobte er ehrlich.

Yanis lief rot an wie eine Tomate. Stolzer hätte er nicht sein können. Es war der Ritterschlag, den er sich offenbar ersehnt hatte. Ich seufzte in mich hinein, weil ein Hochgefühl von mir Besitz ergriff, das mich auf Wolken schweben ließ.

Auch Aki kam beschwingt die Treppe heruntergestürmt und ich sah ihn erwartungsvoll an. Er aber packte mich an der Taille, legte eine Hand in meinen Nacken und küsste mich.

Ohne Vorwarnung, ohne Spielchen. Seine weichen Lippen trafen auf meine und ich hing einen Augenblick da wie eine Puppe. Erst als er mich fester an sich drückte und ich die Hitze seines Körpers auf meinem spürte, begann mein Hirn wieder seinen Dienst aufzunehmen. Es passierte. Jetzt, ohne großes Vorspiel. Der

Moment, den wir beide so lange hatten kommen sehen. Als ich begriff, dass mich Aki tatsächlich küsste, explodierten meine Gefühle wie eine übervolle Wasserbombe. Das Kribbeln vom kleinen Zeh bis in die Nase überschwemmte mich.

Meine Lippen bewegten sich auf seinen und gierig legte ich ihm die Hände an die Schultern. Die liebkosenden Finger in meinem Nacken beschleunigten meinen Herzschlag bis in den gefährlichen Bereich. Ich klebte am ganzen Körper, war hundemüde und erschöpft, stank vermutlich nach vielen Dingen, und trotzdem war dieser fesselnde Kuss aufregender als jede Fantasie, die ich mir vorher ausgemalt hatte. Wir holten in diesem kurzen Augenblick sämtliche verpasste Chancen nach. Ich griff in seine weichen Haare, schmiegte mich an ihn und kostete es voll aus, wie er mich fordernd an der Hüfte packte. Seine Zunge stupste gegen meine und weil ich zwischen den Küssen keine Luft holte, tanzten bereits vom Sauerstoffmangel hervorgerufene Sterne vor meinen Augen.

Wie lange wir umschlungen dastanden und die Nähe des anderen so intensiv wie möglich wahrnahmen, war schwer zu sagen. Als er von mir abließ, sich aufrichtete und einen Schritt zurücktrat, blieb ein berauschendes Schwindelgefühl. Sein Atem ging genauso schneller, doch dann zwinkerte er mir frech zu und ließ sich anschließend von Jari zur erfolgreichen Show beglückwünschen.

Blinzelnd, perplex und vollkommen von den Gefühlen überfordert stand ich da. Alles, was geblieben war, war ein Kribbeln und die Spur von Lakritze auf meinem Mund.

Ach du Scheiße. Jeder um uns herum hatte es gesehen.

Mit hängenden Schultern und einem vermutlich dämlichen Gesichtsausdruck starrte ich ins Nichts, weil ich mich nicht traute aufzublicken. Dieser besondere Moment, der erste Kuss, den ich noch gar nicht glauben konnte. All die Male, in denen wir uns auf dramatisch prickelnde Weise immer nur fast geküsst hatten, hätten dieses Erlebnis nicht überragen können. Kein romantischer Regen und kein glitzerndes Meer. Nur der Lakritz-Gitarrist.

Plötzlich räusperte sich jemand neben mir und ich schrak zusammen, als hätte man mir einen Kübel eiskaltes Wasser über dem Kopf geleert. Mit einem obszön selbstzufriedenen Grinsen im Gesicht stand Pekka da. Jari, Anniina und die anderen hatten den Anstand gehabt, sich wortlos ein paar Schritte zu entfernen, während ich dastand wie bestellt und nicht abgeholt. Nur Pekka kostete mein emotionales Chaos in vollen Zügen aus.

»Ach, sei bloß still«, knurrte ich und erschrak über meine dunkle Stimme. Akis Kuss hatte mich vollkommen aus der Bahn geworfen.

Pekka legte mir den Arm um die Schultern, den ich abschütteln wollte, obwohl ich eigentlich dankbar für den Halt war. »So wie du dreinsiehst, hast du dein Herz verloren«, flüsterte er mir ins Ohr.

Der Schauer, der mich überkam, konnte vieles bedeuten. Ich war viel zu überfordert von der Situation und lehnte mich einfach an meinen Freund.

In dieser Sekunde fiel ein eiskalter Regentropfen auf meine überhitzte Wange und ich zuckte zusammen. Da war es wieder, das finnische Wetter, das einen den letzten Nerv kosten konnte.

Gemeinsam liefen Pekka und ich in Richtung der Zelte los. Die Tropfen vermehrten sich und wir beschleunigten, doch da trafen wir auf Yanis, der wie gebannt zur Absperrung sah. Hinter den angebrachten Planen, die als Sichtschutz dienten, sammelten sich einige Fans. Sie erhofften sich Autogramme, Fotos oder einfach einen Einblick ins geheime Leben der VIPs. Yanis stand im stärker werdenden Regen, den Blick starr nach vorne gerichtet. Ich stoppte bei ihm.

»Was ist denn, Yanis? Du siehst aus, als hättest du einen Geist gesehen«, stellte ich fest, während Pekka versuchte, mich weiterzuziehen. Er zuckte zusammen, riss den Kopf zu mir und sah sich hektisch um, als hätte ich ihn aus einem Traum geweckt. Mehrmals blinzelte er zum Zaun.

»Was? Nein, ich ... habe niemanden gesehen«, stammelte er unglaubwürdig. Mit dem Blick suchte er die Absperrung erneut ab. Ich verzog das Gesicht, weil er selbstverständlich etwas oder jemanden entdeckt hatte, der ihn interessierte.

Pekka wurde drängender, bis ich nachgab und mich weiterziehen ließ. Yanis blieb zurück.

Wir suchten Schutz in einem großen Zelt, in dem auch die anderen untergekommen waren. Die Musik spielte weiter, aber ich konnte mir vorstellen, dass da draußen niemand über das Wetter begeistert war. Jussi gesellte sich zu uns und auch Tomas gönnte sich ein Bier, während sie begannen, unser Zeug zu sortieren. Die Müdigkeit eines weiteren langen Tages machte sich breit und ich freute mich aufs Bett. Selbst wenn es das im Bungalow war.

»Weißt du, wo Yanis ist? Ich würde gerne etwas mit der Band bereden«, sprach mich Jari an.

Ich zuckte mit den Schultern, weil ich keine Lust hatte, nach Yanis zu suchen. Jari war schon immer recht ungeduldig gewesen, daher sah ich ihm das minimale Zögern an. Anniina nickte ihm aufmunternd zu.

»Also ich würde das gerne noch mit unserem Manager und dem Rest der Band besprechen, aber ich möchte ihnen vorschlagen, dass wir *The Anew* im Herbst für unsere zwei großen Konzerte in der *Jäähalli* als Voract buchen! Meinst du, den Jungs würde das gefallen? Haben sie Zeit?«, fragte er mich.

Dass Jari überhaupt in Erwägung zog, dass wir nicht ausrasten würden, war süß. Ich stand staunend vor ihm, unfähig etwas zu sagen. Er interpretierte es falsch.

»Mir ist schon klar, dass ihr das erst besprechen müsst, auch mit dem Label, aber wir würden uns freuen. Sagt uns so schnell wie möglich Bescheid.«

Eine weitere Sekunde starrte ich ihn fassungslos an, bevor ich ihm um den Hals fiel. Stürmisch umarmte ich diesen großen blonden Mann und er drückte mich lachend an sich. Ich wollte es in die Welt hinausschreien und tanzen. Natürlich musste ich Rücksprache mit der Agentur halten, aber ich hatte keine Zweifel, dass sie zusagen würden. Vor einem so großen Live-Publikum zu spielen, war die nächste Stufe für *The Anew* und ich freute mich aus tiefstem Herzen.

»Vielen Dank«, nuschelte ich ihm ins Ohr und er hob mich kurz vom Boden.

Das waren für einen Abend zu viele Gefühle. Jaris Angebot und der Kuss von Aki überforderten mich komplett. Als ich wieder fest auf eigenen Beinen stand, unterdrückte ich die Freudentränen, die brennend darauf warteten, über meine Wangen zu fließen. Ich hatte nicht das Gefühl, dass er mir das nur aus Freundschaft anbot. Zwar hatte ich Bonuspunkte bei den Mäkinens, aber Jari hätte nie etwas getan, was für seine Band schlecht war.

»Können wir uns kurz unterhalten?«, unterbrach Aki meine Freude und trat neben Jari. Ich spürte sofort die Hitze in meine Wangen steigen, allein weil er mich ansah. Es war kindisch, aber dieser eine Kuss hatte meinen Hormonhaushalt in seine Teenagerzeit zurück katapultiert.

Jari hatte Spürsinn genug, frech zu grinsen und zu gehen. Trotzdem befanden sich noch zig andere Menschen um uns herum. Das bemerkte auch Aki und er sah sich suchend um.

»Können wir irgendwo allein sein?« Er wies mit dem Kopf durch den Eingang nach draußen. Über uns tröpfelte schon stetig der Regen, dennoch mochte ich seine Idee.

Gemeinsam verließen wir das Zelt und er steuerte das Vordach einer leeren Holzhütte an. Ein Rückgabestand für Becher, der unbesetzt war. Hier fanden wir etwas Privatsphäre. Fröstelnd schlang ich die Arme um mich. Der Klang der Regentropfen auf dem Holz ließ mich erzittern.

Aki stellte sich dicht zu mir, sodass seine Wärme sofort auf mich überschlug. Den Blick direkt auf mich gerichtet, aber er wahrte Abstand. Über uns trommelte der Regen immer kräftiger auf das Vordach. Es spritzte über den Rand und patschte auf die matschige Wiese.

»Das war überraschend vorhin«, begann ich die Unterhaltung. Seine Mundwinkel zuckten, er berührte mich aber immer noch nicht.

»Hat es dir gefallen?«, fragte er.

»Es war widerlich.«

Eine Mischung aus Lachen und Schnauben entwich ihm. »Dein Körper hat mir etwas anderes gesagt.«

Natürlich. Jede Faser in mir war auf Aki gepolt und bereits jetzt zog es mich wieder zu ihm hin. Ganz so leicht wollte ich es ihm aber nicht machen. »Du hast nach Lakritz geschmeckt.«

Es war ein deutlicher Vorwurf, den er abermals fortlächelte.

»War es unpassend? Ich war so voller Energie und dann standest du da neben der Treppe, mit roten Wangen und glänzenden Augen. Ich konnte nicht an dir vorbeigehen, ohne dich zu küssen. Außerdem schien unser Timing immer Mist zu sein. Die Chance wollte ich nutzen«, erklärte er ernster.

Es gefiel mir, dass wir offen darüber sprachen, also schüttelte ich den Kopf. »Ich war nur überrumpelt. Es war schön.«

Endlich trat er näher, bis ich das Kinn heben musste, um den Blickkontakt aufrechtzuerhalten. Die offenen Haare fielen ihm über die Wangen. Ich griff mutig mit beiden Handflächen an seine Brust und fuhr daran hoch, bis zu seinem Hals. Dahinter verschränkte ich meine Finger.

»Jetzt hätten wir unseren romantischen Regenmoment«, flüsterte ich herausfordernd. Das Geräusch des

Regens, der Duft und gleichzeitig das Wummern der Musik ergaben eine interessante Atmosphäre.

Aki reagierte, indem er mich an der Taille zu sich zog. Ich lehnte mich enger an ihn. Wir sahen uns still in die Augen und das Bauchkribbeln verstärkte sich. Ganz ohne große Dramatik legte er die Lippen auf meine und küsste mich. Vorsichtiger, sanfter, aber nicht weniger aufregend. Diesmal nahm ich keinen Lakritz-Nachgeschmack wahr und stürzte mich in den Gefühlsrausch. Ich schob die Finger über seinen Nacken nach oben in seine weichen Haare. Er gab einen tiefen, zufriedenen Laut von sich, neckte mich mit seiner Zunge und ich verfestigte den Griff. Wir verloren den Halt, stolperten einen Schritt zurück, bis der Tresen des Standes gegen meine Schultern drückte. Wir gaben uns Atempausen, nur um uns anschließend erneut zu küssen, als wären wir nicht mitten auf einem Festival voller Tausender Menschen. Es war ein leidenschaftlicher Moment, der mich innerlich zum Glühen brachte, obwohl mir die frische Luft auf der feuchten Haut eine Gänsehaut bescherte.

Aki wanderte mit seiner Hand tiefer zu meinem Po und fast hätte ich ein Bein um seine Hüfte geschlungen. Der Regen war zu einem ausgewachsenen Guss herangewachsen und rauschte über unseren Köpfen.

»Entschuldigt bitte ...«

Erschrocken fuhren wir auseinander und als ich zur Seite sah, erkannte ich Jussi mitten im Regen stehen. Entschuldigend hob er eine Hand.

»Wir sind fertig und könnten los, aber wir finden Yanis wieder einmal nicht.«

Es hätte mir peinlich sein müssen, aber Aki und ich grinsten uns bloß verträumt an. Wenigstens waren wir diesmal bis zu einem wahrhaftigen Kuss gekommen, ehe uns jemand unterbrochen hatte. Das war ein Fortschritt.

»Laura, du hast doch einen guten Draht zu ihm. Könntest du ihn suchen und ihn davon abhalten, sich hier auf dem Festival ins Koma zu saufen?«, ergänzte Jussi. Sein Blick wechselte zwischen mir und Aki. Ich wusste, dass wir noch über die Situation sprechen mussten, aber im Moment lag sein Hauptaugenmerk auf dem verschwundenen Sänger. Dass ich den guten Draht hatte, sah ich skeptisch. Ich ließ mich von ihm bloß nicht zu schnell vergraulen.

»Weißt du, wo er sein könnte?«, fragte ich Aki, der prompt mit den Schultern zuckte.

»Er schien heute ganz gut drauf zu sein.«

Ich hätte viel lieber hier die ganze Nacht gestanden und an Akis weichen Lippen gehangen, aber Jussis besorgte Miene rief mir in Erinnerung, dass ich nicht privat unterwegs war. Ich nickte, richtete mir die zerzausten Haare und folgte Jussi.

Im großen Zelt, in dem die anderen warteten, war er wie erwartet nicht. Jussi berichtete, dass auch unsere Freunde ihn nicht gesehen hatten und dass er nicht ans Handy ging.

Das leichte Gefühl in meinem Inneren verflog und ich ärgerte mich, dass ich nicht besser aufgepasst hatte. Yanis hatte sich sehr wohl nach dem Konzert seltsam verhalten und ich hätte ahnen müssen, dass ich ihn nicht einfach hätte stehen lassen dürfen.

Die letzten Klänge des Nightacts waren verklungen und draußen begann sich das Publikum aufzulösen. Durch das schlechte Wetter verkrochen sich die meisten unter Regenmänteln oder Schirmen, während ich zurück zu der Stelle ging, an der Yanis zuletzt gestanden hatte. Am Zaun warteten immer noch Fans, allerdings deutlich weniger. Schnellen Schrittes visierte ich sie an.

»Hei, habt ihr gesehen, wohin Yanis Havu gegangen ist?«, fragte ich die drei Frauen vor mir. »Der grimmig dreinsehende, gut trainierte Kerl im blauen Shirt«, ergänzte ich, weil ich nicht davon ausging, dass sie Yanis kannten. Überraschenderweise nickte eine.

»Er ist dort nach hinten gegangen, mit einer jungen Frau«, erklärte sie und zeigte zwischen den Zelten hindurch.

Ein ganz ungutes Gefühl ersetzte die Kuss-Hormone. Sie zerbröselten wie zu trockener Kuchen. »Danke«, sagte ich bereits gedanklich abwesend und folgte der Spur. Wenn ich Yanis jetzt erneut beim Sex erwischte, nahm ich mir fest vor, ihn auflaufen zu lassen. Allerdings hoffte ich arg, dass ich keine nackten Hintern mehr zu Gesicht bekommen würde.

Hinter der Zeltreihe, in der das Catering, die Garderobe und der Backstagebereich untergebracht waren, gab es nur abgestellte Autos, Kisten und jede Menge herumliegendes Zeug.

Das Prasseln des Regens wurde lauter, je näher ich den Fahrzeugen kam. Grummelig ging ich weiter, wohlwissend, dass ich bald komplett durchnässt sein würde.

»Yanis?«, rief ich, doch ich erhielt keine Antwort. Das Gras schmatzte unter meinen Schritten.

Orientierungslos stapfte ich weiter, bis ich doch Stimmen vernahm. Sehr laut und aufgeregt. Mein erster Impuls war es, den Kastenwagen zu umrunden, hinter dem ich den Ursprung vermutete, stattdessen blieb ich am Heck stehen. Die Unterhaltung verstand ich aus dieser Nähe recht gut.

»Du hast es erst heute versprochen, verdammt noch mal! Was tust du hier?«, schrie Yanis wütend. Den Tonfall kannte ich.

Vorsichtig lehnte ich mich nach vorne, um zu ihm zu spähen, ohne entdeckt zu werden. Mit dieser Strategie war ich nie gut davon gekommen. Meistens endete es damit, dass Yanis mich anblaffte, weil ich in seine Privatsphäre eingriff. Wenn er nur nicht immer so ein großes Geheimnis um seine Angelegenheiten machen und sie nicht die gesamte Stimmung in der Band betreffen würden, hätte ich mich vielleicht besser im Griff.

Ich strich mir fahrig mit zitternden Händen die nassen Haare nach hinten, um besser sehen zu können. Ihm gegenüber stand mit einigem Abstand eine Frau. Sie trug eine Regenjacke, während Yanis genauso erbärmlich aussah, wie ich mich fühlte. Ein begossener Pudel. Das Shirt klebte an seiner Brust und er blinzelte gegen die Tropfen in seinem Gesicht an.

Durch die dichten Wolken war es sehr dunkel geworden, daher wagte ich mich noch weiter vor.

»Du hast früher auch viel versprochen. Was hatte ich davon?«, antwortete sie weniger aggressiv, aber hörbar trotzig. Yanis schnaubte.

»Du darfst nicht hier sein. Was erhoffst du dir?«, fragte er.

Ich vergaß zu atmen, weil ich spürte, dass ich hier etwas von Yanis erfuhr, das er mir die letzten Tage über tunlichst verschwiegen hatte. Allein die Hoffnung, ein bisschen zu erfahren, warum er so abstürzte, hielt mich zurück, sie zu unterbrechen. Dumme, naive Neugierde keimte in mir auf.

»Du weißt, was ich will. Was ich immer wollte. Nachdem du mir heute erzählt hast, dass ihr hier spielt, dachte ich mir, ich ergreife die Chance, dich noch mal persönlich daran zu erinnern, was du riskierst. Du drohst mir nicht ohne Konsequenzen«, antwortete die Frau kryptisch.

»So ein Bullshit! Wenn dich Aki hier sieht, sind wir beide am Arsch. Was hast du dann davon?«, schnauzte Yanis und mein Herz setzte kurz aus.

Ich begutachtete die Frau noch mal genauer. Schlank, langer, gelber Regenmantel. Mehr konnte ich nicht erkennen.

»Dann sorge dafür, dass er mich nicht sieht«, zischte sie. »Du weißt, was du dafür tun musst! Bei mir unangekündigt auf der Matte zu stehen, zeigt mir nicht, dass du die Lage ernst nimmst. Hältst du dich nicht an die Abmachung, tu ich es auch nicht. Und du weißt, wozu ich fähig bin.«

»Johanna, bitte. Du hast ihn doch mal gern gehabt. Warum willst du ihm erneut das Herz brechen?«, beharrte Yanis. Er klang verzweifelt, flehend.

Dieses Gespräch war auf einmal verdammt intim geworden. Plötzlich tauchte eine Erinnerung in meinen Gedanken auf, meine Kehle schnürte sich zu und mein

Magen wurde ganz heiß. Davon angetrieben, trat ich endlich hinter dem Auto hervor. Diese eine Frau wollte ich mir genauer ansehen.

Mit bleiernen Beinen marschierte ich auf sie zu. Sie bemerkten es erst, als ich Yanis fast schon auf die Schulter greifen konnte. Er drehte sich erschrocken um und seine Augen weiteten sich ertappt. Er wollte mich nicht hier haben. Niemand hätte das sehen dürfen, sein Gesichtsausdruck ließ keinen Zweifel daran. Die Frau hingegen verschränkte die Arme. Ihr Blick war eisig und abweisend. Ich erkannte sie sofort, obwohl sie anders als in *Oulu* aussah. Es war der Fan, der bei Yanis im Hotelzimmer gewesen war. Johanna. Wenn ich richtig kombinierte, stand da Akis Exfreundin vor mir. Jene Frau, von der er mir nur wenig erzählt hatte, doch es reichte aus, um den Knoten in meinen Eingeweiden zu verfestigen.

»Laura«, hauchte Yanis geschockt und wich vor mir zurück. Wir standen beide da, das Wasser rann an unseren Körpern hinab und niemand sagte etwas. Es war Johanna, die genervt seufzte und sich in Bewegung setzte.

»Kümmere dich darum oder ich mache es«, drohte sie ihm unmissverständlich. Gelassen ging sie an uns vorbei, nicht ohne mir einen hochnäsigen Blick zuzuwerfen.

»Laura«, wiederholte er meinen Namen. Diesmal bittend.

Ich hob die Hände, ließ sie wieder kraftlos sinken. Die Regentropfen blieben an meinen Wimpern hängen und brachten mich zum Blinzeln. Ich spürte sie auf den

Lippen und ein Rinnsal sickerte meinen Rücken runter. Mein Körper begann zu zittern. Aus vielerlei Gründen.

»Sag mir, dass das nicht Akis Exfreundin war, mit der du dich hinter seinem Rücken triffst! Sag mir, dass du ihn nicht belügst und hintergehst.«

»Er hat dir von ihr erzählt?«, fragte er nur und entfachte Wut in mir, die mich immerhin wärmte. Es war nicht die Antwort, die ich hören wollte.

»Nur vage. Sie hat ihm das Herz gebrochen. Er hat erzählt, dass sie sich fast zwischen euch gedrängt hat. Sie ist der Grund, warum er so sensibel auf meine Freundschaft zu dir reagiert«, teilte ich mein Wissen.

Er sank in sich zusammen, fuhr sich mit der Hand über die kurzen Haare. »Du verstehst das alles nicht«, nuschelte er.

Damit hatte er vermutlich recht, aber dass hier etwas ganz und gar nicht stimmte, kapierte ich sehr wohl. Er belog seinen Bruder. Sie standen sich derart nahe, dass ich fast am eigenen Leib spüren konnte, wie sehr es Aki verletzten würde.

Der Kuss tauchte in meinen Gedanken auf. Vollkommen aus dem Zusammenhang gerissen, fühlte ich das warme Kribbeln auf meinen Lippen. Es war die frische Verbundenheit zu Aki, die Gewissheit, wie weh sein Bruder ihm tat. Ich wollte ihm sofort die Wahrheit sagen, gleichzeitig konnte ich es nicht. Meine Augen begannen zu brennen. Ein Kloß manifestierte sich in meinem Hals.

»Du darfst ihm nichts sagen. Bitte.«

»Was genau? Dass du damals vermutlich schon mit ihr geschlafen hast, obwohl Aki fest davon überzeugt ist, dass du das niemals tun würdest? Oder dass du ihn jetzt betrügst und mit der Frau etwas anfängst, die ihn so verletzt hat? Was, Yanis? Was genau davon soll ich ihm nicht sagen?«, fragte ich und mit jedem Wort wurde meine Stimme lauter.

Weil er einfach nur dastand und es wagte, mit den Schultern zu zucken, trat ich wütend mit dem Fuß auf. Anschließend wandte ich mich um. Ich wollte weg von ihm, konnte ihn nicht mal mehr ansehen. Er hatte mich enttäuscht.

Prompt hetzte er mir nach und stellte sich mir in den Weg. Mit erhobenen Händen fand er plötzlich doch seine Sprache wieder. »Bitte. Wenn du ihm das sagst, wird die Band zerbrechen! Wir werden die Tour nicht zu Ende spielen. Ich könnte das nicht ertragen. Du etwa?«, sagte er und machte mich nur noch zorniger.

Schnaubend stieß ich ihm gegen die Brust. Zu schwach, um ihm wehzutun, aber stark genug, dass er kurz wankte. Ich hasste ihn in diesem Moment, weil er mit diesem Argument kam. Weil er an meine Karriere erinnerte und mich vor die Wahl stellte. Natürlich wusste ich, dass er nach dem letzten Strohhalm griff und ihm sein Bruder nicht ganz so egal war, wie es klang. Er hatte Angst vor seiner Reaktion. Genau wie ich. Schnaufend funkelte ich ihn an.

»Warum tust du ihm das an? Wieso tust du mir das an?«, schrie ich bemitleidenswert krächzend. Ich schniefte, weil sich die erste Träne mit dem Regen mischte.

»Ich liebe meinen Bruder. Ich liebe die Band. Ich habe keine andere Wahl.«

Diesmal war seine Dramatik nicht gespielt. Er wusste, dass er mich in die Enge trieb. Dass ich Aki und die

Band in mein Herz geschlossen hatte. Genauso, dass ich meine Arbeit nicht gegen die Wand fahren wollte.

Ich verschränkte die Arme, weil mein Brustkorb sich eng anfühlte. Ich mochte auch Yanis sehr, der sich in die Ecke gedrängt fühlte und deswegen unfair wurde. Nach einem weiteren Blick in seine Miene fasste ich einen Entschluss. Ich kannte diese Menschen erst wenige Tage, während sie eine Familie waren. Sowohl als Band als auch als Brüder. Obwohl ich mich verpflichtet fühlte, sofort zu Aki zu laufen, um ihm alles zu erzählen, stand es mir nicht zu. Ich wusste nicht einmal, was genau vorgefallen war oder wieso Johanna hier war. Ich hatte Vermutungen, Befürchtungen, aber Yanis hatte mir nicht alles erzählt.

»Unter einer einzigen Bedingung verpfeife ich dich nicht sofort«, begann ich.

Hoffnung keimte in seinen Augen auf. Er richtete sich erwartungsvoll auf.

»Du erzählst es ihm! So bald wie möglich.«

Die Hoffnung zerbarst und Sorge trat an ihre Stelle. Eine Falte bildete sich zwischen seinen Augen. Er dachte nach. Viel zu lange für meinen Geschmack, weil ich wieder zu zittern begann und fror. Der Regen ließ nach, doch das war jetzt schon egal.

»Ich werde Aki die Wahrheit erzählen. Aber nicht heute. Gib mir Zeit, den richtigen Moment abzupassen. Bitte«, sagte er schließlich bedrückt.

Eine Weile betrachtete ich sein Gesicht, bis ich nickte. Ich glaubte ihm, auch wenn es naiv sein mochte.

»Danke, Laura«, flüsterte er.

Ich seufzte, weil die Erschöpfung sich in mir breitmachte. Als wir nebeneinander den Weg zurück einschlugen, starrten wir beide auf den Boden. Es war eine beschissene Situation.

»Yanis ... Jari hat angeboten, euch als Support für zwei Shows im Herbst in der Eishockeyhalle zu engagieren. Das ist eine riesige Chance. Ich hoffe, du verbaust deiner Band diese Möglichkeit nicht mit deinem Egoismus und deiner Unehrlichkeit. Sie vertrauen dir und bauen auf dich«, sagte ich.

Die Nachricht hätte einschlagen müssen wie eine Bombe. Mit Freudenschreien und allem, was dazugehörte. Nun fühlte ich mich schlecht.

Er blieb hinter mir stehen, was ich ignorierte. Ich konnte ihn jetzt nicht ansehen. Stattdessen stapfte ich vollkommen fertig zurück zum Bus, der auf dem Parkplatz vorm Gelände auf uns wartete.

Alarm

Mein zerstörtes Äußeres passte zu meinem Inneren. Gemeinsam mit Yanis kletterte ich behäbig in den Bus. Als ich mich setzte, machte der Sitz ein schmatzendes Geräusch. Ich zitterte am ganzen Leib. Aki sah mich fragend an, aber ich konnte jetzt nicht mit ihm reden. Genauso wenig wollte ich die guten Neuigkeiten verkünden. Also schwieg ich, ignorierte die starrenden Blicke, die sie mir und Yanis zuwarfen, und wartete, dass wir losfuhren.

»Alles okay? Habt ihr gestritten?«, fragte mich Aki dennoch von der Seite.

Ich seufzte. »Ja. Lass uns bitte nicht darüber reden. Ich brauche einen Moment.«

Natürlich wollte er nachhaken, aber er besaß genug Anstand, mich tatsächlich in Ruhe zu lassen. Es tat mir leid. Vor allem nach dem, was heute zwischen uns passiert war.

Wenigstens dauerte die Fahrt zum Campingplatz nicht lange. Ich stieg als Erste aus und schlurfte zu meinem Bungalow. Dass Yanis keinen Ton beim Anblick unserer Betten machte, war ein Zeichen dafür, dass er genauso mitgenommen war. Aki beobachtete uns beide merklich. Es tröpfelte, das dämmrige Licht wurde heller, doch jede Faser meines Körpers war durchgefroren.

Im Bungalow schnappte ich mir sofort frische Schlaf-
klamotten, denn ich sehnte mich nach einer heißen
Dusche. Mit einem kleinen Handtuch unter dem Arm
machte ich mich auf den Weg zu den Nassräumen,
noch bevor Jussi oder Tomas zu mir kamen. Es war
nicht weit und der Weg führte mich an Zelten und
Wohnwägen vorbei. In manchen brannte Licht, aber
meistens war es still und dunkel. In der spärlichen Beleuchtung des Holzgebäudes war niemand zu sehen.

Als ich das Gebäude endlich erreichte, brachte mich
das Schild neben dem Eingang dazu, das Gesicht zu verziehen.

Das Benutzen der Nassräume ist von 22 bis 6 Uhr verboten.

Es war mitten in der Nacht.

Trotzig trat ich trotzdem ein, weil ich mir sicher war,
dass mich niemand für zehn Minuten warmes Wasser
verhaften würde. Die erste Kabine stand offen, also
legte ich meine Klamotten mit dem Handtuch ab und
drehte die Armatur sofort auf. So heiß wie möglich, gerade noch erträglich. Das Seufzen, das mir entwich, als
die Hitze auf kühle Haut traf, hörte man vielleicht bis
zum Festivalgelände. Es war eine Wohltat, wie das belebende Prickeln einsetzte und mich wärmte. Ich
drehte mich genüsslich, streckte mein Gesicht in den
Strahl und versuchte die trüben Gedanken mit dem
Wasser im Abfluss verschwinden zu lassen. Ein wilder
Strudel, der auch in meinem Kopf herrschte. Der
Dampf breitete sich wabernd in der Kabine aus. Meine
Muskeln entspannten sich, bis ich drohte im Stehen
einzuschlafen.

Ein schriller, piepender Ton verhinderte, dass ich in der Dusche tatsächlich einfach müde umkippte. Es fiepte unerträglich laut, obwohl das Wasser über mich hinwegrauschte. Instinktiv presste ich die Hände auf die Ohren, während ich in Panik geriet. Als ich die Dusche abdrehte, verstärkte sich der Lärm nur. Hektisch schlitterte ich zur Tür, riss sie auf und trat nackt in den Vorraum, aber der war leer. Doch schließlich entdeckte ich durch die Dampfschwaden im Eingangsbereich den Übeltäter: an der Wand hing ein Feuermelder, der sich lautstark beschwerte. Oder es war die *Jemand hat nachts verbotenerweise heimlich geduscht*-Alarmanlage. Piepsend, blinkend, im Ohr stechend. Ich stand tropfend da und starrte sinnlos nach oben.

Draußen erhoben sich Geräusche, als mir geistesgegenwärtig einfiel, dass ich splitterfasernackt da stand. Hektisch griff ich das Handtuch und wickelte mich in letzter Sekunde darin ein.

Eine ältere Frau trat mit festen Schritten herein. Sie blinzelte verwirrt durch den heißen Dampf und wir starrten uns an, während ich den flauschigen Frotteestoff enger um mich zog. Es war ein knappes Handtuch, das gerade so zu meinem Hintern reichte. Ein kühler Luftzug wehte mir über die Backen. Zu allem Überfluss folgten der Dame auch noch zwei Männer. In voller Feuerwehrmontur.

»Ach du Scheiße«, piepste ich entsetzt. Sie traten genauso bestimmt ein, betrachteten mich und ich erstarrte. Der Dampf zog in die kühle Nacht hinaus, sodass sich zu allem Überfluss auch noch die Sicht klärte.

»Was ist denn hier los?«, fragte die Frau verärgert.

»Ich dusche?!«, gab ich kleinlaut zu.

Ihre buschigen Augenbrauen schoben sich nach oben. Weiterhin piepte der Feueralarm über uns. Einer der Feuerwehrmänner trat näher. Verunsichert wich ich zurück und versuchte dabei nicht auszurutschen.

»Geht es Ihnen gut? Sind Sie allein?«, wollte er wissen.

Empört holte ich Luft. »Natürlich dusche ich allein. Was denken Sie denn?«

Ich war unhöflich, weil er eigentlich nur seinen Job machte und mir helfen wollte. Aber ich war fix und fertig. Weit nach Mitternacht, nach so einem emotionalen Tag stand ich nackt in der Dusche und wurde begafft.

»Duschen ist nachts nicht erlaubt. Was haben Sie denn gemacht? Heimlich geraucht?«, hakte nun die Frau wieder nach. Fast hätte ich das Handtuch von mir gerissen, um damit herumzuwedeln.

»Nein! Ich habe geduscht. Wir sind erst spät hier angekommen. Ich war regendurchnässt und ich rauche nicht.«

Einer der Feuerwehrmänner brachte eine Leiter, stellte sie vor mir auf und kletterte hoch. Er hantierte einige Sekunden ruckelnd an dem piepsenden Melder, bis er ihn aus der Halterung bekam. Als das Geräusch verstummte, atmete ich erleichtert aus.

»Hier schleichen sich oft Jugendliche rein, um eine Zigarette zu rauchen, weil es auf dem gesamten Platz verboten ist. Die Feuerwehrwache ist gegenüber und als der Alarm losging, habe ich sie um Hilfe gebeten. Noch nie, und ich arbeite hier seit über zehn Jahren, ist das Ding einfach nur durch Duschen losgegangen«, erklärte die Frau fassungslos. Sie blickte die beiden Männer in Uniform hilfesuchend an. Ihr Ton vermittelte, dass sie mir immer noch nicht glaubte.

»Ich habe nur heiß geduscht«, beharrte ich. »Wer raucht denn nass und nackt?«

Die Frau musterte mich nachdenklich, während ich weitere Gestalten vor der Tür ausmachte. Ein paar andere Gäste waren wohl auch wach geworden, sie tuschelten und sogar ein Handy streckte sich in meine Richtung. Ich knirschte mit den Zähnen.

»Darf ich mich jetzt bitte in Ruhe anziehen?«

»Der heiße Dampf kann diese Dinger wirklich in Aufruhr versetzen. Sie reagieren auf eine Sichttrübung. Man sollte die Position überdenken und ihn woanders anbringen«, meldete sich endlich der Feuerwehrmann zu Wort, der von der Leiter stieg. Er reichte den Melder der Dame, die ihre kräuselnden Haare glatt strich.

»Laura? Alles in Ordnung?«, fragte Aki, der sich zwischen den Leuten hindurchdrängte. Hinter ihm folgten Flinn, Eddi und Jussi. Großartig. Sie starrten mich an, wie ich klein und verkrampft in meinem Minihandtuch vor ihnen stand. Gefühlt schrumpfte es mit jeder peinlichen Minute.

Ich war kurz davor loszuschreien, gefolgt von einem Weinkrampf. Aki zog die Mundwinkel nach oben, aber ich war für anzügliche Witze nicht empfänglich.

»Okay, kein Brand, kein Drama. Wir sollten die junge Dame nun allein lassen«, sprach der freundliche Feuerwehrmann ein Machtwort. Ich war ihm immens dankbar.

Nur widerstrebend ließen sich die anderen Campingbesucher zurück in ihre Zelte schicken. Die Dame warf mir einen letzten vorwurfsvollen Blick zu, bis sie ebenso ging. Die Band folgte ihnen als Schlusslicht.

Aki blieb im Türrahmen stehen, durch den immer noch kühle Luft hereinwehte. Sein Blick wanderte über mein feucht glänzendes Dekolleté, auf dem sich eine Gänsehaut bildete, doch dann musterte er mich besorgt. »Ist wirklich alles okay?«

Nein. »Ja, ich bin nur sehr müde und die ganze Sache ist mir peinlich.« Ich konnte ihm nicht die Wahrheit sagen. Und für eine Lüge fehlte mir aktuell die Kraft. Die Müdigkeit ging über in allumfassende Erschöpfung.

»Sag mir, wenn du etwas brauchst«, bat er mit einem freundlichen Lächeln.

Ich atmete tief durch und nickte, bemüht darum, den Kloß in meinem Hals runterzuschlucken. »Danke dir. Ich brauch nur einen Moment für mich und dann muss ich dringend ins Bett. Schlaf gut«, antwortete ich.

Er zögerte kurz, doch dann zog er mich ohne zu fragen an der Hüfte sanft zu sich und legte mir einen Kuss auf die Lippen. Ganz zart und vorsichtig, nichts im Vergleich zu dem stürmischen Überfall hinter der Bühne. Trotzdem schwoll das Gefühlschaos in mir dadurch an. Meine Selbstkontrolle raubte mir die letzten Reserven. Ich konnte jetzt nicht mit ihm reden.

»Gute Nacht«, flüsterte er und ich nickte schmunzelnd, ehe er sich sichtlich widerwillig abwandte und ging.

Als ich alleine war, zog ich in Rekordzeit, aber mit zittrigen Fingern eine kurze Hose und ein Shirt an. Die Haare rubbelte ich grob ab, ehe ich mein ganzes Zeug nahm und rasch mit eingezogenem Kopf in den Bungalow huschte. Mir war die Lust auf einen kühlen *Lonkero* auf der Terrasse vergangen.

In der Hütte erwarteten mich Jussi und Tomas. Beide lagen in ihren Betten, sagten aber nichts, als ich hereinstürmte. Ich klatschte den Haufen nasser Sachen auf den Boden, kletterte unter die Decke und zog sie mir über den Kopf.

Mein Blut rauschte in den Ohren und mein Herz schlug zu schnell. Das Brennen in den Augen und auf den Wangen verriet meine Aufgewühltheit. Auf der gesamten Tour bis jetzt hatte ich mich nicht so verloren gefühlt wie gerade eben. Dabei konnte ich nicht mal sagen, ob es der emotionale Moment mit Aki, die Enttäuschung rund um Yanis oder mein Feuermelder-Erlebnis war. Alles zusammen rumorte im Inneren. Ich versuchte wirklich einzuschlafen, aber meine Gedanken drehten sich im Kreis. Das Gefühlschaos drückte mir die Kehle zu. Hier, unter der Decke im Dunkeln wollte ich mich beruhigen, doch das Gegenteil trat ein. Meine Gedanken rasten, bis es zu einer Massenkarambolage kam.

Als mir der erste Schluchzer entwich, drückte ich mein Gesicht sofort gegen das Kissen. Ich wollte hier nicht weinen. Es gab ja nicht mal einen triftigen Grund dazu, aber in dieser Sekunde fand ich alles furchtbar schlimm. Ich lag da, hielt den Atem an und wartete, bis die Krämpfe in der Brust nachließen. Immer wieder drückte sich eine Träne aus meinen Augen und die Nase lief ebenfalls. Ich fluchte leise, weil ich mich nicht unter Kontrolle hatte.

»Laura?«

Ich erstarrte beim Klang der vertrauten Stimme. Es klang nicht nach dem Moominpapa und erst recht nicht nach dem schweigsamen Tomas. Ich hickste verdächtig. Eine Hand legte sich auf die Decke, die ich bis über die Stirn gezogen hatte. Ich blinzelte mit feuchten Wimpern in die Dunkelheit.

»Was ist denn los?«, fragte Aki, den ich nun ohne Zweifel erkannte. Er strich über die Decke, die ich vorsichtig ein Stück zur Seite zog. Frische Luft umströmte mein heißes Gesicht und Aki sah mich besorgt im Halbdunkeln an. Laternenlicht drang durch den Spalt bei den Vorhängen und tauchte sein besorgtes Gesicht in Schatten. Er hockte mit gerunzelter Stirn neben dem Bett auf Augenhöhe. Im Bungalow befand sich außer uns niemand. Er folgte meinem Blick und lächelte.

»Die beiden haben sich zurückgezogen und mich geholt. Sie meinten, du möchtest sicher allein sein oder mich sehen. Ich sollte es austesten«, erklärte er.

Ich schniefte und schämte mich sofort dafür, aber Aki strich mir die nassen kalten Haare von der Stirn. Seine Berührung lockte noch mehr Tränen empor, die mir übers Gesicht liefen. Wenn man versuchte, sich zusammenzureißen, war die Nähe eines geliebten Menschen der Dammbruch. Er seufzte, betrachtete mich eine Weile und stand schließlich auf.

»Du solltest nicht hier sein«, schniefte ich.

Er verzog verärgert das Gesicht. »Warum denn nicht? Dir geht es nicht gut.«

»Du sollst mich nicht so sehen und wenn du so nett bist, heule ich nur noch mehr.«

Und ich hatte Angst mich zu verplappern.

»Darf ich mich trotzdem zu dir legen?«, fragte er, diesmal wieder lächelnd.

Ich nickte kaum merklich und er nahm es als Einladung an. Ihn fortzuschicken, schaffte ich auch nicht mehr.

Die Decke raschelte, während ich näher zur Wand rutschte, um ihm Platz zu machen. Die Matratze federte unter seinem Gewicht. Er machte es sich rücklings bequem und zog mich bestimmt seitlich auf seine Brust. Sowie sein Arm um meine Schultern lag, schluchzte ich weiter. Meine Schultern bebten und ich zog die Nase hoch. Großartig. So hatte ich mir unseren ersten Moment gemeinsam im Bett nicht vorgestellt. Er beschwerte sich jedoch nicht, sondern streichelte behutsam und ausdauernd meinen Arm. Solange, bis ich mich entkrampfte und etwas beruhigte.

Einen Moment verbrachten wir schweigend nebeneinander. Obwohl ich mich wohlfühlte, versiegten die Tränen nicht ganz. Sie tropften aus meinen Augen und hinterließen nasse Flecken auf seinem Shirt. Nur das Hicksen und Schluchzen wurde leiser.

»Möchtest du mir verraten, was mein Bruder gesagt hat, das dich so aus der Fassung bringt? Du heulst doch bestimmt nicht wegen der Duschaktion«, fragte er schmunzelnd. Natürlich war er nicht dumm und konnte sich die Fakten zusammenreimen, so wie Yanis und ich bei der Fahrt ins Camp aufeinander reagiert hatten.

Ich schüttelte dennoch den Kopf, woraufhin er nieste, weil meine Haare über sein Gesicht strichen. Das brachte mich zum Grinsen und diese Muskelzuckung tat unheimlich gut.

Er gab mir erneut Zeit, in der ich mir verlegen über die verrotzte Nase fuhr. Das sah verdammt attraktiv aus. Das erste Mal mit Aki im Bett und ich war ein Wrack.

»Ich kann nicht darüber reden. Noch nicht«, murmelte ich heiser. Sein Griff wurde fester und er seufzte tief.

»Muss ich Yanis eine reinhauen?«, fragte er erheitert und gluckste dabei, doch dieser Satz ließ mich erneut aufschluchzen.

Wie konnte ich ihm das nur verheimlichen? Es war eine Lüge, aber ich brachte es auch nicht übers Herz, den Mund aufzumachen.

Nun drehte er den Kopf so, dass er mir in die Augen sehen konnte. Prompt wich ich aus und vergrub das Gesicht an seinem Hals. Er schöpfte eindeutig Verdacht.

»Yanis wird es dir bald sagen. Ich habe ihm versprochen, es nicht zu tun«, schniefte ich.

Es brummte etwas in seiner Kehle. Er war unzufrieden.

»Aber es war nicht die Duschaktion. Die Feuerwehrmänner waren eigentlich ganz nett«, flüsterte ich, um die Wogen zu glätten.

»Hei! Kaum bin ich außer Reichweite, sammelst du Männer in Uniform um dich. Aber kein Wunder. Du warst so heiß, wie du da rot angelaufen und nackt mit deinem zu knappen Handtuch gestanden hast. Feucht schimmernd und einfach zum Anbeißen. So heiß, dass der Feueralarm losging«, antwortete er.

Das Glucksen brach aus mir heraus, auch wenn es eine Mischung aus Weinen und Lachen war. Ich kicherte gemeinsam mit ihm. Was Aki da für mich tat, war unfassbar wertvoll. In diesem Moment teilten wir eine Nähe, die intimer war als die Küsse zuvor.

Ich schmiegte mich enger an ihn, genoss seinen Körper und begann mich zu beruhigen. Er strich mir über
den Nacken, spielte mit meinen Haaren und war einfach da. Und er akzeptierte, dass ich noch nicht bereit
war, zu reden. Ich schlang einen Arm um seinen Bauch,
glücklich, dass er hier war. Der Lakritz-Gitarrist ent-
puppte sich als mehr als nur ein Bauchkribbeln. Die Sache hätte ziemlich schnell in eine heiße Nacht ausarten
können, doch er hatte gar nicht vor, meine Verfassung
auszunutzen. Die sanften Küsse, die er auf meinem
Kopf verteilte, waren alle unschuldig. Mehr passierte in
diesem Bett nicht. Ich merkte gar nicht, wie ich an ihn
gekuschelt einschlief und die Tränen auf meinen Wangen trockneten.

Wir wachten gemeinsam auf, als der Wecker auf dem
Telefon losging. Ich war schneller wach als Aki, der sich
seitlich an meinen Rücken gelegt hatte. Eng beisammen nahmen wir trotzdem das komplette Bett ein und
die Decke war zu Boden gefallen.

Der Wecker gab nicht nach und ich wusste, dass fünf
Minuten später das Signal erneut erklingen würde.
Seufzend entwand ich mich dem Arm, der über mir lag.
Um zu meinen Sachen zu kommen, musste ich über
den Mann neben mir drüber klettern. Das Telefon vi-
brierte in der Hosentasche meiner nassen Shorts vom
Vortag. Angewidert fummelte ich in dem Haufen
herum, halb über Aki liegend und kopfüber aus dem
Bett hängend. Als ich es fand und ausschaltete, atmete
ich erleichtert aus.

»Hm, dieser Anblick erfreut mich am Morgen sehr«,
sagte Aki mit ganz rauer Stimme. Mein Hintern ragte

über seinem Bauch hoch, die Hose war so weit verrutscht, dass man mehr vom Po sah, als der dünne Stoff verdeckte. Außerdem war mein Shirt nach unten zu den Achseln gefallen und drohte damit auch die Brüste preiszugeben. Aki grinste frech, als er sich auf den Rücken drehte und ich fast vom Bett fiel. Natürlich griff er nach mir und selbstverständlich zog er mich an meinem Hinterteil zurück zu ihm hoch. Er genoss es viel zu sehr. Ich zupfte an den knappen Klamotten rum, bis er mich rittlings auf sich positionierte.

»Guten Morgen.«

Seine Hände lagen an meinen nackten Oberschenkeln. Die Müdigkeit war vollkommen verdrängt, obwohl wir nur wenige Stunden geschlafen hatten. In mir herrschte wieder Ruhe, bloß die getrockneten Salzspuren auf meiner Wange, die etwas juckten, erinnerten an meinen Zusammenbruch. Auf diesen zerknautschten, attraktiven Mann zu blicken, der einen Abdruck vom Kissen quer über der Stirn hatte, faszinierte mich vollends. Ich beugte mich runter, stützte die Hände auf seiner Brust ab und gab ihm einen sanften Kuss. Er schloss seufzend die Augen. Schließlich blieb ich liegen und positionierte die Ellenbogen links und rechts von ihm. Ich senkte den Kopf, sodass meine Nase gegen seine stieß.

»Gut geschlafen?«, fragte ich.

Er nickte und streckte sich. Ich spürte jede Muskelbewegung unter mir. Als er seine Hände zurück an meine Schenkel legte, grinsten wir uns erneut an.

»Erstaunlich gut. Aber es hat in der Nacht wieder geregnet, da bin ich ein paarmal aufgewacht. Und du? Geht es dir besser?«

Es war eine harmlose Frage, die das aufkommende Hochgefühl zurückdrängte. Ich musste furchtbar verheult aussehen. »Ja. Bitte entschuldige den kleinen Nervenzusammenbruch. Es war gestern einfach alles zu viel.«

Er nickte, sagte aber nichts. Ich dachte über den Abend nach und atmete tief durch. Die Erinnerungen flackerten zu bildhaft in meinem Gedächtnis auf. Yanis im Regen stehend, ihm gegenüber diese Johanna. Um die aufkommende Beklemmung zu bekämpften, dachte ich an den ersten Kuss mit Aki bei der Treppe. Danach an Jari, wie er vor mir stand und mir erklärte, er wolle uns als Support haben.

»*The wicked elephant* bietet uns an, dass wir ihr Vorprogramm bei den großen Konzerten im Herbst in der *Jäähalli* sind«, nuschelte ich, weil meine Wange unter Akis Kinn klemmte. Er roch nicht frisch, ein bisschen nach Schweiß und Banane, aber ich mochte die Mischung.

Ruckartig hob er den Kopf und rammte ihn gegen mein Gesicht. Ich schreckte zurück, doch er legte die Hände an meine Hüfte und versuchte sich aufzurichten.

»Wie bitte?«, fragte er mit weit aufgerissenen Augen.

Ich lachte auf und zuckte mit den Schultern. »Tut mir leid, ich hatte das gestern vollkommen vergessen und nicht den Nerv, es allen zu sagen. Aber ich denke, wir können eine gute Nachricht gebrauchen.«

Aki stimmte mir zu, indem er fröhlich aufschrie, mich packte und herumwarf. Ich lag auf dem Rücken, er zwischen meinen Knien, und er funkelte mich mit weit aufgerissenen Augen an. So sah Freude aus!

»Das ist großartig! Ohne dich hätten wir das Angebot bestimmt nicht bekommen.«

Ich konnte nicht antworten, weil er mich sofort küsste. Heiß und leidenschaftlich. Mir blieb kurz die Luft weg, doch dann umarmte ich ihn und zog ihn dichter zu mir. Er griff erneut an meinen Oberschenkel und drückte zu. Das war der Moment, in dem das harmlose Kuscheln in etwas anderes umschlug.

Immer wieder fanden sich unsere Lippen, er neckte mich mit seinen Zähnen, bis ich den Kopf zur Seite drehte und er sich über meinen Hals küsste. Sofort raste mein Puls und ich seufzte wohlig auf. Aki schob seine Hand in die kurzen Shorts, umfasste meinen Po, was die Sache noch schlimmer machte. Ich spürte sein Verlangen genau wie meinen eigenen Wunsch, ihm sämtliche Klamotten vom Leib zu reißen. Mit den Fingerspitzen fuhr ich ihm unter seinem Shirt über den Rücken, kratzte zärtlich über seine Haut und hob mein Becken, damit er ...

»Also, kommt schon!«, donnerte eine Stimme hinter uns und wir schraken zusammen. »Ihr hattet die ganze verdammte Nacht, während ich im Bus gepennt habe! Und diese Koje ist viel zu klein für mich.«

Jussi stand mit verschränkten Armen in der Tür und schüttelte den Kopf.

Lachend und ein wenig beschämt rollte sich Aki von mir zur Seite runter. Wir sahen Jussi zu zweit mit erhitzten Gesichtern an. Die Sonne drang von draußen herein und brachte unser komplettes Abbild gut zur Geltung.

»Los, auf mit euch. Wir müssen heute pünktlich in *Tampere* ankommen«, sagte er bestimmend.

Der Tanga

Ich hatte Angst vor der direkten Konfrontation mit Yanis. Nach gestern schwebten düstere dramatische Bilder in meinem Kopf. In allen regnete es. Allerdings schien heute am Morgen die strahlende Sonne, obwohl die Wiese total durchnässt war. Es war warm, Vögel sangen um uns herum und so war es nicht überraschend, dass ich fühlte, wie es mir besser ging.

Selbst Yanis' Anblick im Bus ließ mich nur kurz zusammenzucken. Er saß auf seinem Platz am Fenster und unsere Blicke trafen sich. Wir beide schätzten ab, was jetzt passieren würde. Zuerst sah er erschrocken drein, dann zog er die Augenbrauen ängstlich zusammen und schließlich versuchte er sich an einem versöhnlichen Lächeln. Ich blieb genauso unschlüssig.

Flinn warf mir eine duftende Papiertüte an den Kopf. Das war keine Metapher, denn sie donnerte gegen meine Stirn und fiel raschelnd in den Zwischenraum der Sitze.

»Mensch Laura, pass doch auf. Ich bin extra früh aufgestanden und hab uns allen Frühstück geholt, während ihr im Bett geturtelt habt«, schimpfte er.

Ich bückte mich und fischte mein Essen hervor. Auf einmal wurde mir bewusst, dass hier wirklich alle wussten, dass Aki und ich die Nacht zusammen verbracht hatten. Vermutlich gingen sie von mehr aus.

Schlimmer fand ich die Vorstellung, dass auch mein Weinkrampf bekannt war. Aber bis auf Yanis sah mich niemand seltsam an und ihre Selbstverständlichkeit rührte mich. Sie hatten mich trotz der gegenseitigen anfänglichen Skepsis herzlich aufgenommen, aber heute fühlte ich mich das erste Mal als Teil der Familie. Inklusive der Geheimnisse und der Intrigen. Ich umklammerte meine nach Brot riechende Papiertüte.

Als wir losfuhren, atmete ich erleichtert aus. Es fühlte sich oft so an, als würden wir mit dem Verlassen eines Veranstaltungsortes auch das Chaos zurücklassen. Zwar fuhr es eigentlich mit uns hier im Bus mit, aber die Illusion gab mir Kraft.

»Was zur Hölle tust du da?«, schrie Eddi entsetzt.

Hier war es, das personifizierte Chaos, das ich heimlich zu lieben gelernt hatte. Den Ort *Seinäjoki* hatten wir noch nicht mal verlassen, schon war jemand unzufrieden. Als ich den Kopf nach hinten zu Flinn drehte, stutzte ich aber ebenfalls. Er hatte ein Autospannseil quer durch den Bus gefädelt, auf dem er nasse Klamotten aufhängte.

»Du bist so widerlich!«, rief Eddi noch mal. Vor seinen Augen baumelte ein Sockenpaar neben einem schwarzen Stringtanga. Ja, Flinn trug offenbar mit Vorliebe sehr knappe, interessante Unterwäsche.

»Stell dich nicht so an! Das Zeug ist sauber, nur nass«, verteidigte sich der Drummer. Er fuhr seelenruhig damit fort, weitere Socken und ein Shirt auf dem Seil zu drapieren.

Es fiel mehr schwer, den Blick von den vielen Tangas abzuwenden. »Wieso ist das alles nass?«, fragte ich neugierig.

Flinn verzog das Gesicht. »Ich wollte gestern Nacht den Rucksack aus dem Bus holen und habe meine zweite Tasche dann draußen stehen lassen. Der Regen hat sie durchnässt.«

Ich wusste nur zu gut, wie sich seine Klamotten nun fühlten.

Eddi räkelte sich immer noch angewidert unter den tropfenden Teilen und rümpfte die Nase. Es sah sehr niedlich aus. Ich schoss ein paar Fotos, die die Fans bestimmt lieben würden. Anschließend genoss ich das reichlich belegte Sandwich, das mir Flinn gekauft hatte. Er goss mir außerdem einen Becher aus seiner Thermoskanne ein, wobei er akribisch darauf achtete, sie weit weg von seinem Schritt zu halten. Die Stimmung in mir stieg, weil mich meine Jungs glücklich machten. Für die nächsten zweieinhalb Stunden erwartete ich eine friedliche Fahrt.

Aki schlief rasch ein und Yanis lehnte nachdenklich mit dem Kopf gegen die Scheibe. Ich wusste natürlich, worüber er sinnierte. Ein schlechtes Gewissen war das Mindeste, was ich ihm wünschte. Ich lehnte mich zurück, lauschte dem Radio und freute mich auf *Tampere*. Dort erwartete uns ein kleiner Club, den ich selbst schon kannte. Mitten in der Stadt und recht beliebt, weil er Bands aller Art spielen ließ.

»Boah Flinn, deine Klamotten stinken«, jammerte Eddi weiter.

Ich grinste, konnte ihn aber auch verstehen. Sobald das feuchte Zeug zu verdunsten begann, machte sich ein muffeliger Duft im Bus breit. Mich störte es nicht sonderlich, da war ich von ihnen mehr gewohnt. Obwohl sie allesamt recht gepflegte Männer waren, blieb es auf engstem Raum nun mal nicht aus, dass man jegliche menschliche Aspekte hautnah mitbekam. Schauderhaft erinnerte ich mich an die Nacht, in der wir alle gemeinsam in dem Hostel geschlafen hatten.

»Ich halte das nicht mehr aus«, protestierte Eddi und kurbelte hektisch am Seitenfenster bei sich. Frische Sommerluft strömte herein, wehte uns um die Nasen und ließ mein Haar tanzen. Es rauschte laut, weil wir ziemlich schnell fuhren, sodass man die Musik gar nicht mehr hörte.

»Fuck, fuck, fuck, mach das verdammte Fenster zu!«, brüllte Flinn plötzlich aus vollem Halse. Es rumpelte, er warf sich der Länge nach auf Eddi und gemeinsam fielen sie vom Sitz.

Auch diese Situation kannte ich bereits. Wir sollten wirklich überlegen, die Sicherheitsgurte zu verwenden. Ich wollte nach ihnen sehen, doch da entdeckte ich den wahren Grund für die Panik. Gerade noch so verfolgte ich den Weg des letzten Tangas, der in Windeseile aus dem Fenster gesogen wurde und hinter uns über die Autobahn flatterte. Das Auto hinter uns bremste scharf. Ich starrte entsetzt durch die Heckscheibe, Tomas räusperte sich nur, während Eddi im Zwischenraum klemmend nach oben langte und das Fenster zu kurbelte. Es wurde wieder still im Bus.

Das erste Geräusch, das ertönte, war Yanis' Glucksen. Er lehnte zwar immer noch gegen die Scheibe, begann aber heftiger zu lachen. Wir sahen ihn alle verwundert an, bis er sich prustend aufrichtete, die Augen zusammenkniff und sich kaum noch unter Kontrolle hatte.

»Tut mir leid, Leute, aber die Vorstellung, dass da hinter uns einer von Flinns Tangas auf einer Autoscheibe klebt und sich im Scheibenwischer verfängt, ist einfach zu komisch.«

Ich grinste und presste die Lippen aufeinander, bis es aus mir herausbrach. Ich wollte wirklich nicht mit Yanis lachen, nicht nach gestern Nacht, aber es ging nicht anders.

Selbst Tomas räusperte sich, um ein leises Glucksen zu überspielen. Yanis musste sich die Tränen aus den Augenwinkeln wischen, ich hielt mich an einer Sitzlehne fest und betrachtete die improvisierte Wäscheleine, an der nur noch eine einzige einsame Socke baumelte, von der das Wasser tropfte.

»Wir müssen anhalten! Das ist meine komplette Unterwäsche«, protestierte Flinn weinerlich. Er presste seine Wange ans Fenster, um seinen Habseligkeiten nachzutrauern.

»Sorry, aber wir halten hier gewiss nicht auf der Autobahn, um deinen Unterhosen hinterherzulaufen«, teilte ich ihm mit.

Aki war auch aufgewacht, gähnte aber verschlafen. »Was ist los? Warum seid ihr so laut? Was hab ich verpasst?«, murmelte er total verpeilt.

Eddi setzte sich zufrieden zurück an seinen Platz, wohingegen Flinn fluchte. Als ich auf Yanis' Blick traf, der auch immer noch breit grinste, sahen wir uns ein paar Sekunden lang wortlos an. Es war ein stummes Friedensangebot, das ein Ablaufdatum besaß. Dennoch wusste ich, dass ich ihn mochte, und spürte, dass es trotzdem noch etwas gab, das ich an dieser Misere nicht verstand. Dass er seinen Bruder so hinterging, den er über alles liebte, konnte ich schwer glauben. Ich lächelte ihn an, nickte und als er seinen Kopf zurück gegen die Scheibe fallen ließ, wirkte auch er erleichtert.

Die weitere Fahrt bis nach *Tampere* schmollte Flinn unter seiner Socke. Die Großstadt lag zwischen zwei Seen. Es war ein Ort mit modernem Flair, in dem viele Events und Konzerte stattfanden. Hier eine Club-Buchung bekommen zu haben, war wichtig. Backsteingebäude prägten das Stadtbild, genauso wie die typischen Einkaufsstraßen. Tomas brummte missmutig, da wir mehrmals in Stop-and-Go verfielen. Er brachte uns dennoch pünktlich zu unserer heutigen Location.

Wir durften wie so oft auf den Hof des *Monkey-Clubs* fahren. Die rostbraune Fassade warf einen Schatten über das Areal. Viel Beton, wenig Grün lautete das Fazit.

»Wo schlafen wir diesmal? Couchsurfing? Verscherbelst du unsere Körper an willige Fans, die uns dafür ein Sofa überlassen?«, fragte mich Flinn immer noch mies gelaunt. Er zündete sich eine Zigarette an und blies pustend den Rauch in die Luft. Seine Locken hatte er mit einem Gummi nach oben gebändigt, doch sie standen trotzdem in alle Richtungen. Heute gab es ein beleidigtes Einhorn mit Bad-Hair-Day.

»Also erstens, wenn ich das tun würde, würde nicht nur ein Sofa für euch rausspringen, da bin ich mir sicher. Ob deine Verlobte damit einverstanden wäre, wage ich zu bezweifeln. Zweitens habt ihr hier ein modernes, neu eröffnetes Hostel, direkt neben dem Club. Ich gehe nachher hin und check uns ein. Zwei für jedes Zimmer, eigenes Bad und Frühstücksbuffet. Luxus pur«, erklärte ich, ohne dass Flinn begeisterter dreinsah. Er trauerte eindeutig seinen Tangas hinterher.

Die Antwort schien aber die anderen zufriedenzustellen. Was mir persönlich weniger behagte, war, dass Aki seinen Bruder beim Aussteigen abfing, ehe er sich orientieren konnte. Ich musste mit ansehen, wie sie ein paar Schritte von uns weggingen, um sich zu unterhalten. Ich verstand kein Wort, starrte sie aber mit zusammengekniffenen Augen an, als könnte ich Lippenlesen. Yanis stand eingesunken mit verschränkten Armen da und blickte mürrisch zu Boden, während Aki ruhig auf ihn einredete. Sein Bruder nickte nicht einmal, hörte nur zu.

»Sollen wir schon auspacken? Weißt du, wo ich abladen kann?«, fragte mich Jussi, der beim geöffneten Kofferraum stand.

»Ich rufe den Clubbesitzer gleich an. Er muss hier ja irgendwo sein«, murmelte ich abwesend, weil ich wie gebannt zu den beiden Brüdern starrte. Mittlerweile hatte Aki eine Hand an Yanis’ Schulter gelegt. Er sah ziemlich zerknirscht aus. Als er den Kopf hob und in meine Richtung drehte, wandte sich auch Aki zu mir und ich machte einen Schritt zurück. Was war denn nun passiert? Wieso sahen sie synchron zu mir und warum wirkten ihre Mienen so unzufrieden? War *das* die große Aussprache gewesen oder etwas anderes? Augenblicklich verfluchte ich mich dafür, dass ich diese Sache mit zwei heißen Rockstar-Brüdern so kompliziert hatte werden lassen. Aki verengte die Augen, während Yanis entschuldigend die Schultern hob.

Verdammt, was hatten sie denn nun besprochen? Wusste Aki jetzt von Johanna?

Yanis sah seinen Bruder noch einmal an und nickte, bevor er auf mich zukam. Da stand ich nun, unentschlossen, ob ich wegrennen oder bleiben sollte. Aber natürlich hatten sie mitbekommen, dass ich sie beobachtete, also verharrte ich und wartete, bis Yanis dicht vor mir stand. Verlegen fuhr er sich über die kurzen Haare und das gesamte Gesicht. Ein Seufzen folgte.

»Was ist? Was hat Aki gewollt, was hast du ihm erzählt?«, zischte ich nervös, weil er mich auf die Folter spannte. Als ich zaghaft an ihm vorbeisah, stand Aki immer noch am selben Platz und sah uns an. Erschrocken zuckte ich zurück, sodass Yanis' Körper mir wieder die Sicht nahm.

»Na ja«, begann er, brach aber wieder ab.

Ungeduldig boxte ich ihm gegen die Schulter. »Spuck's schon aus!«

Er brummte und rieb sich noch mal über die Augen. »Er weiß nichts von Johanna, aber er weiß, dass etwas vorgefallen ist.«

Ich verzog das Gesicht. »Natürlich weiß er das. Er ist ja nicht blöd«, blaffte ich und rief mich sofort wieder unter Kontrolle, weil ich nicht wollte, dass Aki uns hörte. Dass Yanis aber nichts von dem eigentlichen Problem erzählt hatte, machte mich sofort wütend.

»Er sagte, ich solle mich endlich zusammenreißen. Und dich besser behandeln, weil du das Einzige bist, was uns aktuell noch zusammenhält. Dass er nicht mehr länger mitansehen wird, wie ich um mich schlage und alle verletze, die es gut mit mir meinen.«

Überrascht von den deutlichen und ehrlichen Worten nickte ich einmal, dann beugte sich Yanis weiter zu mir nach vorne und sprach noch leiser weiter.

»Er hat aber auch gesagt, dass ich ihn nicht zwingen soll, Entscheidungen zu treffen, wenn ich es nicht auf die Reihe kriege.« Die Eindringlichkeit, mit der er das sagte, entging mir nicht. Plötzlich griff er mich an den Schultern. Nicht grob, aber bestimmt. »Verstehst du das nicht? Ich fürchte, Aki hat mir gerade ein Ultimatum gestellt und damit gedroht, die Band zu verlassen. Was soll ich denn jetzt tun? Laura, es tut mir alles furchtbar leid. Ich weiß, was du für uns tust und in welche Lage ich dich bringe. Aber wenn ich ihm sage, dass ... wenn ich ihm das mit Johanna sage, wird er auf jeden Fall aus der Band aussteigen. Er ist klug und talentiert. Er hat ein Leben danach, ich aber nicht. Aki ist hier, weil wir es zusammen machen. Ohne ihn funktioniert es nicht.«

Meine Kehle wurde trocken unter Yanis' flehendem Blick und seine Angst schlug greifbar auf mich über. Ich blinzelte ihn an, konnte aber spontan nichts antworten. Ob Aki das wirklich in Betracht zog, wusste ich auch nicht. Fest stand, dass er ahnte, dass hier etwas Schlimmes vorging und dass er langsam, aber sicher seine Konsequenzen zog. Vielleicht versuchte er seinen Bruder auch nur unter Druck zu setzen, damit dieser sich zusammenriss. Ehe ich etwas sagen konnte, trat Aki auch schon an Yanis' Seite, der mich daraufhin abrupt losließ.

»Hat er sich bei dir für sein Verhalten entschuldigt?«, kam er direkt zum Punkt.

Ich brauchte ein paar Sekunden, um mich zu fassen. In Yanis' Gesicht las ich seine Angst, gleichzeitig drängte er mich erneut mit dem Rücken zur Wand. Ich war nicht dafür verantwortlich, welchen Mist er baute.

Dennoch wollte ich ihn jetzt nicht bloßstellen und eine Eskalation riskieren. »Ja, er hat sich entschuldigt«, antwortete ich daher. Richtig gelogen war es ja nicht.

Aki betrachtete mich nachdenklich, schien sich aber fürs Erste damit zufriedenzugeben. Yanis atmete erleichtert aus. Bevor ich doch noch etwas Falsches sagte, nickte ich beiden verkrampft lächelnd zu, drehte mich um und marschierte schleunigst zum Hintereingang. Arbeit würde mich ablenken und mir Zeit zum Nachdenken geben.

Just als ich die Tür erreichte, schwang sie von innen auf und vor mir stand Markus. Er war meine Kontaktperson bei der Buchung gewesen und ein sehr unkomplizierter Mann mit einem Gesicht voller Sommersprossen.

»Ihr müsst *The Anew* sein! Freut mich wahnsinnig, euch kennenzulernen. Herzlich willkommen im *Monkey Club*! Immer nur rein mit euch. Euren Kram könnt ihr da hinten abstellen, Sanna wird euch den Weg zeigen. Im Backstageraum gibt es gratis Snacks und Getränke und wenn ihr Hilfe mit der Technik braucht, wendet euch an meinen Cousin Sami. Das ist der mit den blauen Haaren«, quasselte er mich voll, reichte mir die Hand und ging darin über, die Band zu begrüßen.

Ja, genau so hatte ich das Telefonat in Erinnerung. Grinsend folgte ich der Frau, die sich logischerweise als Sanna vorstellte. In den Innenräumen war ich vor den Brüder-Konflikten erst mal sicher. Es war ein überraschend heller Club mit vielen Fenstern und einem kleinen Bistro im Eingangsbereich. Jussi und Tomas trugen unser Equipment herein und begutachteten die großzügige Bühne.

Sobald die Band zu mir stieß, floh ich aus dem Club zum Hostel. Ich konnte weder mit Aki noch mit Yanis reden. Die beiden sollten das klären, ohne mich mitreinzuziehen. Obwohl das eigentlich schon zu spät war. Ich steckte mittendrin.

Dank eines Sonderpreises, den wir der Kooperation mit dem Club zu verdanken hatten, durften sich die Jungs inklusive mir über 4 Zimmer freuen. Das bedeutete, ich konnte eines für mich allein beanspruchen.

Im Anschluss verkroch ich mich im Hostel und bearbeitete die kleine Überraschung, die ich für die Band vorbereitet hatte. Immerhin war das heute unser letztes Clubkonzert auf dieser Tour vor dem großen *Ruisrock*. Dort würden wir Jari inklusive seiner ganzen Band treffen und bis dahin brauchte ich eine Antwort auf ihr Angebot. Auch das erledigte ich in den nächsten drei Stunden in aller Ruhe und telefonierte mit Kalle in der Agentur, bis ich wieder rüber in den Club musste.

»Alles okay bei dir und Aki? Wir haben dich den ganzen Nachmittag über vermisst«, fragte mich Jussi nach unserem Soundcheck. Diesmal stand das Mischpult auf einem Metallgerüst, das eine Art Galerie über der Bühne bildete.

»Mhm!«, machte ich. Im Lügen war ich einfach eine Katastrophe, weswegen ich Geheimnisse hasste. Er blieb dementsprechend misstrauisch vor mir stehen.

»Behandelt er dich gut?«

Überrascht blickte ich hoch, wo mich eine besorgte Miene erwartete. »Aki oder Yanis?«, wollte ich wissen.

Er grinste, während er mit der Schulter zuckte. »Beide natürlich.«

Als ich ihm nicht antwortete, zog er sich einen Hocker heran. Das Ding verschwand unter seiner Masse, aber nun befand er sich mit mir auf Augenhöhe. »Hör mal, Laura, ich weiß, es geht mich nichts an. Du leistest hier gute Arbeit und hast diesen kindischen Haufen Testosteron eigentlich ganz gut im Griff. Bei der letzten Tour mit ihnen hab ich auch einiges erlebt. Yanis war zwar weniger cholerisch, aber genauso umtriebig. Er lebt gerade seinen Traum und genießt das Rockstar-Dasein. Aki hingegen ist sein Gegenstück. Der nachdenkliche, ruhige Part. Nicht weniger leidenschaftlich, wenn es um Musik geht, aber deutlich zurückgezogener. Auch ihn habe ich feiern und saufen sehen, doch alles im Rahmen. Du musst wissen, dass ich fünf Töchter habe! Und wenn ich erfahren würde, dass sich einer dieser beiden Hitzköpfe, die sich noch die unreifen Hörner abstoßen müssen, an eine von ihnen ranmachen würde, wäre ich ihr drohender Schatten, bereit, sie jederzeit nahtlos in den Boden zu rammen, wenn sie sich nicht benehmen.«

Bei jedem Satz sah er mir fest in die Augen. Es war eine Ansage, die mich verwirrte und gleichzeitig amüsierte. Ich überschlug die Beine und zog die Augenbrauen nach oben. »Du hast fünf Töchter?«

Er lachte auf. Stolz blitzte in seinen Augen auf. »Ich liebe sie alle, aber drei davon befinden sich kurz, mitten oder gerade noch so in der Pubertät. Was denkst du, warum ich diesen schlecht bezahlten Job hier angenommen habe? Abstand tut jeder Beziehung gut, auch zu meinen Kindern und meiner Frau«, sagte er breit lächelnd und zwinkerte mir zu.

Jussi machte sich Sorgen um mich und das war rührend. Ich war ihm dankbar, dass er auf mich aufpasste. Normalerweise fühlte ich mich ungern bevormundet, doch seine Art tat gut. Deswegen war ich bereit, ehrlicher zu ihm zu sein, als ich es eigentlich vorgehabt hatte.

»Beide sind beeindruckende Persönlichkeiten. Yanis ist eben sehr emotional, weshalb er die positiven als auch negativen Gefühle etwas überschwänglich auslebt. Aki konnte und kann ich zeitweise schwer einschätzen, aber er hat es geschafft, sich in mein Herz zu schleichen. Ich kann es nicht leugnen. Was daraus wird, wissen wir wohl beide noch nicht. Die Situation ist etwas überfordernd, aber du musst dir keine Sorgen machen. Er behandelt mich gut und war für mich da. Gestern Nacht, als du ihn zu mir in den Bungalow geschickt hast, war es das, was ich gebraucht habe. Vielen Dank.« Ich beugte mich nach vorne und drückte seine Hände. »Auch Yanis ist ein wirklich toller Kerl. Er kann schwer mit Konflikten umgehen und wir haben im Moment eine Krise. Er hat ein Geheimnis, von dem ich nun weiß. Etwas, das ihre Karriere und auch die Freundschaft zueinander zunichtemachen könnte. Es betrifft mich nicht persönlich, daher versuche ich mich rauszuhalten. Gleichzeitig geht es auch um Aki und ...«

»Und in ihn hast du dich verliebt. Beschissene Situation«, vollendete er meinen Satz. Er seufzte, wusste aber selbst, dass er mir gerade nicht mehr helfen konnte. Allerdings fühlte es sich gut an, mit jemanden ansatzweise darüber reden zu können.

Good Vibes

»Wir wollen in den Burgerladen ein paar Straßen weiter gehen! Kommst du mit?«, fragte mich Jussi nach den Proben.

»Ach, geht nur. Ich ruhe mich noch ein bisschen aus«, lehnte ich lächelnd ab.

Jussi sah mich nachdenklich an. Vermutlich dachte er, dass ich in Selbstmitleid schwelgen wollte. Das war verlockend, doch ich konnte mich gut mit Arbeit ablenken.

Als er mit der Band verschwand, wurde es komplett still im Club. Seufzend schnappte ich mir das Tablet und begab mich zurück ins Hostel. Meine Bemühungen, in die engeren Fankreise zu gelangen, waren erfolgreich gewesen, ohne dass die Band groß Wind davon bekommen hatte. Die Jungs tummelten sich ohnehin nicht oft auf unserem offiziellen Account und vertrauten mir voll und ganz, wenn es darum ging, sie in Szene zu setzen. In den letzten Wochen waren der Blog, Facebook und Instagram gefüllt von Schnappschüssen, kurzen Tourupdates und Werbung. Nichts Besonderes, da hätte ein Marketingexperte gewiss mehr draus machen können, aber die Kommunikation mit den Fans fand wieder vermehrt statt. Es gab sogar schon einen eigenen Fanclub, den zwei junge Frauen ins Leben gerufen hatten. Als Gegenleistung bekamen sie Merchandise-Material für Verlosungen und Gewinnspiele oder Vorabinformationen. Wenn es denn welche gab. Bis jetzt hatte ich keine Rückmeldung von Kalle erhalten, ob ich den Ruf der Band ausreichend hatte retten können. Keine Zusage für ein weiteres Album. Ich hatte ihm ein paar Aufnahmen der Akustik-Versionen geschickt und zwei Songs, die Yanis neu geschrieben hatte und die sie erstmals auf der Bühne performt hatten. Ich wollte vermitteln, wie sehr die Band an sich arbeitete. Die Katastrophen ließ ich natürlich aus, genauso die Gefühle für Aki und das interne Drama. Erst mal galt es, neue Verträge zu bekommen. Allerdings freute er sich über die Chance bei *The wicked elephant* und ich war optimistisch, dass Kalle uns nur auf die Folter spannte.

Im Postfach waren viele Nachrichten vom Fanclub eingegangen. Zufrieden sah ich sie durch, schrieb mir zusammen, was mir interessant erschien, und plante den Ablauf.

Rechtzeitig vor Konzertstart war ich zurück im Club. Sowohl vollgefressen als auch vollzählig fand ich alle Bandmitglieder hinter der Bühne. Yanis sah man an, dass ihn etwas mitnahm, aber so war er mir immer noch lieber als stockbesoffen mit der Hand in der Hose eines Fans. Er blieb abseits der anderen, starrte gedankenversunken ins Leere oder schloss mit gesenktem Kopf die Augen.

»Du hast mein Mitleid kaum verdient, aber dein Pokerface ist mies«, sagte ich und stellte mich neben ihn.

Er brummte und bedachte mich mit einem sarkastischen Blick.

»Wenn es dich so fertig macht, spring über deinen Schatten und sag es Aki«, versuchte ich es noch mal. Eigentlich ging mir selbst der Arsch auf Grundeis, weil ich nicht wollte, dass sie sich hier anschrien oder gar prügelten.

»Du unterschätzt die Ausmaße, Laura. Ich habe schon oft Scheiße gebaut und Aki hat mir immer vergeben und ist bei mir geblieben. Diesmal bin ich mir nicht sicher.«

Seine Aussage war beängstigend und ich hätte ihnen beiden gerne geholfen, die Krise zu bewältigen. Aktuell wusste ich aber nicht wie, deswegen griff ich nach Yanis' Oberarm und zog ihn mit mir.

»Unser letztes Clubkonzert. Ich kann es gar nicht glauben«, rief ich und scharte die Jungs um mich. Vielleicht konnte ich wenigsten die akute Stimmung etwas auflockern.

Der Club war voll und die vertraute Geräuschkulisse drang dumpf zu uns durch. Flinn ließ seine Drumsticks zwischen den Fingern rotieren, Eddi, Aki und Yanis griffen nach ihren Instrumenten, um sie sich um den Hals zu hängen. Es gab kein großes Ritual vor den Konzerten, aber heute war mir danach, mein Wort an sie zu richten.

»Ich weiß, es ist nicht das letzte Konzert, aber das letzte Mal in kleiner Runde. Morgen gibt es die große Show und ich bin sicher, es wird ein mega Trubel. Danach können wir gemeinsam feiern! Ich freue mich«, begann ich. Ihre Blicke ließen meine Wangen warm werden.

»Wieso hältst du jetzt eine Ansprache? Das haben wir noch nie gemacht, werde jetzt bloß nicht sentimental«, sagte Flinn mit ernster Miene, aber ich sah den Glanz in seinen Augen.

»Es war aufregender als unsere erste Tour. Ich hatte viel Spaß«, ergänzte Eddi und hüpfte einmal. Vermutlich musste er sich warm springen, um die Flummi-Nummer auf der Bühne abzuziehen.

Aki zog die Augenbrauen hoch und sah den jungen Bassisten an. »Ach ja? Wir haben zweimal den öffentlichen Straßenverkehr gefährdet, einmal durch Yanis' Kotze und einmal wegen Flinns Tangas. Du wurdest vergessen, ich musste meiner Gitarre hinterherfahren und Yanis ist durch eine Bühne gebrochen. Sind das alles Erlebnisse, die du unter Spaß verbuchst?«, fragte er ernst, ehe er breit grinste. Und wie er Spaß gehabt hatte.

Eddi nickte so heftig, dass sein Kinn gegen die Brust stieß. »Ja! Wir haben immer eine tolle Show abgeliefert und ich denke, von Mal zu Mal sind immer mehr Leute zu unseren Konzerten gekommen. Ich glaube fest, dass wir bewiesen haben, dass wir es draufhaben! Und solange Laura dabei ist, um uns den Arsch zu retten, macht das Ganze jede Menge Spaß. Von mir aus kann es ewig so weitergehen, ohne euch wüsste ich nichts mit mir anzufangen.«

Während der Kleine dankbar in die Runde blickte, fiel Yanis' Miene in sich zusammen. Diesmal sah ich ganz genau, was er dachte, da sein Blick zu seinem Bruder schnellte. Dass ihm das Hirn noch nicht explodiert war, grenzte an ein Wunder. Akis Worte schienen ihn sehr erschüttert zu haben und obwohl der Gitarrist soeben lächelnd bei uns stand, traute Yanis ihm offenbar wirklich zu, die Band wegen ihm zu verlassen. Seine Freunde so zu enttäuschen, nahm ihn wirklich mit. Dass Eddi ihn nun komplett aufgekratzt auch noch flüchtig umarmte, ehe er noch mal hochhüpfte, machte es vermutlich nicht besser. Mein Aufmunterungsversuch hatte keine Früchte getragen.

Ich räusperte mich, riss mich vom niedergeschlagenen Sänger los und sah erneut in die Runde. Ihre Aufmerksamkeit konzentrierte sich auf mich, sodass ich nach den richtigen Worten suchte.

»Ich hatte trotz des Stresses auch viel Spaß, und ich habe noch tolle Neuigkeiten für euch. Kalle hat bereits zugestimmt! Jari Mäkinen hat mich gefragt, ob ihr im Herbst bei zwei ihrer großen Arena Konzerte in der *Jäähalli* als Vorgruppe auftreten wollt«, verkündete ich mit erhobenem Haupt.

Es dauerte, bis die Worte ankamen und ihre Wirkung entfalteten. Eddi hörte auf zu hüpfen und öffnete den Mund, ohne ihn wieder zu schließen. Flinn ließ seine Drumsticks fallen.

»Herzlichen Glückwunsch«, ergänzte ich, weil ich nicht davon ausging, dass hier jemand das Angebot ablehnen würde.

»Geile Sache«, rief Aki als Erster aus, auch wenn er natürlich schon davon gewusst hatte. Schwungvoll drückte er mich an sich und küsste meine Wange. Ich kicherte und ließ mir die Luft aus der Lunge pressen.

»Wie hast du das eigentlich geschafft? Hat Pekka auf ihn eingeredet?«, fragte Yanis, dem man ebenfalls kaum ansah, dass er die Neuigkeit bereits erfahren hatte. Die spürbar steigende Euphorie der Band löste sichtbar seine Beklemmung, denn ein breites Lächeln ersetzte die betrübte Miene.

Aki entließ mich aus seiner Umklammerung und strahlte mich an. Er trat einen Schritt zurück, hielt aber meine Hände mit seinen fest.

Ich sah an ihm vorbei zu Yanis und schüttelte den Kopf. »Quatsch. Vielleicht hat die Freundschaft zu Pekka euch ein paar Türen geöffnet, aber Jari hat euch spielen sehen und war begeistert. Er weiß, wie es als Frischling ist, und er fand euch toll. Das ist ganz allein euer Verdienst! Ich freue mich wahnsinnig für euch und wenn ihr zustimmt, ruf ich Jari gleich nachher an.«

Jetzt passierte es: Die Massenfreude brach aus. Von den Jubelschreien angesteckt, umarmte uns Yanis. Mit *uns* waren Aki und ich gemeint, die von seinen Armen umschlungen und aneinandergepresst wurden. Ich knallte mit der Wange gegen Aki und Yanis legte seine Hand an meine Taille. Ausgelassen stimmte er in das Lachen mit ein. Eddi schloss sich von der anderen Seite an, drückte seinen schmalen Körper mit einer überraschenden Kraft an uns, und Flinn umschloss uns von der Rückseite. Ich war eingekerkert zwischen diesen finnischen Musikern und lachte schnaufend auf. Es war ein großartiger Moment, obwohl ich fast erstickte.

»Leute, ihr brecht mir alle Knochen«, keuchte ich, grinste aber über das ganze Gesicht. Nur langsam gaben sie mich frei. Mit tiefen Atemzügen sog ich den Sauerstoff dankbar ein. »Okay, jetzt rauf mit euch auf die Bühne, rockt das Ding.«

Sie taten es. Durch die guten Nachrichten vollkommen aufgekratzt, stürmten sie die Bretter, die von grellen Spotlights ausgeleuchtet wurden. Voller Energie startete Flinn mit den Drums ihre letzte Club-Show und ich liebte jede Sekunde davon. Die Freudentränen unterdrückte ich mit einem Kloß im Hals, weil ich sie so gerne spielen sah. Die Menge tobte, kreischte und ein rosa Teddybär flog bereits nach dem zweiten Song auf die Bühne. Eddi nahm ihn entgegen und steckte ihn in seinen Gürtel. Wenn er hüpfte, nickte das Geschenk mit seinen Knopfaugen. Der Bass rumorte in meinem Inneren und als sich Yanis das Shirt auszog und ins Publikum warf, konnte ich nur lachend den Kopf schütteln. Bald hatten wir nicht nur einen Drummer ohne Tangas, sondern auch einen Sänger ohne Shirts. Irgendjemand freute sich hysterisch kreischend über das stinkende verschwitzte Kleidungsstück. Ich könnte ihnen davon noch viel mehr besorgen. Von allen Bandmitgliedern. Bloß die Fans von Flinn mussten auf die Autobahn gehen, um seine Unterhosen zu finden.

Als Aki und Yanis sich für die letzte Ballade vor dem großen Rock-Showdown wie immer an die Kante der Bühne setzten, zog sich mein Magen wieder zusammen. Sie warfen sich tiefe Blicke zu, es wurde still im Club. Dunkelheit legte sich über alle und nur die beiden waren ausgeleuchtet. Sie lächelten sich inniglich an. Aki positionierte seine Gitarre auf dem Schoß, während Yanis das Mikrofon fester umgriff.

Es war ein Auftritt wie immer, und doch sah ich den Unterschied. Eine stumme Kommunikation zwischen den beiden. Sie wussten, dass es etwas gab, das es zu klären gab, und dennoch liebten sie sich. Aki schloss die Augen, senkte den Kopf und begann sanft an den Saiten zu zupfen. Ab dem ersten Ton kroch eine Gänsehaut über mich. Die leisen Klänge, die sich langsam, aber stetig zu einer Melodie formten, die ins Herz ging. Es war ein Song über eine gescheiterte Romanze. Mit traurigen Versen, die die Fans dazu veranlasste, sich in den Arm zu nehmen. Handy-Taschenlampen wurden hin und her geschwenkt und ich seufzte. Die beiden konnten das einfach. Die Menschen in den Bann ziehen. Vielleicht lag es aber auch daran, dass Yanis immer noch oben ohne dasaß und ihm der Schweiß über den gut definierten Oberkörper rann.

Ich mochte den Song, weil er zwar melancholisch war, aber am Ende gab es ein Happy End. Ein Versprechen, dass sich die Liebenden niemals vergessen wollten, weil sich ihre Herzen berührt hatten.

Nach dem ruhigen Moment zeigten die vier noch einmal, was es hieß, finnischen Rock mit vollem Einsatz zu performen. Das Publikum hüpfte gemeinsam mit Eddi, klatschte im Takt von Flinns Drums und Yanis warf seinen Kopf hin und her. Akis Solo an der Gitarre war ein weiterer Höhepunkt, bis das Licht im großen Finale ausging und nur noch das Kreischen der Fans zu hören war.

Ich musste aufstehen und mit der Masse mitklatschen, die die Band feierte. Sie verbeugte sich, fing weitere Kuscheltiere und sogar einen BH. Aki warf seine Plecs nach unten, was erneutes Geschrei auslöste.

So hatte ich mir das vorgestellt, so hatten sie es verdient. Die Schlagzeilen rund um Yanis waren nicht vergessen. Er hatte sich immer noch nicht komplett unter Kontrolle, aber obwohl er seine Verfehlungen hatte, spürte ich, dass er es wiedergutmachen wollte. Ich war zufrieden und konnte mich nun auf unser letztes Konzert in Turku freuen. Das große Finale auf Finnlands berühmtestem Rock-Festival.

Die Schleimphobie

Müde, glücklich und gleichzeitig ein bisschen wehmütig schleppte ich mich hinter der Band zum Hostel. Sie waren vom Autogrammeschreiben aufgekratzt und brachten mich damit zum Schmunzeln. Ich kassierte noch mal Lob für die Unterkunft und fürchtete mich bereits vor der letzten Nacht nach dem Festival. Das Beste kam bekanntlich zum Schluss. Allerdings nicht, wenn einem vorher das Budget ausging.

Im Hostel kamen sie langsam, aber sicher runter und wurden leiser. Zum Glück, denn eine Beschwerde wegen Ruhestörung mitten in der Nacht brauchten wir nicht. Tomas und Jussi waren die ersten, die die Tür hinter sich verschlossen. Der Rest stand plaudernd im Flur beisammen, *Lonkero*-Dosen in der Hand und harmonisch vereint. Mit schweren Schritten schlurfte ich zu meinem Zimmer.

»Gute Nacht!«, rief mir Eddi nach.

»Schlaft gut«, murmelte ich und drehte mich gähnend noch mal um. Erleichtert stellte ich fest, dass die anderen sich ebenfalls verabschiedeten und ihre Getränke leerten. Murmelnd verschwand jeder in seinem Zimmer.

Aki war der Letzte im Gang, der mich zaghaft lächelnd ansah. Das Bedienfeld für den Zahlencode der Tür piepte leise auf, leuchtete grün und ich drückte die

Klinke runter. Mit einem Fuß war ich bereits drinnen, als Yanis seinen Kopf noch mal herausstreckte.

»Was machst du denn? Willst du auf dem Gang pennen?«, fragte er seinen Bruder belustigt, der mich weiterhin anstarrte. Yanis folgte seinem Blick und verdrehte die Augen. »Achso. Na, dann geh schon hin. Hab ich eben heute mein eigenes Zimmer«, sagte er und schlug die Tür schwungvoll vor Akis Nase zu.

Damit hatte er offensichtlich nicht gerechnet. Auch nicht, dass sie sich nicht mehr öffnen ließ, weil Yanis zugesperrt hatte. Ich lachte, trat in mein eigenes Schlafgemach und grinste ihn an.

»Tja, dann musst du wohl Jussi fragen, ob du bei ihm unter die Decke kriechen kannst«, neckte ich ihn.

Die Hände tief in die Jeanstaschen geschoben, kam Aki auf mich zu geschlendert. Mein Herz begann schneller zu schlagen, was die träge Müdigkeit etwas vertrieb. Als er vor mir stand, hielt ich die Tür nur noch einen Spaltbreit offen.

Selbstverständlich wusste ich, was er dachte. Dasselbe, das mir heute Morgen beim Betreten des Zimmers durch den Kopf gegangen war: Ob Aki die Nacht bei mir schlafen sollte. Ich biss mir auf die Lippe und betrachtete ihn. Der verwegene Bart, der weich wie seine zerzausten Haare war. Das schiefe Grinsen und die trainierten Arme. Ich wollte, dass er reinkam und mich küsste, ich wollte das Gänseblümchen-Tattoo auf seinem Hintern aus nächster Nähe betrachten. Doch ein Teil in mir sträubte sich. Nicht nur, weil ich Aki erst kurz kannte, sondern weil ich ein schlechtes Gewissen hatte.

Er lehnte sich lässig gegen den Türrahmen. Die Müdigkeit versuchte ich gar nicht erst zu verbergen, aber auf Tour sah man sich ständig mit dunklen Ringen unter den Augen. Er räusperte sich, was meine Aufmerksamkeit kurz gezielt auf seine Lippen lenkte. Verheißungsvoll verzog er sie zu einem Schmunzeln. Mein Herz schlug schneller, pumpte Blut in meine Wangen. Ich hasste es, dass man mir das sofort ansah. Das Funkeln in Akis Augen bestätigte das. Ertappt legte ich die Hand an meinen Mund, ließ sie dann aber verlegen nach unten gleiten, bis sie unter meinem Hals auf meiner Brust lag. Ich spürte, wie sie sich hektisch hob und senkte unter meinen flachen Atemzügen.

Aki verengte die dunklen Augen. Als er tief seufzte, beugte er sich weiter nach vorne. Wir sahen uns schweigend an, denn Worte waren überflüssig. Wir lasen ineinander, nur noch ein zartes Zögern hielt uns zurück.

Langsam hob er die Hand und schob sie durch den Spalt, den ich mit verkrampften Fingern an der Tür offenhielt. Als er mit den Fingerspitzen meine Taille erreichte, verbreiterte ich ihn automatisch. Seine Berührung, selbst über meinem Shirt, war so intensiv, dass ich scharf die Luft einsog. Es war irrational, aber unser schlechtes Timing und die vielen Unterbrechungen trieben die Spannung zwischen uns zum Zerreißen hoch.

»Wie lange willst du mich hier draußen schmoren lassen?«, fragte er leise und legte den Kopf schief.

Ruckartig riss ich die Tür auf und trat nach hinten.

Er sah sich gar nicht erst um, sondern schloss zu mir auf und zog mich an sich. Mit dem Fuß kickte er die Tür zu. Einen Augenblick sahen wir uns noch an, ehe jegliche Unsicherheit in einem leidenschaftlichen Kuss verpuffte. Akis Hände glitten über meinen Rücken, zielstrebig an meinen Po, wo er mich noch fester an sich presste. Ungeduldig und stürmisch ließ er mich spüren, was er wollte. Zusammen keuchten wir auf und ließen nur voneinander ab, um Luft zu holen.

Ich zerrte zuerst an seinem Shirt, zog es ihm ruckartig über den Kopf. Es knisterte und kribbelte, als sich seine Haare elektrisch aufluden. Die Funken sprangen buchstäblich über. Mit den Fingern erkundete ich seine nackte Brust und stachelte mein Verlangen an. Als Aki das Kinn senkte und zusah, wie ich mit den gelben Nägeln zart über seine Haut kratzte, schmunzelte er.

»Na, hast du dir das so vorgestellt?«, wisperte ich herausfordernd, als ich seinem Blick folgte.

»Nein. Das hier ist so viel besser!«

Ich wanderte mit der Hand tiefer über seinen flachen Bauch, durch die feinen dunklen Härchen bis zu seinem Gürtel. Als ich nach der Schnalle griff, verstummte sein Lachen. Aufmerksam verfolgte er, wie ich sie öffnete, den Reißverschluss aufzog und mit der Hand in seiner Hose verschwand. Er lehnte die Stirn gegen meine und blies mir seinen heißen Atem übers Gesicht. Sein Griff verstärkte sich an meinem Körper und jeder Muskel spannte sich spürbar in ihm an. Es machte Spaß, seine Selbstbeherrschung auf die Probe zu stellen und zuzusehen, wie er meine Berührungen genoss.

Als er mich erneut küsste, zog er meine Hand hervor, damit auch ich ein Kleidungsstück verlor. Mit einer fließenden Bewegung warf er mein Shirt in eine Ecke. Nur im BH schmiegte ich mich an ihn und sog seine

Körperwärme auf. Ich blickte zu ihm hoch, während er schon auf dem Weg war, den Verschluss an meinem Rücken zu öffnen. Mit den Fingerspitzen fuhr er den Saum meines BHs entlang. Es kitzelte auf meiner Haut und ließ mich wohlig zusammenzucken, ehe er die Lippen auf meine legte und mich sanft küsste. Mit der Nase stupste er mich an. Es war der letzte Funken Zögern, den er mit diesem Kuss austrat.

Ich schlang die Arme um seinen Hals und hüpfte hoch. Gott sei Dank reagierte er schnell genug und fing mich auf, als ich die Beine um seine Hüfte drängte. Wir lachten zusammen auf und taumelten rückwärts zum Bett. Die Matratze federte uns ein paarmal hoch und runter, während ich rittlings auf ihm saß. Noch in der Bewegung schnappte der Verschluss meines BHs auf und er strich mir die Träger von den Schultern. Ich legte den Kopf zur Seite, als er sich meinen Hals entlangküsste. Hingebungsvoll fielen mir die Augen zu. Aki ließ sich Zeit und fuhr mit den Lippen über die empfindlichen Stellen. Seine Zunge bescherte mir heiße Schauer, sodass ich mich in seinen Haaren verkrallte. Als ich meine Wange dagegen drückte, musste ich grinsen.

»Wieso riechst du eigentlich immer so nach … Banane?«, fragte ich keuchend, weil er mich soeben zärtlich biss und prickelnde Blitze durch meinen Körper jagte. Meine Frage ließ ihn trotzdem gegen meine Halsbeuge lachen. Das war genauso sexy wie die Küsse zuvor.

»Du stehst echt auf Bananen-Haare! Ich kann dir den Conditioner gern einmal ausborgen.«

»Höchstens, wenn du mir zeigst, wie man das richtig anwendet.«

Er hob den Kopf und funkelte mich amüsiert an. Sanft strich ich über seine Wange und über seinen kurzen Bartansatz. Er kostete es offensichtlich aus und brummte. Als Reaktion darauf widmete er sich wieder meinem Schlüsselbein, wanderte weiter nach unten und ich vergaß jegliche Gedanken an Pflegeprodukte. Er presste mich fest an sich und ich bog aufseufzend den Rücken durch.

Ohne Scheu gab ich mich ihm hin, als hätte es den Eiertanz um einen Kuss niemals gegeben. Mit einem Ruck drehte er uns zusammen um, sodass er nun schwer zwischen meinen Knien lag. Immer wieder lächelten wir uns an, tauschten leidenschaftliche Küsse und berührten jeden freien Flecken Haut aneinander. Als er sich hinkniete, wollte ich bereits wieder nach ihm greifen, weil seine Wärme mit ihm ging. Doch er nutzte den Freiraum lediglich dafür, mir die Hose samt Socken auszuziehen. Den Slip nahm er praktischerweise gleich mit. Er gönnte sich einen Augenblick, mich zu betrachten, ehe er aufstand und seine eigene Jeans und die Shorts abstreifte.

»Okay, bitte sag mir, dass du hier irgendwo Kondome hast, sonst muss ich nackt und geil durch den Flur zu meinem Bruder rennen«, sagte er mit in die Hüfte gestemmten Händen. Ich musste lachen, weil die Vorstellung doch seinen Reiz hatte.

»Irgendwo in meinem Koffer muss eine kleine rote Tasche sein«, erklärte ich und zeigte ihm die Richtung. »Aber stöbere nicht in meiner Schmutzwäsche!«, rief ich hinterher.

Aki machte ein Geräusch, das eine Mischung aus Knurren und Seufzen war. »Ich bin gerade an nichts anderem interessiert als an dir, nackte Frau.«

Er fand, was er suchte, riss die Packung ungeduldig auf und zog es sich gleich über. Mit großen Schritten kam er zurück und warf sich regelrecht zu mir aufs Bett, sodass ich hochhüpfte und fast runterfiel. Mein schrilles Kichern erstickte er mit einem Kuss und seinen Händen an meinen Brüsten. Heiß und fordernd schob er sich zwischen meine Schenkel und legte sich mit seinem vollen Gewicht auf mich. Mit den Ellenbogen links und rechts neben meinem Kopf strich er mir die Haare zärtlich aus der Stirn. So verharrten wir ein paar Herzschläge lang und sahen uns an. Kein Schalk, keine Witze. Aki betrachtete mich, gab uns den Moment. Ich strich ihm über die Schultern und den Rücken und war überglücklich, dass er hier war.

Trotz des stürmischen Beginns und der brennenden Leidenschaft nahmen wir uns Zeit, uns einander hinzugeben und zu erkunden, bis wir zusammen müde aneinandergeschmiegt einschliefen.

Das nächste Mal wachte ich aus einem tiefen Schlaf auf, weil sich Aki neben mir bewegte und sich hochdrückte. Sein Arm lag unter meinem Kopf und ich kuschelte mich nackt an ihn. Der Wecker hatte noch nicht geklingelt. Während er sich ächzend vom Bett erhob, streckte ich mich.

»Sorry, aber mir schlafen die Hände ein«, raunte er verschlafen. Ich sah auf seinen Rücken, auf dem das Laken abstrakte Muster hinterlassen hatte, und grinste glücklich. Kein bisschen Reue herrschte in mir, nur Wärme und Zufriedenheit.

Ich rollte mich zur Seite und zog mein Telefon aus der Hosentasche. »Wir müssen bald aufstehen.«

Es blieben fünfundvierzig Minuten, bis mein Alarm losging. Das reichte für eine Dusche, obwohl ich viel lieber mit Aki im Bett geblieben wäre.

Er sah sich orientierungslos um. Es wirkte irgendwie niedlich, wie er blinzelnd in alle Ecken guckte.

»Dort ist die Tür, wenn du die suchst«, neckte ich ihn und zeigte zum Flur.

Er brauchte tatsächlich lange, um zu grinsen. »Ja, ich hab all meine Sachen drüben. Zähneputzen und waschen wären schon recht toll.«

Ich lachte auf und nickte. Aki schaffte es, sich taumelnd zu mir zu beugen und mir einen Kuss auf die Lippen zu hauchen. »Ich möchte nicht den Eindruck vermitteln, dass ich mich jetzt einfach davonmache«, flüsterte er mit schlaftrunkener Stimme.

Langsam schüttelte ich den Kopf. »Kein Problem. Ich möchte mich auch noch vor dem Frühstück frisch machen.«

Bevor er sich aufrichtete, verharrte er dicht vor meinem Gesicht. »Ich bin froh, dass du so stur warst und dich von uns nicht hast vergraulen lassen. Du weißt nicht, wie gerne ich bei dir bin.«

Doch, das wusste ich, weil es mir genauso ging. Trotzdem wirbelten seine Worte die Schmetterlinge in meinem Bauch neu auf. »Dir ist klar, dass ich ab jetzt genau abwäge, welche weiblichen Fans ich in deine Nähe lasse? Mir geht es nämlich genauso und ich beanspruche dich als deine Managerin ganz für mich.«

Es war meine Art, subtil nachzufragen, ob wir jetzt offiziell etwas miteinander hatten. Aki gluckste leise, strich mir erneut über die Wange und nickte. »Als wenn mich auch nur eine davon so um den Finger wickeln könnte wie du. Ich bin ganz dein.«

Während ich erleichtert zurück aufs Bett sank und mit den Zehen wackelte, stand Aki auf und ging zur Tür.

»Hast du nicht etwas vergessen?«, fragte ich lachend.

Er sah über die Schulter zu mir und ich zeigte mit dem Finger auf seinen Hintern. Genauer gesagt auf die tätowierte Gänseblümchen. Er weitete die Augen und griff sich verlegen in die zerzausten Haare, die in alle Richtungen standen.

»Ja. Äh, Hose.«

Mehr kam nicht, weshalb ich losprustete und mir die Decke gegen das Gesicht presste.

»Dein berauschender Anblick bringt mich eben ganz durcheinander«, murmelte er, als er seine Klamotten einsammelte und sich anzog.

Belustigt sah ich ihm hinterher, bis die Tür zufiel. Es war eine seltsame Nacht gewesen, aber genau das Richtige. Es zeigte mir, dass da mehr war als eine peinliche Schwärmerei.

Nach einem ausführlichen Frühstück, bei dem Yanis kein Wort darüber verlor, dass Aki bei mir die Nacht verbracht hatte, stiegen wir alle mit vollen Bäuchen und gut gelaunt in den Bus. Besonders ich grinste breit vor mich hin. Die Auseinandersetzung mit Yanis war nicht vergessen, aber meine Glückshormone betäubten das drohende Unheil, das über uns lag. Für das Finale der Tour, das große *Ruisrock,* wünschte ich mir trotzdem noch mal eine phänomenale Show.

»Haben wir in *Turku* die Möglichkeit, einkaufen zu gehen? Ich brauche wirklich Unterhosen«, klagte Flinn, als er sich auf seinen Stammplatz setzte.

»Wir fahren morgen nach Hause! Hast du gar keine mehr?«, hakte Eddi mit verzogenem Gesicht nach.

Flinn rutschte auf dem Sitz hin und her. »Nein! Nur gebrauchte. Die Jeans zwickt ganz schön.«

Die Vorstellung, dass Flinn unter der Hose nackt war, schockierte und amüsierte mich gleichermaßen. Ich verdrehte die Augen, musste aber trotzdem lachen. Aki gähnte hinter mir. Ohne hinzusehen, war mir bewusst, dass er innerhalb weniger Minuten eingesunken schlafen würde.

Selbst als wir bei bestem Wetter zwei Stunden später mitten in die Stadt reinfuhren, schnarchte Aki immer noch leise vor sich hin. *Turku* war gleichzeitig eine mittelalterliche und moderne Stadt. Es gab die typische Markthalle, einen Fluss und eine wunderschöne, erhaltene Burg. Das öffentliche Leben zeigte sich bereits jetzt früh morgens aktiv. Unzählige Sommer- und Winterveranstaltungen zogen Touristen und auch Finnen hierher. Es war laut, gab aber ebenso ruhige grüne Plätze zum Entspannen. Ich wollte sofort in ein Café am Flussufer, um dort im Schatten zu sitzen und etwas zu trinken.

Das *Ruisrock* war ein dreitägiges Treffen der größten und bekanntesten nationalen und internationalen Bands in Finnland. Ich war bereits zweimal privat dort gewesen und hatte immer eine verrückte Zeit verbracht. Das Gelände lag auf der Insel *Ruissalo.* Um diese zu erreichen, musste man eine Brücke überqueren. Als wir diese überschritten, richtete sich Yanis interessiert auf.

»Fahren wir direkt zum Festival? Gibt es dort Hotels?«

Ich tat so, als hätte ich seine Frage nicht gehört, und schaute aus dem Fenster ins Grüne. Die Insel war ein beeindruckendes Naturerholungsgebiet. Dass dort jährlich ein solches Spektakel mit Tausenden Menschen stattfand, freute nicht jeden Naturschützer. Ich kurbelte das Fenster nach unten und genoss den Duft. Eine Mischung aus Salzwasser und Gräsern. Nur vereinzelte Wolken zogen langsam über den blauen Himmel. Es war ein guter Tag, um eine Tour zu beenden.

Wir kamen am zweiten Spieltag an, tauchten also mitten ins Geschehen ein. Immer noch ging die Sonne kaum unter, daher floss die Festivalzeit fast nahtlos ineinander. Manche Besucher schliefen überhaupt nicht, hatten aber die Zeit ihres Lebens.

Tomas wusste, wo es hinging, also schwieg ich, um so wenig Aufmerksamkeit wie möglich zu erregen. Er bog nicht in die Straße ab, in die ein großer blauer Pfeil wies und zum Festival führte. Da wurden wir erst später erwartet und zuerst wollte ich unser Nachtlager aufbauen.

Yanis kam im Gang zu mir und starrte aus der Windschutzscheibe nach vorne. »Laura? Wo fahren wir hin?«

»Was?«, fragte ich und sah ihn mit hochgezogenen Augenbrauen an. Ich wollte es ihm erklären, doch Flinn kam mir zuvor. Er hatte entdeckt, was unser Ziel sein sollte.

»Ach, komm schon! Haben wir nicht genug gelitten?«

Nun klebten alle Rockstars im Bus an den Fenstern, um anzusehen, was Flinn so aufregte. Er übertrieb. Außerdem war es nicht meine Schuld.

»Das wird ein letztes kleines Abenteuer zusammen! Lagerfeuerromantik und Sternenhimmel«, lobpreiste ich den Campingplatz, der an das Festivalgelände angrenzte. Wir waren immerhin direkt vor Ort und mussten nachher nicht zurück in die Stadt fahren.

»Leute, ich musste ein Bahnticket extra kaufen, ein Mietauto finanzieren und etwas mehr für Werbung ausgeben als gedacht. Da war kein Puffer übrig! Wir müssen nehmen, was wir kriegen«, rechtfertigte ich die spontane Umplanung.

Die Jungs starrten immer noch nach draußen, während wir eine Schranke durchquerten und ein Wächter Tomas erklärte, wie er zum Stellplatz und später zum Festival kam. Auf einer großflächigen Wiese mitten im Wald machten wir Halt.

»So, Leute, auf geht's. Ich habe ein paar Zelte eingepackt und die sollten wir noch schnell aufbauen für die Nacht«, verkündete ich. So schnell ich konnte, sprang ich aus dem Bus, um ihren Protest im Keim zu ersticken. Es roch herrlich nach frischen Gräsern und Bäumen.

»Zelte?«, echote Flinn skeptisch.

Ich ignorierte ihre Zickereien und half Jussi beim Ausladen der drei Zelttaschen. Es waren ganz simple Exemplare, die man auf dem Boden aufstellte und in denen bis zu zwei Menschen problemlos schlafen konnten. Rund um eine große angelegte Feuerstelle standen bereits einige andere Zelte in den unterschiedlichsten Designs.

»Wir sollen auf dem Boden schlafen?«, fragte Yanis. Er sah sich mit einer Miene um, als hätte ich ihn dazu verdonnert, nackt auf einem Strohhaufen zu pennen.

»Machst du schon wieder auf verwöhnten Rockstar?«, schimpfte ich und begann das erste Zelt auszupacken. Hammer und Heringe hatte ich natürlich auch dabei. Mit meiner Familie war ich schon ein paarmal zelten gewesen.

»Der Bungalow war ja noch in Ordnung. Vier feste Wände. Aber ein Zelt? Hier gibt es Tiere, die bestimmt in der Nacht ins Warme zu uns kriechen«, murmelte er dicht bei mir. Erstaunt sah ich zu ihm hoch, als ich vor ihm hockte und die erste Plane ausbreitete.

»Erzählst du mir gerade, dass du Angst vor Spinnen hast?«

Yanis rümpfte die Nase. Es sah so lustig aus, dass ich laut loslachte und dabei das Gleichgewicht verlor. Tollpatschig setzte ich mich vor ihn in die Wiese. Er verschränkte beleidigt die breiten Arme, während ich weiter kicherte.

»Der große, starke Mann fürchtet sich vor Spinnen?«

Noch immer sagte er nichts, bis Aki zu uns kam. Er stieß seinen Bruder spielerisch mit der Schulter an. »Er hat keine Angst vor Spinnen, sondern vor Schnecken. Besonders vor Nacktschnecken.«

Ich wartete darauf, dass er diese Information als Spaß deklarierte, doch es kam nichts. Im Gegenteil: Yanis sah noch leidender drein und schüttelte sich angeekelt. »Die sind schleimig und widerlich. Das Zeug kriegt man nicht mehr von der Haut.«

Nun war es um mich geschehen. Ich prustete los, ließ mich auf den Rücken fallen und gab mich dem Kopfkino hin. Yanis schreiend in seinem Schlafsack, überzogen von vielen schleimigen Schnecken. Es tat unheimlich gut wieder gemeinsam zu lachen.

»Aber die sind doch so langsam und tun dir nichts«, brachte ich glucksend hervor.

Er sah das wohl anders, denn er schnaubte und ging zurück zum Bus.

»Du kannst auch drinnen schlafen, wenn du solche Angst hast. Aber du erklärst den Fans, warum es keine Lagerfeuerbilder von ihrem Lieblingssänger gibt, weil er sich vor lauter Schiss vor Schnecken im Auto verbarrikadiert!«

Ich bekam keine Antwort, hatte aber immer noch Spaß mit dieser Szene. Aki grinste ebenso, nahm es jedoch gelassen hin. Er half mir mit dem Zelt und stellte sich weiter weniger kindisch an als der Rest der Mannschaft. Eddi beteiligte sich zwar beim Aufbau, wenngleich mürrisch. Flinn schmollte. Hauptsächlich, weil er immer noch keine Unterwäsche hatte und Yanis ihm seine Badehose als Alternative angeboten hatte.

Jussi und Tomas erwiesen sich als Zeltexperten. Ohne groß nachzudenken, stellten sie gemeinsam innerhalb einer halben Stunde zwei davon korrekt nebeneinander auf, Aki und ich bewältigten das dritte.

Stolz krabbelten wir gemeinsam hinein und betrachteten unser Werk. Ich hatte auch Isomatten dabei, Schlafsäcke und ein paar kleine Kissen. Auf allen vieren kroch ich voran und legte mich dann seitlich auf den Plastikboden.

»Okay, gehen wir davon aus, dass wir Jussi und Tomas aus Respekt den Bus und die bequemeren Betten
hinterlassen. Da haben wir noch drei Zelte für vier
Leute«, zählte Aki auf, als er sich mir gegenüber ebenfalls auf die Seite legte.

Ich grinste breit und biss mir verlegen auf die Unterlippe. Etwas, das ich mir mit sechszehn abgewöhnt
hatte, weil ich es bei den anderen Mädchen dämlich
fand. »Ob Jussi noch mal freiwillig im Bus schläft, weiß
ich nicht. Aber ich würde mich freuen, wenn du heut
Nacht bei mir bleibst. Die anderen scheinen das sowieso schon recht entspannt aufgenommen zu haben.
Was auch immer das ist«, sagte ich.

Er schien mit der Antwort zufrieden, denn sein Lächeln wurde breiter. Regungslos starrte ich ihn an, wie
er die Hand hob und an mein Ohr griff. Er zupfte einen
kleinen Ast hervor und hielt ihn mir belustigt vor die
Augen.

»Muss wohl hängen geblieben sein, als ich Yanis ausgelacht habe.«

Er nickte, warf ihn vorne aus dem Zeltausgang und
sah mich noch mal an. Es lag ihm die Frage auf der
Zunge. Dieses Etwas, bei der Erwähnung seines Bruders, das zwischen uns allen hing, weil er nicht vergessen hatte, dass ich ihm im Bungalow etwas verschwiegen hatte. Lange würde er sich nicht mehr gedulden.
Ich hoffte, dass sein Bruder die Sache bald klärte.

»Lass uns zum Gelände fahren und die Lage abchecken! Ich will, dass unser Finale großartig wird«, beendete er den seltsamen Moment und kroch voran hinaus.

FAQ

Die Dimensionen des größten Rockfestivals von Finnland waren jedes Mal aufs Neue beeindruckend. Auf der einen Seite gab es die Hauptattraktion, die gigantische Strandbühne, die ans Meer mündete. Ich erinnerte mich noch sehr gut, wie berauschend das Gefühl war, wenn man in der Menge feierte und neben einem die monströsen Fähren vorbeifuhren. Das Festival erstreckte sich in unzähligen Zelten und Ständen. Überall hingen Lichterketten, Lampen, künstliche Fackeln und aus allen Richtungen dröhnte Musik.

Als Tomas uns zwischen anderen, viel größeren Bussen aussteigen ließ, drang die Festivalatmosphäre zu uns herüber. Dicke Stromkabel führten zu den Nightlinern und überall liefen schon geschäftige Menschen hindurch. Im Vergleich zum Weinfest waren hier die Bereiche deutlich strenger abgesichert und überwacht, Security patrouillierte an den Zäunen entlang. Beim VIP-Eingang überreichte man uns Identifikationskärtchen, damit wir uns frei bewegen durften. Es gab strikt getrennte Areale, eine nur für das Catering und jede Menge Fotografen. Selbst ein Kamerateam samt Tontechniker marschierte schnellen Schrittes an uns vorbei. Das erinnerte mich daran, Pekka anzurufen. *The wicked elephant* trat heute Abend, kurz nach uns auf der Hauptbühne auf. Zwei weitere Plattformen verteilten sich auf dem Gelände, darunter die für Newcomer wie uns.

Mit einer Geländekarte navigierte uns Tomas gewohnt souverän zu unserem Platz. Ein eigenes stabiles Zelt mit Garderobenständer, Bierbänken, einem Tisch, Sitzsäcken und einem Kühlschrank erwartete uns. Alles in allem sehr komfortabel. Der Soundcheck fiel wie gehabt eher knapp aus, aber wir hatten mehr als eine Stunde Zeit bis zum Termin. Jussi stapfte wie immer samt Tomas voraus, jeder eine Kiste tragend mit Instrumenten. Flinn und Eddi folgten ihnen mit weiteren Transportboxen.

»Bevor ihr alle weglauft: Nach dem Soundcheck habe ich eine kleine Überraschung vorbereitet und dafür brauche ich euch versammelt und gute gelaunt!«, rief ich ihnen hinterher, damit hier keiner dachte, die Party würde vor unserem Auftritt stattfinden.

Kurz darauf schrieb mir Pekka, dass er noch zu tun hatte und nachher zu uns kommen wollte, also erkundeten Yanis und Aki mit mir das Gelände abseits des Backstagebereiches. Durch eine kontrollierte Schleuse traten wir auf den Festplatz raus. Auf einer Bühne spielte Livemusik und je weiter wir spazierten, desto lauter und dichter wurde es. Jeder dritte Stand versorgte einen mit Getränken oder etwas Essbaren. Es gab Merchandise-Zelte und sogar ein kleines Tattoostudio. Über uns schwebten riesige mit Helium gefüllte Luftballons und die Lichterketten zauberten trotz Tageslicht eine Mischung aus lila und orangenem Licht. Abends in der Dämmerung würde das alles fantastisch aussehen.

Während Aki begeistert neben mir herlief und nicht genug Eindrücke in sich aufsaugen konnte, wirkte Yanis abwesend. Nicht nur, dass er eher still war, sondern sein Blick blieb stur geradeaus gerichtet, außer wenn er sein Handy in die Hand nahm und nervös darauf starrte.

Als Aki sich bei einem Stand anstellte, der die größte Lakritzauswahl hatte, die ich je gesehen hatte, nutzte ich die Chance und hakte mich bei Yanis unter. Er sah mich überrascht an, stieß mich aber nicht weg.

»Sag mir, was los ist«, flüsterte ich besorgt.

Er sah zu seinem Bruder, der wie hypnotisiert vor den Schalen voller Süßigkeiten stand. »Ich hab die Sache beendet. Seitdem hat sich Johanna nicht mehr gemeldet«, bestätigte er meine Befürchtungen.

Überrascht sah ich zu ihm hoch. Ich fand es gut, dass es vorbei war. Was auch immer es gewesen war. Allerdings blickte ich mich sofort unbewusst ängstlich um, als würde sie jeden Moment hervorspringen.

»Und es tut dir leid?«, fragte ich vorsichtig. Ob ihm wirklich etwas an der Frau lag, konnte ich nicht sagen, denn dazu fehlten mir die Informationen.

Er verzog das Gesicht und schüttelte prompt den Kopf. »Nein. Aber ich habe Angst vor den Konsequenzen! Du kennst eben nicht die ganze Geschichte.«

Weil er sie mir nicht erzählte. Da durfte er sich nicht wundern, wenn ich halbwahre Schlussfolgerungen zog.

Obwohl er für diese Situation selbst verantwortlich war, stieg ungewolltes Mitleid in mir auf. Er sah blass und panisch aus. Wie die Frau war, die sowohl Aki als auch Yanis in den Bann gezogen hatte, machte mich allerdings sehr wohl neugierig. Sie schien große Macht zu haben.

Ich wollte etwas Aufbauendes sagen, aber nichts war passend. Also lehnte ich mich an ihn und sah Aki amüsiert dabei zu, wie er sich einen Kilo Lakritze in eine Tüte füllen ließ. Breit grinsend und glücklich kam er zurück und präsentierte uns seine Beute.

Wir gingen weiter und sogen die positiven Vibes auf, die Yanis und ich brauchten, um die Sorgen zu verdrängen. Aki stopfte das eklige schwarze Zeug in sich hinein und summte die Musik mit, die von den Bühnen hallte.

Bei den Proben kam die routinierte Konzentration auf. Jussi stolzierte auf dem Podest herum und kontrollierte ein letztes Mal alles. Davor tummelten sich schon einige Zuschauer, die das Treiben interessiert beobachteten. Hier im hinteren Bereich des Geländes war es ruhiger als bei den Hauptacts, aber die Stimmung nicht minder gut.

»Hier, für dich«, sagte Aki, als er mir einen Becher in die Hand drückte. Keine Cola mit Rum, dafür Gintonic mit kugeligen Eiswürfeln und einer Limettenscheibe. Mein Dealer ließ wohl nach. Ich starrte unschlüssig hinein und fragte mich, ob es klug war, bereits jetzt zum Alkohol zu greifen. Er hielt mir seinen Bierbecher zum Anstoßen entgegen, womit ich beschloss, dass heute ein Tag zum Feiern war.

Wir standen schräg vor der Bühne, als sich plötzlich die Stimmung des Publikums um uns veränderte. Menschen tuschelten, erhoben sich von ihren Picknickdecken und zückten ihre Handys. Wir blickten beide in die Richtung, in die sie ihre Köpfe drehten. Ich verdrehte die Augen, setzte den Becher an meine Lippen und nahm noch einen besonders großen Schluck. Was da zu uns herübergeschlendert kam, war kamerareif.

»Man sieht ihnen an, dass sie das genießen«, stellte Aki lachend fest.

»Sie genießen das genau so lange, bis irgendjemand zu weit geht und dann beschweren sie sich über die aufdringlichen Fans, die sie vorher wie Honig die Bienen angelockt haben. Jari lernt einfach nicht daraus«, erklärte ich besserwisserisch, weil ich die Szene kannte.

Da kam die gesamte Band *The wicked elephant* in ihren Rockstar-Rollen lässig zu uns spaziert. Besonders Anniina zog gewohnt alle Blicke auf sich. Sie strahlte ohnehin schon Sexyness aus, selbst wenn sie nicht in hautengen Lederhosen und einem Oberteil aufmarschierte, das ihre Brüste bis unters Kinn quetschte. Ihre kurzen blonden Haare waren der perfekte Kontrast zu dem Schwarz und ihr Piercing in der Augenbraue funkelte in der Sonne. Neben ihr schritt Jari breitbeinig auf uns zu. In zerrissener Jeans und einem grauen Muskelshirt, das seine tätowierten Arme präsentierte. Die beiden waren schon immer der Blickfang der Band gewesen. Sie liebten die Aufmerksamkeit, solange sie als Musiker unterwegs waren. Privat sah es ganz anders aus.

Dahinter folgten Antti, ihr stets gut gelaunter Bassist mit gegelten Haaren, und Tomi, der Drummer, der mir mal Salz statt Zucker in den Tee getan hatte, woraufhin ich beim Familienessen neben den Tisch gekotzt hatte.

Ihr Anblick erinnerte mich daran, dass ich viel zu viel Zeit mit Pekka verbracht hatte.

»Eines Tages werden wir das sein«, prophezeite Yanis selbstbewusst.

Ich schielte zu ihm hinüber und unterdrückte einen Kommentar. *The Anew* hatte großes Potenzial und war wieder auf einem guten Weg, doch ich wusste auch, dass gerade er als Bandleader die Sache schon sehr oft aufs Spiel gesetzt hatte. Wut stieg in mir empor, wenn ich mich daran erinnerte, was für eine Scheiße er gebaut hatte. So verbissen wir hier auf heile Welt machten, das Damoklesschwert hing spürbar über unseren Köpfen.

Irgendwann hatte sich Jari losgerissen und die Leute rund herum entspannten sich. Ich ging ihnen entgegen und umarmte ihn zur Begrüßung.

»Noch unauffälliger ging es nicht«, murmelte ich grinsend.

Jari war sich keiner Schuld bewusst. Er reichte den Jungs die Hand, diesmal machte sich Yanis nicht vor Nervosität fast nass. Tomi und Antti integrierten sich erwartungsvoll leicht.

»Wo ist Pekka?«, fragte ich mit Blick hinter sie.

Anniina verzog das Gesicht und seufzte laut. »Er ist bei Hannah und Lou. Als sie von deiner Idee gehört haben, waren sie begeistert. Na ja, Louisa war begeistert und hat Hannah gezwungen mitzuhelfen. Sie richten jedenfalls alles her.«

Diese Nachricht erfreute mich, weil ich so sicher sein konnte, dass nachher alles bereitstand. Pekka hatte akribische Anweisungen von mir erhalten.

Als *The Anew* für den Soundcheck auf die Bühne musste, blieben Jari und seine Band abseits, um sie zu beobachten. Ich schmunzelte, weil es meinen Jungs anzusehen war, dass sie aus dem kurzen Technik-Check eine Mini-Show für die prominenten Vorbilder kreierten. Statt wie sonst ein paar Töne anzuspielen, performten sie voller Begeisterung. Es dauerte nur wenige Minuten, doch sie lieferten ab, als hinge ihr Leben daran. Schwitzend und strahlend räumten sie anschließend ihr Zeug zur Seite und kamen von der Bühne gehüpft. Die paar Zuschauer applaudierten.

»Der Vorgeschmack war schon mal großartig! Jari hat von euch geschwärmt«, rief Antti begeistert aus und klatschte in die Hände. Ich freute mich, dass *The Anew* sich einen Namen machte.

»Das wird hervorragend rocken, wenn wir zusammen dem Publikum einheizen«, ergänzte Jari.

Diese wenigen Worte brachten Yanis' Augen zum Glänzen. Bevor er doch noch um ein Autogramm auf seinem Bauch fragen konnte, sah Jari auf die Uhr und entschuldigte sich.

»Wir müssen uns auf den Weg machen, aber vielleicht schaut ihr nach eurem Auftritt ja bei uns backstage vorbei.«

Nachdem *The wicked elephant* weit weniger auffällig davongezogen war, wuchs die Nervosität. Nicht wegen der Show, sondern mein Vorhaben bereitete mir Bauchkribbeln. Während die Jungs lautstark rumalberten, lachten und sich über die große Chance von Jari unterhielten, bemerkten sie zu spät die Menschentraube, die sich bei unserer Rückkehr vor dem Zelt sammelte. Flinn blieb als Erster verwirrt stehen. Eddi und

Aki folgten seinem Beispiel und starrten mit hochgezogenen Augenbrauen auf den Tumult. Selbst ich blieb angewurzelt und verwirrt stehen, obwohl ich an der Planung beteiligt gewesen war.

Ich drehte mich verspätet auf dem Absatz um, breitete die Arme aus und rief unsicher »Überraschung!«

Das erklärte natürlich nichts. Meine Erwartung war ein kleines Livepublikum gewesen, doch hier drängten sich weit mehr, als überhaupt in das Zelt sehen konnten. Als wir näher kamen, wandten sie sich um und Jubelschreie erschollen. Der Bandname wurde gerufen, es wurde geklatscht. Wir bahnten uns den Weg hindurch, wobei sie alle freundlich zurücktraten. Aki schloss zu mir auf, legte mir eine Hand auf die Schulter und beugte sich zu mir.

»Was hast du gemacht?«

Ich zuckte mit den Achseln. Er wollte nachhaken, doch der Klingelton seines Telefons unterbrach seinen Gedanken. Er zog es aus der Hosentasche und eilte davon, denn der Lärmpegel machte es ihm unmöglich etwas zu verstehen.

»Ist das dein Verdienst?«, fragte Yanis, nahm seine Stelle ein und legte seinen Arm um meine Schultern. Er grinste mich schief an, schien mit der Aufmerksamkeit aber recht zufrieden.

»Irgendwie ja und nein«, gab ich kryptisch von mir.

»Ich bin dir sehr dankbar. *Wir* sind dir dankbar. Ich hoffe, du weißt das«, murmelte er in mein Ohr. Verlegen nickte ich.

Als Aki zurückkam, hielt er uns sein Handy mit dem Display voran entgegen. Er sah verwirrt aus und auch ein bisschen verärgert. »Sag mal, hast du eine Ahnung, wieso Johanna aus heiterem Himmel versucht, mich zu erreichen? Ich hatte ihre Nummer gar nicht mehr, aber als ich zu spät rangehen wollte, hat sie mir sogar eine Nachricht mit Signatur geschrieben, dass ich mich dringend bei ihr melden soll.«

Auf einmal waren alle Leute um uns herum ausgeblendet. Yanis versteifte sich merklich neben mir, obwohl er ein eingefrorenes Grinsen beibehielt. Er sah sich das Telefon an und schluckte. Interessiert und mit einem Hauch von Panik verfolgte ich die Szene. Yanis tat nicht mal so, als würde er nicht wissen, welche Johanna sein Bruder meinte. Langsam zog er seinen Arm von mir. Sein Räuspern klang gekünstelt.

»Wirst du sie zurückrufen?«, fragte er, ohne auf Akis Frage zu antworten.

Aki verzog das Gesicht. »Ich bin zwar neugierig, aber nicht lebensmüde. Vermutlich will sie irgendwas, wie früher. Vielleicht weil wir jetzt ernsthaft Geld mit unserer Musik verdienen und sie ein Stück vom Kuchen abhaben will. Könnte ich mir gut vorstellen.«

Er zog die Stirn kraus und betrachtete das Telefon, ehe er es schnaubend wegsteckte. Yanis starrte seinen jüngeren Bruder verbissen an. Vielleicht war das der Moment, in dem er ihm reinen Wein einschenken wollte. Denkbar falsch zwischen all den Fans.

Bevor er aber etwas dazu sagen konnte, unterbrach uns ein schriller Freudenschrei. Auf mich zu rannte eine Louisa, deren blaues Rüschenkleid um ihre Beine wehte. Stürmisch umarmte sie mich. Fast wären wir zusammen umgefallen, wenn Aki nicht hinter mir gestanden hätte, um uns aufzufangen.

»Wir sind bereit. Ich bin so aufgeregt!«, quietschte sie.

Verwirrt löste ich mich aus ihrem Griff und blickte zum Zelt hinüber. Hannah und Pekka warteten dort grinsend auf uns.

»Habt ihr all die Menschen hergelockt?«, fragte ich die quirlige Blondine. Sie war in meinem Plan gar nicht vorgesehen gewesen, doch es schien, als hätten sie aus einer Grundidee etwas viel Größeres gemacht.

Sie strahlte über das ganze Gesicht, ihre Lippen leuchteten blutrot und ihre langen Wimpern ließen ihre Augen riesig erscheinen. Sie verengte sie und blickte mich verschwörerisch an. »Nur viele umtriebige Geheimnisse über die Band, die sie nur heute erfahren werden! Oh, und Jari hat ein Fass spendiert. Gratisbier lockt auch viele an.«

Ich musste auflachen und erst jetzt entdeckte ich einen Mann, der bei einem Fass, das auf zwei Bierkisten stand, aus einem Schlauchanschluss mit einem Zapfhahn Becher füllte. Die Jungs hatten die Situation noch gar nicht begriffen, als wir sie ins Zelt führten, wo eine improvisierte Absperrung aus Bierbänken aufgebaut worden war. Dahinter reihten sich vier Stühle aneinander. Ein Aufsteller mit einem Bandfoto und aufgefächerte Exemplare ihres Albums in Form von CDs ließen das Ganze fast professionell aussehen.

»Wow, das hätte ich jetzt nicht erwartet«, sagte ich beim Eintreten und sah mich überrascht um.

»Hannah und Louisa haben sich ins Zeug gelegt«, erklärte Pekka, der seitlich zu uns trat. Jaris Freundin kam dazu, mit einer riesigen Brezel in der Hand, die sie zerpflückte und sich genüsslich in den Mund steckte.

»Hei, Laura! Jari meinte, wir könnten euch helfen und bei ihnen nicht im Weg rumstehen«, begrüßte sie mich lächelnd.

Es ehrte mich, dass sie uns zur Seite standen. Pekka allerdings verdrehte die Augen und brummte. »Na ja, eigentlich hat sich Lou regelrecht aufgedrängt, weil ihr backstage langweilig war. Wenn sie fünf Minuten nicht beschäftigt wird, kann das böse für alle enden.« Er wirkte mit sich zufrieden und wies mit der Hand auf das Stativ, das vor den Stühlen aufgebaut war. »Das W-Lan ist hervorragend. Wir können jederzeit loslegen.«

Aufgeregt reichte ich ihm mein Handy, das er sofort in der Halterung befestigte und justierte. Es war Zeit die Band einzuweihen, woraufhin mein Magen ein paar Zentimeter tiefer sackte.

Gemeinsam mit Pekka lotste ich sie hinter die Plakatwand. Sie konnten sich von der begeisterten Menge kaum losreißen.

»Also, die letzten Tage habe ich eure Fans aufgefordert, mir alle Fragen zu schicken, die sie euch schon immer stellen wollten. Dazu gibt es dieses kleine Liveevent, bei dem am Ende die CDs verlost werden und ihr auch Autogramme schreiben sollt. Hannah und Louisa haben offenbar für das nötige Livepublikum gesorgt und ich hoffe, dass dieser Stream die passende Promotion für unseren letzten gemeinsamen Auftritt ist.«

Sie sahen mich perplex an, musterten das Setting und wirkten überrumpelt. Zögerlich nahmen sie Platz. Nervöse Blicke flogen zwischen ihnen hin und her. Yanis starrte Aki von der Seite her an, der sein Telefon wegsteckte. Die Hoffnung starb zuletzt, dass er sich zusammenriss.

Mit zittrigen Händen holte ich die Notizen aus der Tasche, auf denen die Fragen standen. Ein paarmal atmete ich tief ein und aus. Ich war noch nie live gewesen. Pekka stellte sich zum Stativ, um letzte Einstellungen vorzunehmen. Ich begab mich zur Band, platzierte mich dicht bei ihnen und nickte gezwungen grinsend. Mit einem Nicken gab ich Pekka Bescheid, dass es losgehen konnte. Hannah und Louisa verblieben an seiner Seite.

Das kleine Licht neben der Kamera ging an, gleichzeitig zückte er seine Profikamera und schoss von uns ein paar Bilder. Sekunden, in denen ich die Notizen zerknitterte und zwischen den Fingern drehte. Als er mir ein Zeichen gab, dass es losging, sackte mein Magen ab.

»Herzlich willkommen und vielen Dank, dass ihr alle zuseht. Wie die letzten Tage versprochen, veranstalten wir heute die Fragerunde, bei der wir den Jungs von *The Anew* ordentlich auf den Zahn fühlen werden. Mein Name ist Laura und ich bin die Tourmanagerin. Die Band wurde vollkommen überrascht, daher wundert euch nicht über die schockierten Gesichter«, begann ich breit grinsend. Um nicht zu lange im Bild zu stehen, rückte ich langsam ab, hob die Zettel und las die erste Frage vor.

»Die häufigste Frage dreht sich um euren Bandnamen. Ihr habt das schon ab und zu mal erwähnt, aber vielleicht möchtet ihr noch mal erläutern, wie er entstand.«

Die vier beugten sich auf ihren Stühlen nach vorne und sahen sich unsicher an. Yanis war der Erste, der sich traute zu antworten.

»Mein Bruder Aki und ich haben schon seit unserer Kindheit zusammen Musik gemacht. Das war so ziemlich unsere einzige Gemeinsamkeit, da wir doch sehr unterschiedlich sind. Er war der Hoffnungsträger unserer Eltern, während ich mich schon sehr früh für das Abseits entschied. Ich jobbte nach der Schule überall, nur um nicht studieren zu müssen. Eddi wohnte in der Nachbarschaft und auch er war vom Weg abgekommen. Flinn jobbte kurz mit mir im Supermarkt und war irgendwie auch noch auf der Suche nach dem Sinn des Lebens. Wir alle waren nicht mit Glückskeksen gefüllt, als wir beschlossen, die Musik ernst anzugehen. Jeder von uns hatte sein Päckchen zu tragen und Aki ließ sich nicht einfach davon abhalten, uns Versagern zu folgen.« Er machte eine Pause und grinste seinen Bruder stolz an. »Als wir nach einem Bandnamen gesucht haben, erschien uns *The Anew* passend, weil wir alle etwas Neues beginnen wollten.«

Seine Freunde nickten und ich war erleichtert, dass er in seine Rolle hineinfand.

»Danke sehr. Die nächste Frage geht an alle und lautet, wer von euch auf Tour am längsten im Badezimmer braucht.«

Synchron starrten sie alle den Drummer an und antworteten gleichzeitig: »Flinn.«

Ich lachte, obwohl die Erinnerungen an die eine Nacht gemeinsam im Hostel nicht sehr positive Gefühle in mir hochtrieben. Durch das Lachen wurde die Band aber lockerer und sie saßen nicht mehr so angespannt da.

»Wer schreibt die Songs bei euch?«

Yanis nahm seine Hände runter und rieb sie auf der Jeans. »Hauptsächlich bin ich derjenige, der mit neuen Ideen ankommt. Meistens summe oder spiele ich sie aufs Handy und wenn mir ein paar Tage später der Entwurf immer noch gefällt, zeige ich ihn den Jungs und gemeinsam basteln wir dran. Aki kann wundervolle Melodien komponieren, während ich eher für die Texte verantwortlich bin. Am Ende ist es Teamarbeit.«

Das Publikum hörte ihnen interessiert zu, obwohl immer noch Bier ausgeschenkt wurde. Sie schossen Fotos und filmten die Szene ebenfalls mit. Ich erhoffte mir viel Resonanz auf die Aktion, weil sie sehr bodenständig wirkte und nicht gestellt.

»Okay, und was ist das Peinlichste, was euch auf der Bühne bereits passiert ist?«

Yanis verzog das Gesicht, während Eddi leise kicherte. Flinn seufzte. Diesmal traute er sich, den Anfang zu machen.

»Ich denke, das wird heute sein. Ich habe meine Unterwäsche auf der Autobahn verloren und trete dementsprechend blank unter der Jeans auf die Bühne. Das wird auf dem kleinen Hocker bei den Drums echt zwicken.«

Lautes Gelächter ertönte, gefolgt von anzüglichen Pfiffen und Raunen. Ich musste ebenfalls grinsen, weil wir es tatsächlich immer noch nicht geschafft hatten, Ersatz für ihn zu kaufen.

Aki richtete sich nachdenklich auf und kratzte sich das Kinn. »Hm, ich hab mich mal auf der Bühne an einem Lakritzbonbon verschluckt. Damit es nicht auffällt, habe ich so fest geheadbangt, bis es nicht mehr in meinem Hals steckte. Ich habe es hochgewürgt und ins Publikum gespuckt.«

Yanis brummte ergeben. »Also ich war schon mal betrunken bei einem Auftritt. Habe den Text vergessen, bin von der Bühne gefallen, habe von der Bühne gekotzt, auf der Bühne geknutscht und bin durch die Bühne durchgebrochen. Ich denke, mir ist nichts mehr peinlich.«

Ja, das konnte ich bestätigen.

Eddi hingegen musste scheinbar ernsthaft darüber nachdenken. Er verzog das Gesicht und wippte mit den Füßen. Irgendwann nickte er. »Ich habe ohne angeschlossenen Verstärker gespielt und war so in den Bass vertieft, dass mir das erst auffiel, als die anderen aufhörten zu spielen.«

Das Interview verlief hervorragend. Die Band hatte offenkundig Spaß, genau wie die Fans vorm Zelt. Pekka erklärte, dass sogar live weitere Fragen reinkamen, denen ich mich freudig annahm. Etwa fünfzehn Minuten lang berichteten die Stars von ihren Lieblingsessen, Tourerlebnissen, Vorbildern, Inspirationen und Hintergrundwissen zur Albumproduktion.

»Jetzt folgt eine ernste Frage: Was wollt ihr mit eurer Musik erreichen?«

Flinn lachte auf, strich sich durchs lockige Haar und sah seine Freunde amüsiert an. »Das Geld natürlich. Ich brauche Kohle für ein neues Motorrad.«

Yanis warf ihm einen empörten Blick zu, ehe er grinsend den Kopf schüttelte. Eddi nickte stattdessen, als er seinem gelockten Freund auf die Schulter klopfte. »Guter Punkt. Immerhin habe ich keinen Führerschein und du musst mich weiterhin kutschieren.«

Aki wartete das Lachen ab. Er grübelte mit zusammengekniffenen Augen, mit einem Lächeln auf den Lippen. Es war kein spitzbübisches Grinsen, sondern eines, das seine Zuneigung sofort offenbarte. Als er antwortete, wich sein Blick nicht von Yanis. »Es war nie mein Ziel, Rockstar zu werden. Aber seit wir mit der Band Musik machen, spüre ich die Verbundenheit und die Leidenschaft. Es erfüllt mich mehr, als es jeder andere Job gekonnt hätte. Keine Ahnung, wie lange wir noch das Privileg haben, das zu tun, aber solange wie es dauert, liebe ich die Zeit mit meiner Familie.«

Seine Worte umfassten nicht nur seinen Bruder, sondern auch die anderen. Verlegen sahen sie zu Boden, doch Aki meinte das ernst. Während Flinn und Eddi ihm dankbar zunickten, sah ich Yanis an, dass ihm die Antwort zu schaffen machte. Seine Finger verkrampften sich auf dem Stoff seiner Hose. Er erwiderte Akis Blick und mahlte mit dem Kiefer.

»Ich sehe das wie mein Bruder. Die Band bedeutet mir mehr, als ich je gedacht hätte und es tut mir wirklich leid, dass ich das die letzten Monate aufs Spiel gesetzt habe«, gestand er.

Auch mich streifte sein Blick und ich drückte meine Notizen fest an die Brust. Yanis räusperte sich und beugte sich weit nach vorne. Er stützte die Ellenbogen auf seinen Knien ab und ließ den Kopf kurz hängen. Stille setzte ein.

Meine Rührseligkeit löste sich auf und Sorge trat an ihre Stelle. Es wäre der Moment gewesen zu intervenieren, weil ich spürte, dass gleich etwas Schlimmes passieren würde – doch da war es schon zu spät

Yanis hob quälend langsam den Kopf. Er fokussierte die winzige Linse auf der Rückseite meines Telefons und seine Miene wurde grimmig.

»Mein Ziel war es immer Musik zu machen und davon zu leben, weil ich in allen anderen Jobs schlecht war«, fuhr er mit rauer Stimme fort. »Aber mit der Zeit wurde aus Spaß Ernst und ich lernte, dass ich auch Verantwortung trage. Für meine Freunde, die mir vertrauen, weil wir nur zusammen diese Band sein können. Meinem Bruder gegenüber, der mir folgt, wo immer ich hingehe und der hinter mir steht, egal welche Scheiße ich baue. Allerdings gibt es da noch jemanden, für den ich nun Verantwortung trage und für den ich nur das Beste will. Ich ...« Er zögerte, dann schluckte er und sprach weiter: »Ich habe mich ziemlich schäbig verhalten und war überfordert, aber nun möchte ich nur das Beste für meine Tochter. Ihr Name ist Meri, sie ist sechs Jahre alt und kommt bald in die Schule. Ihr möchte ich trotz all meiner Fehler ein gutes Vorbild sein und deswegen hoffe ich, dass mir meine Band dabei hilft, aus unserer Karriere ein großes Ding zu machen. Ich möchte unseren Fans zeigen, dass Musik verbindet und vieles erreichen kann.«

Der Moment der Stille nach diesen Worten dehnte sich zu einer Ewigkeit. Wie ein schwarzes Loch sog es sämtliche Nebengeräusche in sich ein, bis ich nur noch ein Rauschen wahrnahm. Mein Herz war stehen geblieben. Genau genommen war alles in mir zum Stillstand gekommen, während das Publikum für diese noblen Worte applaudierte.

Aki hatte die Augen weit aufgerissen und starrte seinen Bruder verständnislos an, genau wie die anderen beiden. Pekka suchte bei mir Rat, was er tun sollte, weil wir alle nicht reagierten, aber ich konnte nicht. Meine Gedanken rasten, während ich nach Luft schnappte, weil ich nicht mehr geatmet hatte.

Meri. Sechs Jahre alt. Johannas Tochter.

Die Puzzleteile fügten sich zusammen, das Ergebnis gefiel mir gar nicht. Die Bombe, die da live explodierte, mähte sämtliche Hochgefühle nieder, die wir in den letzten Minuten gesammelt hatten.

Wir alle warteten auf das »War nur ein Scherz« von Yanis, das nicht kam. Er saß eingesunken da, sah von Eddi zu Flinn und zu mir. Als er den Kopf zu seinem Bruder drehte, blickte er sofort wieder weg. Ich wusste nicht, was Aki dachte. Ob er direkt richtig kombinierte. Mein Mund wurde trocken und die Finger zitterten.

Weil ich einfach nicht reagierte, sondern in Schockstarre verharrte, sprang Louisa ins Bild.

»So! Das war unser Interview und wir danken euch herzlich für euer Kommen! Die Alben hier sind signiert und wenn ihr sie gewinnen wollt, werft eure Namen und Kontaktdaten in die kleine Holzkiste dort beim Eingang. Wir wünschen euch ganz viel Spaß beim Konzert«, verkündete sie breit grinsend.

Ich bemerkte viel zu spät, dass sie uns gerade den Arsch rettete. Pekka beendete den Livestream und mir rutschten die Zettel zwischen den Fingern hindurch, sodass sie sich flatternd auf dem Boden verteilten. Hannah und Louisa warteten beim Zelteingang geduldig und leiteten alle Fans nach draußen. Sie wollten Autogramme, doch hier war niemand mehr fähig, seinen Namen richtig zu schreiben. Yanis vergrub das Gesicht in seinen Händen und rieb darüber. Die anderen saßen da und starrten ihn stumm an. Keiner sagte etwas.

Ich schrak zusammen, als mir Pekka eine Hand auf die Schulter legte. »Alles in Ordnung bei dir? Du bist plötzlich so blass?«

Ich wandte ihm den Kopf zu und riss entsetzt die Augen auf. Das, was gerade passiert war, überforderte mich. Ohne mich zu vergewissern, dass wir jetzt alleine waren, setzte ich die Beine in Bewegung und stellte mich vor Yanis. Er nahm die Hände runter, als mein Schatten über ihn fiel.

»Bist du von allen guten Geistern verlassen?«, zischte ich zornig.

Er zuckte mit den Schultern und brachte mich damit zur Weißglut.

»Was sollte denn das? Live. Ohne Vorwarnung.«

Ein Seufzen seinerseits folgte. Ich sah den Glanz in seinen Augen und wusste, dass es ihn mitnahm. Das große Geheimnis, das er schon weiß Gott wie lange mit sich herumtrug. Ich hatte so viele Fragen, aber im Moment war ich einfach nur aufgebracht.

Schließlich stand er auf. »Du warst es doch, die wollte, dass ich endlich mit der Sprache rausrücke.«

Ich wich zurück, sah kurz zu Flinn und Eddi, nur um kopfschüttelnd wieder nach vorne zu treten. »Im richtigen Moment, verdammt! Hältst du *das* für den richtigen Moment?«, schrie ich schrill.

Diesmal stolperte er zurück und fiel wieder auf seinen Stuhl. »Es war der einzig richtige Moment, um der Sache ein Ende zu bereiten«, antwortete er betroffen.

»Ist das denn ... wahr?«, fragte Flinn. Er stellte sich neben mich, sodass wir zusammen auf Yanis hinabblickten. Seine Miene wirkte verschlossen.

»Ja. Es ist alles wahr.«

Flinn holte tief Luft. »Seit wann weißt du es?«

Yanis rieb sich erneut über das Gesicht. »Erst seit ein paar Monaten. Seit dem Konzert in *Hanko* Anfang des Jahres.«

Eddi sprang auf und gesellte sich an unsere Seite. »Der Auftritt, bei dem du dir vorher die Kante gegeben hast und stockbesoffen auf die Bühne getorkelt bist?«

Yanis nickte und seufzte noch mal. »Ja. An dem Tag habe ich die Bestätigung vom Vaterschaftstest geöffnet und bin vollkommen ausgerastet. Ich wusste nicht, wie ich damit umgehen sollte.«

Ein bisschen Verständnis hatte ich dafür, aber die Wut flaute nur langsam ab. Es waren zu viele Informationen auf einmal. Ich war außer mir gewesen, dass er Aki betrogen hatte. Nun offenbarte er, dass das nicht alles war.

Das Positive, das ich aus seiner Aussage heraus für mich aufnahm, war, dass er nichts mehr mit Johanna hatte. Irgendwann schien da aber entgegen seines Bruders Wissen eindeutig doch etwas gelaufen zu sein.

Genau zu diesem Schluss schien Aki gerade zu kommen, der sich räusperte. Alle Blicke richteten sich auf ihn. Er ließ sich Zeit, starrte geradeaus vor sich ins Nichts und schluckte zweimal, ehe er ein paar Worte rausbrachte.

»Sechs Jahre«, flüsterte er mit einem Krächzen in der Stimme. »Johanna hat immer versucht mir einzureden, dass etwas zwischen euch lief. Ich dachte, dass sie das nur tut, um mich unter Druck zu setzen und uns auseinanderzubringen. Um einen Keil zwischen uns zu treiben, damit sie von uns beiden das bekommen konnte, was sie wollte. Aber das war offensichtlich mehr, als ich dachte.«

Nun spürte ich das vertraute Brennen in den Augen, als mir die Tränen kamen. Aki ließ sich äußerlich nichts anmerken, aber ich fühlte seine Enttäuschung. Was damals genau abgelaufen war, musste ein Horrorszenario gewesen sein. Ohne die Hintergründe zu kennen, taten mir beide leid.

Aki stand abrupt auf. Der Stuhl rückte ein Stück nach hinten. Noch immer hielt er seinen Blick gesenkt und ballte die Hände zu Fäusten.

»Deswegen hat sie mich heute angerufen. Irgendetwas ist passiert, nicht wahr? Deswegen musstest du das gerade sagen.«

Auch Yanis stand auf, wollte nach seinem Bruder greifen, hielt aber in der Bewegung inne. Ihm fehlten sichtbar die Worte.

Als Aki endlich hochsah, traf der vorwurfsvolle Blick nicht ihn, sondern mich. »Und du hast es gewusst.«

Ich schnappte sofort nach Luft und schüttelte den Kopf. »Nein. Also, ja, aber nicht das mit dem Kind«, rechtfertigte ich mich. »Wirklich! Ich habe Johanna mit Yanis gesehen und ...«

»Du hast sie gesehen? Wann?«, fuhr er mich an, unterbrach damit mein Gestotter.

Der Kloß im Hals brachte mich fast zum Würgen. Mein Herz raste und mir war eiskalt, obwohl ich schwitzte.

»In *Oulu!* Ich habe sie nur beobachtet, wusste aber nicht, was da vor sich ging. Als ich herausfand, wer sie war, habe ich von Yanis verlangt, dass er es dir sofort sagt.«

Eine Träne löste sich aus meinen Augenwinkeln. Akis enttäuschter Blick brach mir das Herz. Ich wollte so viel sagen und fragen, es klarstellen, mich entschuldigen. Aber Aki schüttelte nur schnaubend den Kopf, wandte sich ab und verließ das Zelt.

Als Pekka zu mir kam und mein Kinn mit seinem Zeigefinger zu sich drehte, brach mein Damm. Ich warf mich an ihn und ließ mich drücken, schniefte in sein Shirt hinein.

»Was machen wir denn jetzt?«, fragte Eddi besorgt.

Eine berechtigte Frage, die mich entsetzt hochblicken ließ. Die Show, die in weniger als einer Stunde anstand. Die Band. Alles schien plötzlich in weiter Ferne.

Yanis schob seine Hände in die Hosentasche und zuckte mit den Schultern. »Es liegt an euch.«

The Show must go on

Ich fühlte mich betäubt und aufgeputscht zugleich. Abwechselnd, bis mir der Schweiß erneut ausbrach, obwohl ich mich nicht bewegte. Der erste Schock war vorüber, die Tränen versiegt. Seit einer Dreiviertelstunde war Aki verschwunden und wir anderen blieben ratlos zurück.

In wenigen Minuten sollte *The Anew* auf der Bühne stehen. Ich hatte keine Ahnung, was jetzt passieren würde. Flinn lag rücklings auf einer der Bänke und Eddi kauerte auf einem Stuhl. Yanis ging in stetigem Schritt im Kreis.

»Er wird wiederkommen«, murmelte er wiederholt vor sich hin. Ob um uns oder sich selbst zu überzeugen, wusste ich nicht. Ich stand bei Pekka, der meine Hand festhielt. Nicht romantischer Natur, sondern freundschaftlich. Er gab mir Kraft und blieb bei mir. Ich hatte ihm ein paar wenige Details zugeflüstert, doch er musste kein Genie sein, um zu verstehen, in welchen Schwierigkeiten wir steckten.

»Wie ist deine Tochter so?«, fragte Flinn, auf das Zeltdach starrend.

Yanis blieb sofort stehen und sah ihn überrascht an. Er brauchte ein paar Sekunden, um zu antworten. »Schüchtern, neugierig, hübsch. Das Gegenteil ihrer Mutter.«

Interessiert betrachtete ich ihn und entdeckte das erste angedeutete Lächeln auf seinen Lippen.

Er fuhr sich mit beiden Handflächen über die kurzen Haare. »Ich habe sie erst dreimal persönlich getroffen. Sie weiß natürlich nicht, wer ich bin. Ich hätte es diesem Miststück zwar nicht zugetraut, aber Johanna hat Meri nichts Schlechtes von mir erzählt. Noch nicht.«

Ich wollte nachhaken und mehr erfahren. Jetzt war nicht die Zeit dafür. Wir standen unter Schock und mussten gleich unsere letzte Show spielen. Kalle hatte versucht mich anzurufen, nachdem er Yanis' Geständnis im Livestream gesehen hatte. Ich hatte ihn weggedrückt. Noch fühlte ich mich mit den fehlenden Informationen nicht in der Lage, angemessen zu antworten.

Jussi steckte seinen Kopf beim Zelteingang herein. Mit hochgezogenen Brauen sah er einen nach dem anderen an. Er war nicht dabei gewesen, hatte das Interview allerdings verfolgt. Was er dachte, ließ er mich nicht wissen.

»Es geht gleich los«, sagte er unnötigerweise. Wir alle starrten in Minutentakt auf diverse Zeitanzeiger.

Bedrücktes Schweigen legte sich über uns. Wir warfen uns ratlose und erschöpfte Blicke zu. Innerlich fühlte ich mich leer. Die große Party am Tourende war zu einer katastrophalen Explosion geworden, die mich nicht nur beruflich, sondern auch persönlich hart traf. Mir taten alle leid, inklusive mir selbst. Wer nun wirklich etwas falsch gemacht hatte, war fraglich. Sicher war ich mir nur bei Johanna. Weil wir hier aber nicht heulend rumsitzen konnten, straffte ich die Schultern und nickte.

»Okay, dann gehen wir mal zur Bühne.«

Überrascht sahen die anderen hoch. Um meiner Entscheidung Nachdruck zu verleihen, klatschte ich in die Hände, was Eddi dermaßen erschreckte, dass er zusammenzuckte.

»Wenn wir das Konzert absagen müssen, müssen wir sowieso zur Bühne und es allen mitteilen. Da können wir jede Minute noch ausnutzen. Wenn es wirklich so weit kommt, lasse ich mir irgendetwas einfallen. Ein medizinischer Notfall.«

Es war eine realistische, wenngleich nicht schöne Lösung. Yanis' Geständnis hinterließ nach dem Livestream verwunderte Fans, doch sie wussten nicht um das Drama dahinter. Die Sache klein zu halten, würde möglich sein. Ob die Band das überlebte, war unklar.

Mit erhobenem Kopf, aber vor Nervosität wild schlagendem Herzen marschierte ich aus dem Zelt. Die Vorstellung, sich gleich vor ein paar hundert Fans und Zuhörer zu stellen, die wir mit viel Werbung erst richtig heiß auf das Konzert gemacht hatten, brachte meine Innereien dazu sich zu verflüssigen.

Kurz danach schloss Jussi mit großen Schritten mühelos zu mir auf.

»Bist du dir sicher? Hast du Aki angerufen? Soll ich das Konzert absagen?«, redete er auf mich ein.

Ich lächelte ihn müde an, schüttelte aber den Kopf. »Das ist mein Job. Aki hat das Telefon ausgeschaltet. Ich weiß nicht, wo er ist.«

Aus der Ferne sah ich die begeisterte, wartende Menge. Nicht überfüllt, aber gut belegt war der freie Platz hinter der Absperrung vor der Bühne. Lautes

Stimmengewirr mischte sich zu der Musik aus den Boxen. Die Instrumente waren aufgebaut und alles stand bereit. Über dem Publikum flogen die riesigen Luftballons am Horizont, wo die Marktstände begannen. Die Lichterketten malten purpurne Schatten an die Zeltwände und auf die Böden. Gemischt mit orangenen Spots war die Atmosphäre in dem speziellen Licht des Abends, das zu dieser Zeit nicht ganz verblasste, atemberaubend. Ich schluckte und rieb mir die schweißnassen Finger. Sie waren eiskalt vor Panik. Jussi stand dicht hinter mir, als ich die Treppe zur Bühne anstarrte. Mit verkniffenen Lippen und kraus gezogener Stirn. Alles an mir war krampfig.

Yanis, Eddi und Flinn kamen zu mir.

»Macht euch fertig«, wies ich sie an. Sie starrten mich erneut verwundert an.

»Laura, willst du jetzt für Aki einspringen? Das alles hat doch keinen Sinn«, sagte Flinn frustriert.

»Macht euch fertig«, wiederholte ich verbissen. Tief in mir drinnen hoffte ich einfach, dass Aki sich überwand und zurückkam. Er war verletzt und enttäuscht, aber die Liebe zu seinen Freunden und seinem Bruder konnte das überwinden.

Nach einem ratlosen Schulterzucken von Yanis gingen sie gemeinsam in den hinteren Bereich, der durch ein Gerüst und dicke Vorhänge abgehängt war. Dahinter wuselten einige Festival *Stagehands* herum, die die Abläufe koordinierten, für die Technik verantwortlich waren oder einfach Getränke und Handtücher austauschten. Trotz der kleinen Newcomer-Bühne war hier deutlich mehr los als in all den Clubs davor. Vor uns hatten zwei Bands den Nachmittag angeheizt und jetzt stand unser großer Auftritt bevor.

Ich stand da und sammelte Kraft. Weitere Minuten vergingen, in denen die Band vorbereitet wurde. Sie befestigten ihre Verstärker und die In-Ear-Stecker. Ich verschränkte die Arme, weil mein Brustkorb sich anfühlte, als würde er platzen. Yanis kam kurz zu mir, nur um festzustellen, dass sein Bruder immer noch verschwunden war.

»Wir wurden schon gefragt, worauf wir warten«, ließ er mich wissen.

Ich brummte. Ein paar Minuten noch. »Sag ihnen, der Gitarrist muss vor lauter Nervosität auf die Toilette.«

Yanis sah mich entsetzt an, schüttelte den Kopf und verschwand. Mein Fuß begann auf und ab zu wippen. Meine Kehle schnürte sich zu, als ich überlegte, wie ich den Leuten gegenübertreten sollte. *Hi, ich bin Laura und habe meinen ersten Job verbockt. Ich habe nicht nur zugelassen, dass ein riesiger Skandal live ausgeplaudert wird, sondern auch direkt etwas mit dem Gitarristen angefangen. Vielleicht trennt sich die Band deswegen. Leider muss aufgrund dieser Tatsachen das heutige Abschlusskonzert abgesagt werden.* Ich legte den Kopf in den Nacken, um tief Luft zu holen. Danach schüttelte ich die Arme aus und betrat die erste Stufe. Ich erreichte die Bühne und konnte am Vorhang vorbei ins Publikum sehen. Gut gelaunt standen sie da, starrten auf die leeren Instrumente. Es war nicht unruhig, doch bald würde es auffallen, dass wir viel zu spät dran waren. Ich war bereit, ihnen entgegenzutreten, um die traurige Nachricht zu verkünden.

Doch bevor ich den Vorhang zur Seite schieben konnte, umschlangen zwei kräftige Arme meine Taille und zogen mich zurück. Ich stolperte gegen eine harte Brust. Mein naives Herz dachte sofort an Aki, der zurückgekommen war, doch es war Tomas, der mich gehetzt ansah.

»Jussi hat mich angerufen! Aki ist hinter der Bühne und lässt sich verkabeln, es kann gleich losgehen. Du sollst auf keinen Fall das Konzert absagen, es wird alles gut!«

Ich war von den vielen Wörtern, die den schweigsamen Mann nun ziemlich schnell verließen, überfordert. Dabei verstand mein Hirn zu spät was er sagte.

Aki war da. Nur nicht bei mir.

»Bist du sicher?«, fragte ich unnötigerweise nach, sah mich hektisch um und rannte sofort zurück zu den anderen. Ich hüpfte die Stufen runter, fiel fast hin und eilte weiter.

Tomas folgte mir nicht, aber rief mir etwas nach, das ich nicht verstand. Ich schlitterte gerade noch über den niedergetrampelten Erdboden um die Ecke, als Aki seine Gitarre in die Hand nahm.

Da stand er zwischen seinen Freunden. Mein Atem beruhigte sich langsam, während ich sie beobachtete. Als ich näher kam, war die angespannte Stimmung greifbar. Flinn spielte mit seinen Sticks zwischen den Fingern und schielte abwechselnd zwischen Yanis und Aki hin und her. Die zwei Brüder standen nebeneinander, mit Blick auf die Stufen, die sie auf die Bühne bringen würden. Eddi hängte sich den Bass um und tat so, als müsste er ihn noch mal stimmen. Ein Koordinator sprach in sein Headset und sagte etwas zu Yanis, der nickte. Gleich würden sie hochgehen. Ich näherte mich langsam, als seien sie ein Rudel gefährlicher Tiere. Weder Yanis noch Aki reagierten auf mich, als ich sie umrundete.

»Ich bin froh, dass du hier bist«, sagte ich sofort zu Aki, der nicht mal mit der Wimper zuckte. Er schloss die Finger jedoch so fest um den Hals seiner Gitarre, dass ich fürchtete, sie würde gleich zerbersten. Yanis blickte nun zu mir, schüttelte aber unmerklich den Kopf.

»Aki, ich möchte, dass du weißt, dass ich dir niemals etwas verheimlichen wollte, ich ...«, sprach ich ihn an, da hob er die Hand und seufzte. Mit Verzögerung wandte er mir das Gesicht zu. Seine Mimik war starr und ausdruckslos.

»Nicht jetzt. Bitte. Ich muss erst mal da hoch.«

Ich wollte noch mehr loswerden, sah aber ein, dass es der falsche Zeitpunkt war. Vermutlich wussten sie alle, dass sie das nachher klären mussten, denn nun gab der Koordinator das Zeichen und sie erklommen schnellen Schrittes die Bühne. Das plötzliche Geschrei des Publikums ließ mich zusammenzucken. Ohrenbetäubend laut erfüllten ihre begeisterten Rufe die Luft. Das nächste, was ich vernahm, war Yanis' Stimme, die aus den Boxen schallte.

»Moi, *Turku!* Wir sind *The Anew* und haben die Ehre, nicht nur auf dieser geilen Bühne zu stehen, sondern heute und hier auch mit dieser Show unsere Tour zu beenden. Lasst uns diesen Abend zu etwas ganz Besonderem machen!«

Er klang normal. Fröhlich, aufgekratzt. Als wäre nichts passiert.

Überrascht eilte ich wieder zur Vorderseite der Bühne. Ich zwängte mich durch die Absperrung und stellte mich seitlich mit Blick auf die Band.

Ich staunte, als ich sie alle vereint erblickte. Gemeinsam legten sie los. Der Sound übermannte mich, sodass ich ins Schwanken geriet. Mit einem Sprung eröffnete Yanis das Konzert und ich war verwirrt.

Die Masse schrie begeistert auf und tanzte sofort mit. Hände wurden in die Luft gerissen, um damit wild zu klatschen. Ich musste mich am Gitter vor mir festhalten, weil das alles zu viel war. Als Aki einen Schritt nach vorne machte und sich direkt vor mir den Klängen seiner Gitarre hingab, starrte ich ihn sehnsuchtsvoll an. Ich wollte wissen, was in ihm vorging und ob er noch wütend war. Wie es weiterging. Mit der Band. Mit uns. Angst kroch in mir empor, dass ich einen großen Fehler gemacht hatte, als ich Yanis die Chance gelassen hatte, die Sache selbst zu klären. Ich fragte mich, ob das die eine Sache war, die die aufkeimende Liebe zwischen uns zerstören konnte.

Aktuell gab er sich allerdings nur vollends der Musik hin und konnte mir diese Antworten nicht geben. Im Rhythmus schwang sein Körper mit. Sein Gesicht spiegelte eine komplexe Palette an Emotionen. Das Naturschauspiel, das ich seit jeher an ihm bewunderte. Er hatte die Augen meistens geschlossen, aber als er sie kurz öffnete, traf sein Blick meinen.

Der Rockstar, der den einen Fan im Publikum erblickte. So flüchtig, dass ich nicht abschätzen konnte, was in ihm vorging, weil er sich sofort wieder abwandte. Ich zuckte zusammen. Er schenkte mir nicht mal eines seiner schiefen Grinsen, und das schmerzte.

Trotz der Traurigkeit, die sich in mir breit machte, atmete ich ein paarmal tief durch. Immerhin standen sie dort oben auf der Bühne und performten für die Fans. Die Tour-Katastrophe hatte nicht stattgefunden, aber alles andere musste ich danach klären.

Ich verharrte im Publikum und hörte ihnen zu. Erst nach und nach entdeckte ich die kleinen Unterschiede, die den Fans entgingen. Die Band hatte Spaß, feierte und hing sich in jedes Lied rein. Was fehlte, waren ihre intensiven stummen Unterhaltungen. Sie lieferten ab, sie spielten mit den Menschen, die ihnen zujubelten, aber jeder für sich. Wenn sich Yanis zu seinem Bruder drehte, um gemeinsam zu harmonieren, wandte er sich ab und schwang seine Gitarre als Schutzschild vor sich.

Das große Finale ließ die Festivalbesucher ein letztes Mal aufkreischen. Yanis und Aki warfen eine Handvoll Plecs ins Publikum wie Konfetti. Als sie Eddi zusammen nach vorne zerrten und links und rechts je ein Bein und einen Arm schnappten, um ihn wie eine Puppe zwischen sich hin und her zu schwenken, hatte ich kurz Angst, dass sie ihren schmalen Bassisten tatsächlich in die Menge werfen würden, aber sie hatten Erbarmen und legten ihn lachend zurück auf den Boden. Sichtlich gerührt stellten sie sich in einer Reihe auf und verbeugten sich ganz ungewohnt adrett mehrmals unter tosendem Applaus. Fast, als wäre alles in Ordnung, ließen sie sich feiern.

Das Schnitzel

Als sie genug in der Menge gebadet hatten und den Weg zum Treppenabgang einschlugen, stellte ich mich genau dort hin. Grinsend nahm ich sie in Empfang, die Tour war geschafft und ich zog ein vorsichtig positives Fazit. Nervös stand ich an der Seite und wurde von Yanis in den Arm genommen. Er drückte mich einmal kräftig an sich, wobei es mich diesmal nicht störte, dass er komplett verschwitzt war. Danach stolperte Eddi, sich um die eigene Achse drehend, die Stufen hinunter. Flinn wirkte ebenso beschwingt. Er wirbelte seine Sticks mit den Fingern, als er an mir vorbeiging. Erwartungsvoll sah ich nach oben zu Aki.

Die Enttäuschung, die sich in mir breit machte, als er mit festen Schritten die Stufen hinunterkam, versetzte mir einen Schlag. Kein Lächeln, keine Freude. Mit finsterer Miene, ohne mich eines Blickes zu würdigen, stampfte er so schnell er konnte an mir vorbei.

»Ich gehe zu Fuß zurück zum Campingplatz«, verkündete er, seine Freunde ignorierend.

Ihn so zu sehen, schmerzte, aber ich verstand es. Zumindest ein bisschen. Vermutlich brauchte er etwas Zeit. Das änderte nichts daran, dass ich beklemmend die Arme um meinen Oberkörper schlang, weil mir ein kalter Schauer über den Körper kroch. Die Möglichkeit, dass hier etwas geschah, das nicht zu reparieren war, ängstigte mich.

»Das wird schon, Laura. Trink mit uns und lass uns ein bisschen feiern«, sagte Flinn milde lächelnd.

Ich nickte, elend fühlte ich mich trotzdem. Ein Teil von mir wollte Aki unbedingt hinterhergehen, aber unser Verhältnis war zu frisch und wir kannten uns zu wenig, um mir sicher zu sein. Weil ich den Rest der Band und des Teams nicht enttäuschen wollte, willigte ich ein, mit ihnen anzustoßen. Nicht die ausgelassene Party, die ich am Strand im Sinn gehabt hatte, aber wir waren es uns selbst schuldig, den Erfolg auch etwas zu zelebrieren.

Wir packten zusammen, tranken das erste Bier und machten uns dann auf den Weg zur Hauptbühne, wo *The wicked elephant* jeden Augenblick fertig mit ihrer Show sein mussten. Jari hatte uns eingeladen mit ihnen den Abend ausklingen zu lassen und die Aussicht auf Pekka und ein freundliches Gesicht trieben mich ohnehin in seine Arme.

Der Hauptplatz beim Meer war gefüllt mit begeisterten Fans, die immer noch tanzten und sangen, obwohl die Bühne leer war. Das große Finale musste großartig gewesen sein, denn es lagen Luftschlangen, Konfetti und einiges anderes auf der Wiese. Manche Menschen saßen auf Decken auf dem Boden oder wateten lachend knietief durch das Meer. Die purpur-orangene Beleuchtung spiegelte sich in der Wasseroberfläche. Eine kühle Brise strich über meine erhitzten Wangen.

In dem gesicherten Backstagebereich sah es ähnlich aus wie bei uns, nur größer. Mehr Catering, mehr Personal und mehr Menschen. Ich holte soeben mein Telefon hervor, um Pekka anzurufen, als mir jemand den Weg versperrte und einen Becher entgegenhielt.

»Havana Rum, Cola, drei Eiswürfel und eine Zitronenscheibe«, zählte Pekka auf, der zu der Hand gehörte, die mir das Getränk anbot. »Es ist die doppelte Menge Rum. Ich denke, du brauchst sie heute«, fügte er hinzu.

Statt den Becher zu nehmen, drückte ich seinen Arm zur Seite und schmiegte mich an ihn. So fest ich konnte, umschlang ich Pekkas Brust und presste das Gesicht an seinen Hals. Er hielt mich und ich erlaubte mir, ein paar stumme Tränen in sein Shirt zu heulen. Ohne großes Drama, aber notwendigerweise. Er strich über meinen Rücken, bis ich mich wieder sammelte, schniefte und den Kopf hob.

»Trink den Rum«, flüsterte er frech.

Ich betrachtete beschämt den Fleck, den ich auf dem grauen Stoff hinterlassen hatte, nahm den Becher endlich an mich und gönnte mir den ersten Schluck. Die warme Flüssigkeit im Bauch und das Aroma des Rums im Mund fühlten sich gut an.

»Es gibt Torte. Und Eiscreme und Nachos. Immer wenn Hannah mit uns feiert, ist uns allen nachher schlecht. Du siehst aus, als könntest du Kuchen gebrauchen.«

Ich musste auflachen und nickte. Ein weiterer Schluck wanderte meine Kehle hinunter. Ich begann mich etwas leichter zu fühlen. Nicht, weil der Alkohol so schnell wirkte, sondern weil es Pekka immer schaffte, die Probleme kleiner aussehen zu lassen. Ich hakte mich bei ihm unter und wir gingen zusammen weiter, bis wir die anderen bei dem gigantischen Buffet trafen. Jari und Anniina erblickte ich sofort, doch ehe ich mit Pekka zu ihnen gehen konnte, zupfte jemand an meinem Ärmel. Es war Yanis, der mich dazu brachte, Pekkas Arm loszulassen. Den Rum gab ich allerdings nicht ab.

»Können wir uns vorher in Ruhe unterhalten?«, fragte er mich und setzte seinen Labrador-Blick auf.

Ich sah kurz zwischen ihm, Pekka und dem vielen Essen hin und her und seufzte. »Okay, aber danach will ich Kuchen.«

Yanis lächelte erleichtert und wies mit dem Kopf zum Strand.

Wir gingen langsamen Schrittes durch die verbliebene Menge, die vor der Bühne und beim Wasser entspannte. Ich umklammerte den Rum und trank mehrere Schlucke, bis wir den Sandstrandabschnitt betraten. Sofort sanken unsere Füße ein. Uns einig, zogen wir die Schuhe und Socken aus. Unbeschwert ließen wir sie am Übergang zur Wiese stehen. Das Meer schwappte in sachten Wellen über den Boden und hinterließ feuchte Spuren. Erst als wir eine Stelle erreichten, an der niemand in direkter Hörweite stand, hielten wir an. Yanis sah hinaus auf den Horizont, ich in den Rum. Es vergingen einige Minuten und vier große Schlucke, bis er aufseufzte.

»Es tut mir leid, dass ich dich da mitreingezogen habe«, begann er leise.

Ich räusperte mich. »Es ist ja nicht so, als hättest du das mit Absicht getan. Ich habe Johanna zufällig gesehen und ich hätte es Aki selbst erzählen können. Du hast es doch nicht absichtlich getan, oder? Ich meine mit Johanna ...«

Mit entsetzter Miene drehte er den Kopf ruckartig zu mir. »Natürlich nicht. Ich war ... *bin* überfordert.«

Wissend nickte ich. Mittlerweile spürte ich den Alkohol warm in meinem Blut und genoss den dämpfenden Einfluss, den das Gefühl mit sich brachte.

»Muss hart gewesen sein, zu erfahren, dass du Vater bist. Es war nicht fair von ihr, dir das zu verheimlichen. Bist du denn sicher, dass ...?«, setzte ich fort. Den Satz zu beenden, fiel mir schwer.

»Ja, bin ich. Ich bin zu ihnen gefahren und wir haben einen Vaterschaftstest gemacht. Keine Zweifel. Mein erster Gedanke war auch, dass sie mich reinlegen will, weil sie weiß, dass ich für Aki fast alles tun würde.«

Das zynische Hochziehen der Augenbrauen konnte ich nicht unterdrücken. »Du hättest damals nicht mit seiner Freundin schlafen sollen.«

Ein verbittertes Lachen entwich seinen Lippen. Er legte den Kopf in den Nacken und brummte. »Scheiße, ja. Das war einfach nur dumm und unfair.«

Dass er es bereute, wusste ich, doch es änderte nichts am Geschehenen. Ich machte ein paar Schritte nach vorne, bis mir das eiskalte Wasser über die nackten Zehen schwappte. »Erzähl es mir bitte«, murmelte ich, weil ich wissen wollte, wie es damals passieren konnte, dass sich diese Frau zwischen sie drängte.

Diesmal zögerte Yanis nicht. »Johanna arbeitete mit mir im Supermarkt. Wir hatten uns immer schon gut verstanden. Ich war damals ziemlich draufgängerisch und wenig daran interessiert, das zu tun, was gut für mich war.«

Mein Auflachen unterbrach ihn, doch ich riss mich schnell wieder zusammen. »Entschuldige. Aber das kann ich mir nur sehr schwer vorstellen!«, antwortete ich hörbar sarkastisch.

Selbst Yanis musste schmunzeln und schüttelte sachte den Kopf. »Du hast ja recht. Doch damals war es schlimmer, obwohl ich nur die Verantwortung für mich trug. Johanna und ich waren Freunde, die es mit der platonischen Grenze nicht immer so ernst nahmen. Hatten wir beide getrunken, landeten wir ab und zu im Bett. Es war keine große Sache und sie war nicht die Einzige. Sie war genauso partysüchtig wie ich. Gleichzeitig wusste sie stets, wie sie das bekam, was sie wollte. Gratisdrinks, jemanden, der sie ständig von A nach B fuhr oder sogar den einen oder anderen Strafzettel bezahlte. Auch ich ließ mich weichkochen. Als sie jedoch der Meinung war, unser Verhältnis zu etwas Exklusiverem zu machen, biss sie bei mir auf Granit. Ich wollte Musik machen, Groupies haben, unterwegs sein und definitiv keine feste Freundin.«

Auf was er hinaus wollte, ahnte ich. Entsetzt wandte ich mich ihm zu. »Soll das heißen, sie hat sich an Aki rangemacht, um dich eifersüchtig zu machen?«

Er seufzte. »Vermutlich am Anfang. Aki war seit dem ersten Moment hin und weg von ihr. Sie kann durchaus charmant sein. Ich glaube trotzdem, dass sie meinen Bruder sehr mochte, sonst wären sie niemals so lange zusammen geblieben. Außerdem hatte sie leichtes Spiel mit ihm. So verliebt, wie er war, hat er ihr jeden Wunsch von den Augen abgelesen. Ich hatte das Ganze von Anfang an mit großer Skepsis beobachtet. Und bevor du fragst, natürlich lief nichts mehr zwischen mir und Johanna. Was nicht bedeutet, dass sie es nicht versucht hätte.« Er klang frustriert und die Erinnerungen ließen ihn finster dreinblicken. Wortlos nahm er mir den Becher aus der Hand und trank daraus.

»Wusste Aki von deinem Verhältnis zu Johanna, bevor er mit ihr zusammenkam?«

Er schüttelte den Kopf. »Ich fand es nicht wichtig. Ein weiterer Fehler.«

Weil diese Unterhaltung ziemlich ernst wurde, beschloss ich mich weiter hinten in den Sand zu setzen. Yanis folgte dem Beispiel und ließ sich in den Sand plumpsen.

»Es ging aber schnell los, dass Johanna aufdringlich wurde. Wir arbeiteten immerhin noch zusammen. Als Reaktion darauf zog ich mich weiter zurück. Das wiederum führte dazu, dass sie kapierte, wie sie mich erpressen konnte. Mit Drohungen, Aki Dinge zu erzählen. Natürlich die Wahrheit über unsere Vergangenheit, aber auch Sachen, die niemals passiert waren. Ich beschloss, mit Aki zu reden, da hatte sie ihr Gift schon verspritzt. Sofort warf er mir vor, an Johanna interessiert zu sein, um ihnen die Beziehung schlechtzumachen. Ich warnte ihn ausdrücklich, doch er wollte es lange nicht sehen. Zuzusehen, wie er den Boden unter ihren Füßen küsste und alles für sie gab, war schlimm. Sie ist gut im Ausnutzen und das erkannte ich erst richtig, als ich sie mit meinem Bruder sah. Ich war mir sicher, dass sie ihm nicht treu war. Jedes Mal, wenn ich das zur Sprache brachte, stritten wir, und das hielt ich auf Dauer nicht aus. Er war erwachsen. Naiv und jung, aber durchaus fähig, eigene Entscheidungen zu treffen.«

Er fiel auf den Rücken, streckte Arme und Beine von sich und wälzte sich im Sand. Darauf verzichtete ich, sah ihn aber mitleidig an.

»Es ist trotzdem eskaliert«, stellte ich fest. Yanis nickte.

»Klar. Sie bekam den Hals nicht voll genug. Erzählte ihm ständig, dass ich sie anmachen würde, war aber gleichzeitig zu mir wieder total nett und freundschaftlich. Ich begann tatsächlich, an meinem Bauchgefühl zu zweifeln. Während Aki mir gegenüber immer kühler wurde, kamen Johanna und ich uns näher. Da Aki selten mit uns um die Häuser ziehen wollte, verbrachten wir auch wieder mehr Zeit miteinander. Was Aki wiederum dazu brachte, mir aus dem Weg zu gehen. Wir fuhren uns ständig an. Ich wusste nicht, wie schlecht mich Johanna bei ihm redete und verstand nicht, was ich falsch machte. Zuerst war er wütend, dass ich versuchte ihm klarzumachen, dass die Frau nichts für ihn ist, und dann war er wütend, weil ich mich bemühte, die Sache zu akzeptieren.«

»Tja, irgendwann bist du in alte Muster verfallen und hast sie angegraben?«, wollte ich von ihm wissen. Er verzog grimmig das Gesicht.

»Nein. Johanna überreizte auch Akis Grenzen. Du musst ihn schon selbst fragen, wenn du wissen willst, was sie ihm alles genau erzählt hat. Ich weiß nur, dass sie ihn einengte und undankbar war. Er bezahlte ihre Rechnungen, holte sie von der Arbeit, half ihr beim Umzug und bekam wenig zurück. Er ist geduldig, aber irgendwann hat es ihm eben auch gereicht. Als er nicht mehr bereit war, ihr alles zu geben, was sie wollte, wandte sie sich wohl anderen zu.«

»Dir?«

Diesmal grinste er, räusperte sich aber verlegen. »Auch. Aki hat am Ende Schluss gemacht, weil er sich sicher war, dass sie ihn betrog. Ich war einer davon und ironischerweise war das ein Umstand, den er zuletzt niemals in Betracht gezogen hätte. Nach Johannas Versuchen ihm einzureden, ich wollte sie ihm ausspannen, war er sich sicher, dass sie ihn belog, und damit war das Thema gegessen. Was soll ich dir groß erzählen? Es war eine versoffene Nacht zum Ende ihrer Beziehung. Das soll nichts entschuldigen, ich bin ein Arschloch. Vermutlich wusste Johanna selbst nicht sicher, wer der Vater ist. Vielleicht hat sie schon zig anderen Kerlen einen Schrecken eingejagt. Die Tatsache, dass wir als Band nun Erfolg haben, hat sie angelockt und der Vaterschaftstest war ihr Lottoschein. Sie hat mir gedroht, Dinge an die Öffentlichkeit kommen zu lassen und Lügen zu erzählen. Ich hätte sie geschlagen und sie hätte mit dem Kind flüchten müssen. Dass ich Meri nie wieder sehen dürfte. Gerade hatte ich erfahren, dass ich eine Tochter habe, und schon sollte ich sie wieder verlieren. Oder dass ich sie als Alkoholiker sitzen ließ bis hin zu dem Szenario, dass sie es Aki erzählte. Täglich kam sie mit etwas Neuem an. Ich war so fertig. Meine Tochter, die ich nie kennengelernt hatte, die Angst, Aki zu verlieren. Die Band. Alles, wofür wir hart gearbeitet haben. Sie hätte alles von mir haben können.«

Er legte sich den Arm quer über das Gesicht und stöhnte auf. Sand rieselte über seinen Kopf.

»Dieses Miststück wollte monatliche Raten dafür, dass ich meine Tochter sehen durfte. Ich gab ihr, so viel ich konnte. Kurz vor dem Festival in Seinäjoki bin ich zu ihnen hochgefahren, um mit ihr eine Vereinbarung zu treffen. Ich wollte Meri kennenlernen und im Gegenzug für sie sorgen.«

Der Grund, wieso er nicht mit uns gemeinsam gefahren war, und der Tag, an dem sie beim Festival aufgetaucht war, um ihn in Panik zu versetzen. Vielleicht ihr erster Fehler, denn mein Auftauchen hatte dazu geführt, dass Yanis seine Lage beichtete.

»Und du hast deinen Frust in Alkohol und Frauen ertränkt. Sehr schlau. Mein Gott, wenn du schon einen Vaterschaftstest hast, kannst du doch gerichtlich vorgehen. Du hast es nur schlimmer gemacht, Yanis«, schimpfte ich.

Er ächzte auf und rollte sich zur Seite. Da er vorher verschwitzt war, sah er nun aus wie ein paniertes Schnitzel. »Ich weiß das doch. Aber ich musste mit all dem Scheiß erst mal klarkommen.«

Obwohl das alles besser hätte laufen können, versuchte ich auch Verständnis aufzubringen. Was er da in kürzester Zeit erfahren hatte, musste belastend gewesen sein. Yanis war ein emotionaler Mensch, der mit Gefühlen in Überdosis nicht umgehen konnte. Die Lage war verzwickt und Aki nun verletzt.

»Du musst deinem Bruder die ganze Wahrheit erzählen. Ich denke, er wird traurig und enttäuscht sein, aber ihr kriegt das hin. Immerhin seid ihr eine Familie.«

Nun drehte er sich auf den Bauch. Die Panade war perfekt. Ein bisschen lustig sah er schon dabei aus. Lächelnd klopfte ich ihm auf den sandigen Rücken.

Er seufzte in den Strand hinein. Wir mussten das einfach beide wieder irgendwie hinkriegen. Während Yanis im Sand lag und sich grämte, gönnte ich mir ein paar letzte Minuten am Meer. Mein Kopf war etwas schwammig vom Rum, aber ich war froh, dass er mich eingeweiht hatte. Mehr über diese komplizierten Begebenheiten zu erfahren, tat gut. Als ich aufstand und zurück zu unseren Schuhen ging, blieb Yanis liegen und winkte mir.

Vibrierende Gefühle

Trotz der gedrückten Stimmung ging ich zurück zu den anderen und schaffte es sogar, etwas Spaß zu haben. Eddi, Flinn und auch Louisa bestätigten mir, dass ich Aki Zeit geben sollte. Mein mit Rum durchtränktes Hirn wollte in den Wald laufen und laut seinen Namen brüllen, bis ich ihn fand.

Stattdessen ließ ich mir mehr Rum-Cola von Pekka reichen und saß gemeinsam mit Hannah und Louisa auf einer Bierbank, während die anderen versuchten, die aufgedrehte Blondine darin zu schlagen, Erdnüsse aus der Luft zu fangen. Sie hatte großes Talent.

Jari und Yanis standen viel beisammen, lachten und plauderten. Das freute mich, weil ich immer noch Hoffnung hatte, dass *The Anew* die Krise überstand und sie mit seiner Band geniale Momente erleben konnten. Fotos oder Videos von der Party machte ich nicht, um Fragen zu verhindern, die den fehlenden Gitarristen betrafen. Ich hatte nicht einmal nachgesehen, ob Yanis' Beichte große Wellen schlug. Eddi und Flinn schienen ihm die Sache jedenfalls nicht mehr sehr übel zu nehmen. Vermutlich musste es noch ein paar klärende Gespräche geben, aber sie akzeptierten es.

Nach ein paar Stunden war meine Geduld allerdings am Ende. Mein Körper schrie nach Schlaf und außerdem wollte ich wissen, wie es Aki ging. Jari zog Hannah an sich, um sie zu umarmen, was Pekka nutzte, um sich neben mich zu setzen.

»Soll ich mit euch fahren?«, bot er an.

Dennoch schüttelte ich dankbar den Kopf. »Ich schaff das schon. Außerdem haben wir kaum Platz für dich zum Schlafen. Wenn wir aber zurück in Helsinki sind, würde ich mich sehr freuen, wenn wir uns wieder öfter treffen! Ich habe dich vermisst.«

Er grinste von einem Ohr zum anderen und wirkte stolz. »Ich wusste, dass du es nicht ohne mich aushältst.«

Er hätte jetzt einen widerlegenden Spruch verdient, doch er war mir während der Tour tatsächlich eine unerwartete Stütze gewesen. Also ließ ich ihn die Brust weit rausstrecken und den Moment des Triumphes genießen.

»Bereit zum Fahren?«, fragte Jussi, der gähnend zu uns trat und sich über die Augen rieb. »Tomas ist schon im Bus. Wir können jederzeit los.«

Das klang nach einer wirklich guten Idee. Ich glitt von der Bank und streckte erst mal die brennenden Beine. Als ich zu Jari ging, umklammerte dieser immer noch Hannah, die ihn glückselig anlächelte. Ich räusperte mich, woraufhin sie sofort verlegen zur Seite trat, stolperte und Jari sie am Ellenbogen wieder lachend zu sich zog.

»Wir machen uns jetzt auf in unser Lager! Kalle wird euer Management kontaktieren, damit wir die Details für eure Show klären können. Eventuell komme ich ja auf ein Glas Rum vorbei«, sagte ich und bemühte mich, aufrichtig zu lächeln.

Sein Blick wanderte zu Hannah, die mich mitleidig ansah. »Alles okay bei euch?«

Jari war bei dem Live-Drama nicht dabei gewesen, aber ich rechnete damit, dass seine Freundin ihn eingeweiht hatte. Ich vollführte eine Mischung aus Schulterzucken und Nicken. Ein Schulternicken.

Der blonde Sänger musterte mich nachdenklich, schien aber zu dem Schluss zu kommen, dass wir ein andermal darüber sprechen sollten. »Klar, klingt nach einem Plan.«

Er drückte mich einmal an sich, ehe ich mit den anderen ziemlich schnell aus dem Backstagebereich verschwand. Wir taumelten alle müde und leicht angetrunken über das Gelände. Eddi und Flinn stützten sich gegenseitig, beide noch mit halbleeren Bechern Bier in der Hand. Sie sangen fürchterlich schief, aber gut gelaunt.

»Jetzt wisst ihr, warum ich am Mikrofon stehe und nicht ihr. Man müsste den Leuten Schmerzensgeld zahlen«, witzelte Yanis. Eddi warf seinen Becher nach ihm. Er verfehlte sein Ziel um mindestens einen Meter.

»Warum siehst du eigentlich aus wie das Sandmännchen?«, wollte Flinn wissen.

Der Vergleich passte perfekt. Für gute Träume sorgte Yanis bei so manchen Fans gewiss ebenso. Auf seinem Körper klebte immer noch jede Menge Sand, den er einfach nicht abbekam. Weil seine zwei Freunde aber bereits wieder fröhlich losträllerten, blieb er ihnen eine Antwort schuldig.

Selbst als wir im Bus zurück zum Zeltplatz fuhren, saßen die beiden dicht aneinander gekuschelt und summten immer vor sich hin. Yanis und ich hielten uns daran, nachdenklich aus dem Fenster zu sehen und den Wald im Dämmerlicht anzustarren.

»Wenn ihr nicht bald die Klappe haltet, stopf ich euch den Mund mit meinen gebrauchten Socken«, schimpfte Yanis, als wir beim Campingplatz aus dem Bus stiegen. Während sich die drei unentwegt stritten, schlurfte ich allein voraus.

Ein flackernder Schein zwischen den Bäumen, auf dem Weg zu den Zelten, ließ mich aufsehen. Jemand hatte das Lagerfeuer in der Mitte der Lichtung angezündet.

Mit schneller werdenden Schritten lief ich hin – und atmete mehr als erleichtert auf, als ich Aki erkannte. Er saß mit dem Rücken zu mir auf einem Klappstuhl vor dem Feuer und starrte in die Flammen, die tanzend emporschossen und knisterten.

Ein Ast knackte, als ich drauftrat, und Aki drehte sich zu mir. Ohne Lächeln, mit verschlossener Miene sah er mich an. Das Fehlen jeglicher Emotion war schlimmer zu ertragen, als wenn er wütend gewesen wäre. Kraftlos hing er da und wandte sich wieder den Flammen zu.

Ich seufzte, stellte mich neben ihn und ging in die Hocke. Unsicher sah ich zu ihm hoch. »Wie geht es dir?«, flüsterte ich.

Er schluckte, zuckte mit den Schultern. »Ich weiß es nicht genau.«

Hinter uns polterte es, als die drei anderen Bandmitglieder aus dem Gebüsch gestolpert kamen.

»Gib ihn mir zurück«, zeterte Flinn.

Ich drehte mich um und sah zu, wie Eddi seinen riesigen Rucksack über dem Kopf balancierte und davon hüpfte.

»Alter, da sind wertvolle Dinge drin. Lass ihn nicht fallen«, bemühte sich Flinn, sein Eigentum zu schützen. Yanis stand mit verschränkten Armen da und beobachtete die beiden. Ich bemerkte allerdings sehr wohl, dass er immer wieder zu Akis Hinterkopf starrte.

Während Flinn Eddi nun um das Feuer jagte und Angst haben musste, dass sein geliebter Rucksack hineinfiel, legte ich eine Hand auf Akis Arm. Er zuckte zusammen, zog ihn aber nicht weg.

»Möchtest du reden?«, fragte ich leise.

»Nicht mit dir, Laura«, antwortete er.

Es klang nicht böse. Vor allem wandte er sich um und fixierte seinen Bruder. Dass die beiden einiges zu klären hatten, war nachzuvollziehen, daher versuchte ich die Sache nicht zu persönlich zu nehmen.

»Eddi! Wage es ja nicht«, schrie Flinn so laut, dass die gesamte Insel es hören musste. Wir sahen zu, wie der schlanke Bassist Anlauf nahm und probierte, über die Feuerstelle zu springen.

»Eddi, nein!«, riefen auch Aki und Yanis synchron, doch es war zu spät. Den Rucksack weit über seinen Kopf haltend und die Beine auseinandergegrätscht, hüpfte er hoch. Ich kniff die Augen zusammen, um das Unglück nicht mitanzusehen. Es rumpelte, Eddi fluchte und dann sprang Aki neben mir auf.

»Verdammt, verdammt, verdammt!«, jaulte unser Küken, als er sich auf dem Boden wälzte und Aki panisch das aufglimmende Feuer an seinem Hosenbein mit den Händen ausschlug. Der Rucksack lag daneben und war heil geblieben. Yanis eilte zu Hilfe und entleerte eine Wasserflasche über Eddis Füßen, was den kleinen Brand löschte. Wir atmeten alle erleichtert aus.

»Du bist so ein besoffener Trottel«, murrte Yanis mit weit aufgerissenen Augen. »Bist du verletzt?«

Eddi besah sich sofort sein Schienbein und die Zehen, aber als feststand, dass nur die Hose kurz gekokelt hatte, fiel er erleichtert zurück auf den Boden.

Für einen Augenblick wurde es mucksmäuschenstill. Nur das Feuer knisterte und der Wind rauschte durch die Bäume, während wir alle Eddi kopfschüttelnd anstarrten.

Dann erklang ein leises Vibrieren, wie ein Telefon in einer Tasche, nur intensiver. Wir sahen uns nacheinander verwirrt um, nahmen die Handys heraus und blieben ratlos. Nur Flinn verzog das Gesicht und hob seinen Rucksack hoch.

»Wenn es kaputt ist, bezahlst du mir das«, murmelte er grimmig.

Er stellte die Tasche ab und kramte vorsichtig darin. Was er rausholte, war allerdings kein Telefon. Das Ding brummte laut in seinen Händen, bis er es in alle Richtungen drehte und endlich abschaltete.

»Was ist denn das? Und schleppst du etwa dieses Teil die ganze Zeit mit dir rum?«, fragte Yanis überrascht und sprach damit das aus, was wir uns alle dachten.

Ich hatte mich oft gefragt, was für Sachen in diesem riesigen Rucksack drin waren, dass er sie ständig bei sich haben musste. Flinn ohne Rucksack gab es nicht.

Er hielt etwas hoch, das aussah wie eine Bohrmaschine, nur mit einem weichen Ball an der Spitze. Er zuckte mit den Schultern, drückte den Knopf und es begann erneut zu vibrieren. »Ich brauche das zum Einschlafen und zum Entspannen.«

Wir starrten das seltsame Etwas verwirrt an, während Eddi aufstand.

»Du trägst einen Vibrator mit dir rum? Was massiert er denn, damit du besser einschläfst?«, fragte er mit angeekeltem Gesicht.

Ich musste auflachen, presste aber sofort die Hand auf den Mund. Selbst Aki konnte sich den Hauch eines Grinsens nicht verkneifen.

Flinn begriff verspätet, was Eddi da angedeutet hatte, und knurrte. »Was? Nein! Das ist eine Massagepistole für den Nacken.«

Wie auf Kommando lachten wir alle gemeinsam laut los. Die Vorstellung, dass er das Ding seit Tagen im Rucksack mit sich rumschleppte, war einfach zu verrückt. Er drückte sich das Gerät demonstrativ in den Nacken, doch das machte die Situation nur noch seltsamer.

»Ihr seid doch alle blöd«, nuschelte er und steckte es schließlich beleidigt weg.

»Was hast du da sonst so alles drinnen?«, hakte Eddi nun neugierig nach. Er hangelte nach der Tasche, aber Flinn war schneller.

»Das geht dich überhaupt nichts an. Lauter wichtige Dinge eben.« Beinahe flüchtend, hechtete er zurück. Ehe wir noch auf die Idee kamen, eine Leibesvisitation bei ihm durchzuführen, kroch er in sein Zelt und zog den Reißverschluss hinter sich zu.

Das war der humorvolle Zusammenhalt, der uns selbst nach so einem Tag zum Lachen brachte. Ich kicherte eine Weile vor mich hin, bis auch Eddi beschloss, lieber schlafen zu gehen.

»Schlaft gut, Freunde. Wenn Rauch aus meinem Zelt aufsteigt, habe ich vielleicht doch Feuer gefangen. Bitte löscht mich.«

Er fiel mehr in seine Schlafstätte, aber immerhin landete er im Zelt und nicht daneben.

Zuletzt standen Aki, Yanis und ich beim Feuer. Jussi und Tomas waren im Bus geblieben und schliefen vermutlich schon. Vorausgesetzt, Flinns Gebrüll hatte sie nicht geweckt. Die Brüder sahen sich an, die heitere Stimmung verpuffte. Kein Wort wurde gesprochen.

»Ich lege mich ins Bett! Gute Nacht«, sagte ich schnell, um nicht dazwischen zu geraten.

Es war Yanis' Hand an meinem Ellenbogen, die mich zurückhielt. Überrascht sah ich zu ihm hoch. Er schluckte und senkte den Blick. »Bleib, Laura. Du bist hier nicht ganz unbeteiligt und hast ein Recht mitzuhören.«

Das stimmte nur zum Teil. Skeptisch suchte ich bei Aki nach Anzeichen dafür, ob er das auch so sah.

»Außerdem haut mir mein Bruder in deiner Anwesenheit vielleicht keine rein«, fügte Yanis kleinlaut hinzu.

Während ich augenverdrehend meinen Arm aus seinem Griff löste, zupfte ein leichtes Grinsen an Akis Lippen. Das wertete ich als Zustimmung, also trat ich nur zur Seite und verschränkte die Arme. Angenehm waren die Situation und die Stimmung in der Luft nicht.

»Verdient hättest du es ja«, eröffnete Aki die Unterhaltung. Sein Bruder nickte, schwieg aber. Wie immer tat er sich schwer, die richtigen Worte zu finden.

Aki kannte ihn gut genug, um deswegen nicht aus der Haut zu fahren. Er seufzte bloß und warf einen kleinen Ast ins Feuer vor sich. Erst ein paar Knackgeräusche später fasste Yanis Mut: »Aki, du weißt, dass ich dich niemals verletzen wollte. Johanna hat mich in eine unmögliche Lage gebracht, die mich überfordert hat, und ich habe das Falsche getan.«

Aki sah auf und schnaubte. »Du hast damals doch mit Johanna geschlafen«, wisperte er, als brächte er die Worte kaum selbst über die Lippen.

Die Enttäuschung, die seine Miene widerspiegelte, schnürte mir die Kehle zu. Unbehaglich verlagerte ich mein Gewicht von einem Bein aufs andere.

»Nein ... Ja. Aber nicht, wie du denkst«, stammelte Yanis. Sein Blick schnellte zu mir, doch ich zuckte nur mit den Schultern. »Vor eurer Beziehung hatten Johanna und ich etwas Unverfängliches, aber während du mit ihr zusammen warst, lief nichts. Nicht bis zum Ende, da ist es passiert, aber ihr hattet da eigentlich schon fast Schluss gemacht«, versuchte Yanis es erneut.

»*Eigentlich schon fast*? Waren wir da noch zusammen oder nicht? Du hättest es mir damals erzählen sollen, genauso wie du es mir hättest sagen sollen, als Johanna dir das mit deiner ... mit Meri gebeichtet hat«, antwortete Aki deutlich verärgert.

Dafür, dass er uns alle vorher noch mit eisigem Schweigen gestraft hatte, hatte er sich nun überaus gut im Griff. Ich hätte Yanis längst gegens Schienbein getreten.

Aki brummte lediglich und wandte das Gesicht zum Feuer. »Nach all den Lügen, die diese Frau erzählt hat, war also diese Geschichte doch wahr.«

Yanis trat an ihn heran und wollte ihm eine Hand auf die Schulter legen, doch Aki schüttelte ihn ab.

»Ich habe dich vor Johanna gewarnt, aber du hast mir nicht geglaubt und sie in dein Leben gelassen«, sagte er etwas zu trotzig.

Aki fuhr wütend herum. »Das heißt, ich bin also selbst schuld, ja? Wolltest du mir zeigen, dass du recht hattest, indem du mit meiner Freundin schläfst?«

Yanis schüttelte den Kopf und hob abwehrend die Hände. »Nein, natürlich nicht. Und ich bin das Arschloch hier, weil ich mich nicht unter Kontrolle habe. Es ist meine Schuld, aber bitte lass es mich wiedergutmachen. Ich ... brauche dich.«

Aki riss die Arme in die Luft, um sich die Haare zu raufen. Er stapfte schnaufend ein paar Schritte weg. »Für deine Band? Weil du ohne mich deinen Traum nicht leben kannst?«

»Weil meine Tochter einen Onkel braucht, der den Mist relativiert, den ihr Vater verzapfen wird«, nuschelte Yanis fast schüchtern.

Das saß. Aus Akis zornigem Blick wich die Härte und er ließ die Arme sinken. Dass Meri nun auch ein Teil seiner Familie war, schien ihm erstmals bewusst zu werden.

»Umso eher hättest du es mir sagen müssen. Ich hätte dir geholfen!«, bestand er wieder patziger.

Yanis schüttelte erneut den Kopf. »Bist du sicher? Wenn ich dir erzählt hätte, dass ich mit Johanna geschlafen habe und sie auch noch schwanger wurde, hättest du mir sofort deine Hilfe angeboten? Nach all dem Streit, dem Drama und dem Zwist, den sie verursacht hat, nur damit wir ihr den Arsch küssen?« Nun schwoll auch Yanis' Stimme wütend an.

Aki trat mit dem Fuß in den Dreck und wirbelte Staub auf. »Nein, ich hätte dir die Faust ins Gesicht gerammt!«

Yanis sah sofort zu mir, als würde er sagen wollen: *Deswegen bist du hier.*

Aki seufzte. »Nein, Yanis. Natürlich wäre ich genauso wütend gewesen, aber am Ende hätte ich dir geholfen! Wir halten immer zusammen. Du warst auch nach Johanna für mich da, als ich ein naives Wrack war. Nur dank dir habe ich in der Musik und mit der Band neues Selbstvertrauen gewonnen.«

Nun sah auch Aki mich an und das Lächeln auf seinen Lippen, das nur mir galt, wärmte mich mehr als das Feuer.

»Du hättest es mir auch sagen können«, sagte er zu mir und meine Zuversicht zerbröselte plötzlich. Anklagend sah er mich an.

»Ich wollte, aber ich fand, es stand mir nicht zu. Und von dem Kind wusste ich rein gar nichts«, murmelte ich trotzdem schuldbewusst mit eingezogenen Schultern.

Ob ich das Richtige getan hatte, wusste ich nicht. Zu rätseln, was passiert wäre, wenn ich Aki sofort von dem Treffen mit Johanna erzählt hätte, nutzte nichts mehr. Womöglich wäre ich dann wieder diejenige gewesen, die sich zwischen sie drängte. Genau das, was ich nicht wollte.

»Aki, ich hatte panische Angst, dir davon zu erzählen. Du tust so, als wäre das alles längst vorbei, aber ich weiß, dass Johanna dir unter die Haut gegangen ist. Die

Art, wie sie dich behandelt hat und dich an allem zweifeln ließ. Auch an mir«, erhob Yanis erneut das Wort, als hätte er meine Gedanken gelesen. Seine Hand schnellte nach vorne und er zeigte auf mich, als er weitersprach. »Denkst du, ich hätte nicht gesehen, wie empfindlich du reagiert hast, als ich Interesse an Laura gezeigt habe? Am liebsten hättest du sie direkt beim Tourstart als dein Eigentum markiert. Ich bin doch nicht blöd. Ein weiterer Grund, wieso ich keine Eier hatte, mit der Sprache rauszurücken.«

Moment mal. Irritiert räusperte ich mich, als Yanis noch mal auf mich zeigte. Grummelnd schlug ich ihn weg. »Was soll denn das jetzt bedeuten? Bin ich schuld daran, dass du geschwiegen hast?«, fragte ich herausfordernd.

Yanis wischte sich fahrig über das Gesicht. »Nein. Wieso muss denn überhaupt einer schuld sein? Es ist eine beschissene Situation. Fakt ist nun mal: Aki fand dich von Anfang an toll und sobald ich in deine Nähe kam und mit dir geflirtet habe, war er nachher angepisst und seltsam. Ich werde nie wieder zulassen, dass sich jemand zwischen uns drängt.«

Mir entkam ein entrüstetes Geräusch, das wie ein Grunzen klang. Geflirtet. So wie sich Yanis mir gegenüber verhalten hatte, waren diese Flirts nicht bei mir angekommen. Aber zugegebenermaßen verstand ich seinen Punkt.

Da standen wir nun. Zwei Rockstars und die Managerin. Müde, leicht angetrunken und emotional lädiert.

»Ich will, dass wir mit der Band weitermachen. Ich will, dass Laura und ich eine Chance haben. Ich will, dass wir nicht mehr streiten und ich will verdammt noch mal lebenslang gratis Lakritze von dir bekommen!«, sagte Aki ruhig und bestimmt, während er die Hände in die Hosentaschen schob, sodass ich lange brauchte, um seine Worte zu verstehen. Ein tiefes Seufzen folgte von ihm. »Scheiße, ich bin wütend. Und verletzt. Du hast mich betrogen und belogen und ... ich brauche Zeit, um das zu verarbeiten. Johanna hat uns alle in diese Lage gebracht, weil sie mit den Gefühlen der Menschen spielt. Das ändert nichts daran, dass Meri jetzt da ist. Bei so einer Mutter kann sie einen Haufen irrer Musiker bestimmt gebrauchen, die auf sie aufpassen.«

Ich sah ganz deutlich, wie Yanis schluckte und blinzelte. Seine Augen schimmerten feucht, bis er rasch mit dem Handballen drüber wischte. Es war ein Friedensangebot, bei dem ich erleichtert durchatmete.

Kurz standen wir noch so da, ehe Yanis seinen Bruder in den Arm nahm. Lange und innig hielten sie sich fest, sodass jetzt ich drauf und dran war, auch vor Rührung zu weinen. Ich schniefte einmal, was die beiden dazu brachte, voneinander abzulassen und sich verlegen anzulächeln. Zumindest schien die akute Krise abgewandt. Ich war mir sicher, dass noch einige Gespräche folgen mussten, doch die beiden würden das schaffen.

»Ich denke, ich lass euch jetzt allein«, sagte Yanis.

Was hatte mich dieser Kerl Nerven gekostet. Nun zwinkerte er mir frech zu, drehte sich um und verschwand in seinem Zelt.

Aki zögerte nicht lange, sondern kam direkt zu mir. Auch mich schloss er in die Arme und drückte mich gegen seine Brust. Nur zu gerne nahm ich dieses Angebot an und klammerte mich an seinen Rücken.

»Tut mir leid, dass ich dich heute so angefahren habe«, sagte er ganz leise gegen meinen Scheitel, als er sein Kinn auf meinen Kopf legte.

Ich schmiegte mich noch enger an ihn. Ich war ihm nicht böse, nur froh, dass er sich beruhigt hatte.

»Yanis hatte übrigens recht, dass ich dich von Anfang an interessant fand. Nur, falls dir das noch nicht bewusst war«, fügte er glucksend hinzu.

Ich hob den Blick und grinste. »Es war keine leichte Reise mit vielen Höhen und Tiefen, aber ich bereue nichts«, antwortete ich ehrlich.

Er strich mir über den Nacken und schickte ein heißes Prickeln durch meinen Körper. Als ich mich etwas zurückzog, senkte er sofort den Kopf. »Bietest du als Managerin auch VIP-Betreuung an?«, fragte er und kam noch näher.

Ich stellte mich auf die Zehenspitzen und hielt mich an seinen Schultern fest. Mir war wie im Rausch schwindlig. Vom Alkohol beim Festival, von der Müdigkeit und der emotionalen Achterbahn. Trotzdem schwoll mein Bauchkribbeln in Akis Armen an und beflügelte mich. Als seine Lippen dicht über meinen schwebten, hatte ich das Gefühl, dass wir tatsächlich eine Chance hatten. Er mit seiner Band. Ich mit meinen beruflichen Plänen und wir als etwas Großartiges, das hier seinen Anfang fand.

»Natürlich biete ich den VIP-Service an. Meine Aufmerksamkeit gilt dann ausnahmslos diesen Klienten. Die Frage ist, ob du dir das leisten kannst. Ihr seid noch nicht sehr berühmt.«

Er lachte leise. »Ich zahle in Raten«, flüsterte er, bevor er mich endlich küsste. Er umarmte mich dabei so fest, dass ich fast den Boden unter den Füßen verlor. Wir vereinnahmten uns gegenseitig, neckten uns mit den Lippen und waren glücklich. Ausnahmslos positive Gedanken durchströmten mich.

Diese Tour war zu Ende. Aber ich war mir sicher, dass noch einige Abenteuer auf uns warteten und ich hoffte, dass wir sie gemeinsam bewältigen würden.

Epilog

Hier draußen begann mein Körper sofort zu zittern. Es war derart kalt, dass ich meine Finger weit in die Ärmel und die Mütze tiefer ins Gesicht zog. Trotzdem tat mir die frische Luft gut.

In romantischer Atmosphäre und Anwesenheit mehrerer stinkender Müllcontainer, schritt ich ein paar Meter hin und her. Der Hinterhof sah alles andere als einladend aus, aber die Vorderseite war mir zu überfüllt. Nur eine mickrige Außenlampe erhellte die Finsternis des Winters. Der Platz war von Schnee befreit worden, der sich am Rand zu dreckigen Eisklumpen vereinte. Die letzten Tage hatte es schönes Wetter gegeben, was im November Sonne, Kälte, aber keinen Neuschnee bedeutete. Mein Atem kondensierte in weißen Wölkchen, obwohl ich durch den Schal hindurchatmete. Hinter der breiten Glasfront sah ich all die vielen Menschen, die im Warmen standen und sich amüsierten. Ihre Stimmen drangen gedämpft zu mir hindurch und genau deswegen fror ich mir hier draußen den Hintern ab. Ich brauchte ein paar Minuten der Ruhe.

Als die Tür quietschend aufging, schreckte ich zusammen, doch es trat nur ein Fremder heraus, der sich eine Zigarette anzündete. Ein Blick aufs Handy sagte mir, dass ich bald wieder zurück in den Trubel musste.

Erst als meine Unterlippe unkontrolliert zitterte, war es dann so weit. Ich drückte die Tür mit der Schulter auf, weil meine Finger Eiszapfen waren, und kehrte zurück ins Warme. Sofort begann alles an mir zu stechen und zu kribbeln. Ich schälte mich schon im Gehen aus den Klamotten, schlängelte mich durch die Menge und versuchte niemanden anzurempeln. Die Plastikkarte um meinen Hals öffnete die Tür, die die Umkleiden vom Eingangsbereich trennte.

Die *Jäähalli* in Helsinki war eine Multifunktionshalle, die hauptsächlich für die beliebten Eishockeyspiele genutzt wurde. Ab und zu füllte sie sich aber auch für spezielle Konzerte, weil sehr viele Menschen darin Platz hatten. Heute spielten *The wicked elephant* ihre große Show, die komplett ausverkauft war. Ein Ereignis, auf das ich mich nun schon lange gefreut hatte. Da hier normalerweise verschwitzte Spieler verweilten, war das Ambiente wenig glamourös. Ich fand es trotzdem unfassbar spannend und komfortabel. Allein schon hinter die Kulissen der riesigen Halle zu blicken, hatte sich gelohnt.

»Da bist du ja!«, rief mir Pekka entgegen. Er stürmte regelrecht zu mir, nahm meine Hand und zog mich schneller weiter.

»Ich war nur zehn Minuten weg.«

»Aber wir brauchen dich.«

Sein Tonfall gefiel mir nicht. Ich stolperte neben ihm her, als er mich in den Band-Bereich zerrte. Hier gab es bequemere Sessel und sogar eine Couch, auf der Jari der Länge nach lag und mich schief angrinste. Er wirkte entspannt. Ebenso Anniina, die sich eine Flasche Bier gönnte und bei einem Tisch saß.

»Ich habe dir gesagt, du sollst sie nicht allein lassen«, murrte Pekka aufgeregt. Heute war er als Freund und Bruder hier, nicht als Fotograf. Er schoss zwar gewohnt ein paar Bilder vom Backstageleben von Jari, aber vor der Bühne gab es ein ganzes Team, das sich heute um den perfekten Schnappschuss kümmerte. Ich freute mich, dass wir noch einmal diese besondere Atmosphäre erleben durften, denn schon bald brach er zu einem neuen Job auf, für den er wieder mehrere Monate weg sein würde.

»Was ist denn passiert?«, fragte ich verwundert und sah mich um. Anniina zuckte mit den Schultern. Aus dem Nebenraum schallte lautes Gelächter, auf das ich nun zuging.

»Er steckt fest«, sagte Jari amüsiert. Ich zog die Augenbrauen fragend hoch, doch außer seinem frechen Gesichtsausdruck gab es keine weitere Reaktion. In meinem Kopf kannte ich bereits einen Teil der Antwort. Es konnte nur einer sein, der irgendwo feststeckte.

»Meine Jungs sind es nicht«, fügte Jari dann doch hinzu, als ich schon fast im Nebenzimmer war.

Als ich eintrat, schrie gerade jemand schmerzerfüllt auf, aber gleichzeitig lachten die anderen laut los. Ein Klapptisch mit Kaffeemaschine, Brötchen und Süßkram stand zu meiner Rechten. Auf der anderen Seite Snack- und Getränkeautomaten. Um genau diese scharrten sich Yanis, Aki, Tomi, Antti und Flinn. Jussi kniete auf dem Boden und fluchte, während Eddi erneut aufschrie.

»Was ist denn los?«, fragte ich und trat näher zwischen die Brüder, die schon feuchte Augen vor Lachtränen hatten.

»Das Ding hat sein Geld gefressen und die Schokolade nicht ausgespuckt. Eddi meinte, er holt sich nur das, was ihm zusteht«, erklärte Yanis grinsend.

»Halt doch still«, schimpfte Jussi genervt, der bei unserem Bassisten kauerte und sich bemühte, dessen Arm freizubekommen. Eddi steckte bis zur Schulter in dem Snackautomaten, weil er unten in die Ausgabe gegriffen hatte. Dass er von allein nicht mehr rauskam, war selbsterklärend.

»Meine Güte, da steht genug Essen auf dem Tisch. Wieso machst du so was? Wir müssen in einer halben Stunde auf die Bühne. Jussi, pass auf, dass seinen Fingern nichts passiert«, warnte ich und verschränkte die Arme.

Eddi schnaufte und wand sich, doch sein Handgelenk hatte sich im Automaten sichtbar verklemmt. Normalerweise hätte ich ihn ausgelacht und wäre entspannter gewesen, doch am heutigen Tag fehlte mir die Geduld. Es waren anstrengende Wochen und Monate gewesen. Dass wir hier heute gemeinsam standen, war nicht selbstverständlich.

»Wir könnten ihn mit Butter einreiben. Oder die Scheibe einschlagen«, schlug Tomi vor.

Entsetzt trat ich nach vorne und schüttelte den Kopf. »Hier wird niemand mit irgendwas eingerieben!«

Erneutes Lachen ertönte. Jussi ruckelte und zog an Eddis Arm, er bewegte sich keinen Millimeter.

»Du hältst deinen Schokoriegel aber nicht fest, oder?«, fragte er.

»Natürlich nicht!«, grunzte Eddi. Ich zweifelte das an, schwieg allerdings.

Während ich den beiden zusah, wie sie sich angifteten, wuchs die Nervosität. Es war das erste Mal seit dem Tourende, dass die Jungs gemeinsam auf der Bühne stehen sollten, und dann vor einem so großen Publikum. Ich hatte Angst, dass sie mit der Größe des Events nicht zurechtkamen.

Plötzlich legte Aki die Arme um meine Taille und zog mich zu sich. Ich wollte mich wehren, doch er war stärker und umarmte mich. Lächelnd drückte er mir einen warmen Kuss auf die Schläfe.

»Das wird schon«, flüsterte er optimistisch. Seine Lippen wanderten zärtlich über meine Wange, bis er meinen Mund fand. »Eigentlich bist du doch wegen etwas ganz anderem so durch den Wind. Aber auch das wird gut ausgehen.«

Ich seufzte, weil mich seine Nähe verlässlich beruhigte. Er hatte recht, denn nicht nur das Konzert heute strapazierte meine Nerven. Ich wartete auf einen Anruf von Kalle aus der Agentur. Ich verzog den Mund und sah in Akis optimistische Miene. Er glaubte an mich und das tat gut.

»Okay, es können sich jetzt alle wieder entspannen, wir werden den Knirps gleich heraushaben«, verkündete Anniina, als sie ins Zimmer geschlendert kam. Sie trug bereits ihr Bühnenoutfit, das hauptsächlich aus Kunstleder bestand, welches an ihrem schlanken Körper klebte. Sie kam nicht allein, denn hinter ihr folgte ein älterer Herr mit einem Schlüsselbund in der Hand.

»Das ist Timo und er kann das Ding öffnen, ohne dem Kleinen die Hand zu amputieren«, stellte sie ihren Begleiter vor. Er zog seine buschigen Brauen zusammen, als er sich die Lage ansah und auf Eddi hinabblickte.

»Ich wünschte, ich könnte sagen, so etwas ist noch nie passiert. Aber das würde nicht erklären, warum wir mittlerweile die Schlüssel für die Automaten griffbereit haben.«

Ohne lange zu warten, ging er in die Knie, steckte den Schlüssel ins Schloss und kurz darauf schwang die Tür nach außen auf. Gemeinsam mit Jussis Hilfe befreite sich Eddi aus seiner misslichen Lage. Er saß auf dem Boden, bewegte andächtig seine Finger und seinen Arm, während Timo den Snackautomaten wieder schloss.

»Einen Moment«, rief Eddi und hielt ihn auf. Wir sahen wenig überrascht dabei zu, wie er sich doch noch eine Handvoll Schokoladenriegel schnappte und zufrieden grinste. »Ich habe für mindestens einen bezahlt und der Rest ist Schmerzensgeld.«

Timo verdrehte nur die Augen und ließ ihn gewähren. Ich hingegen war heilfroh, dass unser Bassist noch alle Finger hatte und kein Blut geflossen war. Während er seine Beute großzügig mit seinen Bandkollegen teilte, erschien Jari in der Tür und klatschte in die Hände.

»Es geht bald los, der Einlass hat begonnen. Seid ihr bereit?«

Die Frage ging an *The Anew*, die ihn mit großen Augen ansahen.

Jari grinste breit, weil er genau wusste, dass ihnen der Arsch auf Grundeis ging. Sie waren zwar mittlerweile eine halbwegs bekannte Band, aber vor so vielen Menschen hatten sie noch nie gespielt.

Ich zog mich zurück und gesellte mich zu Jari in den anderen Raum, weil ich wusste, dass sie vor ihren Auftritten gerne einen Moment für sich hatten. Beim Gehen warf ich einen Blick über die Schulter zurück und beobachtete, wie sie Eddi auf die Beine zogen und sich im Kreis aufstellten. Die anderen kamen mit mir nach draußen, sodass ich Yanis' Worte nicht hörte, die er zu seiner Bandfamilie sprach. Allein der Anblick erfüllte mich mit Freude und Stolz. Es waren harte Wochen für uns gewesen und ich war mir sicher, dass noch die eine oder andere Hürde auf sie wartete.

Yanis bemühte sich laufend, mit Johanna in Kontakt zu bleiben, obwohl sie ihm so vieles angetan hatte. Aus wachsender Liebe und Respekt zu seiner Tochter, die vermutlich gar nicht begriff, welche Rolle sie spielte. Was ich aber sah, war, dass er an dieser Herausforderung wuchs und nicht mehr zerbrach. Seitdem Johanna sich damit abgefunden hatte, kein Druckmittel mehr zu haben, war die Situation besser geworden. Sie liebte ihr Kind, das bedeutete aber nicht, dass sie auch eine Möglichkeit ausließ, um Profit für sich rauszuschlagen. Yanis hatte alles rechtlich geprüft, um auch einen festen Platz in Meris Leben zu haben. Wie das alles ausgehen würde, stand noch in den Sternen.

Die Beziehung zu seinem Bruder festigte sich aufs Neue. Aki hatte nach unserer Rückkehr in Helsinki seine Zeit gebraucht und war für zwei Wochen allein nach Lappland gefahren. Meine Geduld war auf die Probe gestellt worden, aber ich hatte mich um Verständnis bemüht. Am Ende war er nur zu einem Schluss gekommen: Er hätte viele andere Wege gehen können, doch obwohl die Band nie sein größter Traum gewesen war, konnte er sich nun nichts anderes mehr vorstellen. Er war in die Rolle des Rockstars hineingewachsen und sehnte sich nach der Bühne und der Musik.

Obwohl ich heute Morgen schon im leeren Publikumsbereich gestanden hatte, um die riesige Bühne anzustarren, beeindruckte der Anblick mich erneut. Was die Techniker aus der Eishockeyhalle gemacht hatten, war der reine Wahnsinn. Die Tribünen sahen aus wie immer, doch wo normalerweise die IFK-Fans des Helsinki Eishockey-Teams mit ihren Trommeln und Sprechgesängen für Wirbel sorgten, nahmen nun Konzertbesucher ihre Plätze ein. Der eingezäunte Stehbereich vor der Bühne war schon gut gefüllt und laute Stimmen erfüllten die Halle. Mit schneller schlagendem Puls stand ich im Schatten an der Seite und spähte ins Publikum. Ein atemberaubender Anblick.

»Tja, jetzt bist du mit deiner Band ganz oben angelangt«, rief Pekka mir zu, weil es zu laut war, um sich normal zu unterhalten. *The wicked elephant* befanden sich noch in der Warteposition, während die Jungs sich bereithielten. Sehr viele Hände checkten ihre Kabel, das Licht, die Technik und sogar ob die Wasserflaschen an der richtigen Stelle auf der Bühne standen. Pekka lag richtig, dass wir zusammen viel erreicht hatten. Dass ich dazu beigetragen hatte, machte mich stolz, obwohl es natürlich ihre musikalische Leistung und am Ende ihr Zusammenhalt war, der ihnen zum Erfolg verholfen hatte. Nun galt es weiterzumachen, damit sie selbst bald als Hauptact auf der Bühne standen. Heute galt es, das Erreichte zu genießen.

Die Menge verstummte, als das Licht gedimmt wurde. Ein Raunen, ein Kreischen und einige Pfiffe erklangen.

Alles wie immer und doch eine ganz andere Dimension. Die Gänsehaut eroberte meinen Körper. Ich klammerte mich an Pekkas Hand, die er mir bereitwillig zur Verfügung stellte, obwohl ich ihm fast die Knochen brach.

Ein letztes Mal blickte ich zu meiner liebgewonnenen Band hinüber und Aki lächelte mich an. Ich liebte dieses Gefühl, wie er mir mit nur einem Zwinkern ein flaues Gefühl bereitete.

Jemand gab ein Handzeichen, die Spots zentrierten auf der Bühne und *The Anew* trat hinter dem Sichtschutz hervor. Der tosende Lärm überrollte meine Sinne und ein Grinsen legte sich auf meine Lippen. Ich konnte nur gebannt und starr dastehen, um zu beobachten, wie Yanis und Aki zusammen auf die Menschen zugingen und sie begrüßten. Ohne sichtbare Nervosität, die sie zweifelsohne empfanden, scherzten sie, stellten sich vor und forderten alle auf, gemeinsam loszufeiern, ehe die große Party mit *The wicked elephant* dann losgehen sollte.

Die ersten Töne ließen die Luft und meinen Magen vibrieren, bis sie loslegten und die Fans zum Kreischen brachten. Während Pekka neben mir wild im Takt mit dem Kopf wippte und auch seine Hüften schwang, stand ich immer noch da und beobachtete die Band staunend. Sie hatten nur knapp zwanzig bis dreißig Minuten und schienen gewillt, jede davon zu nutzen.

Als das Telefon in meiner Jeans vibrierte, zuckte zusammen, auch wenn ich seit zwei Tagen darauf wartete, dass es läutete. Aber doch nicht jetzt! Ich war geneigt, kurz zu fragen, ob wir das Konzert pausieren konnten, damit ich nichts davon verpasste. Aber da es tatsächlich Kalle aus der Agentur war, der mich versuchte zu erreichen, hob ich einfach ab. Zu vergessen, dass um mich herum dröhnende Rockmusik erschallte, war dämlich.

»*Hallo?*«, schrie ich.

»Laura?«

Wer sollte denn sonst ran gehen, wenn er mich anrief?

»*Ja, ich bin's!*«, brüllte ich trotzdem zurück. Ich marschierte ein paar Schritte weiter in den Schatten, als könnten die den Schall dämpfen. Taten sie nicht. Kalle antwortete etwas, doch ich verstand nur Bruchstücke.

»... du musst ... dringend!«

»*Hä?*«

Er versuchte es erneut und erhob genervt die Stimme.

»Ich brauche noch heute eine Zu- oder Absage«, verstand ich, wusste aber nicht, wovon er genau sprach. Meine Finger zitterten, weil ich so aufgeregt war und auf die erhoffte Antwort wartete.

Hinter mir spielten die Jungs einen etwas ruhigeren Song an, woraufhin ich so schnell wie möglich ins Telefon sprach.

»Kalle, wiederhol das bitte, ich habe nur die Hälfte verstanden.«

»Das *Flow!* Wenn du immer noch dabei sein möchtest. Außerdem müssen wir noch über ...«

Flinns Drummersolo sprengte mir das Trommelfell und unterbrach Kalle erneut. Ich starrte mein Telefon verwirrt an, bis die verstandene Information in mein Hirn sickerte. Zwei weitere Sekunden vergingen, in denen Yanis ins Mikrofon sang und ich einmal schrill vor Freude kreischte. Das Publikum vernahm diesen Laut vermutlich als kurze technische Störung in den Lautsprechern und Kalle verlor ein paar Zellen in seinen Ohren.

Als ich das Telefon wieder an die Wange hielt, hüpfte ich aufgeregt auf und ab. »*Ja!* Natürlich will ich im Organisationsteam des *Flow* dabei sein«, kreischte ich immer noch. Das größte Festival von ganz Finnland. Und Kalle hatte mich in seinem Team untergebracht, das mithalf, es zu einem einzigartigen Erlebnis werden zu lassen. Die letzten Wochen hatte ich genau darauf gewartet, weil es der nächste große Schritt war. Dort konnte man hervorragend Kontakte knüpfen und ich hoffte, dass ich bald wieder eine eigene Band auf Tour begleiten durfte.

Am Ende des Auftritts brach das Publikum in Jubel aus und klatschte begeistert. Das war laut, aber nicht so dröhnend wie die Musik, weshalb ich Kalle nun verstehen konnte. Während ich nach vorne gebeugt, mit dem Rücken zur Bühne seinen Worten lauschte, wagte ich nicht zu atmen. Das, was er mir erzählte, war einen weiteren Schrei wert, doch der blieb mir im Hals stecken.

Selbst nach dem Auflegen stand ich da und sah auf meine Füße. Dass es hinter mir nur noch Applaus und keine Musik mehr gab, merkte ich verspätet.

»Alles okay bei dir?«, fragte mich Pekka besorgt. Er griff nach meiner Schulter, hatte augenscheinlich Angst, dass ich ihm einfach umkippte.

Der Lärm hinter uns nahm ab und brachte mich dazu, mich umzudrehen. Yanis, Aki, Flinn und Eddi kamen freudestrahlend von der Bühne zurück in den nicht einsehbaren Bereich. Zwei Männer kamen zu ihnen, halfen ihnen mit den Instrumenten und reichten frische Wasserflaschen.

»Das war ein geiles Gefühl!«, rief Yanis aus und wischte sich den Schweiß von der Stirn.

»Und sie haben sogar mitgesungen«, fügte Flinn begeistert hinzu.

Ich konnte dem Gespräch kaum folgen, weil ich so euphorisch war. Ohne Vorwarnung sprintete ich los und sprang Aki an, wie es nur ein Frosch in der Brunftzeit konnte. Mit den Beinen umschlang ich seine Hüfte, umarmte seinen Hals und quietschte ihm ins Ohr. Er wankte, schrie erschrocken auf und taumelte mit mir im Kreis.

»Was zur Hölle?«, rief er, als er mich festhielt.

»Ist etwas passiert?«, wollte Yanis besorgt wissen, weil ich immer noch an seinem Bruder hing.

»Ich darf das *Flow* mit organisieren«, antwortete ich schwer beherrscht mit krächzender Stimme. Aki umfasste mich sofort fester und lachte auf, doch ich fuhr sofort fort: »Und ihr habt dort einen Auftritt!«

Diesmal umfasste er meine Hüfte und sprang mit mir hoch und runter. Meinem Magen gefiel das gar nicht, doch es gab noch etwas, das ich verkünden wollte. Weil er mich aber wie einen Cocktail schüttelte, kamen die Worte nur abgehackt und hicksend heraus.

»Ihr ... habt ... auch ... einen ... Plattenvertrag!«

Er drehte sich mit mir, wobei ich ihm fast über die Schulter spuckte. Also versuchte ich meine drängende Botschaft zu wiederholen.

»Zweites ... Album«, fiepte ich hustend.

Und dann verlor ich jeglichen Halt, weil Aki erstarrte und ich wie an einer Gogo-Stange an ihm runterrutschte. Ich schaffte es gerade noch, mich mit den Händen rücklings abzufangen, sodass ich mich nicht direkt vor ihm auf den Boden setzte. Ich lachte glücklich, obwohl er mich hatte fallen lassen. Seine überraschte Miene sah zu lustig aus. Es war Yanis, der mir eine Hand reichte und mich wieder auf die Beine zog.

»Was hast du gerade gesagt?«, wollte er wissen.

Ich nickte eifrig und legte ihm beide Hände auf die Schultern. »Kalle hat mir gesagt, dass die Agentur bereit ist, ein zweites Album mit euch aufzunehmen. Die Demos, die ihr ihm gegeben habt, gefallen ihnen und wenn alles gut läuft, habt ihr übernächstes Jahr wieder eine Tour. Ach, und das *Flow* nächsten Sommer, nicht zu vergessen.«

Auch er starrte mich fassungslos an und blinzelte ein paarmal. Der Blick, den er mit seinem Bruder austauschte, sprach Bände. Als sich die beiden lachend und jubelnd in die Arme fielen, trat ich sicherheitshalber zurück. Sie umarmten sich, taumelten und hüpften gemeinsam. Die pure Freude, die ich in den letzten Wochen bei ihnen vermisst hatte, griff spürbar auf mich über.

Flinn und Eddi stürmten herbei und warfen sich auf die beiden drauf. Eddi saß huckepack auf Yanis' Rücken und zusammen feierten sie die guten Neuigkeiten. Wir befanden uns in unserer gemeinsamen Fröhlichkeitsblase, während sich hinter uns Jaris Band bereit machte.

Schließlich schnappte sich Yanis meine Hand und zog mich mit in die Gruppenumarmung. Eine Woge an männlichen Schweißdüften umgab mich, doch das war in Angesicht des Glücks zu ertragen. Wie lange wir wie ein verschmolzener Zellhaufen aneinanderklebten, konnte niemand sagen. Als wir uns voneinander lösten, waren unsere Augen feucht und die Wangen rot. Yanis rieb sich ungläubig über das Gesicht und seufzte. Ich war mir sicher, dass wir heute die große Party nachholen würden, die uns beim *Ruisrock* durch die schlechte Stimmung abhandengekommen war.

Mit einem breiten Grinsen schlenderten wir zusammen von der Bühne. Die anderen gingen voraus, während Aki mich am Ellenbogen zurückzog. Ehe ich mich versah, schlang er die Arme um meine Hüfte und drückte mich an sich. Ein langer Kuss folgte, den er mir sanft auf die Lippen legte. Eine intensive Berührung, die ein Bauchkribbeln anfachte. Er streichelte über meinen Rücken nach oben zum Nacken. Die Gänsehaut kroch über meinen Körper und ließ mich tief einatmen. Als er sich von mir löste, sah ich ihn dümmlich grinsend und verklärt an.

»Ohne dich hätten wir das nie geschafft«, flüsterte er mit intensivem Blick.

Ich konnte kaum etwas sagen, sondern zuckte nur überfordert mit den Schultern. Er strich mir mit dem Daumen über die Wange und die Zärtlichkeit in seiner Mimik befeuerte ein heißes Gefühl in meinem Magen. Aki küsste mich noch mal, diesmal leidenschaftlicher. Mir schwirrte der Kopf, als er seine Stirn gegen meine legte.

»Danke, dass du nicht schon aufgegeben hast, als Yanis aus dem Bus gekotzt hat«, murmelte er schief lächelnd.

Mich brachte die Erinnerung zum Lachen und Kopfschütteln. Ich lehnte mich an ihn, inhalierte seinen Duft, in dem immer noch ein bisschen Banane mitschwang, und grinste. Er drückte mich so fest an sich, dass mir ein Quietschen entwich.

»Laura, du weißt, dass ich dich liebe, oder?«

Ich hielt inne, das Gesicht in seinem Shirt vergraben. Er hatte das noch nie ausgesprochen. Wir hatten die letzten Monate damit verbracht, uns Zeit zu geben, uns außerhalb eines verrosteten Tourbusses kennenzulernen. Aki war vielschichtig, liebevoll und loyal. Wir waren ein Paar, weil wir gar nicht anders konnten. Er hatte mein Herz erobert und auch wenn ich es immer noch nicht stolz erzählen wollte, dass ich mich in den erstbesten Rockstar verliebt hatte, den man mir beruflich vor die Nase gesetzt hatte, so war es passiert. Mit heißen Wangen hob ich den Kopf und blickte zu ihm hoch.

»Und ich liebe dich! Egal was jetzt alles kommt, du bist der beste und einzige Lakritz-Gitarrist in meinem Leben.«

Erleichtert nickte er, küsste meine Stirn, die Nase und den Mund, wobei wir zusammen schmunzelten. Den ekligen Süßholzgeschmack mochte ich immer noch nicht, aber ich hatte mich damit arrangiert. Es gab auch andere Körperstellen, auf die man ausweichen konnte.

Glücklich lagen wir uns in den Armen, als das begeisterte Geschrei vor der Bühne erneut losbrach. Jari und seine Band waren vor das Publikum getreten. Dieses Geräusch war wie eine Droge. Es löste einen Adrenalinschub aus und ich war mir sicher, dass das der Weg war, den ich gehen wollte. Mein Leben war die Musik.

Ende

Danksagung

Liebe lesenden Menschen,

vielen Dank, dass ihr euch Zeit genommen habt, um mit der Chaostruppe im Bus mitzufahren. Ich hoffe, die Tour hat euch gefallen und die Jungs haben euch Spaß bereitet.

Ohne euch Rockstarfans wäre das Schreiben über die musikalischen Idole nur halb so wertvoll!

Außerdem möchte ich hier übergreifend wieder jedem Einzelnen danken, der bei der Entstehung dabei war. Von den tollen Inspirationen, die mir gewisse Menschen allein durch ihre Alltagserzählungen gaben (ja, ihr wisst genau, dass ich euch meine, ihr Irren!) über Motivatoren in Verzweiflungsphasen bis hin zu den Testlesern. Jeder von euch war wichtig!

Es war mir wieder ein Fest, euch mit nach Finnland zu nehmen, und ich hoffe, die vielen Facetten dieses tollen Landes konnten euch für ein paar Lesestunden in den Bann ziehen. Und die sexy Rockstars natürlich auch.

Sollten euch Yanis' Eskapaden, Eddis Hyperaktivität oder Flinns feuchte Tangas nicht abgeschreckt haben, würde ich mich wahnsinnig freuen, wenn wir uns irgendwann irgendwo wieder lesen würden. Und falls ihr Zeit habt und es euch auf Tour gefallen hat, hinter-

lasst gerne ein paar Zeilen in Form einer kurzen Rezension, wo immer ihr wollt. Yanis freut sich immer über Egostreicheleinheiten!
Nach dem Konzert ist vor dem Konzert und ich freue mich auf alles, was noch kommt!

Kiitos!